宁夏诗歌选

杨梓 主编

上册

宁夏诗歌学会丛书

黄河出版传媒集团
阳光出版社

图书在版编目(CIP)数据

宁夏诗歌选:全2册/杨梓主编.—银川:阳光出版社,2014.12

ISBN 978-7-5525-1649-4

Ⅰ.①宁… Ⅱ.①杨… Ⅲ.①诗集-中国-当代 Ⅳ.①I227

中国版本图书馆CIP数据核字(2015)第002087号

宁夏诗歌选 杨梓 主编

责任编辑　赵维娟　谢　瑞
封面设计　黄河梦
责任印制　岳建宁

黄河出版传媒集团
阳光出版社　出版发行

地　　址	宁夏银川市北京东路139号出版大厦（750001）
网　　址	http://www.yrpubm.com
网上书店	http://www.hh-book.com
电子信箱	yangguang@yrpubm.com
邮购电话	0951-5045842
经　　销	全国新华书店
印刷装订	宁夏精捷彩色印务有限公司
印刷委托书号	（宁）0017445

开本　787mm×1092mm　1/16
印张　54
字数　1000千字
版次　2015年2月第1版
印次　2015年2月第1次印刷
书号　ISBN 978-7-5525-1649-4/I·486

定价　120.00元(全2册)

版权所有　翻印必究

序：宁夏诗人人格类型摭论

荆 竹

  波澜壮阔的社会现实生活是诗歌创作的源泉，这是相当正确的论断。但社会现实生活作为诗歌创作的源泉不会自动流溢出来成为诗歌作品，它必须经过诗人之"开掘"，诗人之"沟渠"，诗人之"拦截"，诗人之"积蓄"，诗人之"翻腾"，诗人之"吸取"，诗人之"过滤"，最后才能成为诗歌作品。在此，诗人作为创作的主体之人格就直接作用于创作过程，从而影响诗歌作品之面貌与品质。同样的社会生活质料，在不同人格的诗人那里，会变幻出主题不同、蕴含不同、格调不同的作品来。我们甚至可以说，有什么样的诗人人格，就会有什么样的诗歌作品。

  实际上，一个诗人生活在社会中，总要扮饰一个或多个社会角色，由于每个人所扮饰的社会角色不同，那么他或她就会有自己的特殊之人格，也就必然会以此人格为视点来观察生活，视点不同，观察到的事象也就不同。例如，许多诗人皆面对宁夏这片土地，但在贺兰山、六盘山、黄河两岸等地所观察到的宁夏是截然不同的，甚至以为这是几个不同之省份。从学理上讲，角色之视点与角色之环境构成不同的透视景观。诗人之人格就犹如观察宁夏这片土地时不同之视点，他们对生活之感受与理解皆有自己的"人格视点"。进一步说，解读一个诗人或作品之情形亦复如此。一个诗人的一部作品就是一个地域，这个地域是客观存在，但一个诗人一般只能从一个视点来观察它们，政治的，历史的，社会的，形式的，心理的，皆为不同之视点，皆可以窥视到诗人或作品之一角，却无法把握全部。诗人杨梓编选《宁夏诗歌选》这部书时，选择了"全面"之视点，我所说全面之视点，是说这部书囊括了从晚唐至今的180多位诗人创作的350多首古体诗和20世纪以来出生的250多位宁夏诗人之1000余首作品，这的确是一个"全面"之视点。就阵容而言，已经十分壮观。它必然可以揭示出别的视点无法揭示出的宁夏诗歌作品与诗人之另一面貌，另一番景象，另一种风格，另一种意义。我以为这部诗选的价值主要就在这里。

一、中国古代文学史是一部诗歌史

中国是一个诗的国度，宋元以前的文学史，基本上是一部诗歌史。闻一多在其《文学的历史动向》中说说："从西周到宋，我们这大半部文学史，实质上只是一部诗史。但是诗的发展到北宋实际也就完了。"闻一多先生还认为，宋元诸家"都是多余的，重复的，以后的更不必提了。"他还说："我们只觉得明清两代关于诗的那许多运动和争论，都是无谓的挣扎。每一度挣扎的失败，无非重新证实一遍那挣扎的徒劳无益而已。本来从西周唱到北宋，足足两千年的工夫也够长的了，可能的调子都已唱完了"（《闻一多全集》第10卷，湖北人民出版社，1993年版，第18页）。鲁迅则说："我以为一切好诗，到唐已被做完"（《鲁迅全集》第12卷，人民文学出版社，1981年版，第612页）。就一部整体中国文学发展史而言，闻一多与鲁迅的这个说法大体不错。但就其具体区域性的文学发展状况而言，可能还略有所不同，比如宁夏的诗歌发展状况就略有微差。从《宁夏诗歌选》一书的古体诗部分来看，基本给予了正面回答。该书所选大都为宋元明清以后诸家诗歌作品。说明宁夏诗歌作品在宋元以后多少"唱出"了一些"新调子"来。诚如时论所公认："唐诗多以丰神情韵擅长，宋诗多以筋骨思理见胜"（钱钟书，《谈艺录》，中华书局，1984年版，第2页），宋之与唐，本无可轩轾，实乃艺术趋新规律之合理体现，若合诗境与词境统观，毋宁说是后来居上。宁夏诗歌在先秦两汉至隋唐，基本上是一些士人、将军之类征战或路过此地留下的一些诗歌作品，就本土而言却鲜有诗作流传下来，到了宋元明清以降，才有一些诗歌作品行世。人所共知，作为诗的哲学或哲学的诗，禅宗之引进与诞生，及其向民间尤其向士庶知识分子阶层渗入，使中国传统的心理本体更加深沉了，这就是说，禅使儒、道、屈骚之人际——生命——情感更加哲理化了。凡此在唐诗中已有所折射，到宋则反映得益深益显。到宋经由理学之生发，不论表现的若何曲折，在总体上还是可以看到在吸收了庄屈禅之后的儒家哲学与华夏诗歌美学实已达到了最高峰。于是，在这里所追求的，不只是气势磅礴（儒）或逍遥九天（庄）之雄伟人格，也不只是凄楚执着或怨愤呼号之炽热情感（屈），而更是某种精灵透妙之心境意绪，从而境界、韵味，便日益成为两宋及其以后的诗歌作品之重要特色。元明清以后，乃中国古代后期诗歌发展之另一高峰，所有诗歌创作实践，实已总结了唐宋两次诗歌高潮，而又启开了步向封建末世之端倪。事实已经证明了非闻一多先生所言之"多余的，重复的"现象了；再从诗歌艺术之前进运动与基本风貌上看，由宋代季世至清代中叶，逐渐从古典诗歌艺术之目标演化，适应着元明以降商业空前之繁盛，城市消费日渐发达，市民阶层逐步兴起，一种新的社会潮流在悄然运行，它自然要闪烁折射到诗歌创作领域。在哲学上，从王阳明"致良知"心学之解体过程，王艮提出"百姓日用即道"之命题；到刘宗周言"道心即人心之本心"，李卓吾之"童心"说，……从明嘉靖到乾隆，诗歌潮流，五花八门，或提倡平易（公安派），或追求艰涩（竟陵派），却共同呈现出对儒家传统诗教之脱离、超出、违反，甚至背弃。自元明以后以城市为中心而形成的古白话，更为诗体之多样化提供了载体，除传统的诗词歌赋以外，更风行诸宫调、散曲、小令、套数、山歌、小调、鼓书、弹词以至杂剧、传奇形形色色之歌诗剧等。总之，如上所述的宋元以后之诗歌创作及哲学基础，形成的创作主张与审美趣味，在中国诗歌流变之长河中形成了又一次高潮，并出现了一个历史性之转折，亦即从古典和谐走向近代崇高之开端。而宁夏的古代诗歌创作，大体经历了从无到有至晚唐以后的创作普泛化到精致化之过程；这些，皆已非闻一多先生所言之"无谓的挣扎"和"挣扎的徒劳"了。当然，如果说"挣扎的失败"，则是这个开端终竟成为一朵未能结出硕果之浪花，尽管是巨大之浪花，还是为入主中原之清政府的保守主义文化政策所梗阻，正如元明以来的资本主义萌芽为清政府"雄才大略"之铁蹄所践踏一样。中国近代化之历程并未从这里起步，没有能够与西方的"文艺复兴"并驾齐驱，徒令千古扼腕兴叹耳！

至于《宁夏诗歌选》中所收入部分今人所写之"古体诗"，由于当今古体诗词所置身的文学、文化生态语境不同，所创作的古体诗词所反映的思想性、艺术性也就千差万别，这就决定了它们必然会呈现出不同的风貌，就像湖中不同之景色，也如同长江、黄河上下游不同之景观。只要我们按照中国古典诗歌艺术创造的审美标准去认真打量，观察其价值立场，并将其纳入整体宁夏诗歌创作之视野，与宁夏整体诗歌创作之文化生态、文学语境结合起来作如是观，其艺术质量与文学地位亦不难估量。首先是一些老作家写的古体诗，其次是一些政界名人与各行各业知识分子所写的古体诗。他们创作古体诗的一些题材选择，往往有感于对现实生活中的某些重要事件（节日），或重大工程项目开工、竣工等，作品均是作者的宏观感受与情感印象，一般不对细腻生活具象作出审美价值判断。从古体诗歌作品所表达的主题与审美感受观之，作者的人格均呈现为一种政治型与人文型相融合的人格特征。此处不赘。那么，究竟如何评价这一部分古体诗词创作，这是需要认真研究的问题。当然，作为全面展示一个区域性的一部整体文学发展历史面貌的诗歌作品集，今人写的古体诗词理应一并纳入观之，唯此方才符合文学发展之规律与事实真相。下面，我着重就《宁夏诗歌选》的现当代部分，并从诗人人格之角度，谈一点个人的粗浅看法。

二、诗人人格之构成因素

中国的 20 世纪，是一个天翻地覆的世纪。在这个伟大世纪里，中国人民不屈不挠,浴血奋战,终于推翻了封建主义、帝国主义和官僚资本主义三座大山,建立了人民当家做主的新中国。新中国成立以后,在长达半个世纪的社会主义进程中,面对国际国内纷繁复杂的现实局面,以及极"左"思潮之干扰,中国人民进一步经受了锻炼与考验。在这个大浪淘沙的伟大世纪,一代一代的中国诗人、作家,以及各个不同的个性与人格,在文学舞台上扮饰了不同之角色,宁夏的诗人、作家当然也不例外。他们怀着民族新生与祖国富强之梦,以笔为武器,投身革命大潮,高歌猛进,英勇奋斗。他们悲愤于时代与个人之苦难,抒发不平,长歌当哭;他们或处于守旧心理,为封建传统文化之衰落唏嘘不已;他们或固守心灵之宁静,在爱与美之梦幻中聊以自慰……一部20世纪的宁夏诗人人格史,实际上,也是一部现当代宁夏诗人不同类型的形成史、演化史、发展史。其中,既包含着文学艺术自身发展之奥秘,也体现了宁夏诗人在时代发生剧烈变革之岁月里,面对新旧文化、中西文化冲突而艰难选择之过程。作为人类社会之成员,每个人皆离不开特定的生存环境。正是特定的生存环境,直接决定着诗人之人生观和价值观,并进而影响其创作动机、审美理想、艺术追求等人格构成。客观生存环境又可具体分为社会环境、文化环境与自然环境三个方面。

　　社会环境无疑是影响诗人人格之第一要素。在20世纪的宁夏诗歌史上,我们会看到,将诗歌作为变革现实之工具,一直是许多诗人主导的人格特征,而这正是由这个世纪以来中国的特定社会现实决定的。在举世闻名的"五四"新文化大潮落幕之后,王亚凡、李震杰、朱红兵、罗飞、姚以壮、刘和芳、路展、吴淮生等这样一些历史的风云人物,虽然个人经历不同,气质类型不同,最初的人生理想不同,但却正是由于民族处于危亡的严峻现实,激励着他们不约而同地拿起了文学的武器,为民族之新生呼号呐喊,上下求索。抗战与解放战争先后爆发之后,他们更是感应时代之召唤,走出家庭,走出村寨,到了民族解放战争之前列,在强敌压境之大背景下,以不可遏制的爱国激情,形成了声势浩大的抗战诗歌浪潮。由于历史进程本身之曲折,使他们的人格也随之起伏变化。"为了陪伴战士的欢笑,/为了点缀海岛的风光。/战士守护的地方,/岛花总在开放"(王亚凡《岛花》);"屋子里又沉闷又黑暗/我站在楼窗前/望见自然壮阔的远景/就想起从远方寄来的/温暖的信息"(李震杰《春天》)。在黑暗、残酷的现实面前,诗人仍然怀有一种对未来美好和希望之期盼。这些诗歌作品,正是诗人人格状态的显现。由此可进一步看出,不论诗歌观念如何革新,社会现实毕竟是决定诗人的人格追求及诗歌去向之关键因素。

　　20世纪的宁夏,也是一个文化产生剧烈变革之时代。随着最后一个封建王朝的崩溃,延续了数千年的传统文化走向解体,文化反思遂成时代之热点之一。正是这样的一种文化、语境,同样也在深深地影响着宁夏诗人之人格。许多诗人痛切地感到了自己浸淫其中的封建文化之腐朽,他们将目光投向十月革命之后的苏联与"五四"新文化运动之思潮,希望从中找到民族文化新生之出路。这些诗人,虽然有着反对封建文化,追求民主自由,为民族新生而奋斗之共同志向,但因其接受的文化影响不同,又形成了他们各个不同的文化人格。这些诗人由于较早接受了马克思主义的影响,形成了革命的文艺观。在此后漫长的中国历史进程中,与中国革命的性质相关,马克思主义文艺思想虽然日渐占据主导地位,但其他一些文化人格,也一直在产生着重要影响,从而构成了20世纪宁夏诗歌艺术发展的丰富与驳杂。

影响诗人人格的另一个重要因素是自然环境。在一些个性温和,向往爱与美的诗人中,我们会看到,在他们的心灵深处,常常铭刻着特定的自然环境影响之印记。在年轻时就从上海支边来到宁夏的刘和芳,曾经这样自述过塞上这片热土对其心灵人格的影响:"腾格里是一匹奔腾狂啸的野马/沙坡头像魔术师给它戴上了笼头/一块小小的翡翠/凝聚了人类智慧/说梦幻,却是实实在在/说真实,但又难以想象/不是人间奇迹/怎招来无数人为之惊叹"(《沙坡头,腾格里沙漠的绿洲》);自幼生活在淮河上的吴淮生曾经这样描述自己的人格状态:"心头的翳云/任浪花冲洗/我轻轻地把阳光/搂进袒露的怀里/漂着,不怕随波逐流/反正离不开大地/漂着,凭它浪打水击/我原想拥抱礁石/忽然,我竟也化为海水/和身边的江洋融合为一/大海是我的无限扩充/我是大海浓缩的一滴/黄昏,我还不想离去/仰着瞑然而合的天地/那天上的第一颗星/可是我在海里的影子?"(《海水浴》)显然,刘和芳虽然年幼时也生活在安徽、上海一带,但他感到塞外戈壁热土对他的诗人人格影响是巨大的,"一块小小的翡翠,凝聚了人类智慧",西北黄土高原之深厚阔达,锻造了诗人坚强的人格心理特征。吴淮生博爱而又旷达圣洁之人格心态,与大海之间有着无法割裂之联系。也正是透过这样一种自然环境对人格之影响,我们或许可以更为全面地理解诗人何以会在不同时代的亢奋激进而终至于对自我人格意趣之向往,其中恐怕不仅仅是政治与文化方面的原因。

三、20世纪宁夏诗人的主导人格类型

20世纪的宁夏诗人,尽管有着复杂多变的人格,但从主导人格动机与创作活动的外在表现来看,大致可分为从政治动机出发、从文化动机出发以及从超越现实的动机出发这样三种基本类型。

首先,是政治型人格。在波翻浪涌的20世纪的历史进程中,实用功利性的政治人格,一直在文坛上占据着主导地位,一直在影响着宁夏诗歌的发展。在不同的历史时期,许多诗人,正是由于更多地受到了社会环境中政治因素之影响,形成了强烈的现实责任感和政治使命感,使他们能够积极投身于社会变革之前沿,成为呼风唤雨之时代弄潮儿。这在20世纪50年代以前出生之诗人更为明显,他

们从改造社会，拯救民族危亡的政治人格出发，以诗歌为武器，积极投身于政治活动。有些诗人，如朱红兵、罗飞、姚以壮、路展、刘和芳、王世兴、高深、张贤亮、丁文等人，则首先是以革命活动分子或共产党员之身份，出现在历史舞台上的。在后来漫长的社会主义革命道路上，又有许多诗人，从不同的方向，会聚到社会主义建设的洪流之中，如杨克兴、高琨、秦中吟、张涧、万里鹏、肖川、马乐群、贾长厚、井笑泉、杨少青、刘国尧、蔡锦启、王庆等人；还有从青年时代先后在宁夏工作或军营服役的如雷抒雁、乔良、邓海南、陈幼京、殷实等。这些诗人，有的虽曾有过超越政治的、对纯净的艺术天地或宁静的书斋生活之向往，但新中国成立以后火热的社会现实生活，终于打破了他们平静之心灵，使之放弃了原有的个人梦想，走上了社会主义建设的第一线，有的来到宁夏之后，终生留在了这片土地上。

新中国成立以后，在伟大的社会主义、共产主义政治理想之激励下，不论是一些在新中国成立前夕就已经成名的老诗人，还是一些刚刚登上文坛之新秀，更是将政治意识置于诗歌创作观念之首位。他们一方面自觉地遵循文艺"为政治服务"之原则，努力为新时代而歌，同时也逐渐为社会生活中某些新的弊端而忧虑，不时产生出以文学干预政治的冲动，从而酿成了一幕一幕的文坛悲剧。新时期以来，文艺观念虽然大为开放，但关心政治，仍是许多宁夏诗人之基本人格特征。诸如参与轰动一时的"伤痕文学""反思文学""改革文学"等，正是这样一种政治人格特征之显现。

由于人类社会本身之特点，决定了政治在人类社会历史进程中的巨大作用，特别是在阶级斗争或民族矛盾尖锐之时代条件下，在历史发生重大转折之关头，政治将构成社会运转之轴心。诗歌之价值，不论怎么说，是不可能完全超越于现实功力价值之外的。因此，从古今中外文学发展史来看，那些真正杰出的文学大师，往往既有着深厚的文化哲学－逻辑素养，同时又有着密切关注现实的政治使命感。宁夏现当代文学史上的朱红兵、姚以壮、李震杰、罗飞、路展、刘和芳、吴淮生、肖川、秦中吟、贾长厚、刘国尧、马乐群、屈文焜等人的诗歌成就，正是建立在这样一种文学价值与政治价值并重之基础之上的。新时期以来，杨梓、杨森君、梦也、白昌万、马钰、邱新荣、导夫、贾羽、冯雄、单永珍、马占祥、米雍衷、唐晴、虎西山、权锦虎、杨建虎、郭静、阿尔等一大批诗人，也正是以良好的文学素养以及关注现实的政治激情，建立了自己的诗歌业绩。在这些诗人之笔下，许多作品，不仅有着较高的文学审美意味，而且富有催人奋发、唤人觉醒之作用。事实证明，一位不关心政治，力图逃避现实的诗人，是难以写出真正为人民大众所喜爱、具有久远的生命活力的作品的。近些年来，宁夏文坛看起来之所以轰轰烈烈，异彩纷呈，但缺乏震撼人心之力作，重要原因之一便是：在目前我们这个正处于剧烈变革之时代里，许多作家诗人，已经淡漠了应有的思考现实、关心国家命运、关心民族命运的政治激情。

当然，我们也应该注意到，一个缺乏深厚文化哲学－逻辑素养的作家诗人，如果只是片面地追求政治效应，同样会影响文学的成就。在20世纪的宁夏文学发展史上，我们看到有个别诗人，正是由于片面追求政治功利，导致了下笔匆忙，来不及精雕细刻，致使其诗歌作品往往政治激情有余而艺术蕴藉不足。尤其在建国以后，由于简单化的"为政治服务"被确定为文学创作的至高无上原则，忽视了文学应有的审美价值，从而成为极"左"政治思潮之牺牲品。故而当我们站在真正的文学艺术的审美维度，回首历史，面对百年来浩若烟海之文学报刊，难以计数的文学书籍的时候，又会深深地感到精品太少之遗憾。

其次，是人文型人格。新时期以来，在从传统社会形态向现代社会形态演进之过程中，造就了一批这样的诗人：他们赶上了一个改革开放的好时代，古今中外经典著作之解禁与大量西方名著之翻译出版，使他们有机会系统阅读经典，触摸大师之灵魂；文化开放又使他们接触了大量引进的西方文化思潮和迥异于"文革"中的封闭式政治教育，这就使他们对"文革"中的封建专制文化教育在某种程度上具有了一种更为清醒的批判意识。如此的新型文化涵化，自然也使他们形成了一种独特的人文型人格，即他们心怀匡时救弊之忧患意识，向往个性解放，在文化艺术创作上反对"文革"遗风，而期望通过"人性"之爱，通过艺术美的感染，来化解人间之纷争与仇恨；通过宣传文化学术开放，来消除社会之不平与社会的某种阴暗面。在宁夏现当代诗歌发展史上，许多诗人正是以此种人格投身于改革开放大潮之中的。从主导倾向来看，表达出来的也主要是这样一种人文型人格。这里，主要以20世纪30年代至40年代末出生的一批诗人为主，如高深、张贤亮、万里鹏、丁文、雷抒雁、肖川、井笑泉、王庆等，他们中间有的虽然也曾积极投身于建国初期的社会主义建设运动，但与更注重于政治变革的早期宁夏诗人不同，其出发点是恰遇改革开放大潮带来的文化变革。1983年，大陆人道主义精神之倡导，以及自然人性理念之催生，诗人力图以此为基础建立新的道德伦理，用以反叛违忤人性、无视自由、压迫与戕害人民群众的封建思想，改良诗歌伦理不探究生命感觉的一般法则和人的生活应遵循的基本道德观念，营构具体的道德意识与伦理诉求。正是出于这样一种对人的个性自由之肯定，在改革开放初期，众多诗人挺身而出，抨击专制与野蛮，张贤亮干脆抛开当年《大风歌》之经典遗韵，一跃跨入小说创作之殿堂，最终实现了这一梦想。但也有一些诗人意识到文化改造之艰难，终于改换门庭，投身其他行业。当然，还有一些诗人也许由于经历过太多无谓之争斗与陷害，早已产生了对人性沉沦之痛恨，而几乎自发地萌生了对超越政治的人性美之向往。他们经历"文革"以后，重新拿起诗笔，想到的就是用文学"燃烧这个民族被权势萎缩了的情感，和被财富压瘪扭曲了的理性"（沈从文语，见吴立昌著《沈从文传》，上海文艺出版社，1993年版，第49

页)。在后来的创作道路上,他们也一直力图与政治保持距离,只希望通过富于人性意味的诗歌创作,来恢复民族之生机。在改革开放浪潮中,他们一方面从一个知识分子应具有的现实责任感出发,关注现实变革,同时仍希望诗歌不要成为简单宣传现实的工具,主张诗人应用自己美妙的笔绘制出生命存在中一切美丽的东西。这并不是说,这些诗人不关心现实变革,而是说,诗歌不但要关注现实变革,同时也不能忽略作为诗本身所具有的特殊审美要求。但他们当时为何很少谈诗之文体呢?那"实在是没有这样的实力。或说没有这样的资本"(孙郁语)。后来,这些诗人逐步认识到了孔子"不学诗,无以言"之道理,意思是"不学《诗经》,不会讲话。他懂得文采的重要"。木心说:"我以为,有时候文字语言高于意义"(木心:《文学回忆录》,广西师范大学出版社,2013年版,第138页、775页)。这些认识理念,可以说抓住了文学的"牛鼻子",是诗的最重要审美价值所在。

在20世纪50年代至60年代初出生的一些诗人中,在关于人道主义、异化问题的探讨中,在一度兴盛的"寻根文学"中,我们看到的也是宁夏现当代诗人的人文型人格。一些诗人的创作实质,力图从人性回归之文化角度,思考中国现代社会发展之曲折。这些诗人之人格特征是:他们不再满足于"伤痕文学"那样,着重从政治角度控诉极"左"思潮导致的灾难,而希望通过现实生活的本质,从民族文化心理的历史积淀中,寻找推动中国社会进步之契机,厘清与批判其中的消极因素,促进中国当代社会之发展与进步,同时实现宁夏现当代文学发展之深层突破。在杨梓、杨森君、梦也、马钰、单永珍、白昌万、虎西山、马占祥、杨建虎等人的诗歌作品中,我们看到的正是这样一种人文型人格。比如杨梓在《西夏史诗》中,力图通过对历史文化的挖掘与唤醒,重振为现代文明压抑而萎缩了的人性;杨森君、梦也、王怀凌、唐晴、米雍衷、单永珍、李壮萍、安奇、郭静等人的诗歌作品,都是通过对边塞、戈壁、大漠、平原普通人的道德伦理抒写,揭示与批判了由于民族保守人格而造成的愚昧、野蛮以及严重后果。这样一种人文型人格,对于推动中国社会的进步,对于丰富宁夏现当代诗歌作品之内涵,刷新文学观念,繁荣整体文学创作,无疑发挥了重要作用。在他们的作品里,具有俯瞰人类生存状况的宏阔视野,具有更高层次的哲学之光的照耀,不但没有受到简单化政治目光的制约,反而使诗歌作品向着纵深方面发展。

三是超然型人格。由于个人经历、气质类型及环境影响之不同,也有许多诗人,不像政治型人格的诗人那样暴风骤雨,风雷激荡;也不像人文型人格的诗人那样有着改造社会的清醒动机,而是避居一隅,力图超然于世事纷争,多专注于诗歌作品之性灵功能、审美功能,以及自我对现实人生之体验,表现出一种平和、安静之境。20世纪70年代至90年代出生的新一代年轻诗人,一般都是在90年代后陆续活跃在诗坛上的,他们注重诗歌的性灵、旁观与超脱之表达,对时代政治之表现则相对较为淡漠,显现出来的则主要是一种超然型人格。这一批诗人主要以杨建虎、郭静、阿尔、刘乐牛、马占祥、泾河、林一木等为代表。他们一般多关注于乡村乡野之人情世故，宗族血脉，乡风土俗，邻里关系，民间之爱，此乃诗人之主要表现题材范围。他们没有经历过"文革"之畸形时代，也缺少前代诗人昂扬激愤之情怀，他们从小受到了静谧恬淡的自然环境之熏陶，紧接着就受到了改革开放后的多元文化精神之影响，骨子里形成的则是一种洒脱自如的气质。故而在诗歌创作中没有政治思想的锋芒，表达出来的则是潇洒、闲适、清淡与超然物外的"审美功能"。与20世纪50年代和60年代出生的诗人相比，表现出的则是更为异乎寻常的超然人格特征。当然，这些年轻诗人虽然向往恬淡美好的艺术心境，但也并非不食人间烟火，仍不乏大爱之情，他们通过乡村乡野人情世故之抒写，相当开阔豁达地表达了20世纪末新型的乡村伦理和宗族伦理之血脉亲情，以及华夏民族文化的精神面貌。仅从"天凉了！深秋的土豆在土里／呐喊／梦与梦碰撞／一道道白光　从返潮的记忆中跃出"（郭静《拾土豆的人》）这样一类作品的诗意语境中，仅从浑然天成、自由随意的诗歌结构中，我们也足以感受到一种飘逸之情怀。

　　从文学实践来看，超然，当是有利于诗歌创作之人格之一。一位诗人，只有在痛切体验生活之基础上，又跳出生活本身之匡拘，如同王国维在《人间词话》中所指出的需"入乎其内"，又"出乎其外"，才能获得正常之创作人格，才能更好地进入艺术创造之境。正因如此，20世纪以来特别是改革开放以来的宁夏诗人的作品，虽然在中国诗坛上并不曾引起很大轰动，且作品数量也不算很多，但从艺术角度来看，他们的诗歌创作所达到的高度，却不是许多轰动之作所能比拟的。当然，从历史上看，情况又是复杂的，由于文学创作的价值往往又是与时代要求密切相关，尤其是在民族处于较大政治转折的时候，超然情怀又必然会导致在特定历史语境中之创作缺乏应有的时代感染力，甚至丧失应有的是非标准，从而影响作品的整体价值。因此，像中国现代文学史上的林语堂、张爱玲等一些作家，尽管依凭超然人格，使某些作品达到了较高的艺术境界，但毕竟缺乏历史的深刻与凝重。至于我们现在有些刚刚步入诗坛的年轻诗人，其创作往往以"小桥流水""风花雪月""哼哼唧唧"的一种"超然"人格显现，由于本来就不是以深切的生活体验为基础的，就更谈不上有多少文学价值了。

四、面向未来

　　从20世纪宁夏诗人的主体人格来看，多方面的缺乏也在制约着诗歌艺术的发展。首先，一流诗歌的创造，需要诗人具备崇高之人格精神，即有着对社会、时代以及整个人类负责的精神。只有如此崇高之人格，才有可能创作出真正崇高的诗作，诚如1800多年前古罗马时代的朗基努斯所言："崇高是伟大心灵的回声。"相反，如果只是满足于个人自娱或拜金主义的私利动机，是不可能写出真正成功之作的。在中国现代文学史上，我们可以看到，有的诗人、作家，虽不无文学才华，但正是因其缺乏高尚之人格追求，而影响了其文学成就。有的甚至丧失了人格，沦为历史的罪人。在近些年来的中国文坛上，我们也可以看到，有的诗人、作家，也因其淡漠了对文学应有的崇高与圣洁之精神追求，公然主张"逃避崇高""游戏人生"，他们降格以求，粗制滥造，涉笔低俗，而陷入了琐屑与无聊之境。这些缺乏崇高人格之事实，自然影响中国当代文学的进一步发展。其次，成功的诗歌创作，需要诗人有着建立在广博的知识结构基础上的博大的宇宙胸襟与凌空高蹈之文化眼光。只有如此，才能站在人类历史某种意义的制高点上，以主体理性之光辉，以自由之人格，更为清晰地投射现实人生，从而创作出具有宏阔的审美境界与深远的人生况味之作品。第三，成功的诗歌创作，需要诗人有一种执着于艺术探索的人格精神，即对诗歌本身之钟爱与痴情。只有如此，才能孜孜不倦，潜心以求。而我们的有些诗人，却往往浮躁不安，急功近利，常常以非文学之人格面对文学。尽管有的功利目的是高尚的，但从文学自身之价值规律来审视，如果缺乏对艺术本身之悉心探求，此类功利目的，也许可以化为有着重要意义的宣传读物，却很难成为高质量的文学作品。在我们宁夏的现当代诗歌发展史上，可以看到这样的诗人，他们虽不乏对土地和人民之赤诚，但其作品艺术粗糙不堪，存在着公式化、概念化、标语口号化之弊端。时过境迁，今天重新审视这些作品，它们更多体现的往往是文学的史料价值，而不是文学自身应有的审美价值。

　　反观20世纪，宁夏诗歌经历了一个变革创新的世纪，兴旺丰收的世纪，成绩显著，诗人辈出，值得我们认真去研究和总结。诗人杨梓费神精心编选的《宁夏诗歌选》，旨在系统地展示这个世纪的诗人队伍和诗歌成果，把几乎所有诗人的代表作品奉献给读者。读者将会在阅读过程中，看到宁夏诗歌是怎样沿着一条崎岖曲折的道路从传统走进了现代，将会看到宁夏诗歌发展的转型、创新、继承、探索之历史，将会看到近百年间众多诗人怎样用心血汗水浇灌润泽了宁夏的文学园地。我们期待21世纪的宁夏诗歌在过去成绩的基础上，再创辉煌。是的，随着当今时代政治环境的日益清明宽松，宁夏诗人的人格也日益自由，这毫无疑问为宁夏诗歌艺术的发展提供了难得之历史机遇。虽然文学市场并不怎么令人乐观，然而事实上，那些真正经得起历史检验的世界文学名著、中国文学名著，仍在赢得最大范围的读者。这说明，读者并没有丧失对那些真正有价值的文学的兴趣。不管世界发生怎样的变化，我都坚信：诗歌将与人类共存！

　　是所望焉。谨以序之。

2014年9月8日中秋节于银川风声楼

目录 contents

上卷　古体诗词

003　李　益／夜上受降城闻笛（五首）
005　佚　名／西夏《大诗》片段（外二首）
007　张　元／雪（外一首）
008　朱　栴／黄沙古渡（外五首）
010　林季芳／漫兴
010　唐　鉴／秋感
011　陈德武／贺兰晴雪（外一首）
012　胡官升／芦沟烟雨
012　李守中／从猎贺兰山宿拜寺口
013　潘元凯／梅所（之一）
014　承　广／梅所
014　周　澄／宁夏
015　郭　原／重九
015　朱孟德／寒食遣兴
016　王　逊／长塔钟声（外一首）
017　刘　昉／蠡山叠翠
017　马文升／秦陇道中
018　释静明／丽景园八咏（选四）

019　王用宾／出塞曲（二首）
020　朱秩炅／秋晓过长湖（外二首）
021　夏景芳／沧洲
021　王　珣／造坝
022　杨一清／兴武暂憩
022　朱平斋／西岭秋容
023　王　琼／宁夏阅边（外一首）
024　胡汝砺／别夏城
024　杨志学／行台除夕
025　胡　琏／过田州城
025　唐　龙／豫望城次晋溪翁韵
026　骆用卿／题宁夏
026　保　勋／和静庵赏牡丹韵
027　冯　清／灵州道中（外五首）
029　郭凤翔／登须弥山阁
029　陶希皋／游南塘分微字韵
030　杨守礼／游南塘（外二首）
031　吴　铠／过晏海湖有感
031　齐之鸾／至灵州（外一首）
032　孟　霦／黑宝塔（外一首）
033　王崇古／抵塞
033　石茂华／中秋登长城关楼
034　罗凤翔／西夏思吴太恒
034　李　汶／盐川中秋对月独酌有感
035　萧如熏／岳武穆祠（外二首）
036　李若素／隆邑岁感
036　黄嘉善／防秋过预望城
037　苍岩道人／登文昌阁
038　黄图安／泛舟（外二首）
039　常星景／莲花池诗
039　栗尔璋／青铜禹迹
040　刘芳猷／野望（外五首）
042　俞益谟／过大清闸（外二首）
043　岳　咨／贺兰秋兴
043　张　灿／贺兰僧舍

044 俞汝钦／咏新月岩（外一首）
044 李若樾／老君台
045 润　光／游贺兰山
045 幻　闻／山居（外一首）
046 朱亨衍／过高台寺（外五首）
048 杨士美／羚羊松风
048 许体元／文昌阁新成
049 胡秉正／晓渡黄河（外一首）
050 宋维孜／过宁安堡
050 方张登／香岩登览（外一首）
051 黄恩锡／石空道中（外五首）
053 顾光旭／胜金关（外四首）
055 王赐节／东湖春涨（外二首）
056 魏殿元／登古佛泉阁
056 王家瑞／偕同人乘雪游贺兰山
057 张映梓／山屏晚翠（外一首）
058 王三杰／连湖渔歌
058 朱适然／河带晴光
059 任景昉／暖泉春涨
059 王　绥／废垒寒烟
060 孙　氏／皇清孙烈妇诗（二首）
061 黄　璟／春日刑洛城处纪事（外二首）
062 徐保宇／通润桥散步（外二首）
063 张　梯／平罗八景（选三）
064 郭鸿熙／平罗八景（选三）
065 范　灏／头发菜
065 王德荣／河带晴光
066 陈日新／重游蠡山（外一首）
067 朱美燮／华山叠翠（外四首）
069 赵惟熙／憩园（外二首）
070 徐步升／原城八咏之城垣
070 锡　麒／东山秋月
071 韩国栋／瓦亭烟岚
071 韩庆文／禹塔牧羊
072 王文熙／杂咏

072　张维岳 / 雨后咏（外一首）
073　岳钟仙 / 登文昌阁
073　张　吉 / 咏雪
074　吴复安 / 老松（外五首）
076　杨巨川 / 六盘山
076　赵生新 / 登东山
077　叶　超 / 萧关即事
077　张维翰 / 过固原
078　受庆龙 / 咏萧关诗社
078　罗雪樵 / 望月（外一首）
079　马筠青 / 陟东岳山
079　韩练成 / 春日别金陵
080　贾朴堂 / 九日（外二首）
081　段　云 / 六盘山
081　李希贤 / 北海纪游
082　孙寿名 / 鹧鸪天
082　石　天 / 育才（外一首）
083　张　源 / 黄山喜晴
083　郑佩福 / 元宵雅集
084　王拾遗 / 感怀
084　计立人 / 邻霄台
085　高　岩 / 乙亥冬固原望雪
085　高　锐 / 书怀（外一首）
086　丁毅民 / 过六盘山抒怀（外二首）
087　刘　沧 / 沙湖游（外二首）
088　李震杰 / 桃花源怀古（外一首）
089　林　锋 / 会台湾故人
089　焦达人 / 帽儿云峰
090　王祖旦 / 苏峪口即兴
090　彭锡瑞 / 登岳阳楼
091　李　萌 / 鸣翠湖赞（外二首）
092　张程九 / 芒种（外一首）
092　周毓峰 / 游须弥山石窟
093　张苏黎 / 游西夏王陵感怀
093　王慧君 / 沁园春·咏水仙

094	姚以壮 /	再问泾河(外一首)
095	吴淮生 /	过萧关口占(外三首)
096	陶　玲 /	沙湖秋景
096	邢思顗 /	兴寄银川农村工作老同事
097	唐麓君 /	沙生植物颂
097	王文景 /	平罗风光
098	王正华 /	牛颂(外一首)
098	曾　千 /	登银川海宝塔
099	杨石英 /	杜鹃
099	熊品莲 /	玉楼春·感怀
100	李增林 /	黄河圣坛感赋(外二首)
101	崔正陵 /	春风曲(外二首)
102	何志鉴 /	思乡(外一首)
103	秦中吟 /	农家书香(外二首)
104	张贤亮 /	吟牛(外二首)
105	杜桂林 /	祭花魂(外二首)
106	任登全 /	登景山万春亭(外一首)
106	沙俊清 /	平罗玉皇阁
107	吕振华 /	周庄张府(外一首)
107	薛九林 /	朔方三月
108	崔永庆 /	登玉皇阁(外二首)
109	杨玉杰 /	荷塘观鱼(外一首)
110	刘剑虹 /	黄河金岸赞(外一首)
111	任启兴 /	月下有感(外一首)
112	邓　万 /	清明祭坟(外一首)
113	兰书臣 /	黄河金岸曲(外二首)
114	熊秀英 /	咏白菊(外二首)
115	黄正元 /	宁园世纪钟(外一首)
116	杨森翔 /	黄河金岸(外二首)
117	李宁善 /	观李苦禅画展(外二首)
118	刘德祥 /	夏日游枸杞园
118	李贵明 /	忆花儿
119	项宗西 /	塞上重逢(外二首)
120	魏康宁 /	盼春(外二首)
121	薛建民 /	爱伊河(外二首)

122　周志远／天河湾（外一首）
122　张新安／赞洋槐树
123　白林中／雄鸡（外二首）
124　高凤林／须弥山（外二首）
125　丁玉芳／御街行·贺兰山早春（外一首）
125　俞学军／己丑重阳
126　闫云霞／化石之魂（外三首）
127　沈华维／沙坡头（外二首）
128　李玉民／点绛唇·黄河春早
128　孙果兴／早登贺兰山
129　张怀玉／南山台春色
129　邓成龙／游沙湖（外一首）
130　许　凯／贺兰山怀古（外二首）
131　海　军／山溪（外二首）
132　金富贵／长城陵园
132　李宪亮／登六盘山
133　郭生有／崂山观海（外一首）
134　张　嵩／雪（外二首）
135　闫立岭／岁月（三首）
136　强永清／观蝴蝶桥（外一首）
136　许东君／过沙湖
137　段庆林／浣溪沙·塞上江南（外一首）
137　惠国生／初游泾源
138　杜晓明／题中卫沙坡头（外二首）
139　王　风／荷花苑
139　天　唐／龙年寄语（外一首）
140　佐红星／踏莎行·暮夜风寒（外二首）
141　张俊奎／春日一绝（外一首）
141　何靖宁／花落
142　马建国／赴秦地谋生
142　马　犟／蝶恋花·胡杨

下卷　现代诗

145　王亚凡／我们海岛的春天（外二首）
148　李震杰／春天（外二首）

151　朱红兵 / 沙原牧歌（长篇叙事诗节选）
155　罗　飞 / 银杏树（七首）
159　姚以壮 / 球场即景（外一首）
161　刘和芳 / 我愿做一棵小草（外二首）
163　路　展 / 送粮队（外二首）
166　吴淮生 / 海水浴（外一首）
169　王世兴 / 牧羊山歌
170　高　深 / 致诗人（外三首）
173　杨克兴 / 夕阳碎影（七首）
175　高　琨 / 花蝶起舞（外一首）
177　秦中吟 / 五月，我在黄河岸上走着（外一首）
179　张贤亮 / 大风歌
183　张　涧 / 心途留迹（三首）
186　万里鹏 / 写在庞贝废墟上的诗（四首）
189　马朝森 / 生命的莲花（三首）
191　马乐群 / 深入宁夏（三首）
194　丁　文 / 沙中小憩（外二首）
196　贾长厚 / 车窗凭眺（外三首）
198　井笑泉 / 塞上的形象（外一首）
200　雷抒雁 / 父母之河
205　王维堡 / 会飞的岸（外一首）
207　马治中 / 赞雪
208　王景韩 / 爱的潜脉（四首）
211　杨少青 / 大西北放歌（四首）
214　何新南 / 拣矸石女工（外三首）
217　马中骥 / 憧憬（外一首）
219　肖　川 / 中年的船，没有港湾（外四首）
225　李云峰 / 寻找一棵树（外四首）
228　陈葆梁 / 大漠上的脚印
229　征明万 / 花儿风从风景线延伸
231　韩长征 / 命运（外二首）
233　刘国尧 / 夕阳跌落以后（五首）
236　薛建民 / 一张半旧的松木床板
237　蔡锦启 / 雁来了（外一首）
240　王　庆 / 农家的旗帜（外二首）

243　李劲松／岁月河（四首）
246　万宝琛／传说的启示（外二首）
248　胡大雷／在篝火升起的田边
249　屈文焜／边地（五首）
253　赵福辰／戈壁无风及其他（六首）
256　何克俭／群山与大寺（三首）
259　尚和平／机床灯（外二首）
261　薛秀兰／春（外二首）
263　冯海泉／雨季故事（外一首）
264　马志恒／盐池抒情（外三首）
266　刘秀凡／我爱幻想（外二首）
269　钱守桐／红果子土长城
270　乔　良／贺兰石（外二首）
273　邓海南／夜间潜伏（外三首）
276　陈幼京／春花秋叶（七首）
280　葛　林／年轻的太阳谷（四首）
284　民　冰／境界（五首）
286　白昌万／回音（五首）
289　何英俊／水的情节
290　柳　风／怀念（九首）
294　骆　英／泪别珠峰（九首）
300　田为民／贺兰山寻春（三首）
303　高玉虎／黄河河洲
304　马　钰／向日葵
308　李宗武／塞上情怀（四首）
310　段怀颖／蓦然回首（四首）
313　罗存仁／西吉月（外二首）
316　王天亮／草原（外一首）
317　尹　乔／献歌（六首）
321　黄金龙／我把太阳吵醒了（外一首）
323　沙　新／给友人（外一首）
325　周占忠／皇宫废墟
326　邱新荣／史·诗（五首）
330　范一凤／爱，从这里流出（外三首）
332　张廷珍／流动的四季（外一首）

334	陆占洪 /	割麦（外三首）
336	导　夫 /	空谷临风（六首）
339	虎西山 /	那个春天（九首）
344	薛　刚 /	塞上放歌（四首）
346	贾　羽 /	黄河与船舶（六首）
350	朱安宁 /	心旅牧歌（四首）
352	李春俊 /	安静的初夏（六首）
356	马春林 /	鹰（外二首）
359	李建华 /	大雪（外二首）
362	杨森君 /	午后的镜子（九首）
367	张　记 /	煤炭树（外三首）
370	魏　萍 /	秋天（外二首）
372	张　铎 /	三地书（六首）
375	洪　立 /	杏树（外七首）
379	梦　也 /	我不说出它（七首）
384	权锦虎 /	山妹子（二首）
386	米雍裹 /	给我的琪儿（六首）
390	白景森 /	在树林中（外二首）
392	殷　实 /	青年军官
394	陈继明 /	在异乡（外四首）
398	周彦虎 /	游西湖（外四首）
400	孟　虎 /	雨夜（外一首）
402	王跃英 /	你就是那个梅（三首）
405	季栋梁 /	习惯（外五首）
409	杨　梓 /	西夏与骊歌（六首）
414	张　嵩 /	梦蝶（外四首）
417	戴凌云 /	马的颂词（外三首）
420	牛红旗 /	遇见一滴水（五首）
424	刘敬东 /	太极之野（八首）
429	张　强 /	三月，属于女性（外一首）
431	高　强 /	一棵打坐的树（外三首）
433	王武军 /	相遇巧媳妇（外四首）
436	潘春生 /	皇天后土（四首）
439	阿　康 /	日落（外四首）
442	聂秀霞 /	试问（四首）

445 冯　雄／诗意大地（八首）
450 徐幼平／哀怨的歌（三首）
452 刘俊江／很多事情
453 李学智／猎人与鹰（外五首）
456 白军胜／红庄那盏灯（外三首）
459 党学宏／小城（外一首）
461 刘　中／草帽之歌（十二首）
465 丁学明／田埂上的老者（外三首）
468 杨云才／西部和我正年轻（外三首）
472 王　钟／风（外一首）
475 梁　锋／滩地情
476 王凤国／张家界：杜鹃花（外二首）
479 陈晓燕／宁夏写意（五首）
483 王怀凌／风吹西海固（八首）
488 郭文斌／家书（外二首）
490 陈晓东／黄土深处（四首）
493 郭　宁／格桑花
494 张　联／傍晚（六首）
498 王苇青／关于麦子（外三首）
500 王　慧／在放着松叶的小山上（五首）
503 郝雪峰／清明前后的春花（外二首）
505 周　鸣／苍茫高地（五首）
509 蔚　然／微笑的麦田（四首）
513 何　伟／朔方：疼痛的低语（五首）
516 唐　晴／弹筝峡（外五首）
520 莲　子／单人牢房（五首）
523 雪　舟／泾河两岸（八首）
527 李壮萍／经常的事情（外六首）
531 张　立／把岸还给河流（九首）
534 冰　河／火车（外五首）
537 刘鹏凯／独居山城（外三首）
540 李永林／白马穿过草地（外二首）
542 赵晓宁／秋天（外二首）
544 单永珍／向西的道路（六首）
549 单晓春／冬之书（外四首）

551 蒋文龄／西夏王陵
552 李耀斌／所有的门都上了锁（外三首）
554 岳昌鸿／河岸（五首）
557 何武东／色儿滩的水（外五首）
560 羽　萱／眼泪（外四首）
563 俞雪峰／马兰花
564 伊　农／鱼尾纹（六首）
567 郭　静／慢下来（六首）
571 唐荣尧／战刀（外三首）
574 瓦楞草／流动或被阻止的流动（五首）
577 马中宇／向日葵（外六首）
579 安　奇／野园集（十二首）
583 刘向忠／很想握住春天的手
584 郭雅妍／不愿你伤心（外二首）
586 刘学军／宁夏书（八首）
590 张不狂／2005：时间的划痕（十二首）
595 杨建虎／杏花落（六首）
599 林　混／幸福生活（六首）
602 牛丽健／沉默的小羊（外二首）
604 阿　尔／银川史记（七首）
608 杨春礼／访清水营古城（外六首）
612 孙志强／井（外五首）
615 方　石／三月里回家（外二首）
617 谢　瑞／北京路纪事（七首）
621 刘乐牛／当我再次比喻月亮（八首）
625 保剑君／伤水的叶子（七首）
629 胡　琴／开花的指头（外五首）
633 王江辉／黑色古船（外三首）
636 李俊杰／鹰的眼泪（外三首）
638 张九鹏／霁雨（外一首）
640 杨贵峰／初冬（外二首）
642 姚海燕／与花对语（五首）
645 常　越／遥远的角落（四首）
647 马万俊／爱情离开的那一天（外二首）
649 张家传／门之唇（外二首）

651 张　毅／仰望一把锄头（外一首）
652 王自安／泾源（四首）
654 马占祥／晚风吹（九首）
659 高鹏程／在西海固（外五首）
663 高丽娜／我是黄昏的女儿（外三首）
666 樊文举／西海固之月（三首）
668 紫　艺／成灰的蝴蝶（外三首）
670 马晓麟／米钵山之巅（外三首）
673 狼保禄／雨季（外二首）
675 刘天文／燕子（外二首）
677 咸国平／一声鸡鸣（外一首）
678 徐忠杰／沙湖（外二首）
680 海　默／自然及其他（五首）
683 倪万军／幻灭的歌（外三首）
686 沈莅欣／唐古拉山口（外二首）
688 泾　河／十二复生与圣咏之书（十首）
693 张富宝／歌，或者沉默（外四首）
696 西　野／三月（外四首）
699 何　强／早春的呓语（四首）
701 杨春晖／春泥的春天（四首）
703 王永玮／这些民工（外二首）
705 林一木／不止于孤独（七首）
709 马君成／三叶草（外三首）
711 朱　敏／有人向我打听（外四首）
713 查文瑾／纯棉（八首）
717 周瑞霞／洁净的白色（外一首）
719 武碧君／飞渡（外一首）
721 孙存一／西市场（外二首）
724 马瑞博／冬夜（外四首）
727 李兴民／放歌西海固（五首）
730 张虎强／幸福的一半是悲伤（五首）
733 屈子信／十年之后（四首）
735 谢　峰／三千青丝为你守候（外一首）
737 刘　岳／西海固的水（外五首）
740 王西平／模拟生活（六首）

744　马晓雁／爱的哲学（外三首）
747　杨　燕／那扇门（外四首）
749　马晓忠／五月
750　王佐红／等待（外三首）
752　秦志龙／泾水心脉（四首）
755　田玉铭／落叶（外三首）
757　兰喜喜／六月的午后（外三首）
759　王新荣／村庄继续（五首）
762　小　调／梦离我多远（外三首）
764　计生贤／姐姐，在天堂等我（外二首）
766　刘国龙／旧年（外二首）
768　杜玛丽／与青春有关的句子（外三首）
770　伏志强／一生的路（四首）
772　春　血／幻想一种生活（外三首）
774　许　艺／途中的花环（外二首）
776　李　文／怀念（四首）
778　高　果／向阳花（外三首）
780　丁壬甲／笛声（外三首）
782　火　禾／架子工（外二首）
785　杨　森／爱情的火苗（外三首）
787　张星洋／墙外（外三首）
789　杨海亮／春天（外二首）
791　田　鑫／草木之心（六首）
795　十　画／祷告（外五首）
798　柳　元／一匹马（外四首）
800　乱　码／平淡捉弄着我（四首）
802　张伟大／抒情（外三首）
804　李晓园／省嵬城：一把残刀（外二首）
806　马璟瑞／空气（外四首）
808　马玉文／清水河，请将我遗忘（外二首）
810　王　妍／仰望天空（外五首）
812　赵雅榛／微小的部分（四首）
814　杨晓照／新疆（外六首）
817　王水清／车过小站（外一首）
819　白　军／夜晚（外三首）

821　董雅慧／六月雪（外一首）
822　陈　凯／四海为家（六首）
825　刘　京／远方的钟（六首）
828　王恒帅／画在森林深处的云（外二首）
830　王　强／天地（四首）
832　邢江蒙／在人间（外一首）
834　马海波／一种境遇（外三首）
836　石杰林／2013年的十场雨（五首）

839　杨　梓／跋：前去庶不易，远途期所遵

上卷　古体诗词

李 益

夜上受降城闻笛（五首）

游子吟

女羞夫婿薄，客耻主人贱。
遭遇同众流，低回愧相见。
君非青铜镜，何事空照面。
莫以衣上尘，不谓心如练。
人生当荣盛，待士勿言倦。
君看白日驰，何异弦上箭。

将赴朔方早发汉武泉

弭盖出故关，穷秋首边路。
问我此何为，平生重一顾。
风吹山下草，系马河边树。
奉役良有期，回瞻终未屡。
去乡幸未远，戎衣今已故。
岂惟幽朔寒，念我机中素。
去矣勿复言，所酬知音遇。

［选自《全唐诗》卷282］

夜上受降城闻笛

回乐峰前沙似雪，受降城下月如霜。
不知何处吹芦管，一夜征人尽望乡。

暮过回乐峰

烽火高飞百尺台，黄昏遥自碛西来。
昔时征战回应乐，今日从军乐未回。

盐州过胡儿饮马泉

绿杨著水草如烟，旧是胡儿饮马泉。
几处吹笳明月夜，何人倚剑白云天。
从来冻合关山路，今日分流汉使前。
莫遣行人照容鬓，恐惊憔悴入新年。

〔选自《全唐诗》卷283。受降城，为灵州的治所回乐城。唐贞观十四年（640）九月唐太宗来到灵武，接受少数民族部落投诚，后人又把灵武称作受降城〕

李益（748—829），字君虞，姑臧人，后迁郑州。大历四年（769）进士，初任郑县尉。后北游河朔，贞元十三年（797）任幽州节度使刘济从事。历任秘书少监、集贤殿学士、左散骑常侍、礼部尚书等。李益在塞上的幕府度过约20年，其诗风豪放明快。"大历十才子"之一，与李贺齐名。今编《全唐诗》二卷。

佚 名

西夏《大诗》片段（外二首）

太阳足腿妹女嬉，
斗日下，姑女戏。
月亮西方灵童玩，
月升西，"罗"孩戏，
天下白鹤恋黑愚。
……
天被相撑不动摇，
不急广起坡头烟，
缓缓升起高地云，
远远降下速不"勒"
……

黑头像旋风一样在造天，
红脸在雾气弥漫的红色大地踏步行进，
红脸在修地，在铺设云道，
红脸喜欢通宵达旦地嬉戏，
红脸在大白天也在嬉戏，
大脸盘的子孙们一代代地不请自来，
大脸盘的子孙的队伍络绎不绝！
他们是人类产生的开端，
一支门第高贵的中流砥柱。
　　[摘自《圣立义海研究》，宁夏人民出版社，1995 年]

《新修太学歌》片段

无土以筑城，
无土筑城，天长地久光曜曜。

除灰以养火,
除灰养火,日积月累亮煌煌。

沿金内设窗,西方黑风萧瑟瑟;
顺木处开门,洫有泉源水澄清。
……

夜夜寐中祷平安,往返灵台前面,尽职守护防事端;
天天晨起念真善,拱手崇佛圣处,尽责祭奠施德福。
所愿者——天长地久,显兆国泰民安;
所愿者——世世代代,永葆江山固磐!
[摘自《西夏文化概论》,甘肃文化出版社,1995年]

《圣威平夷歌》片段

我们向上仰望——那里只有深邃的天空,
我们向上天抱怨——但上天没有应答。
我们向下俯视——那里只有金黄的大地,
我们寄希望于大地——但大地也不保护我。
……
地狱恶魔——铁匠雷,突然出现无处逃。
[摘自《西夏诗歌中成吉思汗的名字》,《西夏研究》,2010年1期]
注:以上诗歌从文中摘出,已由西夏文古体诗译为现代汉语。

张 元

雪（外一首）

五丁仗剑决云霓，直取银河下帝畿。
战死玉龙三十万，败鳞风卷满天飞。

[选自《全宋诗》第31部，亦见《嘉靖宁夏新志》。另版题为"咏雪"，句为"战退（罢）玉龙三百万，败鳞残甲满天飞"，现依此版]

好水川役后题界上寺壁

夏竦何曾耸，韩琦未是奇。
满川龙虎舞，犹自说兵机。

[选自《全宋诗》第31部，亦见《西夏书事校证》。题为编者所加]

张元，姓张，名不详，原为北宋永兴军路华州华阴县人。在北宋累试不第，于1038年冤名元昊建国前，与好友吴昊改名来到西夏。二人在一家酒馆里饮酒，并在墙上写下"张元吴昊来饮此楼"，意在引起元昊的注意。元昊称帝建国后不久，即任命张元为中书令，官至国相。《全宋诗》中，张元另有"有心待掬月中兔，更向白云头上飞"、"好著金笼收拾取，莫教飞去别人家"两个残句。

朱 栴

黄沙古渡（外五首）

黄沙漠漠浩无垠，古渡年来客问津。
万里边夷朝帝阙，一方冠盖接咸秦。
风生滩渚波光渺，雨打汀洲草色新。
西望河源天际远，浊流滚滚自昆仑。

贺兰大雪

北风吹沙天际吼，雪花纷纷大如手。
青山顷刻头尽白，平地须臾盈尺厚。
胡马迎风向北嘶，越客对此情凄凄。
寒凝毡帐貂裘薄，一色皑皑四望迷。
年少从军不为苦，长戟短刀气如虎。
丈夫志在立功名，青海西头擒赞普。
君不见，
牧羝持节汉中郎，啮毡和雪为朝粮。
节毛落尽志不改，男子当途须自强。

登宜秋楼二绝句（之一）

亭皋木落水空流，陇首云飞又早秋。
白草西风沙塞下，不堪吟倚夕阳楼。

登宜秋楼二绝句（之二）

楼头怅望久踌躇，目送征鸿向南去。
黄沙漫漫日将倾，总是江南客愁处。

［选自《嘉靖宁夏新志》卷之7，宁夏人民出版社，1982年］

行香子

　　五十之年，华发盈颠。得平安，感谢苍天。无忧无虑，即是神仙。有数厨书，万钟禄，万丘田。

　　光阴似箭，冬冷春暄。佟今生，所事随缘，从他汗简，芳臭流传。但饥时饭，渴时饮，困时眠。

青杏儿·秋

　　午枕梦初残，高楼上，独凭阑干。清商应律金风至，砧声断续，笳音幽怨，雁阵惊寒。

　　景物不堪看，凝眸处愁有千般。秋光淡薄人情似，迢迢野水，茫茫衰草，隐隐青山。

[选自《宣德宁夏志》卷下38。另版句为"儿凭阑干"属误]

　　朱栴（1378—1438），原名朱木旃，号凝真，明太祖朱元璋的第十六子。洪武二十四年（1391）册封为庆王。他在韦州城（今宁夏同心韦州镇）居住了9年，管理庆阳、宁夏、延安、绥德诸卫军务，负责镇守塞上疆土。在宁夏城（今银川市）居住36年，直至病逝。编纂《宣德宁夏志》。

林季芳

漫兴

水光山色满沙洲,举目关河一古丘。
玉露凋成红叶景,金风吹老碧梧秋。
云横雁阵书难寄,日落猿声泪易流。
廿载边陲羁倦客,戎衣添却去年愁。
　　　　[选自《宣德宁夏志》卷下37]

　　林季芳,字桂芳,浙江嘉兴人。明洪武初谪戍宁夏。

唐　鉴

秋感

养素存吾拙,经时不下堂。
坐观人事改,似与俗情忘。
叶落知秋感,蛩吟觉夜长。
此身浑是寄,何必问他乡。
　　　　[选自《宣德宁夏志》卷下37]

　　唐鉴,字景明,江苏姑苏人。明洪武初谪戍宁夏。

陈德武

贺兰晴雪（外一首）

六花飞罢净尘寰，贵富家翁做意悭。
满眼但知银世界，举头都是玉江山。
严凝藉雪风威里，眩曜争光日色间。
独有诗人怜短景，贺兰容易又青还。

黄沙古渡

天堑西来禹迹陈，高桥北下是通津。
造成荡荡摇摇棹，渡尽忙忙汲汲人。
雪浪休风明似练，冰梁映日净如银。
贺兰设险金城固，护此汤池壮塞滨。

[选自《宣德宁夏志》卷下38。另版句为"六花飞罢净尘裳"，属误]

陈德武，江苏三山人。明洪武初流寓宁夏。

胡官升

芦沟烟雨

晓风晴日草如茵，景人芦沟总是春。
夹谷娇莺留醉客，隔山啼鸟唤游人。
杏花带雨胭脂湿，杨柳含烟翡翠新。
愿得琴书身外乐，海鸥洲鹭自相亲。

[选自《弘治宁夏新志》卷8。芦沟，今青铜峡市广武乡西南10多公里处的芦沟湖，明时属中卫管辖]

胡官升，明洪武初谪戍宁夏中卫。

李守中

从猎贺兰山宿拜寺口

几年羁寓古兴州，今日欣从校猎游。
山势盘旋天外尽，泉声呜咽耳边流。
丹崖翠壁依依见，野寺苍岩处处俦。
好似江南庐岳上，禅僧千百自春秋。

[选自《宣德宁夏志》卷下37]

李守中，江西人。明洪武初流寓宁夏。

潘元凯

梅所（之一）

翠禽啼落枝头月，梦人瑶台白银阙。
缟衣缥缈列群倦，雪貌娉婷玉为骨。
初疑郭西千树梨，香魂化作万玉妃。
明珰杂珮盛妆饰，夜深与月争光辉。
又疑银河倒泻清泠水，散作天花照罗绮。
琼林玉树一色俱，仿佛蓬壶画图里。
复疑巫山之女披练裙，并刀剪碎巫山云。
随风飞堕水晶窟，朝朝暮暮扬清芬。
含情凝涕久延伫，梦觉纱窗读书处。
非梨非雪亦非云，乃是郭公之梅所。
郭知梅之趣，梅知郭之心。
江湖摇落岁云暮，老气峥嵘宜春簪。

[选自《弘治宁夏新志》卷8。梅所为郭原的别号，曾于城西筑舍，种梅数百株，称之"梅所"。明万历二十年（1592）兵变被毁]

潘元凯，字俊民，湖广嘉禾人。明洪武初为知县，后谪戍宁夏。

承　广

梅所

客以梅为所，移梅取次栽。
花枝向南发，山色自西来。
清影孤窗月，黄昏一酒杯。
扬州有何逊，东阁待谁开。
〔选自《弘治宁夏新志》卷8〕

承广，延陵人。明洪武初为南昌知事，后谪戍宁夏。

周　澄

宁夏

边城一望思悠悠，白草黄云古塞州。
人去人来经岁月，花开花落自春秋。
兰山西恃攒工秀，河水东奔绕郡流。
最嘉群公能镇静，万家烟火乐无忧。
〔选自《弘治宁夏新志》卷8〕

周澄，时任长史，总管庆王府内事务。

郭 原

重九

不随鸿雁向南飞,九日归期又竟违。
愁对贺兰山色老,梦思璧社蟹螯肥。
有霜何处开黄菊,无酒谁人送白衣。
欲插茱萸怜短发,也曾醉帽落斜晖。
　　　[选自《宣德宁夏志》卷下 37]

　　郭原,字士常,号梅所,淮安人。洪武初黔阳知县,谪戍宁夏。

朱孟德

寒食遣兴

春空云淡禁烟中,冷落那堪客里逢。
饭煮青精颜固好,杯传篮尾习同能。
锦销文杏枝头雨,雪卷棠梨树底风。
往事漫思魂欲断,不堪回首贺兰东。
　　　[选自《嘉靖宁夏新志》卷之 7。寒食,即寒食节,亦称禁烟节、冷节、百五节。每年清明节的前一天。在这一日,禁烟火,只吃冷食]

　　朱孟德,宁夏卫(今银川)人。明永乐十六年(1418)进士,官至翰林庶吉士。

王　逊

长塔钟声（外一首）

鸣钟长塔寺，不见昔年僧。
声寂三千界，音销十二层。
废基妻冢在，陈迹牧儿登。
有待庄严日，无常验智兴。

喜见贺兰山

贺兰河外起峥嵘，一见令人自有情。
昔出边城曾与别，今归谪戍若相迎。
白云万丈长飞练，碧树千行密拥旌。
惭愧山灵多古意，老来岩户足偷生。

[选自《宣德宁夏志》卷下37]

王逊，字谦伯，金陵人。在永乐以前任庆王府纪善。

刘 昉

蠡山叠翠

蠡山雨洗高嵯峨,群峰叠翠攒青螺。
我来信马上山去,马上观看频吟哦。
平生爱此嘉山水,爱山不得住山里。
到家移入画轴中,挂向茅堂对书几。
　　[选自《宣德宁夏志》卷下37。另版句为"群峰叠翠撑青螺",属误。韦州,今宁夏同心县韦州镇。蠡山,今宁夏罗山]

　　刘昉,平滦人。为庆王府长史。

马文升

秦陇道中

问俗昔曾过陇山,西征今复出秦关。
雁声叫日迷寒渚,枫树经霜代醉颜。
世路羊肠千里曲,功名蜗角几人闲。
林间鹦鹉能言语,笑我年来两鬓斑。
　　[选自《民国固原县志》卷10]

　　马文升(1426—1510),字负图,号三峰居士,钧州人。明景泰二年(1451)进士。授御史,升左副都御史,入为兵部右侍郎,总制三边军务,弘治初任兵部尚书,后任吏部尚书。

释静明

丽景园八咏（选四）

鹤汀夜月

高人无寐坐深更，可爱凄清皓月明。
寥唳一声空廊外，恍如仙约赴蓬瀛。

凫渚秋风

凫鹭南向度洪河，几逐清秋漾艳波。
又向渚晴沙白处，暂时舒翼赏心多。

桃蹊晓日

大造无私发育齐，万花开处日迟迟。
游人只为寻芳去，苔藓娴斑已作蹊。

杏坞朝霞

扶桑云散日瞳眬，一片红霞漾晓风。
有景莫教虚度却，人生忧乐古难同。

[选自《宣德宁夏志》卷下 37]

释静明，宁夏僧人。

王用宾

出塞曲（二首）

之六

青草湖边春月明，黄榆塞口暮云平。
健儿跃马横金戟，直破天骄第一营。

之七

横城北枕大河隈，雉堞烽台处处开。
十载塞人耕牧便，杨公真是济时才。
　　　　［选自《嘉靖宁夏新志》卷之7］

王用宾，宁夏人。明景泰时中举，历任河南府同知等职。

朱秩炅

秋晓过长湖（外二首）

浩荡烟波玉一湾，孤村相映绿杨间。
数行沙鸟冲人起，一叶渔舟舣岸闲。
天际远山横翠霭，堤旁野潦沁红萱。
客怀吟思殊无极，征骑匆匆又促还。

兰山怀古

风前临眺豁吟眸，万马腾骧势转悠。
戈甲气销山色在，绮罗人去辇痕留。
文殊有殿存遗址，拜寺无僧话旧游。
紫塞正怜同罨画，可堪回首暮云稠。

和张都宪夏日游丽景园

东郊长夏草初薰，霁景偏宜曙色分。
官树倚天张翠葆，好花傍槛闪红云。
舟移兰棹波光荡，宴列红亭乐调闻。
芳岁背人何易去，尊前莫问夕阳曛。

[选自《弘治宁夏新志》卷8。长湖，湖名，在今银川市城南15里。兰山，即贺兰山]

朱秩炅（1427—1473），号樗斋，庆靖王朱𣚣第六子。正统九年（1444）封为安塞王。著有《沧州愚隐录》六卷、《樗斋随笔录》二十卷等。

夏景芳

沧洲

石洞黉缘构草庐，烟萝邀绿入窗虚。
称风卷箔容飞燕，顺水穿渠纵戏鱼。
瓮牖雨香开芍药，石潭波紫落芙蕖。
一山半水皆生意，鸟静花飞兴有余。
　　[选自《嘉靖宁夏新志》卷之2。沧洲，在宁夏巩昌王府内，安塞王朱秩炅读书之所]

　　夏景芳，宁夏人。明成化四年（1468）举人。

王　珣

造坝

河流两派绕边城，保障平当一半兵。
不为板桥频建置，肯将石闸创经营。
百年敢信居民逸，此日应知水患平。
渠道汉唐依旧是，山川形胜总生成。
　　[选自《嘉靖宁夏新志》卷之7]

　　王珣（约1445—?），字德润，山东曹县人。明成化五年（1469）进士，弘治十一年（1498）以右副都御史巡抚宁夏。著有《南轩诗稿》，纂修《弘治宁夏新志》。

杨一清

兴武暂憩

簇簇青山隐戍楼，暂时登眺使人愁。
西风画角孤城晚，落日晴沙万里秋。
甲士解鞍休战马，农儿持券买耕牛。
翻思未筑边墙日，曾得清平似此不。
　　[选自《乾隆宁夏府志》卷21。兴武，明代军事堡寨名，在今宁夏盐池县高沙窝乡兴武营村]

　　杨一清（1454—1530），字应宁，号邃庵。生于云南安宁，长于湖南巴陵，老于江南镇江，因此晚年自号"三南居士"。明成化八年（1472）进士，任户部尚书、兵部尚书、华盖殿大学士、内阁首辅。先后三次负责陕西榆林、宁夏、甘肃等地边务。著有《西征日录》等。

朱平斋

西岭秋容

倚杖看山处，秋来景更芳。
菊枝披细雨，枫叶下清霜。
黛色浓于染，岚光翠似妆。
客中幽兴发，呼酒醉斜阳。
　　[选自《嘉靖宁夏新志》卷之3]

　　朱平斋，宁夏庆王宗室，庆康王朱秩煃之四子，封丰林王。

王 琼

宁夏阅边（外一首）

仗钺褰帷入夏州，塞垣风景豁双眸。
田开沃野千渠润，屯列平原万井稠。
西北蜿蜒崇岭峙，东南缥缈大河流。
深沟划断通胡路，不用穷兵瀚海头。
　　　［选自《嘉靖宁夏新志》卷之7］

黄河秋月

泉脉流来绕故城，冷涵秋气逼人清。
金波净漾水轮皎，玉液寒澄宝鉴明。
海客遗珠空有泪，湘娥解佩竟无情。
临流欲叩冯夷府，试问苍虬睡可醒？
　　　［选自《古今图书集成》卷228］

　　王琼（1459—1532），字德华，号晋溪，太原人。明成化二十年（1484）进士。嘉靖八年（1529）以兵部尚书总制军务至宁夏。

胡汝砺

别夏城

倦倚阑干把玉卮,水云缥缈鬓参差。
乾坤有路关荣辱,岁月无情管会离。
望里山川都入画,醉中乡国漫留诗。
园花汀草皆生意,借问东风知不知?
　　　　[选自《嘉靖宁夏新志》卷之7。夏城,今银川市]

　　胡汝砺(1465—1510),字良弼,号竹岩,宁夏卫人。明成化二十三年(1487)进士。初授户部主事,后升任户部郎中、大同知府、顺天府尹等,明正德四年(1509)召拜为兵部尚书,未及上任而卒。著有《竹岩集》数卷,修有《弘治宁夏新志》,纂修《嘉靖宁夏新志》。

杨志学

行台除夕

绮席华灯照夜阑,客中辞岁若为欢。
四千里外违龙衮,六十余年滥豸冠。
赴阙已占瓜代近,筹边真愧橫材难。
长安儿女遥相忆,为报归期春未残。
　　　　[选自《嘉靖宁夏新志》卷之7。另版句为"筹边真愧横材难",属误]

　　杨志学(1467—1541),字逊夫,号五华,徐州府人。弘治六年(1493)进士,曾巡抚大同、宁夏,累官刑部尚书。

胡琏

过田州城

漠漠寒沙雨浥平，青山淡淡野云轻。
孤城尽日鸣笳鼓，流水长年起稻粳。
春暖灏风消冻路，夜深磷火照荒营。
题诗欲吊英雄骨，把笔无言恨转生。

[选自《弘治宁夏新志》卷8。田州城，今宁夏平罗县姚伏镇东北有田州古塔，田州城址即在此塔之东南近黄河西岸]

　　胡琏，字重器，祖籍应天溧阳，谪戍宁夏，为宁夏卫人。著有《槐堂礼俗》三卷、《耕隐集》五卷等。

唐龙

豫望城次晋溪翁韵

疏茅寨结千人戍，苦水沙环三里城。
雪暗犬羊归旧穴，云明骠骑出新营。
高深沟垒重门险，呼吸风霆六月兵。
青草塞前农耜举，黄榆道上凯音清。

[选自《嘉靖固原州志》卷2。另版句为"呼吸风雷六月兵"，属误。豫望城，本称豫王城，因元代豫王曾驻此，后传为豫旺城，在今宁夏同心县预旺乡一带。晋溪，即王琼，号晋溪]

　　唐龙（1477—1546），字虞佐，号渔石，兰溪人。明正德三年（1508）进士，历任凤阳巡抚、三边总制、刑部尚书等。著有《渔石集》4卷。

骆用卿

题宁夏

塞北江南几今古,登临风物落诗边。
山长西北云藏寺,河曲东南水接天。
元昊霸图惟破碣,赫连荒垒只秋烟。
今逢四海为家日,笑听陴楼起诵弦。
[选自《弘治宁夏新志》卷8]

骆用卿,宁夏卫人。明正德三年(1508)进士,官至兵部员外郎。

保 勋

和静庵赏牡丹韵

春工未许便阑珊,且放清光护粉丹。
金幛不须遮日薄,罗衣犹自怯风酸。
柳间门户横金锁,花下神仙服豸冠。
胜地莫辞频宴集,明年须识此栏杆。
[选自《弘治宁夏新志》卷8]

保勋,宁夏卫人。明正德六年(1511)任镇守宁夏总兵官。

冯 清

灵州道中（外五首）

路入灵州界，风光迥不同。
河流清匝地，禾稼碧连空。
部伍兵威肃，忠贞士气雄。
尘消时雨后，西顾慰宸衷。

莲池雅集

井梧叶下报新秋，十里东郊作胜游。
筒酒数茎敦古俗，莲舟一叶泛中流。
一人有庆三边靖，四序惟康百谷收。
后乐也知明训在，应思蟋蟀咏休休。
　　[选自《弘治宁夏新志》卷8。宸衷，帝王的心意。另版句为"西顾慰宸哀"，属误]

盐池驿

南来百里憩盐池，解愠南薰夏仲时。
旧垒梁间巢紫燕，新声枝上啭黄鹂。
千年宠荷三生幸，万虑忠贞一寸私。
物与民胞均付托，内修今古重边陲。

次韵二首（之一）

万里乾坤割壮眸，西成处处报新秋。
胸惭十万无兵甲，今日先登德裕楼。

次韵二首（之二）

水色山光纵远眸，佳期计日属中秋。
月宫旧属经游地，不羡当年百尺楼。

浪淘沙·除夕偶成

鼓角数寒更，香袅灯明，笙箫沸鼎杂歌声。绕膝儿孙欢笑处，椒酒频倾。
腊去莫相惊，便是新正，岁华终始片时争。塞柳江梅传信到，万物春荣！

[选自《嘉靖宁夏新志》卷之7]

  冯清，浙江余姚人。明弘治六年（1493）进士。明正德七年（1512）以右佥都御史巡抚宁夏，九年（1514），升户部侍郎兼都察院左佥都御史，总督三边军务。

郭凤翱

登须弥山阁

春暮登临兴，寻幽到上方。
云梯出树梢，石阁倚空苍。
烽火连沙漠，河流望渺茫。
凭栏思颇牧，百战将名扬。

［选自《嘉靖固原州志》卷2。另版句为"百代将名扬"，属误］

郭凤翱，河南祥符人，进士，明嘉靖七年（1528）以佥事任固原兵备，升副使。

陶希皋

游南塘分微字韵

画艇移华宴，青山四面围。
隔帘闻鸟语，拍岸见花飞。
含雨云垂白，摇风柳拂扉。
兴长频唤酒，东望月痕微。

［选自《嘉靖宁夏新志》卷之2］

陶希皋，平凉卫人。宁夏镇都指挥，明嘉靖十六年（1537）任宁夏副总兵。

杨守礼

游南塘（外二首）

小艇容宾主，乘闲半日游。
隔帘人唤酒，泊岸柳迎舟。
垂钓双鱼出，随波一雁浮。
夕阳催去马，清兴转悠悠。

再游南塘得鱼字韵

罢舞征新曲，传觞索馔鱼。
南风催棹急，细雨人帘疏。
映酒花偏媚，藏莺柳任舒。
相逢俱是客，烂醉意何如。

[选自《嘉靖宁夏新志》卷之2。南塘，湖区园林名，故址在今银川南门外红花渠南]

春日登高台寺

元戎招饮高台寺，马首春风入面和。
草树万家分绿野，云山千里间黄河。
老来较射犹能壮，兴到吟诗不厌多。
文武同官俱塞外，好将忠义共磋磨。

[选自《嘉靖宁夏新志》卷之7。高台寺，始建于西夏天授礼法延祚十年（1047），万历间庆王重建，改名延庆寺]

杨守礼（？—1555年），字秉节，蒲州人。明正德六年（1511）进士，历任湖广佥事、徐州通判、河南参政等职。嘉靖十八年（1539）任宁夏巡抚。次年以功升右都御史总督陕西三边军务。主修《嘉靖宁夏新志》。

吴铠

过晏海湖有感

晏海湖边新战场，一询往事一堪伤。
尸填浅水泥犹赤，血染枯蒲色尚黄。

［选自《嘉靖宁夏新志》卷之7。晏海湖，湖名，故址在今银川市城区东24里处］

吴铠，山东阳谷人。明嘉靖十七年（1538）以右佥都御史巡抚宁夏。

齐之鸾

至灵州（外一首）

复入人烟境，村墟鸡犬闻。
沙黄偏映日，树绿正连云。
古道流河润，高岚压房氛。
服箱辕下牸，东饷马池军。

过田州故城

河外军藩麦秀中，唐兵昔数朔方雄。
韩公北辑三城路，至德中兴一旅功。
番刻劲销春藓碧，汉花秾映寺门红。
高云不罩田州塔，水鹤归巢戞暮空。

［选自《嘉靖宁夏新志》卷之7］

齐之鸾，字瑞卿，号蓉川，安庆府人。任长兴县令、青州同知、宁夏佥事、河南按察使等职。著有《蓉川集》《南征纪行》《入夏录》等。

孟霦

黑宝塔（外一首）

地僻僧无事，东风生绿苔。
石堂开树杪，宝塔出山隈。
小径围棋坐，平原射雁回。
归途知不远，一任晚烟催。

[选自《嘉靖宁夏新志》卷之2]

午日寓花马池

冉冉年将半，边隅始似春。
城多戎马色，地与犬羊邻。
绥索悲殊俗，蒲觞醉远人。
坐看云日度，一倍惜芳辰。

[选自《嘉靖宁夏新志》卷之3]

　　孟霦，字泉坡，泽州人。嘉靖八年（1529）进士，曾任宁夏兵备道佥事。著有《诗纪集》。

王崇古

抵塞

银河遥天落，金微大地远。
何当欢会夕，翻若别离颜。
唧唧蛩吟户，嘹嘹雁度关。
边愁与秋思，纷沓鬓成斑。
　　　　［选自《万历朔方新志》卷5］

　　王崇古（1515—1588），字学甫，号鉴川，蒲州人。嘉靖二十年（1541）进士，任刑部主事、陕西按察使、河南右布政使、右佥都御史、兵部尚书。嘉靖四十三年（1564）巡抚宁夏。著有《王鉴川文集》。

石茂华

中秋登长城关楼

戍楼危处一雄观，大漠遥通北溟看。
月色初添沙碛冷，秋风直透铁衣寒。
虽非文酒陪嘉夕，剩有清晖共暮欢。
且喜休屠今款塞，长歌不觉露溥溥。
　　　　［选自《万历固原州志》下卷］

　　石茂华（1521—1583），字君采，号毅庵，山东益都人。嘉靖二十三年（1544）进士。隆庆元年（1567）升都察院右佥都御史，巡抚甘肃、山西。万历元年（1573）升都察院右都御史，总督宁夏、榆林、固原三边军务。

罗凤翔

西夏思吴太恒

十年勤梦想,西夏续欢颜。
人自丹霄下,望从北斗悬。
谈边脱尔我,推毂让才贤。
谁忆燕川柳,霜花倏满头。
　　　[选自《万历朔方新志》卷 5]

　　罗凤翔,字高输,蒲州人。明万历元年(1573)任宁夏巡抚,明万历八年(1580 年)卒于任上。

李　汶

盐川中秋对月独酌有感

东来皓魄壮清眸,景物凋残已蓐收。
一点寒光徐透牖,十分彩色正当楼。
婆娑欲问槎回渚,婉转难停杞抱忧。
月是主人身是客,仰看河汉又西流。
　　　[选自《万历朔方新志》卷 5]

　　李汶,字次溪,北直任邱(河北任丘)人。明万历进士,官至兵部尚书。明万历二十九年(1601)任三边总督。

萧如熏

岳武穆祠（外二首）

百战崎岖绝代功，每图恢复志偏雄。
岂知末祚移奸党，逐使中原属犬戎。
汴水寒云横野渡，贺兰明月满长空。
千秋庙貌成今古，忠烈堪悲国士风。
　　［选自《万历朔方新志》卷5］

登牛首山（之一）

理棹还登岸，攀萝入紫烟。
云霄千嶂出，色界一灯悬。
石藓碑磨灭，金光像俨然。
不须探绝胜，即此是诸天。

登牛首山（之二）

闻道经台古，如来说法年。
树因藏垢拔，水为渡迷穿。
人我终无相，空门不二缘。
岂惟忻此遇，投老要归禅。
　　［选自《道光续写中卫县志》卷10］

　　萧如熏（？—1628），字季馨，延安卫人。任宁夏参将、宁夏总兵官。

李若素

隆邑岁感

一片峰岚接太荒,石田几处见农桑。
曾经夏半山犹雪,才到秋初露已霜。
税苦何年欣有诏,穷愁卒岁叹无裳。
萧萧风物常如此,抚景谁能不断肠。
　　　　[选自《康熙隆德县志》田赋。隆邑,隆德县城]

　　李若素,河南兰阳人。明万历三十七年(1609)任隆德知县。改建学宫,重修县志。

黄嘉善

防秋过预望城

边程催客骑,晓起揽征衣。
野径随山转,红尘傍马飞。
天连云树远,霜冷幕庭微。
极目南归雁,双劳忆故扉。
　　　　[选自《万历固原州志》下卷]

　　黄嘉善,山东即墨人。明万历五年进士,明万历三十八年(1610)巡抚宁夏,次年任总督,嗣以捷功加升兵部尚书、太子太保。

苍岩道人

登文昌阁

壮年碌碌走尘埃,此地清幽不肯来。
老去始惊春梦促,韶光易过槿花开。
历朝兴废书千卷,万古忠奸土一堆。
惟爱莎罗歌最好,闲时拍板满斟杯。

[选自《乾隆宁夏府志》卷21。] 另版句为 "间时拍板满斟杯",属误]

苍岩道人,明末清初人。俗姓袁,号金丰,南京人。为宁夏道雷有成幕友,住宁夏卫南薰门外文昌阁。著有《海天长啸集》。

黄图安

泛舟（外二首）

舫阁乘凉一棹通，青山佳色落湖中。
霞光倒映荷花水，云气低连杨柳风。
歌动游鱼闻近楫，舞回征雁见浮空。
清时游览襟怀阔，晚景酣呼兴不穷。

闲咏二绝（之一）

落花天气半晴阴，好去寻芳傍碧林。
是物含情知爱惜，莺声声里唤春深。

闲咏二绝（之二）

桃花水到报平渠，喜动新流见跃鱼。
一枕羲皇午梦后，数行小试右军书。

[选自《乾隆宁夏府志》卷21]

　　黄图安（？—1659），字四维，山东聊城人。明崇祯十年（1637）进士。历保定府推官、庐江知县，迁吏部主事、吏部员外郎。顺治二年（1645）任甘肃巡抚，旋改调宁夏巡抚。后清廷以"故意规避罪"将其革职。顺治九年（1652）因范文程力请，以佥都御史再任宁夏巡抚。

常星景

莲花池诗

莲香何代歇，寂历只双池。
藻影寒浮面，柳丝弱作眉。
登临容率尔，觞咏未参差。
雅志癖泉石，一官觉此宜。
   [选自《康熙隆德县志》河渠]

  常星景，山西翼城县人，清初举人。清顺治十三年（1656）任隆德县知县。清康熙二年（1663）主持修纂《隆德县志》。后升验封司主事、稽勋司员外郎。

粟尔璋

青铜禹迹

铜峡中间两壁蹲，何年禹庙建山根。
随刊八载标新迹，疏凿千秋有旧痕。
凭溯源流推远德，采风作述识高门。
黄河永著安澜颂，留取丰功万古存。
   [选自《乾隆宁夏府志》卷21]

  粟尔璋，宁夏卫人，清顺治进士。清雍正年间任临安知府，后任工部郎中，转御史。

刘芳猷

野望（外五首）

秋色到边城，萧萧牧马鸣。
长空看鸟尽，远水逼沙明。
风雨疑天意，江山矫世情。
河流归目下，遥瞩海云生。

过普济庵赠石屏上人

渠转招提出，重台趁柳湾。
地幽藏别境，云暗傲深山。
小座尘嚣远，清言俗虑删。
漫言车马地，静者自能闲。

雨余登无量台

一天雨气逼秋来，六月凉生亦快哉！
缓步科头寻古寺，振衣长啸上高台。
湖光潋滟杯中落，山色横披画里开。
不是闲人谁到此，磬音寂处少尘埃。

朔方

西峙兰山爽气凌，东流黄水日奔腾。
人烟漠漠联村落，畎亩鳞鳞傍水塍。
塞北江南名旧得，嘉鱼早稻利同登。
偶看儿女弓刀戏，不觉临风百感增。

边城

边城郁郁只风霾,对此安能好放怀。
斋马于今成款段,敝貂畴昔易茅柴。
热肠到处因痴误,傲骨何能与世偕。
遥望贺兰山色好,几回选胜鲜同侪。

绝塞

绝塞风光迟暮开,江南景物意中裁。
蒲抽嫩笋争输竹,杏勒寒花肯让梅。
曲径分流天上水,轻阴遥引地中雷,
科头屣履忘行止,野阁山亭日几回。
　　　　　[选自《乾隆宁夏府志》卷21]

　　刘芳猷,字巨卿,宁夏卫人。曾任山西潞安县丞,被诬罢归。著有《澄安集》《归田诗草》。

俞益谟

过大清闸（外二首）

唐汉平分万里流，中添一道入青畴。
沿堤柳浪村村密，刺水秧针处处稠。
长笕涛翻桥闸外，虚亭额映塞垣秋。
春风策马频来往，几度低回去复留。

紫金晓雾

重峦咫尺斗牛通，碧色连天接远空。
夜月常收千叠秀，曙星摇落万峰雄。
丹岩积翠迷烟树，环岭飞云逐晓风。
欲较晦明频颊此，三农景仰意何穷。

青铜锁秀

临渊空羡几人渔，信步高楼目极初。
淡淡云光浮水泊，青青草色映山墟。
岭头苍翠千峰秀，峡内烟波一派舒。
月上扁舟寻钓侣，鸥夷佳趣娱闲诸。

[选自《康熙新修朔方广武志》卷下。大清闸：大清渠正闸，在今青铜峡小坝境内。另版句为"欲较晦明频俯北"，"三农景仰意何群"，"颊"同"俯"，而"北"和"群"属误]

俞益谟（1653—1713），字嘉言，号澹庵，别号青铜。祖籍明代北直隶河间府，曾祖父时迁居宁夏西路中卫广武营，入籍宁夏。清康熙十三年（1674）进士。清康熙五十二年（1713）三月，康熙六十大寿时受到召见，被加封为荣禄大夫一品散官荣衔。

岳 咨

贺兰秋兴

木落天空爽气浮,萧条景物贺兰秋。
云连远塞迷荒径,日暮边城暗戍楼。
红叶不知邀客醉,黄花唯解伴人愁。
阴符误我头颅白,潦倒风尘促未休。
　　　　[选自《乾隆宁夏府志》卷21]

　　岳咨,宁夏卫人。清康熙三十五年(1696)中武解元,官至梧州都司。著有《袜线诗稿》。

张 灿

贺兰僧舍

禅房幽隐万山中,满地松花曲径通。
斗室升沉千古月,竹窗吐纳四时风。
浮云乍卷回峰碧,宿雨初收返照红。
半点尘埃飞不到,鸟啼花落总归空。
　　　　[选自《乾隆宁夏府志》卷21]

　　张灿,宁夏卫人。清康熙四十四年(1705)中武举人。曾任宁夏府千总、保荐特授侍卫、勇健营游击等。

俞汝钦

咏新月岩（外一首）

入罅天光一道眉，宛然皓魄乍生时。
清辉藉得岩间照，不用盈满不愿亏。

咏电白峰

峰留一线天痕碧，恰似银蛇掣未收。
暮鼓沉沉来远寺，雷声隐隐下山头。

[选自《康熙新修朔方广武志》卷下。电白峰：今青铜峡牛首山的一座山峰]

俞汝钦，字念兹，俞益谟之子。清康熙三十八年（1699）中武科举人第二名，后中武进士，曾任按察司副使。

李若樕

老君台

参差观宇白云隈，翠绕千岩抱野台。
柱下元言何处贮，洞中丹灶几时开。
古碑字断沉苍藓，野鹤情闲倚碧苔。
欲向函关瞻紫气，先从此地问蓬莱。

[选自《道光续修中卫县志》卷10]

李若樕，字荫堂，宁夏中卫人。清康熙四十五年（1706）贡生。

润 光

游贺兰山

一路草香都是药，千林老树尽生苔。
浮云似水流将去，怪石如人立起来。
　　　[选自《乾隆宁夏府志》卷21]

　　润光，俗姓陈，宁夏府（今银川）人。幼时入太平寺，后还俗。49岁时妻亡子夭，再次出家。著有《澡雪集》。

幻 闻

山居（外一首）

屋矮来迟日，风寒怯鸟声。
山空云影瘦，溪冷月华清。
布衲和烟卧，芒鞋带露行。
渔樵堪混迹，何必话生平。

过小滚钟口宿极乐庵绝句

石径沿溪树百重，松间明月丽樊笼。
寒涛日夜雷声吼，突出前山四五峰。
　　　[选自《乾隆宁夏府志》卷21]

　　幻闻，即幻闻禅师，俗姓史，名真学，京兆大安人。居海宝寺法席。著有《要录》一卷。

朱亨衍

过高台寺（外五首）

四面风尘绝，孤台殿宇摧。
地闲云欲宿，僧定客偏来。
香积灯为火，村醪碗作杯。
冷宦宜静境，驻马一徘徊。

代前人题

楼阁思超然，烟霞径更偏。
花深葱翠地，月满蔚蓝天。
幽讨鸿蒙上，神清蓬岛山。
不因思归急，禅榻一酣眠。

题拨云楼

荒寒何处暂开颜，高阁登临趁偶闲。
翠盖重重城外树，青莲瓣瓣雨中山。
好风入座来何处，红日当头近可攀。
自是拨云非易事，几年赢得鬓毛斑。

十五夜无月

已负春光不负秋，良宵辨作少年游。
谁施覆雨翻云手，挠乱嫦娥不出头。
镜分圆月几春秋，老向关山作倦游。
此夜清光应遍照，不堪浅睡尚迥头。

重游灵光寺

深花密叶隐鸣蝉，霁影明霞媚远天。
忙里久忘身是客，闲中翻讶日如年。
野云岭外离还合，飞鸟枝头去复还。
解脱莫论参大觉，暂时物外已悠然。

古寺疏钟

古殿荒台尽棘丛，何来钟韵到城东。
凄凉夜逐凄凉月，断续声随断续风。
旅客乍闻悲饭后，蓬闺频听泣宵中。
我无木铎徇浇俗，正藉西山一片铜。

[选自《乾隆盐茶厅志》第18卷]

  朱亨衍，广西临桂人。清康熙五十年（1711）举人，任直隶甘肃知县、宁夏盐捕通判、宁夏府盐茶厅同知。乾隆十三年（1748）奉文移驻海城（今宁夏海原县），修城池，建衙署，开水利。在任期间，纂修《乾隆盐茶厅志》。后引病归隐，在田心村后山脚下教书育人，读书立著。著有诗集三卷、《退耕轩杂》四卷、《海喇都初志》一卷。

杨士美

羚羊松风

羚羊旧映夕阳时,此日龙鳞别有姿。
虎啸山门嗔送客,西来意在最高枝。
　　　[选自《乾隆宁夏府志》卷21]

　　杨士美,字莲塘,宁夏中卫人。清雍正十年(1732)举人,曾参与编修《乾隆中卫县志》,其居所名为"云山草堂"。

许体元

文昌阁新成

春来帘幕侣还稀,出入朱门着素衣。
月满琼林难识面,风微玉殿更生辉。
绿荫密处衔珠语,红叶飘时抱璞归。
应与周家鱼并瑞,汉宫未许拟双飞。
　　　[选自《乾隆宁夏府志》卷21]

　　许体元,字御万,宁夏灵州人。清乾隆十一年(1746)贡生,后任安定县司训。著有《春秋传叙》《易经汇解》。

胡秉正

晓渡黄河（外一首）

归舟喧渡急，移棹荡波纹。
两岸山光合，中流树色分。
沙明争映日，浪涌欲吞云。
何处渔歌发，惊飞鹭一群。

登高台寺

路入精蓝最上层，开轩容我一相凭。
云霏西岭兼天净，树绕南湖映水澄。
灏气盘旋怜野鹤，禅机清远愧闲僧。
数杯茶罢诗情浓，长咏还看皓月升。
［选自《乾隆宁夏府志》卷21］

　　胡秉正，字建中，宁夏府人。清乾隆六年（1741）贡生，曾任庆阳府环县训导。

宋维孜

过宁安堡

绿树烟浓熏远天，潺湲曲水致嫣然。
桥通微径行花底，村带残霞入画边。
好鸟相呼求旧友，良苗秀发错新田。
吟鞭指顾成幽兴，吏已翩翩气若仙。
　　　　[选自《乾隆宁夏府志》卷21]

　　宋维孜，清正黄旗汉军人。乾隆十五年（1750）任宁夏平罗知县。

方张登

香岩登览（外一首）

香山高与碧云齐，万里风烟树影迷。
白草萧萧孤雁下，群峰尽带夕阳低。

星渠柳翠

七星渠水正漫漫，孤鸟横飞返照宽。
三月好风吹柳绿，千条低拂一川寒。
　　　　[选自《乾隆宁夏府志》卷21。香岩，指地处中卫南部的香山]

　　方张登，桐城人。清乾隆十七年（1752）举人，任平罗知县。

黄恩锡

石空道中（外五首）

策骑日欲斜，巢树噪双鹊。
前林柳色中，参差见城郭。

登石空寺

健足临高阁，披云上佛台。
河流环地曲，梵刹倚山开。
树隐烟光合，风鸣雨势来。
僧闲留客久，茶熟劝添杯。

河南道中（之一）

处处园林叶半黄，萧疏杨柳淡秋光。
数声啼鸟炊烟晚，薄暮轻车过永康。

河南道中（之二）

小凉襟袖起微风，杨柳叶疏雁下空。
尽扫白云秋色远，青云一段画图中。
　　　　　[选自《道光续修中卫县志》卷10]

永兴道中

春水欲平堤，堤杨叶未齐。
人家烟树外，流水小桥西。

朝发白马诗

朝来霁色远,林表出青峰。
雨气浮山翠,风光媚柳浓。
河流遥见水,僧院近闻钟。
初日前村路,登车时正雍。

[选自《乾隆宁夏府志》卷21。白马寺,在今宁夏中宁县白马乡]

　　黄恩锡,字素庵,云南永胜县人。清乾隆十七年(1752)进士,曾任甘肃碾伯知县、宁夏中卫知县,后升礼部主事,充乙酉科乡试同考官。著有《忆山诗草》《中卫竹枝词》《素庵时文》,纂修《乾隆中卫县志》。

顾光旭

胜金关（外四首）

古戍入云标，天寒马不骄。
山形如卧虎，风声欲盘雕。
比户归耕凿，长河自暮朝。
从来征战地，残照话渔樵。

至夜宿广武

今夕复何夕，萧寥广武间。
河声犹撼郭，云气半藏山。
律管回春梦，灯花笑客颜。
乡心鸿雁外，片月独临关。

凯歌墩

撞金伐鼓出关门，古木寒鸦又一村。
多少沙场征戍骨，行人独上凯歌墩。
　　[选自《宁夏文史》第 7 辑，宁夏文史研究馆编，1990 年。凯歌墩，在今中卫市境内]

大雅堂夜坐留别诸文士

离心如落叶，飘散忽无端。
剩月孤吟夜，空堂独树寒。
杜陵思广厦，韩子揖峨冠。
驱马且东去，予襟良未殚。
　　[选自《乾隆宁夏府志》卷 21]

将至郡城小憩沈氏村楼

驻马银川云满身,贺兰山外净无尘。
寄声父老休相讶,我亦江南蓑笠人。
　　[选自《银川市志》附录]

　　顾光旭(1731—1797),字华阳,号晴沙,江苏无锡人。清乾隆十八年(1753)进士,授户部主事,晋员外郎。清乾隆三十三年(1768)任宁夏知府。著有《响泉集》《梁溪诗钞》。

王赐节

东湖春涨（外二首）

昨夜湖光带雨昏，春波碧草荡新痕。
晓来遥望平林外，一片空明接远村。

石关积雪

嵯石嶙峋倚塞墙，风声日色总苍凉。
三边兵气消除尽，关外唯留白雪光。

西岭秋容

西山爽气忽飞来，万叠岚光隐翠苔。
只听马嘶秋柳岸，已留人醉夕阳台。

[选自《乾隆宁夏府志》卷21。东湖，为银川湖泊之一]

　　王赐节，宁夏灵州人。清乾隆十七年（1752）举人，曾任邠州（今陕西彬县）教谕。

魏殿元

登古佛泉阁

雄阁飞来峭壁留，层峦高处最清幽。
山横石笋云生衲，水泻银河雨洗秋。
绿树啼莺和梵唱，寒泉引客看花游。
疏钟只为清音远，消遣英雄已白头。
　　　　［选自《道光续修中卫县志》卷10。佛泉阁，在牛首山上。］

　　魏殿元，宁夏中卫人。清乾隆十七年（1752）商学恩贡。

王家瑞

偕同人乘雪游贺兰山

客心殊旷绝，山色冷相看。
积素千峰回，凝花四壁寒。
松青加老瘦，泉净益波澜。
白雪欣同调，阳春满贺兰。
　　　　［选自《乾隆宁夏府志》卷21。另版句为"积素千峰迥"，现依此版］

　　王家瑞，字吉人，宁夏府人。清乾隆二十三（1758年）贡生。

张映梓

山屏晚翠（外一首）

返照抹阳林，遥望城西岑。
山中多夏寺，苍苍暮霭深。

连湖渔歌

缘村树色青，半坡山影绿。
向晚听渔歌，沧浪幽思足。

[选自《乾隆宁夏府志》卷21。另版句为"半陂山影绿"，现依此版]

张映梓，宁夏府人，清乾隆十五年（1750）贡生副榜。曾任教谕、《宁夏府志》编辑。

王三杰

连湖渔歌

澄波渺渺平湖里,一曲渔歌隔烟水。
浮鸥作伴自相亲,山翠扑人真可喜。
有时罢钓不系舟,便枕渔蓑清昼眠。
那知塞北江南地,总是芦花明月天。
　　　　　[选自《乾隆宁夏府志》卷21]

　　王三杰,宁夏府人。清乾隆三十五年(1770)贡生。曾任直隶管河主簿。

朱适然

河带晴光

青铜西望郁嵯峨,一道奔流走大河。
回带晴光沙岸阔,斜穿紫塞白云多。
春渠竞泛桃花水,汉史空闻瓠子歌。
正是升平休气塞,银川风物美如何?
　　　　　[选自《乾隆宁夏府志》卷21]

　　朱适然,宁夏府人,清乾隆三十五年(1770)举人。

任景昉

暖泉春涨

一鉴方塘迥绝尘，溶溶波暖最怡人。
温蒸岂是因人热，活水源头自有春。
　　　[选自《道光续修中卫县志》卷10]

　　任景昉，宁夏中卫人，清乾隆时儒生。

王　绥

废垒寒烟

荒墩颓剥石苔斑，故垒凄凉落照间。
已报秋成沙漠地，何须夜保贺兰山。
寒烟古迹明驼卧，野草西风战马闲。
短笛一声归牧竖，太平景象在边关。
　　　[选自《乾隆宁夏府志》卷21]

　　王绥，字履斋，宁夏灵州人。清乾隆五十五年（1790）武进士。历任江南都标中军副将、南赣寿春镇总兵官，代江南提督。著有《一啸轩集》。

孙 氏

皇清孙烈妇诗（三首）

之一

独羡文丞相，固怀正气歌。
成仁兼取义，万古不消磨。

之二

万事伤心可奈何，敢云随分逐时过。
课儿尚有一经在，织锦全无半字歌。
泪洒北堂云不散，月行东海雾偏多。
白头未到君先逝，愿逐英风话五罗。

之三

儿曹勉力习遗经，家世簪缨旧有名。
传汝唯希清白吏，河东三凤再齐鸣。

[选自《乾隆中卫县志》艺文]

孙氏，名不详，延安府知府孙川之女，为清朝正红旗汉军武进士、石空寺守备教允文之继妻。婚后一年丈夫去世，孙氏守孝满月，自尽于柩前。入殓时，发现其怀中有诗三首。被中卫县知县黄恩锡收入编纂的《中卫县志》，并写了小序和跋文。

黄 璟

春日刑洛城处纪事（外二首）

春日骑马出山城，遍听秧歌四起声。
民事真时便家事，宦情淡处即诗情。
农桑养命何劳劝，孙子为邻自息争。
赐火家家薪作饭，炊烟和雨正清明。

题县署

曾经到处为羁客，来此深山作县官。
药拣一囊堪疗病，米储五斗足供餐。
空阶鹤步闲中领，长日文书静里看。
地僻人稀庭鲜讼，掩藏鸠拙可偷安。

隆德秋日杂咏（之二）

荒台背岭接云烟，寒气今年甚昔年。
八月未来先去燕，一秋将尽不闻蝉。
难从旧路寻莲浦，好上高城看豆田。
堂在山头得月早，吹开弦管恍从天。

[选自道光《隆德县续志》艺文续志]

　　黄璟，山西平定人。清道光三年（1823）任宁夏隆德知县，主持《道光隆德县志》纂修，并捐资设立义学、修建书院等。

徐保字

通润桥散步（外二首）

公暇揽幽胜，渠流跨土梁。
水田飞白鸟，野庙矗青杨。
小市人声散，空街夜色凉。
萧然尘外意，一曲在沧浪。

沿河闸

万绿翳无际，沿堤客跨鞍。
平沙千顷阔，野水一渠宽。
老树拦危彴，孤禽没远滩。
耕氓方待泽，何以抚躬安。

由灵沙村至庙台堡

兹乡频苦旱，极目断炊烟。
核户多逃薮，开荒半讼田。
河声千丈落，树色一溪连。
更指前村路，灵旗古庙偏。

[选自《道光平罗记略》卷8艺文。灵沙、庙台堡皆平罗县地名。另版句为"极目数炊烟"、"核户多逃数"，属误]

徐保字，浙江归安人。清道光四年（1824）和道光八年（1828）两次出任宁夏平罗知县。纂修《平罗纪略》。

张 梯

平罗八景（选三）

官桥烟柳

跨岸虹通砥道平，绿杨苒苒水盈盈。
轮蹄来往南北路，都在山城画里行。
桥上轩楹带画栏，林荫幂历嫩于烟。
余情也爱渊明柳，不在门边在水边。

杰阁层阴

天府文光百丈开，培风特起最高台。
春秋灌献人无数，不是书生不上来。
紫阁雕甍耸几层，窗开四面晓霞蒸。
上头原近青云露，愿与诸生努力登。

贺兰夏雪

玉龙终岁卧云端，冬日山光夏日看。
白帝西方原作主，令严六月也生寒。
一唱西山白雪歌，年年九夏暮寒多。
我今欲仿梁园赋，到此须将冻笔呵。

[选自《道光续增平罗记略》卷5。另版句为"林阴迷离嫩于烟"，属误]

张梯，字灏园，河南鹿邑县人。清道光二十一年（1841）任平罗知县。曾捐资扩建书院、养济院、义学堂等。主持编辑《续增平罗记略》。

郭鸿熙

平罗八景（选三）

佛寺香泉

古寺三间老树阴，萧然风趣在山林。
我来先掬清泉饮，为证冰壶一片心。

边墙晚照

锋镝销熔战垒空，断砖零落野花红。
村农倦倚苔垣坐，闲话桑麻夕照中。

虎洞归云

虎迹已随荒草没，岭头犹见白云飞。
山灵着意留云住，未许云行竟不归。

[选自《道光续增平罗记略》卷5]

郭鸿熙，安徽全椒县人。清道光二十四年（1844）任宁夏平罗知县。

范　灏

头发菜

千茎未白已萧疏，羞把青丝当野蔬。
多少愁肠消未得，云鬟缕缕那堪茹。
　　　[选自《道光续修中卫县志》卷10。头发菜，即发菜，宁夏"五宝"之一]

　　范灏，湖南永州人。曾任宁夏中卫知县。

王德荣

河带晴光

一曲河如带，晴光淡连天。
长虹占霁色，晓日散轻烟。
古塞风云净，春山草树鲜。
郊原浮润气，极望更苍然。
　　　[选自《道光续增平罗记略》卷5]

　　王德荣，宁夏府人。曾任蓝田县教谕。

陈日新

重游蠡山（外一首）

重作蠡山游，峰峦为我秋。
人倚东岭望，河入北荒流。
烟火曾驱马，风波莫问鸥。
半林黄叶老，但见陇云浮。

感怀

战罢强酋后，符分县尹余。
凄凉三尺剑，风雨一灯书。
热血喷青史，冰心结太虚。
闲思伊吕事，明月上阶初。

[选自《光绪平远县志》卷10]

陈日新，湖北监生。清同治十三年（1874）任平远（今宁夏同心）知县。编修《平远县志》。

朱美燮

华山叠翠（外四首）

山翠层层叠，撑空不肯低。
峰连苍碧合，天并蔚蓝齐。
绿树藏禅院，青云拥石梯。
探奇临绝顶，放眼陇东西。

寻东岳庙故址

古庙寻东岳，山空一片荒。
残龛苔绣石，断壁草穿墙。
钟篆铭雍正，碑文纪道光。
昔年香火地，唯剩暮烟苍。

花山寻灵寺故址

花山寻胜迹，古寺访灵光。
境僻烟霞古，林幽草木香。
泉声和佩玉，云色湿衣裳。
峭壁能骑马，禅关径未荒。

到此无尘虑，山空寺亦空。
珠林消劫火，室相化祥风。
钟卧残花里，碑摩乱棘中。
灵光终自在，归路夕阳红。

入海城

水郭山村化劫灰，萧条满目为徘徊。

数程道路无烟火,万顷膏腴尽草莱。
日落荒墟鸦阵散,云横绝塞雁声哀。
穷檐幸有遗民在,老弱郊迎杂汉回。

过西安州

万顷田荒稼穑功,尘扬紫陌起凄风。
渔樵不到山溪寂,鸡犬无闻里巷空。
谁惜柳非前度碧,可怜花似旧时红。
何当再睹蕃昌会,扑地闾阎乐利同。

  [选自《光绪海城县志》卷10。海城,今宁夏海原县。西安州,在海原县城西约40里处。花山,即华山,又称莲花山,今海原南华山]

  朱美燮,湖北通山孝廉方正。清光绪四年(1878)任宁夏海城知县。

赵惟熙

憩园（外二首）

边地无甘棠，小园聊可憩。
坐此心迹清，天空新雨霁。

柳边桥

柳外一桥横，春来众绿舒。
凭栏偶垂钓，昨夜梦维鱼。

旧雨轩

旧雨客不来，开轩徒延伫。
造像西壁悬，如对须眉古。

[选自《民国朔方道志》卷29]

赵惟熙（1859—1917），字芝珊，江西省丰县人。清光绪十六年（1889年）进士。授翰林院编修，后任会试同考官、国史馆总纂等，光绪二十六年（1900）任宁夏知府。

徐步升

原城八咏之城垣

长安西上此城雄,千里金汤对峙中。
控制北门称锁钥,藩篱东道扼崆峒。
曾遭地震嗟全堕,谁念天灾赐赈工。
寄语筹边休玩视,夏灵秦蜀赖交通。

[选自诗集《塞上雪鸿集》油印本。原城,即固原城]

徐步升(1869—1938),甘肃固原(今宁夏原州)人。清光绪二十九年(1903)中副举,三十年(1904)任固原五原书院山长,后任《民国固原县志》首任总纂。

锡 麒

东山秋月

萧关万里净无尘,秀耸东峰倚凤阐。
漫把防秋谈战争,且邀新月作诗邻。
莲花似滴平峦翠,杨柳犹怀旧苑春。
南望络盘北海刺,年年照彻远行人。

[选自《原州历代诗文选》,宁夏人民出版社,2003年]

锡麒,字仁山,今辽宁沈阳人。清时任固原知县。

韩国栋

瓦亭烟岚

六盘俯瞰接三关，斗大孤城万仞山。
不断云根横雁齿，每当雨霁拥螺鬟。
画图犹待倪迂写，旌旆常逢汉使还。
试向萧关一回首，依依杨柳水潺潺。
  [选自《宣统固原州志》]

  韩国栋，字伯隆，甘肃甘州（今张掖）人。廪贡生。清光绪三十四年（1908）任固原州学正，兼充固原中学堂校长。曾参加编修《宣统固原州志》。

韩庆文

禹塔牧羊

浮屠七级峙郊原，遗迹都从劫后存。
半岭寒云横断堞，一湾流水绕孤村。
苔花莫辨明臣碣，苜蓿犹肥汉将屯。
最是池阿歌上下，鞭声遥送月黄昏。
  [选自《宣统固原州志》]

  韩庆文，字筱三，咸宁（今西安）人。清光绪三十四年（1908）任固原州吏目。

王文熙

杂咏

细草低垂覆绿苔,豆花引蔓墙上开。
小园寂静多蝴蝶,一对才飞一对来。
南山烟锁寺门秋,冉冉赤云挂树头。
清磬一声归路远,挹青门外月如钩。
　　　　[选自《民国隆德县志》卷4]

　　王文熙,宁夏隆德人。清宣统元年(1909)拔贡,授四川州判。

张维岳

雨后咏（外一首）

雨后别开新天地,山光云影齐献媚。
云如有心山无意,稳抱山腰不肯去。

漫兴

年来学佛更多情,涤尽烦疴总不成。
偶得园亭消夏好,荷花欲放雨初晴。
　　　　[选自《民国隆德县志》卷4]

　　张维岳,字仲武,号若谷,宁夏隆德人。清宣统时拔贡,曾任化平(今宁夏泾源)知县、民国二年省议员。

岳钟仙

登文昌阁

边城画阁最称雄,渠向西流客向东。
乍扫松花开酒瓮,还翻麦浪索诗筒。
檐牙鸟度双声曲,殿有铃敲四面风。
乘兴归来情不尽,一鞍斜趁夕阳红。
　　[选自《平罗记略》卷8。文昌阁:在平罗县东南。清乾隆二十八年(1763)由生员龚弼等捐建,清道光二十三年(1843)由知县张梯捐资重修]

　　岳钟仙,字明经,宁夏平罗县贡生。一生未仕。

张　吉

咏雪

十二琼楼地,三千银界天。
中多仙子醉,常伴玉妃眠。
贪看明月冷,细嚼梅花香。
鹤宿松梢白,琴声出草堂。
　　[选自《民国隆德县志》卷3]

　　张吉,甘肃静宁人。禀生,后移居宁夏隆德沙塘。精通方术,隐逸山林。

吴复安

老松（外五首）

落落孤木节不磨，终冬冰雪自婆娑。
莫嫌骨格苍质老，独秀空山阅历多。

书斋有感

自叹我生何所缘，穷年矻矻事丹铅。
只因性疑难谐俗，到老还耕一砚田。
伏案披吟数十年，难将知遇问青天。
撑肠富有书千卷，也胜腰缠万贯钱。

[选自《历代诗词咏吴忠》，吴忠市委宣传部编，2004年]

春日书怀

茅庐常扫静尘缘，理乱无关只独眠。
门外一渠春水绿，年年流润到田间。

柳絮

烟铺绮陌草铺茵，柳絮纷纷扑水滨。
日暖风清飞上苑，休同桃李逐红尘。

归田

饮有清泉食有鲜，晨炊早出看芸田。
归来小憩柳荫下，共话桑麻到晚天。
忙煞乡村四月天，家家儿女共耕田。
归来每到黄昏后，露满蓑衣月满川。

贺兰怀古

欲揽朔方胜，先来上贺兰。
蜿蜒五百里，塞北涌伟观。
飞泉碧峰挂，积雪浮云端。
笔架形奇特，宛若龙虎蟠。
中有滚钟口，古刹依层峦。
夕阳时反照，处处障流丹。
府瞰黄河水，河水弥漫漫。
南入青铜峡，直向里山湍。
长渠资灌溉，居民庆安澜。
水光与山色，一幅图画看。
我来游此地，怀古百爱攒。
或为赫连城，今见沙草寒。
或为元昊宫，今只余荒坛。
雄图今何在，苍苍雾霭团。
浮生真若梦，感此堪浩叹。

[选自《青铜峡文史资料》第 1 辑，1988 年]

吴复安（1872—1920），字心斋，号静安，宁夏宁朔（今青铜峡）人。清光绪十九年（1893）乡试中举，民国二年（1913）被选为宁朔县议会议长。民国七年（1918）修纂《朔方道志》。

杨巨川

六盘山

驱车上六盘，绝顶见天宽。
赐秦怜鹙首，拒汉忆牛邯。
绕树晴岚密，窥山晓日寒。
陇坂分流水，东西各有澜。

[选自《民国固原县志》，宁夏人民出版社，1992年]

杨巨川（1873—1954），甘肃榆中人。清末进士，民国十四年（1925）任固原县知事。1949年后，任甘肃省人民政府文教委员会委员，甘肃省文史馆馆长。著有《学诗萃言》《五朝近体诗选》等。

赵生新

登东山

原州自古号雄关，一览登临到极巅。
四面云山常作抱，清河流水绕城湾。

[选自《民国固原县志》，宁夏人民出版社，1992年。东山，即东岳山]

赵生新（1873—1954），字铭三，甘肃固原人。清宣统六年（1090）考取拔贡，著名塾师。

叶 超

萧关即事

六盘山势欲摩天，朔气回春景物饶。
奚必重栽花满县，一门桃李赛仙僚。
　　　　[选自《民国固原县志》，宁夏人民出版社，1992年]

　　叶超（1898—?），福建闽侯人。民国二十八年（1939）任固原县县长，在任三年，后任《民国固原县志》总纂。1949年后回闽定居。

张维翰

过固原

山经纡萦绕六盘，寒风凛冽怯衣单。
苍茫暮色三关口，回首葱茏望翠峦。
　　　　[选自《民国固原县志》，宁夏人民出版社，1992年]

　　张维翰，甘肃固原人。民国十四年（1925）任丰黎社仓社副10余年。

受庆龙

咏萧关诗社

萧关诗社破天荒,空谷足音喜欲狂。
漫把圣仙评杜李,肯将星月赞苏黄。
性灵学说根言志,文化新裁变旧章。
雅集读骚研国粹,穷搜我亦罄枯肠。

[选自《民国固原县志》,宁夏人民出版社,1992年]

受庆龙,甘肃静宁人。曾任《北京晨报》主编,后任国民党十七军高参驻防固原。

罗雪樵

望月（外一首）

今夜月儿分外圆,举头遥望思联翩。
姮娥早有回乡意,借得光明照大千。

沙坡头

黄河岸上沙坡头,莽莽荒沙不计秋。
大漠而今成沃野,欣看遍地大丰收。

[选自《宁夏诗词卷》,中国文联出版社,2009年]

罗雪樵(1903—1986),甘肃会宁人。任教于宁夏县立二小、宁夏女子中学、宁夏师范学校、银川一中等。宁夏文史研究馆馆员。

马筠青

陇东岳山

遨游东郊外,陟足到山巅。
晴岚晖拂地,瑞霭遍诸天。
风送驼鸣驿,烟含马饮泉。
嘈杂人声远,坐看鸟往还。
　　　[选自《民国固原县志》,宁夏人民出版社,1992 年]

　　马筠青(1905—1963),回族,甘肃固原人。民国时任教于固原中学。

韩练成

春日别金陵

高柳参差云影低,几家楼阁望中迷。
房蜂分户成新蜜,檐燕营巢堕旧泥。
有恨风飘花艳艳,无言人去草萋萋。
春情如此谁关得,箫鼓才停日又西。
　　　[选自《韩练成诗词选》,广东高等教育出版社,1998 年]

　　韩练成(1909—1984),甘肃固原人。曾任甘肃省副省长、兰州军区副司令员等。著有《韩练成诗词选》。

贾朴堂

九日（外二首）

载酒登高去，惊寒雁阵飞。
遥怜故园菊，时待远人归。

惊秋

一夜秋风起，萧萧叩耳旁。
砧鸣千户月，雁叫一天霜。
潦水时看尽，疏林叶堕黄。
行人惊岁晚，坐起独彷徨。

蝴蝶梦

昨夜星光昨夜灯，月斜楼上五更钟。
飞来蝴蝶才成梦，逝去鸳鸯永绝踪。
苦恨九泉隔鸿影，切祈再世伴花容。
经年累月无分散，寿比南山不老松。

[选自诗集《心声集》，香港天马图书有限公司，2004年]

贾朴堂（1909—2007），山西临猗人。曾任民盟宁夏区委会主委、宁夏政协常委、宁夏诗词学会顾问等。著有诗词集《和声集》《心声集》等。

段　云

六盘山

盘道登六盘，秋日固原南。
攀行四十里，峰高米三千。
千山群俯首，万壑出岚烟。
清水北向去，南流是泾川。

[选自《原州历代诗文选》，宁夏人民出版社，2003年]

段云（1912—1997），祖籍固原，后迁至山西蒲县。曾任国家计委副主任等职。著有诗集《旅踪咏拾》《段云选集》等。

李希贤

北海纪游

倒影青山水一泓，熏风不起此心清。
放怀碧落无纤芥，纵眼红尘尽利名。
逸兴堪同沧海约，闲情爱共野鸥盟。
穷通世路何须问，大好川原任我行。

[选自《民国固原县志》，宁夏人民出版社，1992年。北海，俗称北海子，位于固原城北]

李希贤（1914—1964），字晓谷，甘肃固原人。民国二十四年（1935）任固原提署街小学校长，民国三十六年（1947）任固原师范教员。

孙寿名

鹧鸪天

果使书生莅将位,挥毫能叫阵云寒。恨无李广封侯相,才让他人著祖鞭。
憧故国,念家山,满腔孤愤对谁言,心非铁石难缄口,慷慨悲歌托管弦。

[选自《原州历代诗文选》,宁夏人民出版社,2003年]

孙寿名(1916—1949),甘肃固原人。曾任民盟甘肃省部委员。

石 天

育才(外一首)

春苗幸遇雨滋润,且待争芳次第开。
仰仗园丁勤养育,馨香自会顺风来。

塞上中秋

金秋塞上绕诗魂,浅唱低吟胜古音。
若使江州司马在,琵琶改唱一江春。

[选自《宁夏诗词卷》,中国文联出版社,2009年]

石天(1916—1993),山东郓城人。历任宁夏京剧院院长,宁夏文教厅副厅长,宁夏文联党组书记、主席、名誉主席,宁夏诗词学会常务副会长等。著有《石天剧作选》。

张　源

黄山喜晴

楼临树谷听溪声，窗外莲花裹雾屏。
丽质天生常沐雨，千金难买黄山晴。

[选自《张源诗词选》，宁夏人民出版社，1999年]

张源（1917—1993），河南孟县人。历任《甘肃日报》副总编辑，《宁夏日报》总编辑，宁夏党委宣传部副部长、部长，宁夏政协第四届副主席，宁夏诗词学会首届会长。著有《张源诗词集选》。

郑佩福

元宵雅集

晴空云敛月侵轩，把酒题灯过上元。
禁启星桥停玉漏，光腾火树映金樽。
长街处处霓裳舞，良夜迢迢鏄鼓喧。
宝马香车归去后，余情留与梦婵媛。

[选自《民国固原县志》，宁夏人民出版社，1992年]

郑佩福（1917—1948），甘肃固原人。民国时为固原萧关诗社主要成员。

王拾遗

感怀

浪迹边城忽卅年,几经风雨寸心坚。
论文谈道虚前席,种李栽桃愧昔贤。
高卷青灯呵冻砚,芸窗星鬓写冰笺。
楼头落日余晖在,羞道为霞尚满天。

[选自《宁夏诗词卷》,中国文联出版社,2009年]

王拾遗(1917—2006),辽宁辽阳人。历任宁夏大学教授、宁夏作家协会副主席、宁夏文学学会会长、宁夏诗词学会顾问等。著有《白居易论》《元稹传》等。

计立人

邻霄台

萧关远镇在边秦,巍峙雄台初建新。
绝域相通多玉垒,邻霄高耸接银津。
山河俯瞰千峰拱,郊野遥观万象陈。
几处炊烟斜照里,家家灯火映星辰。

[选自《民国固原县志》,宁夏人民出版社,1992年。邻霄台,固原县城西湖公园内一处景观]

计立人,甘肃固原人。民国时曾当教师。

高　岩

乙亥冬固原望雪

平沙莽莽碧无垠，云影天光一色匀。
十二琼楼明似月，三千银界净无尘。
快晴何处寻梅踏，送暖亦将酌酒频。
如此乾坤如此景，太平有象转鸿钧。

　　[选自《民国固原县志》，宁夏人民出版社，1992年。乙亥，即1935年]

　　高岩，甘肃固原（今宁夏彭阳）人，民国时曾任职于固原县署。

高　锐

书怀（外一首）

临风思跃马，当月忆交兵。
发雪人犹健，常怀征战情。

九十自吟

湖堤古柳百年新，九十无须寿诞辰。
笔底春秋犹未了，胸中志趣待长吟。
朝观红日东天曜，暮睹残阳西岭沦。
世纪沧桑回转疾，安能不动老兵心。

　　[选自诗刊《红叶》，解放军文艺出版社，2009年]

　　高锐（1919—），山东莱阳人。曾任兰州军区副司令员兼宁夏军区司令员、解放军红叶诗社社长。著有《行吟集》《居吟集》等。

丁毅民

过六盘山抒怀（外二首）

夏至朔方美，风和雀喜飞。
云开天放彩，日照路生辉。
绿野飘红袖，山花向翠微。
崎岖多险道，异路唱同归。

过彭阳

浓雾曚曚过彭阳，林荫夹道绿盈窗。
碧山云罩娇千态，树密禾丰苜蓿香。

玉泉营葡萄园

翠珠串串挂枝头，宝气灵光引雀啾。
何待夜光杯到手，琼浆痛饮不知秋。

[选自《宁夏诗词卷》，中国文联出版社，2009年]

丁毅民（1921—2009），回族，山东沂水人。曾任宁夏政府副主席、宁夏人大第五届常委会副主任、宁夏诗词学会名誉会长等。著有《丁毅民诗词选集》等。

刘 沧

沙湖游（外二首）

瑶池溢水落沙边，鸟语花香味俱鲜。
翠柳红荷揉绿水，白鹅银鹭掠蓝天。
金沙浪涌驼铃脆，画舫犁波笑语喧。
独特风光游人醉，回乡殊景美名传。

访西夏王陵

面水依山气势宏，黄沙绿草古陵明。
金戈铁马雄基奠，文治武功青史铭。
断壁犹存威武气，残垣不灭激昂情。
沧桑兴替英名在，泽惠回区播远名。

黄河

滚滚黄流天上来，奔腾直下未徘徊。
曾经壶口流悬念，又渡龙门抒壮怀。
两岸青山拦不住，一腔豪气势难催。
英雄本色常青树，装点中华美不衰。

[选自《夏风》，2004 年 7 期]

刘沧（1921—），山西吉县人。曾就职于宁夏军区。著有诗集《晚晴吟》《金秋放歌》。中华诗词学会会员，宁夏诗词学会顾问。

李震杰

桃花源怀古（外一首）

秦宫汉阙化灰烟，洞口桃花红欲燃。
陶令若重游旧地，定为古洞续新篇。

游张家界

莫道蓬莱仙境好，青岩景物更无前。
奇峰托日三千丈，秀水流云八百泉。
古木森森猿自在，时花灼灼鸟悠然。
能移斗室山中住，乐做凡人不羡仙。

[选自《李震杰诗文集》，宁夏人民民出版社，2006年]

  李震杰（1921—1995），笔名李羽、穆芷，湖南长沙人。1938年在广西桂平参加抗日救亡工作，加入学生军，后任报纸编辑。20世纪50年代初毕业于中国人民大学俄语系，任俄文经济翻译。1958年支援宁夏建设调到银川，历任《宁夏日报》社文艺编辑，宁夏作家协会秘书长、副主席、名誉主席。1939年在桂平《诗》刊、《浮洲日报》发表讴歌抗日战争的新诗。著有散文集《老凤新声》《把勺把子交给自己人》《李震杰诗文选》等。中国作家协会会员。

林　锋

会台湾故人

重逢粤海已金秋，犹记沙场荡寇仇。
对酒谈心怀少壮，茗茶促膝叹白头。
河山新貌千姿态，故梓多娇万象优。
应是金瓯无缺日，相期痛饮数风流。
　　［选自《林锋诗选》，自印］

　　林锋（1925—），广东揭阳人。毕业于黄埔军校第四分校19期。著有《林锋诗选》。宁夏黄埔军校同学会副会长，中华诗词学会会员，宁夏诗词学会顾问。

焦达人

帽儿云峰

登高落帽逾千秋，化作黄石峤上留。
霜叶蹁跹云雾里，黄花灿烂峭岩头。
狼踪狐迹影诡秘，莺啼燕语鸣啁啾。
晦明变幻岚锁岫，雨霁山光倍风流。
　　［选自《彭阳文学作品集》，宁夏人民出版社，2003年］

　　焦达人（1925—1998），陕西宝鸡人。长期任教于宁夏南部山区，曾任职彭阳县政协文史委副主任等。

王祖旦

苏峪口即兴

峪口从来擅盛名,观奇揽胜快平生。
珍稀岩画垂高壁,瑶草奇花各有情。

莽莽云山草木深,无边风景快登临。
夕阳陷地回归晚,犹有珍禽送好音。
　　　　[选自遗作《斐然诗集》,自印]

　　王祖旦(1925—2003),山西兴县人。曾任民盟宁夏区委员会主委、宁夏社会主义学院院长、宁夏诗词学会顾问等。著有《斐然诗集》。

彭锡瑞

登岳阳楼

巴陵揽胜上层楼,远水长天一色秋。
万顷惊涛堪怵目,无边岁月待歌讴。
登临每得湖山乐,进退谁分范相忧。
济世当思天下任,洞庭杯水接瀛洲。
　　　　[选自《夏风》,2006年4期]

　　彭锡瑞(1926—1997),湖南桃江人。曾就职于宁夏军区、吴忠回族自治州武装部、吴忠师范、银南地区文教处等。中华诗词学会会员,曾任宁夏诗词学会理事。

李 萌

鸣翠湖赞（外二首）

天高云淡鸟飞鸣，湖水清清莲蕊红。
芦苇帐中遮望眼，泛舟曲径探迷宫。

雨中访崆峒

雨丝断续访崆峒，云雾如帏挂劲松。
尽管鬓霜人未老，依然奋力登高峰。

沁园春·宁夏风情

　　大地苍茫，沃野千里，极目穹隆。看贺兰山麓，王陵棋布，长河岸畔，沙瀑鸣钟。更爱沙湖，碧波荡荡，快艇穿梭芦苇丛。仰天啸，望雁行南去，云淡轻风。
　　黄河分外情钟，自秦汉灌田五谷丰。数家珍串串，稻香鱼跃，瓜甜果脆，枸杞鲜红，遍地乌金，滩羊似雪，塞北江南旧有名。喜今日，更春风远度，大漠葱葱。

[选自《夏风》，2010 年 2 期]

　　李萌（1926—），安徽临泉人。曾任宁夏日报社记者、编辑、部主任，主任编辑。中华诗词学会会员，宁夏诗词学会顾问。

张程九

芒种（外一首）

小立渠桥观水悠，波摇柳叶作纹流。
蛙鸣偶破晨曦静，远处秧苗撒入畴。

九月菊

满院金黄竞风姿，一花独放傲霜枝。
三秋开罢何曾了，化作名茶沏四时。

[选自《宁夏诗词卷》，中国文联出版社，2009年]

张程九（1928—），安徽泗县人。曾就职于宁夏送变电工程公司。著有诗词集《晚晴室吟草》《雁韵鹅声》。中华诗词学会会员。

周毓峰

游须弥山石窟

古寺逶迤远径斜，遥看山麓起烟霞。
窟中佛化千般相，座下莲开十色花。
北魏规模唐气象，南朝神韵宋风华。
慈航缥缈期何处，欲渡人间亿万家。

[选自《中华当代边塞诗词精选》，宁夏人民出版社，1998年]

周毓峰（1928—），湖南益阳人。曾就职于宁夏军区、永宁县检察院等。中华诗词学会会员，宁夏诗词学会副会长。

张苏黎

游西夏王陵感怀

贺兰东麓夏王陵，昔日烟尘留旧痕。
劲角跨鞍开域土，习文创字诲黎民。
几番深谋成昌业，一旦疏筹殒帝身。
列墓巍巍多客顾，沉浮青史任评吟。

[选自《冰白诗词选集》，作家出版社，2006年]

张苏黎（1928—）回族，笔名冰白，河南固始人。曾就职于宁夏武警总队。著有《冰白诗词选集》。宁夏诗词学会顾问。

王慧君

沁园春·咏水仙

倚石凌波，瘦影婀娜，素袂罗裳。似湘灵舞醉，悱恻凄楚；洛神出水，玉洁端庄。秀瓣迎曦，芳心凝露，倩影婷婷腊蕊黄。谁知晓，爱晶莹玉液，凛冽冰霜。

氤氲盈宝芬芳。报春讯，同梅一处香。笑争奇斗艳，何处花媚；追红逐绿，几阵蜂狂。默立案头，悄然飘落，一瓣签书雅韵长。凭谁约，俟雪飞北圃，再伴南窗。

[选自《夏风》，2008年2期]

王慧君（1929—），河北鹿泉人。曾就职于"三北"防护林建设局。中华诗词学会会员，宁夏诗词学会名誉理事。

姚以壮

再问泾河（外一首）

问尔泾水几多源，陇山深处有白泉。
高陵一失千古恨，可叹清流志不坚。

深夜闻驼铃有感

莫道草原无晨钟，深夜驼铃最堪闻。
瀚海大漠茫茫径，戈壁小舟幽幽通。
任重能耐饮食缺，途远且需昼夜程。
风雪弥漫能识路，昂首阔步向新春。

[选自《塞上龙吟》，宁夏人民出版社，1988年]

  姚以壮（1926-1973），陕西靖边人。历任陕甘宁边区靖边完小校长，《三边报》记者，《宁夏日报》社编辑室主任、副总编、总编，宁夏党委政策研究室主任，宁夏文联副主任。全国第三届人大代表。与李季、朱红兵合著长诗《银川曲》、秦腔现代剧剧本《人间天上》、电影剧本《六盘山》等。中国作家协会会员。

吴淮生

过萧关口占（外三首）

落日孤烟摩诘句，千年我至却姗姗。
黄风不入绿云地，留得春光驻六盘。

回乡偶书

飘零岁月每愁肠，缕缕乡情万里长。
今日回乡身是客，已将客地作家乡。

遥寄故乡友人

天涯何处觅归舟？梦里江南五十秋。
犹记东溪堤上月，清辉曾照少年头。

[选自《吴淮生诗词选》，珠海出版社，2006年]

金婚纪念赠内

同沐阴晴五十秋，斜晖犹照旧妆楼。
三生石上精魂逸，化作红尘鸾凤俦。

[选自《朔方》，2013年4期]

吴淮生（1929—），安徽泾县人。毕业于北京师范大学，历任《朔方》编辑部副主任、宁夏作家协会副主席、宁夏少数民族文学讲习所常务副所长、宁夏文联文艺理论研究室主任等，一级作家。1945年开始发表作品，诗作荣获宁夏第一届文艺评奖一等奖；个人荣获宁夏有突出贡献专家称号，享受政府特殊津贴。著有诗集《塞上山水》《新声旧调集》《吴淮生诗词选》及散文集等。中国作家协会会员，宁夏诗词学会名誉会长。

陶 玲

沙湖秋景

浩瀚平湖静,沙丘作障屏。
天高云影淡,飞雁两三声。

[选自《宁夏诗词卷》,中国文联出版社,2009年]

陶玲(1930—),女,浙江绍兴人。曾任教于银川四中。中华诗词学会会员,宁夏诗词学会名誉理事。

邢思颙

兴寄银川农村工作老同事

蹄奋高原不计秋,躬耕畎亩别无求。
情牵稻谷千重浪,心系黄河一叶舟。
奋斗人生春永驻,峥嵘岁月乐回眸。
与民合唱丰收曲,洒汗甘为农友牛。

[选自诗刊《夏风》,2010年2期]

邢思颙(1931—),河北霸州人。离休干部,中华诗词学会会员,宁夏诗词学会顾问。

唐麓君

沙生植物颂

叶形分万态,节水巧争春。
喜向流沙长,欣从戈壁寻。
狂风观本色,逆境显丹心。
冷热全无惧,悠悠大漠魂。

[选自诗集《麓君吟草》,香港银河出版社,2000 年]

唐麓君(1931—),湖南零陵人。曾任宁夏林业研究所副所长。著有诗集《麓君吟草》。宁夏诗词学会顾问。

王文景

平罗风光

高歌一曲颂平罗,塞上江南美景多。
古阁楼台辉碧落,沙湖鸥鹭漾清波。
贺兰削壁观岩画,荒漠兵沟寻断戈。
壮丽新城拔地起,大桥雄伟跨黄河。

[选自诗刊《夏风》,2008 年 1 期]

王文景(1932—2012),宁夏平罗人。宁夏诗词学会名誉理事。

王正华

牛颂（外一首）

常年躬耕亦默然，反刍百草代宵眠。
天生负重辛劳性，迈步低头总向前。

塞上村镇

群楼倒影入池塘，塞上今朝变水乡。
村镇园林花簇锦，天蓝诱使鸟飞翔。

[选自《宁夏诗词卷》，中国文联出版社，2009年]

王正华（1933—），陕西周至人。曾任宁夏大学外国语言文学系副主任。中华诗词学会会员，宁夏诗词学会顾问。

曾 干

登银川海宝塔

宝塔凌霄汉，峥嵘塞上雄。
攀登舒骨络，极目畅心胸。
云没三山外，河流九曲中。
平畴迎丽日，千里绣葱茏。

[选自《中华当代边塞诗词精选》，宁夏人民出版社，1998年]

曾干（1933—），湖南益阳人。曾就职于银川市政协。中华诗词学会会员，宁夏诗词学会常务理事。

杨石英

杜鹃

天凉喜见杜鹃开，绿叶红花上案台。
春色三分添雅意，良宵一伴释愁怀。
相逢异地非新友，久别南窗梦里猜。
塞外多寒宜善养，丹霞朵朵吉祥来。

[选自《宁夏诗词卷》，中国文联出版社，2009年]

杨石英（1933—），女，湖南邵东人。曾参加抗美援朝，转业后在宁夏地方企业工作。著有诗集《秋韵》等。中华诗词学会会员，宁夏诗词学会顾问，西夏诗社社长。

熊品莲

玉楼春·感怀

迢迢梦幻如云绕，历尽风霜人已老，新愁旧恨去还生，遍布天涯如野草。
残年不觉时日少，未死春蚕丝未了。黄昏向晚寄深情，难得夕阳无限好。

[选自《夏风》，2008年2期]

熊品莲（1933—），女，湖南临澧人。长期工作于银川。中华诗词学会会员，宁夏诗词学会常务理事。

李增林

黄河圣坛感赋（外二首）

宝鼎歌兴盛，圣坛感乳恩。
祖娲生我类，河水铸民魂。
咆哮驱强寇，奔腾跃龙门。
黄河流不尽，天下万年春。

西部影城

华夏西陲有影城，明清古堡废兵营。
垣残成垄枯林木，朽化为神颖地灵。
家国盛衰刀剑影，情缘聚散雨霞萌。
情融斯景呈佳境，影视繁荣树盛名。

仲夏沙湖游

碧水金沙映彩霞，鸥歌岸柳伴荻花。
芦争绿簇翔鸥鹭，舟竞银波跃鲤虾。
登岸滑沙童趣漫，骑驼征远古思遐。
茅亭更喜清风渡，疑步秋江澧水涯。

[选自《朔方》，2012年2期]

李增林（1935—），北京人。曾任第二民族学院院长，宁夏政协第七、八届副主席。著有《离骚通解》《关于诗经》等。中华诗词学会会员，宁夏诗词学会总顾问。

崔正陵

春风曲（外二首）

九域新潮盖地来，河山瑞气满胸怀。
方欣乐奏飞天曲，又听人歌伏海才。
万柳蛾眉临水舞，千桃笑口向阳开。
无边景色无边俏，感谢春风巧剪裁！
　　［选自《朔方》，2012年1期］

访金沙湾

斜日苍烟起，黄河美一湾。
披纱峰岭秀，挟雾浪波翻。
楼隐千株柳，花繁五月天。
闲来鸡作伴，人在水云间。

登贺兰山

不知疲劳老顽童，边赏边呼西复东。
峰秀更惊花竞艳，泉飞又讶索凌空。
岭坡滚滚松如海，巅顶茵茵草胜绒。
入耳涛声犹战鼓，催人奋进劲无穷。
　　［选自《朔方》，2012年11期］

　　崔正陵（1935—），江苏盐城人。长期在宁夏从事教育工作，曾任中学校长。著有《百步斋诗文集》、诗集《平仄人生》等。中华诗词学会会员，宁夏诗词学会副会长，《夏风》诗刊副主编。

何志鉴

思乡（外一首）

天空海阔任游翔，七尺男儿志四方。
塞上今朝白头叟，洞庭昔日少年郎。
惜无微末于宁夏，唯有羞愧对故乡。
游子思乡何日尽？贺兰山顶望潇湘。

沁园春·山里春光

　　春日寻芳，爽面和风，暖身艳阳。看兰山隐隐，层峦叠嶂，黄河漫漫，九曲回肠。铁马奔驰，银鹰起落，行客熙来攘往忙。须知道，那山中幽景，更若桃乡。

　　老来常忆昔时，壮小伙，青春血气刚。总趁春赶早，进山测量，搭篷安灶，定线埋桩。柔柳迎宾，清泉款客，烂漫山花别样香。期有日，约旧朋重赏，山里春光。

[选自《夏风》，2007年4期]

　　何志鉴（1935—），湖南安乡人。曾任宁夏工业设计院院长，教授级高级工程师，中华诗词学会会员、宁夏诗词学会顾问。

秦中吟

农家书香（外二首）

莫疑夏桂吐芬芳，农户书香胜酒香。
力引群蜂勤采蜜，醉忘细雨夜敲窗。
只知书里黄金谷，能解心中意念荒。
痛饮墨池增爽气，耕耘有力若加钢。

贺兰山下葡萄沟

兰山亦有葡萄沟，遥对新疆引客游。
美目流金能解渴，浓情溢翠可消愁。
只因紫塞阳光足，才酿琼浆质地优。
到此诗家应痛饮，登峰不必再加油。

[选自《朔方》，2012年1期]

深山古寺听鸟语泉声感悟

嵯峨古寺鸟声喧，并与泉流做和弦。
同唱春来多活力，共为词客启愚顽。
声随世变情真切，韵违时迁耳厌烦。
悟道顿然生愧疚，从今老调不重弹。

[选自《朔方》，2013年9期]

秦中吟（1936—2014），原名秦克温，宁夏平罗人。毕业于陕西师范学院中文系。历任银川中学教师、银川市文化馆创作员、《宁夏日报》社高级编辑、宁夏诗词学会会长、《夏风》诗刊主编等。诗作荣获宁夏第一、第二届文艺评奖二等奖，第四、第五届优秀（不分等）、一等奖。个人享受政府特殊津贴。著有《飘香的黄土》《秦中吟抒情诗选》，古体诗集《朔方吟草》《塞上新咏》，《诗的理论与批评》等。中国作家协会会员。

张贤亮

吟牛（外二首）

瘦骨何甘卧老村，几番飞雪沐精神。
一昂头角迎风去，顶起人间万顷春。

书生

书生何处立功勋？大漠行吟自不群。
眼底浮云驰万马，笔端豪气荡千军。

闲情

闲情写罢待推敲，沧海巫山只自嘲。
多少相思化红豆，而今且向白云抛。

题竹

山里青青立一丛，风霜雨雪看如空。
平生自负凌云节，不在千花万木中。

［选自《朔方》，2010年4期］

张贤亮（1936—2014），江苏南京人，祖籍江苏盱眙。1955年从北京移民到宁夏贺兰县务农。历任宁夏作家协会主席、宁夏文联主席、中国作家协会第四至七届主席团委员、全国政协第六至十届委员、宁夏华夏西部影视城有限公司董事长。50年代初开始创作，因《大风歌》被错划为"右派"。平反后创作以小说为主，三次荣获全国优秀小说奖，九部小说搬上银幕。个人荣获"宁夏有特殊贡献的知识分子"称号，被评为"中国文化产业十大杰出人物"，享受政府特殊津贴。

杜桂林

祭花魂（外二首）

桃花树下桃花冢，冢在桃源寂寞村。
烂漫天真花满树，生离死别泪倾盆。
焚香再奏桃花曲，舍瑟凝思树下人。
往事悠悠千古恨，清明折柳祭花魂。

清晨牡丹

清晨挂露牡丹红，花瓣含羞自敛容。
醉月酣星刚隐匿，和风旭日又钟情。
云蒸霞蔚仙姿美，蝶恋蜂游春意浓。
自古文人词用尽，不知渠性爱和平。

醉花阴

久别重逢亲不够，泪水如金豆。正好是中秋，又要分离，忐忑心难受。

相思最怕黄昏后，独自观星宿。寂寞守孤灯，捉笔沉思，手指轻轻叩。

［选自《夏风》，2007年3期］

杜桂林（1936—），河北滦南人。历任宁夏大学中文系教授、宁夏文史研究馆馆员。著有诗集《秋风》，主编《中华尊老敬贤史话》《中华礼仪学》等。宁夏诗词学会顾问。

任登全

登景山万春亭（外一首）

春到景山百卉开，万春亭上看楼台。
低回三百年前事，多少游人问古槐？

丝绸之路

万里长城玉蟒飞，大河两岸洒银辉。
朔风怒吼雄鹰健，细雨无声骏马肥。
春度古关花处处，秋临边塞果垂垂。
金桥飞架连欧亚，丝路新苞绽蓓蕾。

[选自诗集《塞上放歌》，中国文化出版社出版，2008年]

  任登全（1936—），宁夏平罗人。著有《塞上吟草》《塞上放歌》等。中华诗词学会会员，宁夏诗词学会常务理事，平罗县诗词学会会长。

沙俊清

平罗玉皇阁

千载玉皇暗自伤，城头静立阅沧桑。
忽惊身畔琼楼起，不见倾颓旧日墙。

[选自《中华当代边塞诗词精选》，宁夏人民出版社，1998年]

  沙俊清（1937—），辽宁北宁人。曾任石嘴山市计委副主任。石嘴山市楹联学会会长。

吕振华

周庄张府（外一首）

两步跨双桥，张宅门楣高。
门前能落轿，院后小船摇。

银川玉皇阁

阅尽沧桑几百年，风吹雨打柱梁残。
河山一揽新颜换，彩凤凌云欲上天。
[选自诗集《墨菊诗稿》，自印本，2012年]

    吕振华（1939—），宁夏中卫人。中学语文高级教师。著有《白菊诗稿》《墨菊诗稿》。宁夏诗词学会理事。

薛九林

朔方三月

纤枝泛绿润心怀，春暖杏桃次第开。
偶有沙尘弥漫起，依然未阻燕南来。
[选自诗集《岁月情》，香港金陵书社出版公司，2010年]

    薛九林（1939—2012），陕西绥德人。曾任宁夏大学宣传部部长等职。著有诗集《闲情吟草》。宁夏诗词学会常务理事。

崔永庆

登玉皇阁（外二首）

云蒸霞蔚燕飞轻，入耳风铃清脆鸣。
驰驱车流街道阔，参差楼矗豁眸中。
繁华柳巷人潮沸，巍峨南薰紫气腾。
砖雕石勒留厚史，阁前伫立品升平。
　　　[选自诗集《流苏集》，华夏出版社，2008年]

苏峪口山中

山顶静坐望浮云，聚散随风没远尘。
只有松涛逐岭涌，飞金走玉总摇春。

放蜂人

追花逐卉走四方，携蜂亿万采芬芳。
餐风露宿千般苦，只为人间酿蜜香。
　　　[选自《夏风》，2013年4期]

　　崔永庆（1940—），宁夏中卫人。曾任平罗县县长、宁夏政府办公厅副主任、农业厅厅长等职。著有诗集《绿野春秋》《秋悦平畴》《雪泥集》等。中华诗词学会会员，宁夏诗词学会名誉会长。

杨玉杰

荷塘观鱼（外一首）

岸柳荫浓夏日长，痴心游子恋荷塘。
娇花若玉亭亭立，翠叶如裙片片扬。
锦鲤逐光翻碧浪，青芦作影送清凉。
眼前情趣人怡乐，倍感和谐意味长。

游森林公园

绿色银川不一般，森林就在市中间。
浓荫秀岭逶迤起，碧水明湖潋滟翻。
花草葱茏铺满地，瀑流湍急泻高山。
银珠随乐飞空溅，频按快门犹忘还。

[选自诗刊《夏风》，2010年4期]

杨玉杰（1940—），陕西富平人。曾任宁夏第五建筑公司纪委书记，高级政工师。宁夏诗词学会常务理事。

刘剑虹

黄河金岸赞（外一首）

滨河大道铺金岸，跨塞飞车一瞬穿。
黄水滔滔浇渴壤，杞乡岁岁话丰年。
湖如明镜镶城镇，市若珍珠串大川。
拔地古楼辉胜境，常怀民瘼聚群仙。

青铜峡

牛首龙潜峰独殊，青铜高峡出平湖。
群舫欢快人常满，百塔同歌云不孤。
谷阔好容冰雪水，渠宽勤灌稻粱蔬。
浪驱雷电凌空远，照亮长征万里途。

[选自诗集《塞苑流韵》，阳光出版社，2013年]

  刘剑虹（1941—），宁夏中宁人。曾任职于宁夏政府研究室，高级经济师。著有诗词集《剑如虹》《塞苑流韵》等。中华诗词学会会员，宁夏诗词学会副会长。

任启兴

月下有感（外一首）

中秋孤影立船头，皓月当空照九州。
金水潺潺思绪远，扁舟邈邈心迹留。
相逢常恨时光短，别后才知长夜幽。
何日兰山临绝顶，堪怜岁月意悠悠。

美丽的哈瓦那

把酒临风碧海喧，婆娑绿荫竞弹弦。
倚栏品竹长空静，凭案观星夜色鲜。
天造浴场闻四海，弄涛游客意方酣。
云天相接关山阻，遥望佛州一水间。

[选自《诗词月刊》，2009年。2003年10月，作者访问古巴哈瓦那。浴场，指巴拉德罗浴场。佛州，美国佛罗里达州与哈瓦那一水相隔]

任启兴（1942—），安徽濉溪人。曾任宁夏政协主席、全国政协人口资源环境委员会副主任等职。著有回忆录《天高云淡》等。

邓 万

清明祭坟（外一首）

和阳催绿百花馨，每忆春晖五内焚。
不忘油灯伴天亮，久罹病瘘吾命存。
恩泽未报空垂泪，长夜难酬做侍魂。
缕缕青烟化蝶去，今夕盼梦降慈音。

[选自诗集《履痕韵语》，宁夏人民出版社，2010年]

中华黄河坛

一张画卷傍河开，华夏文明涌进来。
旷世奇勋先祖业，经天大道后人台。
只因九曲多龙子，便使八方恋母怀。
倘若轩辕巡视到，金沙湾里胜蓬莱。

邓万（1942—），宁夏永宁人。曾任宁夏党委宣传部副部长、宁夏日报社总编辑等。著有诗集《履痕韵语》。中华诗词学会会员，宁夏诗词学会名誉会长。

兰书臣

黄河金岸曲（外二首）

黄河碧霄落，金岸白云开。
曲折能文手，包容乃大才。
桥雄羊筏去，风烈电城来。
好梦张天翼，回眸绣作堆。

萧关抒怀

秦月汉关坂道横，黄芦血马动边情。
危峰邃峡寒流急，落日孤烟远客行。
白帐生云堆铁甲，红军得句写长缨。
枕戈自古英雄事，愧向书山听雁声。

《中国军事百科全书》出版

神秘龙宫富蕴藏，修成大典问汪洋。
谨严互约文风好，求是齐遵撰审忙。
知识穷搜谁惜力，疑难破解我从长。
十年一剑勤磨砺，探取骊珠有电霜。

[选自《红叶》，解放军文艺出版社，1998年]

兰书臣（1943—），回族，宁夏固原人。毕业于北京大学历史系，曾任军事科学院军事百科研究部副部长，少将、研究员。中华诗词学会理事，解放军红叶诗社副社长，《红叶》主编。

熊秀英

咏白菊（外二首）

不恨花期误，当欢霜降迟。
冰心偏耐冷，玉骨正逢时。
素极终成艳，梦多最费思。
纷纷千紫落，风月独摇枝。

念故乡

幽燕桃花红烂漫，边疆三月尚春寒。
登楼远看连天木，满袖清风闻杜鹃。

风入松·游阅海湿地公园

湖光秋日趁船游，旖旎秀波柔。水天一色晴方好，蒲丛中，惊起沙鸥。铁杆芦花飞雪，蒙蒙乱上人头。

乘风遐想竟无休，傍晚有渔舟。冲开千里琉璃镜，霞妆就，夕照光流。红叶婆娑轻语，浓浓一片深秋。

[选自《夏风》，2008 年 2 期]

熊秀英（1943—），女，河北涿州人。曾就职于银川市电信局。中华诗词学会会员，宁夏诗词学会常务理事兼副秘书长。

黄正元

宁园世纪钟（外一首）

滚钟闲卧数千年，世纪飞来落市园。
夜半犹闻金韵响，清晨更觉玉声喧。
雄风浩荡催征急，大象峥嵘引凤还。
一自零时敲击后，遍看潮涌海天宽。

水调歌头·登太白山

  蜀道久惊叹，今上九重山。飞车峡谷迂折，其险扣心弦。更跨空中缆索，冉冉层林漫步，缓缓到峰巅。往昔凋颜路，今日等闲观。

  拾级上，勇登攀，达天圆。三千海拔，令我喘喘汗盈衫。花甲精神原可，且有贤妻相励，真个老来颠。李白若能遇，当与尽杯欢。

  [选自《夏风》，2010 年 3 期]

  黄正元（1944—），宁夏银川人。曾就职于宁夏农林科学院。曾任中华诗词学会理事、宁夏诗词学会副会长等。

杨森翔

黄河金岸（外二首）

朔方风景异千般，愧我无才表一端。
天匮两星三点雨，地饶五谷百湖鲜。
两堤六线龙盘水，一带十城虎啸山。
北俗南风成气象，休休恰恰且翩翩！

占尽风烟百岁华

河滨已卜是吾家，占尽风烟百岁华。
连嶂楼坛拔地起，横波桥影落平沙。
坐看天水双绝色，行见吴青共一楂。
忽忆摩诘诗意在，兴来独往对琴霞。

[选自《朔方》，2013年10期。吴青，指吴忠和青铜峡]

卜算子·除夕

昨夜梦琴声，花弄惊鸿影。乍吐珠光动玉弦，夜静人难静。
舞蹈又歌吟，一曲风波定。共话昔时旧燕子，尤念烟霞景。

[选自《朔方》，2012年4期]

杨森翔（1945—），宁夏灵武人。曾任《吴忠日报》社总编辑、吴忠市人大常委会副主任，编审。著有诗集《韵语编年》、编有《历代诗词咏吴忠》等十几部作品。中国作家协会会员，中华诗词学会会员，宁夏诗词学会副会长，宁夏文史研究馆馆员。

李宁善

观李苦禅画展（外二首）

一笔山泉日夜流，几分几合不回头。
芭蕉叶下蝉无语，乌桕枝头鸟正啾。
黄鹂长飞传喜讯，鹧鸪不鬻隐悲秋。
云山雾海人何在，一代大师难再求。
　　　［选自《夏风》，2012年3期］

深秋

晨起氤氲重，徜徉步履轻。
人过家犬吠，雨霁野花生。
叶落三秋暮，鸿飞两翼风。
黄河流不尽，滚滚向东瀛。

寒夜

夜阑思绪平，伏案乐无穷。
月落千家静，车鸣万物惊。
门关一地雪，窗启半屋风。
忽忆琼州岛，路边花正红。
　　　［选自《朔方》，2012年12期］

　　李宁善（1946—），河北泊头人。曾长期在中宁县工作，高级经济师。中华诗词学会会员，宁夏诗词学会秘书长。

刘德祥

夏日游枸杞园

灌丛傍岭好风光,连串红灯披盛装。
巧指姑娘茨下乐,采摘杞果曲飘香。

清爽微风频送欢,鹂歌声里翠含烟。
彩霞一片如红果,尽把相思映满天。
　　[选自《朔方》,2013 年 11 期]

　　刘德祥(1946—),宁夏平罗人。曾任职于宁夏水利系统。宁夏诗词学会理事。

李贵明

忆花儿

英年找矿越重山,常漫花儿过峤关。
堤柳岩松皆入韵,流泉林鸟尽欢颜。
隔崖起句乌鞘岭,临水应声海石湾。
暮岁习诗方解意,俚歌原本悦民间。
　　[选自《夏风》,2010 年 4 期]

　　李贵明(1946—),河北威县人。曾就职于宁夏核工业地质勘察院。中华诗词学会会员,宁夏诗词学会副秘书长。

项宗西

塞上重逢（外二首）

少小结同窗，漂泊各一方。
难得西北旅，相见鬓已霜。
归雁长河歇，疏林大漠黄。
韶华虽易逝，秋色胜春光。

丁亥春登杭州吴山城隍阁

江流天际色空蒙，西子春深绿胜红；
十里吴山千叠翠，凭栏雨霁醉东风。

水调歌头·送友之沪

　　酒应今日醉，月是故乡明。送君望远桥畔，云淡晓星沉。此去浦江激浪，洗却烟尘塞北，风雨任平生。海阔碧空净，万里壮行程。

　　长河落，渔帆起，雁南征。无边秋色，应是浩志胜离情。更遣生花妙笔，写尽风云百载，银汉自天倾。北国知音在，何时会群英？

[选自诗集《春色秋光》，宁夏人民出版社，2014年]

　　项宗西（1947—），笔名宗西，浙江乐清人。曾任宁夏政府副主席、宁夏党委常委兼纪委书记、宁夏政协主席等职。著有诗集《春色秋光》。中华诗词学会顾问，宁夏诗词学会名誉会长。

魏康宁

盼春（外二首）

半池碧水半池冰，乍暖还寒盼煦风。
绿染山川须待日，嫣红姹紫在心中。

塞上轻雾

绵软轻纱挂九天，亦真亦幻显兰山。
塞上回乡天府画，浓妆淡抹现人间。
　　　［选自《朔方》，2011年11期］

隆德马社火

高头大马列成行，各路英豪气宇昂。
将相君臣街上过，奇闻趣事道中扬。
喧天锣鼓山村起，邻里乡亲喜若狂。
百姓平添欢庆乐，太平盛世享吉祥。
　　　［选自《朔方》，2013年11期］

　　魏康宁（1948—），陕西咸阳人。曾任宁夏纪委副书记、党委巡视组组长等职。宁夏诗词学会名誉会长、代会长。

薛建民

爱伊河（外二首）

爱伊美景展新容，天水移情落凤城。
阅海敞怀迎浪人，沙鸥结对宿芦丛。

唐徕公园

燕子双双贴水戏，披肩垂柳自依依。
如非岸上秦腔吼，错把唐渠当白堤。

海宝公园

海宝塔身湖镜映，清香扑鼻雀争鸣。
傍桥台榭歌声起，丽景新添在凤城。

[选自《银川晚报》，2011年6月23日]

薛建民（1948—），宁夏中宁人。曾任宁夏煤炭企业宣传部部长等，高级政工师。90年代初开始发表诗作于《宁夏日报》《朔方》《中国煤炭报》等，入选《黄河诗金岸》《中华诗词·宁夏卷》《守望五千年的魂》等。著有诗集《岁月的情结》、散文随笔集《绿地》、理论文集《思考的印痕》。

周志远

天河湾（外一首）

日照黄河金洒湾，一桥飞架平陶喧。
稻香鱼壮沙枣美，绿树红瓦映兰山。
　　　　［选自《朔方》，2012 年 11 期］

重游北京

一别十载又来京，无限亲情塞满胸。
人海挤出身半空，整装喜面摄新容。
　　　　［选自《朔方》，2013 年 3 期］

　　周志远（1948—），宁夏平罗人。曾任平罗县财政局局长等职，高级畜牧师。宁夏诗词学会理事，平罗县诗词学会副会长。

张新安

赞洋槐树

渠边路旁绿成带，洋槐生长自偏爱。
待到白花开满枝，清香飘浮十里外。
　　　　［选自《朔方》，2012 年 11 期］

　　张新安（1949—），河南商丘人。曾任宁夏农林科学院农艺师。

白林中

雄鸡（外二首）

尽职难移报晓音，威风凛凛破天云。
奋飞不过窗前远，却领江山万里新。

咏莲

连天碧叶画中翩，绿碎风翻倩影旋。
玉臂入泥仍素净，仙葩出水更娇妍。
轻姿冉冉凌空舞，华盖亭亭御浪喧。
淡雅清幽非自好，一尘不染沁人间。

阅海

凤城阅海休言梦，浩渺烟波浪涌真。
百里云天鸣野鹤，万只鸥鹭奏瑶琴。
飞舟画线欢声疾，摄影穿芦笑语深。
昔客今游惊刮目，银川崛起正逢春。

［选自《白林中诗词》，中国文联出版公司，2003年］

　　白林中（1950—），回族，宁夏银川人。曾长期就职于企业。著有《白林中诗词》《白林中诗词第二卷》。

高凤林

须弥山（外二首）

登眺石门驻赤颜，丝绸古道两峰间。
千年洞壁观佛迹，寸日岩窟看圣山。
未论疏林风月动，才说幽谷水云闲。
须弥净境银锄落，意韵一崖再跻攀。

鸣翠湖

湖光戏柳淡霞烟，鱼跃轻舟百鸟翩。
碧水浮莲承玉露，青纱漏月泛金涟。
问茶绿帐追天宇，寻鹭迷宫向日边。
塞上声歌鸣翠色，桃花源里任耕田

金沙湾

玉带金沙耀圣宫，平湖百鸟舞苍穹。
古峡八卦神奇秀，金岸太极造化功。
领略自然诗境里，回归原野画图中。
几多感慨心胸荡，喜见鲜提映日红。

[选自《朔方》，2010 年 12 期]

高凤林（1951—），河北邯郸人。1968 年参加工作，历任青铜峡水电厂党委副书记，宁夏电力公司副总工程师、工会主席，西北电网有限公司工会主席等。著有诗词集《时间深处的脚印》。中国电力作家协会副主席，西北电业文学艺术协会主席。

丁玉芳

御街行·贺兰山早春（外一首）

春风渐染南坡草，空山静，青羊跑。幽溪清浅嫩苔薄，散漫新花岩峤。松阴老雪，棘枝残枣，别样春光好。

临巅回视孤村小，僻径远，人踪少。烟尘淡漠浸荒芜，阻断繁华喧扰。光阴匆促，古今咫尺，大梦谁先晓。

[选自《夏风》，2010年1期]

燕引雏·癸巳重阳赏菊

傲霜秋，菊花开放百花羞。园中唯有仙姿秀，独占鳌头。
花繁人自留，叶冷蜂难凑，情满三秋后。炎凉分流，重阳卿酬。

丁玉芳（1952—），女，陕西户县人。合著有《九诗人诗集》。宁夏诗词学会常务理事。

俞学军

己丑重阳

秋风飒飒重阳至，携酒呼朋赏新菊。
举杯共怜黄花瘦，开怀狂吟归去辞。

[选自诗文集《香山情恋》，宁夏人民出版社，2013年]

俞学军（1952—），宁夏中卫人。曾任中卫县政协主席、中卫市政协秘书长等职。著有诗文集《香山情恋》。宁夏诗词学会会员。

闫云霞

化石之魂（外三首）

历尽沧桑现本真，劫尘拂魂探前因。
休言象骨浑无语，剑气犹存四野奔。

海龟之鉴

破壳随波风雨潇，从容水陆自逍遥。
沧桑忍忆生灵绝，问计于龟观海潮。
　　[选自《夏风》，2010年3期]

野荷情怀

翠岭延绵点旱莲，一溪香水入远川。
亭亭张伞新蕾动，款款临风紫燕环。
惊艳黄花沁人醉，流连俏妹笑声欢。
蹁跹群鸟嘤鸣哢，似说江南逊六盘。

踏莎行·六盘溢彩

　　泾水清清，六盘霭霭，松涛苍翠波如海。老龙掬起水三潭，青山着意描边塞。
　　鸟唱山歌，龙吟风采，梯田叠叠飘裙带。春播希望力耕耘，秋收金穗盈车载。
　　[选自《朔方》，2012年4期]

　　闫云霞（1953—），女，宁夏中卫人。曾就职于科技、金融部门，高级工程师。《夏风》副主编，著有诗集《云霞韵语》《沙坡头吟怀》。宁夏诗词学会副会长。

沈华维

沙坡头（外二首）

九曲来天外，长滩泛绿烟。
坡间轰作响，索底过潺湲。
沙水林边并，皮舟浪上还。
驼铃萦远梦，大美出天然。

重游鹤泉湖

重游不识旧时样，盐碱愁消碧浪长。
酸泪今成甘味水，香荷已漫阔池塘。
穿梭白鹭疏新景，入画风光醉梦乡。
生态复归春永驻，豪情我自饮琼浆。

春到六盘山

峦嶂绵延拥翠峰，依然浩气入苍穹。
情镕钺刃九州靖，血育山花几处红。
雨润新村疏玉树，云移古道卧长龙。
雁鸣陇上和谐曲，知是小康沐惠风。

[选自《问心斋诗词集》，线装书局，2010年]

　　沈华维（1954—），宁夏永宁人。曾服役30余年，大校警衔。著有《问心斋诗词集》。中华诗词学会副秘书长。

李玉民

点绛唇·黄河春早

岸畔坚冰,河开冻解犬牙立。水清流急,浪下稀有底。
岸上沃野,杨柳拂春意。耕人密,车飞蹄疾,丰收勤肥地。

[选自《宁夏诗词卷》,中国文联出版社,2009年]

李玉民(1954—),宁夏中宁人。神华宁煤集团公司副总工程师,教授级高级工程师。曾任宁夏诗词学会副会长。

孙果兴

早登贺兰山

星稀月淡风追步,才登半山日已出。
悲壮似闻岳公词,喜惊岩画游猎图。
一峰阳光一峰云,南坡石头北坡树。
此番谁到最高处,纵马凌空看西部。

[选自《朔方》,2013年12期]

孙果兴(1954—),宁夏固原人。内蒙古阿拉善盟人大工委副主任。

张怀玉

南山台春色

百花争向艳阳红,果乡芳菲春色深。
柳舞和风香袭客,莺啼林间草吐芬。
黄牛抵栏馋青味,紫燕绕檐唱新村。
莫夸江南景致好,山台旖旎醉游人!
　　[选自诗集《萤火星光》]

　　张怀玉(1955—),宁夏中卫人。任教于中卫职业技术学校。著有诗集《萤火星光》。宁夏楹联学会副秘书长。

邓成龙

游沙湖(外一首)

贺兰山前鸬鹚归,新苇丛中鲢鱼肥。
沙湖万顷湿地好,游人快艇水上飞。

题贺兰山岩画

峭壁千仞书胜景,石刻万钧写生灵。
但问牧人何所在,只留岩画论古今。
　　[选自《夏风》,2009年4期]

　　邓成龙(1955—),四川三台人。就职于宁夏党委。中国毛泽东诗词研究会会员、宁夏毛泽东诗词研究会副会长。

许 凯

贺兰山怀古（外二首）

寒光生两翼，杀气一山收。
风起云争渡，兵结水不流。
森森坡上树，漠漠雨中秋。
城破声犹在，千年望亦愁。

黄河圣坛

铸鼎青铜意自长，金波万里正茫茫。
洮湟不拒天边雪，晋陕还收草上霜。
一啸惊涛烟水阔，两分春色稻粱香。
牛羊日暮归何处？杨柳东风胜汉唐。

教师颂

讲台三步似长征，万里关山万里情。
识字先教人大写，培根还嘱事躬行。
春田细雨新苗壮，小树微风嫩萼红。
粉笔一支花是血，年年锦绣自心成。

[选自《朔方》，2012 年 3 期]

　　许凯（1955—），宁夏平罗人。就职于平罗县人口计生局。宁夏诗词学会常务理事，《夏风》副主编。

海 军

山溪（外二首）

山溪逝不停，黛嶂缭烟尘。
乱鸟时鸣涧，危石茵绿痕。
积年流碧海，累月唱琴心。
何事常奔涌，全因性本真。

春色

春色无限好，熠熠烁其华。
粲然行一路，风景胜霓霞。
人生何须叹，壮哉逸兴发。
去如秋叶美，魂魄舞天涯。

中秋咏月

遥望天边月，高悬古今同。
无言冷旷野，有意悲霜风。
淡看千家事，浓圆万户情。
此心抒长夜，只为祈康平。

[选自《朔方》，2013年12期]

　　海军（1956—），回族，宁夏固原人。宁夏新闻出版局副局长。著有诗集《履痕吟草》。中华诗词学会会员，宁夏作家协会会员，宁夏诗词学会顾问。

金富贵

长城陵园

身傍长城魂自安，青山碧水共枕眠。
一世风尘思净地，百年辛劳望乡关。
塔高十丈云出岫，园阔千亩树生烟。
吊唁堂上青纱长，陵寝碑旁百花鲜。
驱车向前路纵横，放眼四望苑无边。
盛世鼎前说盛事，休闲亭里且休闲。
最是夏日清凉时，几多往事谈笑间。

　　金富贵（1957—），回族，宁夏平罗人。就职于平罗县政府办、人事劳动局、县委组织部等。

李宪亮

登六盘山

横空出世扼陇原，朔风秦雨唱萧关。
远观玉虚云霓舞，近看峰峦碧翠衔。
南川听涛知松古，龙潭观瀑觉水寒。
古今仙贤临此境，各抒情怀赋遗篇。

[选自诗集《境由心生》，中国文化出版社，2012年]

　　李宪亮（1958—），陕西吴起人。宁夏文史研究馆副巡视员，《宁夏文史》副主编。著有诗集《境由心生》。

郭生有

崂山观海（外一首）

大千世界海茫茫，崂山参柏写沧桑。
太清宫里经谁诵？明镜一副显昭彰。

青海湖

雪域高原风雨过，举目青山牛羊多。
天水相依托明珠，华夏西海荡碧波。
　　［选自《朔方》，2013年4期］

　　郭生有（1958—），宁夏原州人。著有诗文集《六盘星雨》。中华诗词学会会员，宁夏作家协会会员，宁夏诗词学会会员，固原市作家协会副秘书长。

张 嵩

雪（外二首）

雪开天际本琼花，姿态翩翩若舞纱。
绽放瞬时留倩影，消融片刻去沉渣。
素身犹系高空梦，灵气常存百丈崖。
清白写成一世愿，不容半点有疵瑕。

雨中登居庸关长城

云飞雾散势崔嵬，平地松涛裹震雷。
大雨狠浇难畏葸，狂风劲吹不徘徊。
仙人驾鹤随缘去，凡客登山有意来。
满腹豪情何处诉？长城绝顶走一回！

[选自《黄河文学》2006 年 6 期]

念奴娇·萧关

边关险隘，更群山环绕，客愁难度。南往北来留惊梦，空惹满身寒露。回望长安，遥思朔漠，有几多歧路？行人羁旅，怨尤知向谁诉？

流水婉转如筝，出峡东去，弹起一川雾。万里征蓬朝塞上，归雁急飞入日。落日时节，风云际会，烟霭凝成柱。雄姿虽逝，却藏诗赋无数！

[选自《夏风》，2007 年 2 期]

张嵩（1963—），宁夏原州人。曾任固原市委政研室副主任、宁夏政协民族宗教委员会办公室主任等。1980 年代开始创作，诗作发表于《诗刊》《中华诗词》《人民日报》等。著有诗集《散落的羽片》、散文诗集《遥远的岸》《渐行渐远集》等。中华诗词学会理事，宁夏作家协会会员，宁夏诗歌学会理事，宁夏诗词学会副会长兼秘书长。

闫立岭

岁月（三首）

一月雪舞

雨洗长空晓树寒，晨风微暖起林烟。
初春窗外无花色，雪漫贺兰雪满天。

二月花开

雀语枝头不觉寒，青杨嫩柳舞春烟。
朔方再饮黄河水，花满银川絮满天。

三月春满

塞上风沙惹梦寒，飞花飘舞笑尘烟。
松涛绿浪不经意，春满湖城春满天。

[选自《朔方》，2013年6-7期]

闫立岭（1963—），河北清苑人。宁夏核工业地质勘查院副院长。中华诗词学会会员，宁夏诗词学会副会长。

强永清

观蝴蝶桥（外一首）

浏览胜景遇春时，蝴蝶桥头觅小诗。
梁祝不知何处去？剩将断羽寄情思。

壶口瀑布

瀑布壮观天地间，大河咆哮至宜川。
飞流直下涛声急，万马嘶鸣太行山。

[选自《朔方》，2012年4期]

强永清（1963—），宁夏平罗人。曾任平罗县审计局局长等职，会计师。宁夏诗词学会理事。

许东君

过沙湖

天赐一泓水，长汀大雁排。
风吹光影动，日荡芦花开。
沙浪车出没，湖舟客往来。
波淘戈壁岸，千古自然裁。

[选自《朔方》，2012年8期]

许东君（1963—），宁夏平罗人。就职于平罗县政府督导室。宁夏诗词学会会员。

段庆林

浣溪沙·塞上江南（外一首）

塞上休言少翠微，黄河两岸鲤鱼肥，稻花香里鹭鸶飞。
茨果万畦花自醉，牧歌一曲逗斜晖，江南游子不思归。

减字木兰花·陶乐渡口

秋阳西注，绿水平铺金彩路。极目东吴，一带青山树岸弧。
笛鸣如弩，惊起沙鸥童稚数。故土生疏，柳暗花明问旧途。

[选自《黄河诗金岸》，阳光出版社，2012年]

段庆林（1963—），宁夏陶乐人。经济学研究生。历任宁夏统计局农调队统计师、《调研世界》杂志编辑部主任、宁夏社会科学院经济研究所副研究员等。

惠国生

初游泾源

秋日临泾水，溯源入莽林。
松悬丹崖秀，荷映碧潭深。
传书钦柳毅，斩龙怨魏征。
无径通幽处，攀援惊鸟鸣。

[选自《国生诗稿》，自印本]

惠国生（1964—），宁夏隆德人。曾任隆德县委农工部部长、固原市委政研室副主任等。

杜晓明

题中卫沙坡头（外二首）

何惧单车去问边，一望朔方万里天。
长河水来云从起，大漠山横落日圆。
杨柳拂衣春塞暖，牛羊漫地雁声寒。
银樽且共乡人举，醉卧黄沙不须还。

塞外早春

塞外无由惹春愁，北风犹自飞雪流。
天寒深松空稷稷，草衰群鹿徒呦呦。
一夜东风柳梢起，点点新绿散枝头。
雪消冰澌冬欲尽，将换人间燕语啾。

塞上曲二

九曲黄河万里还，果蔬满目染前川。
俯察湖沼飞天镜，仰看穹窿覆人间。
一叶孤城当瀚海，无边落日照兰山。
会须长驻唐渠畔，戍守边庭对景眠。

[选自"中国当代诗词网"]

杜晓明（1965—），安徽淮北人。曾任新华社宁夏分社社长。宁夏诗词学会顾问，中国作家协会会员。著有诗集《昔我往矣》《杨柳依依》等。

王 风

荷花苑

疑是瑶台谪醉仙，亭亭临水舞蹁跹。
江南十万八千顷，怎比六盘一丈莲。
　　[选自诗集《绿岛拾翠》，中国文化出版社，2005年]

　　王风（1965—），原名王凤笙，甘肃镇原人。曾任泾源县委宣传部副部长、文联主席等。宁夏诗词学会常务理事。著有诗集《绿岛拾翠》。

天 唐

龙年寄语（外一首）

山林邀旧雨，鸟语共春风。
台榭无闲客，芳花各不同。
　　[选自《寰球诗声》，2012年1期]

人生

风随心动柳丝长，月向屏林白似霜。
品茗人生清又淡，冰壶春色自来香。
　　[选自《朔方》，2012年3期]

　　天唐（1965—），回族，原名田兴福，宁夏海原人。就职于固原市原州区公安局。宁夏诗词学会理事。

佐红星

踏莎行·暮夜风寒 (外二首)

　　暮夜风寒，西天月白，扶栏独自凭高立。城头飞雁过林梢，楼前闲人孤影稀。
　　山影魆魆，湖面寂寂，黄花一地无人拾。三杯烈酒入愁肠，七分醉意清尘迹。

江城子·一去经年多少事

　　落霜昨夜晓寒轻。湖阁新，故亲临。明月如钩，可有同醉人？几度流连冬意浓，枝头雪，似冰心。
　　当年惜春添愁颦，举杯樽，绪如倾。嘘问柳三，孤宵酒已醒？一去经年多少事，长亭晚，过云听。

[选自《朔方》，2013年1期]

诉衷情·芳尽落

　　天花昨夜带微香，远客情绵长。无缘今作离恨，花碎落、恨悠扬。
　　思旧事，怨时光，更成伤。落花犹语，化水飘零，怀恨柔肠。

　　佐红星（1967—），宁夏平罗人。任教于六盘山高中。宁夏诗词学会会员。

张俊奎

春日一绝（外一首）

桃李芬芳已半生，小园今日栽葡萄。
秋来闲卧野藤下，春夜书斋听雨声。

初夏感怀

天色迷蒙沙雾隆，丁香无语祭春风。
清河不见庞公玉，东岳曾闻造化钟。
杨柳万丝催锦绣，李桃百代慕苍松。
谁教夏日添绒线？入室犹觉寒意浓！

  [选自《朔方》，2013 年 6-7 期]

张俊奎（1968—），宁夏彭阳人。任教于固原二中。宁夏诗词学会理事。

何靖宁

花落

风吹花落各西东，南粤青山是旧踪。
春满北江闲看雨，秋生笔架卧听松。
优游竹下二三子，欢饮花间一点风。
变幻城头且闲置，人生无处不从容。

何靖宁（1968—），宁夏银川人。任教于六盘山高中。

马建国

赴秦地谋生

回首家园月弓残,惜别故土赴秦川。
愁心一片托云雁,苦泪两行湿青衫。
贫寒历来少亲故,孤僻人皆笑狂颠。
落魄失魂身影瘦,胡杨雾柳垄堤烟。

[选自《朔方》,2012年10期]

马建国(1969—),回族,宁夏西吉人。宁夏诗词学会会员。

马 犟

蝶恋花·胡杨

大漠斜阳浓碎影,万树橘黄,抖擞虬枝横。妩媚不堪秋渐冷,随风金叶飘曲径。

屹立千年枯也耸,雨打沙吹,个味谁能省?山色葱茏多共等,天涯几处同此景?

[选自《朔方》,2013年12期]

马犟(1969—),女,山东郓城人。主任医师。

下卷 现代诗

王亚凡

我们海岛的春天（外二首）

我们海岛的春天，
雾，一会儿升起一会儿消散，
海面明亮起来的时候，
岛峰还缭绕着缕缕青烟。

我站在这里，
有时，什么也看不见，
山峰、小路、岩石、浪花，
都被大雾的银色涂染。

但是，我是一个战士，
眼看四方，耳听八面；
不管什么天气，
敌人都不能爬到我的跟前。

在我们的背后，
那亲爱的海岸，美丽的海岸，
宛如大风吹散的青丝，
又像奔驰的火车成串。

想起家乡解放那年，
我们都跑去迎接大军；
她的脸因兴奋而发红，
也披着这样的长发辫。

但是，我是一个战士，
听从祖国的召唤，

保卫青的山，绿的海，
保卫我俩幸福的明天。

岛花

多大的变化啊，
海岛驱走荒芜和寂寞；
战士们用粗手修建阵地，
也细心地培植花朵。

大陆上有什么花什么树，
我们都要它在岛上生长；
上岗前不忘浇盆清水，
像不忘擦亮自己的枪。

这里，碧空好像天花板，
大海如明净的玻璃窗，
红色的蔷薇微笑着，
紫色的丁香正迎接朝阳。

这些美丽的岛花，
天天陪着海岛战士忙碌。
早晨也被军号唤醒，
晚上开在战士的枕旁。

为了陪伴战士的欢笑，
为了点缀海岛的风光。
战士守护的地方，
岛花总在开放。

[选自《诗刊》1958 年 2 期]

友爱

我扛着组织部领来的棉花和布，
同学们在半山腰将我迎住，

大家七手八脚地帮我缝，
缝棉被，缝着集体友爱的心。

我病了，躺在高高的山上，
同志们找来山崖的干树枝，
用一个小砂锅替我煮，
煮面汤，煮着阶级的深情。

冬天来了，我没有棉被，
你送来你的山西皮裤：
"我还有件毛被，从小就不怕过冬。"
北风呼呼难道你真不怕冷？

我要去遥远的塞北，
老红军把他的草鞋送给我，
他们那里山高又落雪，
无敌的草鞋会唱无畏的歌。

困难把大家拧在一条绳上，
友爱却在心里飞翔，
不要以为友爱尽是温情，
对缺点的批评犹如闪动的火光。

友爱的批评闪动着火光，
火光下锤炼坚强的力量，
只是那些个人主义者，
才在洪炉旁感到凄凉。

[选自《诗刊》1961年2期]

  王亚凡（1914—1961），原名正雅，河南内乡人。学生时代参加"一二·九"运动，1939年后在剧团从事抗日救亡活动，历任演员、导演、剧团负责人，中国作家协会副秘书长。1960年底下放宁夏农业第一线，1961年1月8日在灵武逝世，葬于灵武县烈士陵园。20世纪30年代开始发表作品。著有诗集《王亚凡诗抄》等。

李震杰

春天（外二首）

已经是春天的季节
大地还像冬天一样寒冷
看不见阳光
天空挤满了灰色的云
顽固的冰块
还冻锁着土地和河流
黄昏，大风雪在原野上
像狼一样恐怖地嗥叫

屋子里又沉闷又黑暗
我站在楼窗前
望见自然壮阔的远景
就想起从远方寄来的
温暖的信息

春天，是要开花和歌唱的
垂死的风雪
能够永远占有她吗？
昨夜，我听见了，河流上
冰块破裂的声音
我听见了，愤怒的树林
树枝在风中撞击
冰雪跌落在地上的声音

天气已经开始暖和了
阳光将带来温暖
最后的冰雪都要消融

从严寒中解放的土地
要开满花朵
等候第一个晴天
我要跑到野外去

旷野里，将到处是新生的苞蕾
我要站在河边的岩石上
听百灵鸟自由的呼唤
而我的快活的歌声
将随解冻的河水
流向神往已久的远方

晨

像沙滩美丽的贝壳，
闹市的夜路灯，
在朝霞初涌的光潮中渐次隐灭。
池蛙停歇了整夜单调的歌唱。
林间睡醒的春雀，
第一声呼唤，振翅向云天。
凝止了各种奔忙的脚步
扬起尘沙的市街，
一队早操的战士，奔向郊原公路，
最先踏碎草头露，迎着黎明的光辉，
高声地歌唱：
"红日照遍了东方，
自由之神在纵情欢唱……"

黄河铁桥

白天站在拦河坝上眺望，
你像一条跨海的蛟龙；
黄昏满身灿烂的灯火，
就像天边美丽的彩虹。

不怕黄河的大浪大风，
有你连接起河西河东；
东来西往滚过多少车轮。
落雨天晴盖满多少脚印。

你看见多少企业厂矿，
为建筑大坝运来材料和机器；
你看见多少兄弟民族，
为工地职工寄来慰问和友谊。

去年你迎来建设者壮丽的理想，
今年你送来英雄们施工的捷报。
等到第三个水暖花开的春天，
你将听见庆祝大坝落成的礼炮。

[选自《李震杰诗文集》，宁夏人民民出版社，2006年]

  李震杰（1921—1995），笔名李羽、穆芷，湖南长沙人。1938年在广西桂平参加抗日救亡工作，加入学生军，后任报纸编辑。20世纪50年代初毕业于中国人民大学俄语系，任俄文经济翻译。1958年支援宁夏建设调到银川，历任宁夏日报社文艺编辑，宁夏作家协会秘书长、副主席、名誉主席。1939年在桂平《诗》刊、《浔洲日报》发表讴歌抗日战争的新诗。著有散文集《老凤新声》《把勺把子交给自己人》《李震杰诗文选》等。中国作家协会会员。

朱红兵

沙原牧歌（长篇叙事诗节选）

第一章　之五

大娘把王夫抱回家，
王夫和秀兰放一搭，
一床破被横着盖，
秀兰和王夫紧相挨。

一个母亲两只奶，
喂奶一起搂在怀，
一个桃子两人分，
王夫和秀兰一样亲。

沙窝地长出两朵花，
一条苦根上生的它；
一棵树生着两个杈，
生就他们是"双把把"。

雨后的高粱节节高，
王夫和秀兰会跑了，
手拉手儿院子里耍，
一个跌倒一个拉。

王夫秀三七岁大，
沙滩里去把甘草挖，
挖出"天津"给妹妹，
挖出"小草"自己拿。

平展展沙滩软软的沙,
他俩在玩"走亲家",
小两口正把日子过,
大晴天响雷天塌下。

大娘在沙梁轰雷声喊,
兄妹俩惊得直愣着眼:
"惊车你爹爹被车碾,
去晚了难得再见面。"

王夫撒腿躁着脚地跑,
一进门扑在爹怀中,
大声喊来小声叫,
千呼万喊不应声……

地主的孩子"宝贝蛋",
背上书包把书念,
王夫还没满十岁,
替父还债牛家院。

熬一天就像上刀山,
星星两头都见面。
白眼下活骂声中过,
住的活像个狗窝窝。

嫩苗苗怕的大旱天,
受苦人最恨牛如山,
禾苗受旱不肯长,
王夫瘦成个麻秆秆。

青杨树虽细长得高,
王夫虽穷人品好;
要论活计更无比,
边墙里外数第一。

犁的地就像个发面馍,
遍地里找不见草棵棵;
提耧下种匀又直,
行距就像是尺量的。

喂的牛驴滚瓜圆,
四套大车好掌鞭;
是"天津"来是"红粉",
一看草秧就了然。

绿草滩里生牡丹,
千人说好万人赞,
老头的拇指端翘起:
"庄稼行里数状元。"

青年不说暗盘算,
憋足劲头来挑战;
姑娘们生来面皮薄,
想在脑中画心田。

曾有个姑娘胆子大,
想找王夫拉拉话,
跑遍了山梁和沙窝,
看见他和秀兰坐一搭。

一道边墙三丈三,
他俩相好都传遍,
就像树枝和树干,
时刻不离身边边。

贺兰山高来长城长,
王夫沙滩里来放羊,
提上个篮篮拿上个铲,
秀兰她剜菜紧跟上。

一排排沙柳根连根,
他两人并坐身挨身,
糠干粮虽少哥的心,
掏出来两人一半分。

吃一口干粮谈一谈心,
是甜是苦两人尝。
山头上下雨山沟里流,
合唱个小曲解忧伤。

大海碗上画牡丹,
天生下王夫和秀兰。
羊群跟着头羊走,
相好的心思早就有。

[选自《朔方》1983年3期]

朱红兵(1922—),原名朱衡彬,山东陵县人。1940年投奔延安参加革命,学习于青年干部训练班、鲁迅艺术学院文学系。历任宁夏作家协会主席,宁夏文联党组书记、主席。1940年开始发表诗作于《大众习作》《草叶》《解放日报》等。著有长篇叙事诗《沙原牧歌》,与李季、姚以壮合著长诗《银川曲》。

罗 飞

银杏树（七首）

石头
——思路翎

看见石头
就想起火花
石头的沉默
锁闭着火的喧哗

裸

安徒生不怕开罪于
伪善的道学家
塑造一个至尊的皇帝招摇过市
让他一丝不挂
万人空巷，众口一词
又赞又夸——美哟！美哟！
——太美啦！

对着虚无的"新衣"
实有的权力
一片阿谀
一片胡夸

贪婪的皇帝
被剥光了肉体
恭顺的臣民
被剥光了灵魂

血和泪

血，咸味很浓
泪，也带盐分

难道因为我曾用它们
浇灌过希望
那希望才既不结子
也不开花？

不，不对
你看信念的叶片上
不是泪的露珠
熠熠闪烁？

你看理智的花枝上
不是血的色泽
吐着芳华？

冰

恰似透明的水晶
你有波涛倾泻的历史

春天一到，当冬眠醒来
你又将喧腾澎湃
不远万里
奔向浩瀚的大海

一枝淡黄色的小花

一枝淡黄色的小花
开在泰山顶上
受着太阳的抚爱

默默地笑在路旁

我久久地对它盯视
爱它单纯的明亮
虽然它经受过不少风霜
不要摘它，不要摘它
它是一片明丽的阳光

你的泪花

终于等来了
那慢慢渗出的
温润的亮光
你的嘴唇微微翕动
像默默地咀嚼着什么
不是声音打破沉寂
是那眼神屈曲的光
让我听到了
你心底的波澜

[选自《银杏树》，宁夏人民出版社，1985 年]

以笼子自豪，或交换场地

城市动物园里
兽中之王被囚在人造的铁笼里
——因为人惧怕动物

笼子宣示一种儒雅的征服
隔着铁栏
面对一只只发绿发黄发亮的眼睛
不管它是温驯的凶恶的愤怒的
都可以任你挑逗任你戏弄任你耍笑
毛茸茸的爪子也不必畏惧
你英雄地得到莫大的审美愉悦

它在笼子里
你在笼子外
笼子呵护你欣赏的自由
你以笼子自豪

到了天然动物园
万物之灵的你
只有乖乖地自囚在
钢铁加玻璃的笼子里
虎豹在笼外闲适地踱步

这是动物自由的王国
猴子狡狯地爬上汽车探头探脑
抓挠车窗，表示亲切
大致正体验着，看客当年
隔着铁笼栏杆戏弄它们时
同样的感觉万物之灵惊恐地向外张望
——万一伸进一只爪子
毛茸茸的，那该有多可怕……

笼子可是一种护身的法宝
交换场地之后
你同样以笼子自豪
正由于交换了场地
动物大度地说：
"我不限制你自由，你怕什么？"
被宽容者说：
"正由于你有了自由，我才不敢有自由！"

[选自《红石竹花》，宁夏人民出版社，1999年]

  罗飞（1925—），原名杭行，江苏东台人。1943年因战争辍学，并开始发表作品。历任宁夏人民出版社编辑，《女作家》季刊主编，编审。诗作荣获宁夏第三、第四届文艺评奖二等奖、优秀奖（不分等），第五、第六届文艺评奖一等奖。著有诗集《银杏树》《红石竹花》。中国作家协会会员。

姚以壮

球场即景（外一首）

同乘昆仑凉，
共饮黄河水。
西北地区各民族，
俱是骨肉亲兄弟。

美不美泉中水，
亲不亲是兄弟。
山高路远心相连，
志同道合竞球技。

六方选健将，
银川会英萃。
球场博得春雷响，
健康种子播遍地。

不打不相识，
越打越亲密。
记分牌上标胜负，
友谊增长在心里。

[选自《宁夏文艺》1961年9期]

罗山不老松·引子

翻一架山又一架山，
山山不断响牧鞭。

越一道岭又一道岭，

岭岭相连绕白云。

人都说罗山赛天高,
羊群如云在天士飘。

山根底寻来山头找,
把社长遇在半山腰。

高高的身材粗粗的腰,
长长的牧鞭细细的梢。

腰挂水葫芦背草帽,
风吹白胡须满脸笑。

看上去好似一棵松,
越经受风霜越耐老。

社里流传着一句话:
社长是罗山老英豪。

松树底下抽一袋烟,
把创业的艰难聊一聊。

山涧里溪水不断流,
老社长叙话声滔滔。

[选自《宁夏文艺》1962年2期]

姚以壮(1926-1973),陕西靖边人。历任陕甘宁边区靖边完小校长,《三边报》记者,宁夏日报社编辑室主任、副总编、总编,宁夏党委政策研究室主任,宁夏文联副主任。第三届全国人民代表大会代表。与李季、朱红兵合著长诗《银川曲》,著有秦腔现代剧本《人间天上》,电影剧本《六盘山》等。中国作家协会会员。

刘和芳

我愿做一棵小草（外二首）

我愿做一棵小草
冒着风雪，顶破冻土
用生命的绿
向人们发出春的呼号

我愿做一棵小草
倾注深情，吮吸朝露
用沁人的凉
去抚慰夏日行人的脚

我愿做一棵小草
虽然比不上秋天枫叶的鲜艳
但我能用柔软的胸
和孩子拥抱

我愿做一棵小草
假如明天我将死去
就死在大地母亲的怀抱
用不灭的信念告别冬天
催发来年的春潮
　　　[选自《朔方》1983年1期]

沙坡头，腾格里沙漠的绿洲

腾格里是一匹奔腾狂啸的野马
沙坡头像魔术师给它戴上了笼头

一块小小的翡翠
凝聚了人类智慧

说梦幻，却是实实在在
说真实，但又难以想象

不是人间奇迹
怎招来无数人为之惊叹

  [选自《朔方》1984年7期]

月亮船

原以为离别
从此不再相见

隔着海，隔着山
一个月亮分两半

半个照着日月潭
半个照着贺兰山

愿这半个月亮
变成一只小船

在海峡两岸
自由来往

  [选自《宁夏文学作品精选·诗歌卷》，宁夏人民出版社，1999年]

  刘和芳（1927—），笔名河帆，安徽安庆人。1951年毕业于大夏大学经济系，后入复旦大学中文系进修。1958年调到宁夏参与筹建宁夏人民出版社，主持组建少儿读物编辑组。历任文学编辑、少儿读物编辑组组长，《女作家》季刊副主编。1943年开始发表作品，诗作荣获宁夏第三届文艺评奖二等奖，个人荣获宁夏人民出版社50年特殊贡献奖。著有诗文集《回眸》，儿童文学《幼学童话百篇》。中国作家协会会员，中国鲁迅研究学会会员，中国现代文学研究会会员。

路 展

送粮队（外二首）

丁零丁零，一阵铜铃，
长长的车队绕过枣林，
哗啦啦像奔腾的流水，
猎猎的红旗卷着烟尘。

马头上红樱一甩一甩，
马背上汗水涔涔，
赶车汉赤裸臂膀，
青铜色脸上闪动笑纹。

车上的粮袋高过树顶，
散发的麦香多么醉人！
——把好粮早早缴给国家，
向祖国汇报自己的辛勤……

丁零丁零，一阵铜铃，
长长的车队绕过枣林，
哗啦啦像奔腾的流水，
欢乐地直通有往远方的县城！
　　　[选自《人民文学》1959 年 8 期]

路上

青青的田野绿绿的树，
金色的村舍笔直的路，
青石桥上红袄闪，
过来谁家的新媳妇？

骑一头驴，带几本书，
年轻的后生紧跟住，
一挑行李颤悠悠，
满脸的笑容迈大步。

放牛的娃娃大声喊：
"快看回娘家的新媳妇！"
新媳妇低头羞答答，
后生鼓眼装发怒：

"谁往娘家谁串亲，
眼下哪有闲工夫？
山区要买拖拉机，
送人家进城学技术！"

青青的田野绿绿的树，
金色的村舍笔直的路，
新媳妇脸儿红闪闪，
小青年满肚子欢喜藏不住。

羊皮筏子

蓝天、白云、远树，
黄河上迷蒙金雾，
像羽箭掠过水面，
羊皮筏子飞向何处？

一叶木桨急急点水，
绕过了漩涡急滩险路；
渔鼓道情响亮，
一开口惊起柳荫苍鹭。

给矿山运去了嫩菜鲜果，
给公社运回了乌金墨玉。
小筏子像锦上飞梭，

织出了工农联盟美景一幅。

[选自《宁夏文艺》1961年10期]

路展（1928-），原名路福增，河北丰润人。1948年肄业于北平中国大学经济系。1949年参加革命工作，历任华北大学文工团员，《人民文学》编辑、诗歌组副组长，《宁夏文艺》编辑，《朔方》主编，编审。1950年开始发表作品，著有短篇小说集《白脖鸽子》，短篇童话集《小鹿银点点》等。童话荣获全国少儿文艺创作奖三等奖、全国首届优秀儿童文学奖等；个人荣获全国文学期刊编辑荣誉奖，享受政府特殊津贴，被自治区授予建设社会主义精神文明积极分子称号。中国作家协会会员。

吴淮生

海水浴（外一首）

生来第一次
我睡在海的衾抱里
是赤条条的婴儿？
不，多了几样东西

身上的伤疤与尘垢
任柔波荡涤
会还我庐山真面目吗？
——一个无瑕的身体

心头的翳云
任浪花冲洗
我轻轻地把阳光
搂进袒露的怀里

漂着，不怕随波逐流
反正离不开大地
漂着，凭它浪打水击
我原想拥抱礁石

忽然，我竟也化为海水
和身边的江洋融合为一
大海是我的无限扩充
我是大海浓缩的一滴

黄昏，我还不想离去
仰看暝然而合的天地

那天上的第一颗星
可是我在海里的影子?

  [选自《朔方》1986年7期]

我吟唱我的歌谱

我,种不出金色的麦穗
我,不会织云般的棉布
我,没燃过高炉的烈火
我,未培育鲜艳的花束……

在这炎热而明朗的夏天
我翻开一本小小的歌谱——
一个知识分子的自叙传
一部书生的命运交响曲

它的那些激越的乐章
是彩笔蘸着朝霞谱出
它的那些急促的节拍
却回荡着雷电和风雨

它是一道道长长的线条呀
是额前深深思索的纹路
它那高高低低的音符呀
录下几多笑浪,几阵泪雨

我和阳光一起长大
我向往面前广漠的天宇
但是,我的无力的翅膀呀
总飞不到梦里的高度

于是,在一个深沉的雪夜
我依偎在母亲的胸脯
倾听她那热烈的心的跃动
脉冲,向未来的春讯传呼

然而，我毕竟只是一棵树
从来就执着地热恋泥土
我和伙伴能撑起明朗的天
我，是其中最不起眼的一株

倘若将我移植别处
我会变成长不大的老榆树
只要伫立在这风沙线上
我的青春就永远葱绿

我翻开小小的歌谱
我吟唱我的心曲
在这炎热而明朗的夏天
歌声像小河一样汩汩……

[选自《宁夏文学作品精选·诗歌卷》，宁夏人民出版社，1999年]

  吴淮生（1929—），安徽泾县人。毕业于北京师范大学。历任《朔方》编辑部副主任、宁夏作家协会副主席、宁夏少数民族文学讲习所常务副所长、宁夏文联文艺理论研究室主任等，一级作家。1945年开始发表作品，诗作荣获宁夏第一届文艺评奖一等奖；个人荣获宁夏有突出贡献专家称号，享受政府特殊津贴。著有诗集《塞上山水》《新声旧调集》《吴淮生诗词选》及散文集等。中国作家协会会员，宁夏诗词学会名誉会长。

王世兴

牧羊山歌

青羊离不开高高山，
牧羊哥，爱上了美丽的草滩。
公社的羊群千千万，
莲花尕，开遍了前山（么）后山。

野花盛开的六月天，
大草滩，活像个花园（么）一般。
何哥的羊群草滩上转，
人人夸，他是咱村牧羊的好汉。

早上放了个满天星，
露水草，羊吃着膘肥毛亮（者）骨硬。
晌午放的是一窝蜂，
阴凉洼，避暑歇凉羊儿（么）起群。

行行道道出状元，
阿哥他，本是个能干的青年。
千万人当中选模范，
优胜红旗，插在了阿哥的羊圈。

[选自《宁夏文艺》1961 年 11 期]

王世兴（1930—），回族，银川郊区人。毕业于宁夏师范简师、兰州师范高师、西北艺术学院。历任《宁夏文艺》编辑、宁夏人民出版社文艺编辑、宁夏群众艺术馆馆长兼《宁夏群众文艺》主编、宁夏文联副主席等。《莲花滩》（长诗）荣获宁夏第三届文艺评奖荣誉奖、全国第一届少数民族文学创作奖"骏马奖"。

高　深

致诗人（外三首）

诗人啊，历史需要激动人心的诗句，
时代有太多值得讴歌的教训和业绩。
A弦和D弦都须蘸着深情同工异曲，
让在握的光大，把丢弃的重新拾起。

我们从不会只哼一己的苦恼和欢乐，
也不曾凭着个人的脉搏歌唱或沉默，
否则人民要说：民族不要这样的歌者，
生活、才华、灵感，都将对诗人吝啬。

我们命定的主题和目标从不是哀败，
阶级的歌手对前途充满豪情和信赖，
勇敢地探索吧！辛勤地去开拓吧！
让人民抱着英雄气概去展望未来。

当你凝视母亲的创痛时也不必哀伤，
从苦难中站立起来的巨人会格外坚强；
历史的脚印已经刻在九亿人民心上，
寒尽霜穷春伊始，有道是多难兴邦。

像种子信赖土地，像江河奔向海洋，
像繁星爱恋天空，像葵花追随大阳，
诗人已抱之必胜决心和不变信仰，
把每个细胞都化作音符献给人民和党。

　　　　　［选自《宁夏文艺》1980年1期］

无力到达的远方

无力到达的远方太多了
腿已经筋疲力尽
母亲缝纳的土布鞋
可经得住沿途坎坷折磨

人在这方面不如鸟
鸟没有户口册
不必为机票价高皱眉
天空就是远行的飞艇

无力到达的远方太多了
却不情愿于死守家园
穿母亲缝纳的土布鞋
向坎坷作最初也是最后挑战
　　　[选自《人民文学》1995年3期]

父亲的崇拜

老实巴交的父亲
把土地看成生命
一个虔诚的农民
播种一辈子五谷杂粮
耕耘他那份土里刨食的命运

或许因为太固执
或许因为太认真
父亲把锄草施肥浇水
安排在庄稼死亡以后
死亡了才给它许多养分

表示农民对庄稼的崇拜
表示农民对五谷的敬意

父亲每天给那最优秀的一株高粱
做几次深深的鞠躬
叩拜五谷之神
  [选自《朔方》1995 年 12 期]

草原深处

草原深处
牧马人是个孩子
比老马的年龄还小一岁

牧马人不识字
会唱许多好听的牧歌
马 常常是一群醉鬼

秋风抚摩脊梁
露水打湿智慧
太阳把苹果脸晒得紫黑

他在马背上长大
也长高了许多马背
他有一颗很干净的灵魂
草原真美 希望真美
  [选自《诗刊》1997 年 5 期]

  高深（1935—），回族，辽宁岫岩人。历任东北民主联军回民支队宣传队队员、沈阳第三机床厂工会宣传部部长、宁夏日报社副主任、宁夏文联副秘书长、《朔方》主编、锦州市委宣传部副部长、《锦州日报》总编辑等，一级作家。1952 年开始发表作品。诗作荣获宁夏第三、第四届文艺评奖一等奖，第一、第四届全国少数民族文学创作"骏马奖"。著有诗集《路漫漫》《大西北放歌》《大漠之恋》《苦歌》《寻找自己》等。中国作家协会会员。

杨克兴

夕阳碎影(七首)

浪花

荡悠如不眠的歌
喷珠洒玉一片纯白

冲撞如烈性的马群
把心胸拓展为草原

游河

青铜古峡
摊晒着秋天回忆的金壳

倒映河中的蓝天
捞起一轮不落的太阳

激浪

飘荡的是黄金
浮动的是白银
波光粼粼的是万家灯火

映红晚归的牧歌

飘带

九曲黄河

是哪位天使遗落的飘带
从天上飘飘洒洒地飞来

一端缠住月亮
一端在高原上跳动
挂满云彩和涛声

观天

太阳已经出来
月亮还不肯离去

在金色的山川上
在满天的朝霞里
只是淡了梳妆

河云

山叠着山
眨眼间又铺成平原

太阳的马车驰过峡谷
正是山花烂漫之时

石洞

巨蟒从山中穿过
在天上喷吐着火焰
有人在石洞里住下
成了神仙

　　[选自《朔方》2001年7期]

　　杨克兴（1935—），河南虞城人。历任虞城县店集区政府秘书、《黄河建设》实习编辑、宁夏电力局宣传处处长、宁夏电力文协副主席等。著有诗集《三百萃编》《与光同行》（合集）《夕阳碎影》等。中国作家协会会员。

高　琨

花蝶起舞（外一首）

荞面碗簸子小米粥，
尕锅里炒的是臊子；
掰住个指头数数字，
算到了你来的日子。

韭菜的叶叶绿着哩，
灯盏花闪亮着哩；
想你着想得心颤哩，
今儿个要见个面哩。

晚夕里听见手机响，
热身子扑在个窗上；
鸳鸯枕摆了个双对双，
T恤衫显了个时尚。

云彩儿散了天开路，
暖阳儿映照着神州；
改革年拓宽了小康路，
年年者喜逢着好运。

一对燕子云里走

女：清泉的流水清亮了，
　　青草的芽芽儿旺了；
　　我俩的缘分说定了，
　　你走了干散的路了。
　　红樱桃手帕里包下了，

紫葡萄铰下架了；
你把我揣在怀里了，
我把你架天者挂了。
青石头尕磨嘟噜噜转，
要磨个雪白的面哩；
维了个朋友称心愿，
那一天才圆个梦哩。

男：维了个妹妹赛貂婵，
　　感情者转了个圆范；
　　今儿个追来明日里撵，
　　一天么三回者看来。
　　粉红的纱巾头上戴，
　　红兜兜系腰者转来；
　　叫一声妹妹跟前来，
　　治好我想你的病来。
　　底扇的磨子空吼哩，
　　麦颗颗搭不到斗里；
　　我见你了心抖哩，
　　毛辫子拽不到手哩。

女：山里的牡丹开千层，
　　阿一朵开下的顶红；
　　咱俩个是山里野刺玫，
　　阿一天才见个粉红。

[选自《朔方》2011年4期，从其文中摘出]

　　高琨（1936—2013），宁夏固原（今原州区）人。1951年入伍，1955年转业至西海固歌舞团。多年来倾心于花儿的研究与创作，花儿作品发表于《诗刊》《共产党人》等，荣获宁夏第一届文艺评奖二等奖。著有花儿集《红牡丹》《绿牡丹》《黑牡丹》等。

秦中吟

五月,我在黄河岸上走着(外一首)

看一河桃花春水一泻千里
卷起雪浪朵朵,卷去泥沙,卷去败叶,
一片银色将十里田园尽抹。
黄河,你也抹尽我心中的怅惘,
我不再,不再慨叹那逝去的岁月。

尽管我们一同失去过韶华,
虽然那并非我们的过错。
你匆匆来去的脚步告诉我:
人生并不是历史的过客,
生命的活力在于
不断追求,不断拼搏,不断突破。

于是,我追逐你的激浪洪波,
阔步前进,带着我的颂歌。
你流向大海,不畏道路曲折;
我走向生活,何惧艰险阻隔?
纵然浩渺的烟波紧锁,
但我看到你气势的磅礴。
啊,黄河,你所追求的
也正是我所向往的境界。

[选自《朔方》1984年5期]

登贺兰山主峰

冲破惰性的纠缠,三月
我邀春风同登贺兰山。

贺兰山没有现成的登山赋,
雪铺一路宣纸让我创作攀登新篇。

是期望也是信任,
是鼓舞也是考验,
思想既已冲破封闭,
天山也不再是高不可攀。
目光随山峰直射茫茫云层,
俯看群峰是脚下滚动的泥丸。

啊! 太阳, 我久久期待的太阳,
跋涉不息的登山队员,
先我早早登上云雾峰顶,
摇着旌旗汗水四溢地把我召唤,
迎着它我奋力登上去。它急忙赠我
亿万朵耀眼银花, 羞得我难睁双眼。
好个光辉世界, 我浑身透亮,
喜讯是串热情的礼赞。

敬礼! 鼓舞攀登的雪松,
当我导游的松鼠我的同伴;
敬礼! 为我热情呐喊的山雀,
横空伸出任我攀缘的枝干。
让我们在高高峰顶一起跳舞唱歌,
让滔滔黄河为我们拨动琴弦,
但我决不醉卧还要不息地攀登,
为着太阳的期望, 给我的温暖。

[选自《朔方》1987年3期]

秦中吟（1936—2014）, 原名秦克温, 宁夏平罗人。毕业于陕西师范学院中文系。历任中学教师、银川市文化馆创作员、宁夏日报社高级编辑、宁夏诗词学会会长、《夏风》诗刊主编等。诗作荣获宁夏第一、第二届文艺评奖二等奖, 第四、第五届优秀（不分等）、一等奖, 个人享受政府特殊津贴。著有《飘香的黄土》《秦中吟抒情诗选》, 古体诗集《朔方吟草》《塞上新咏》,《诗的理论与批评》等。中国作家协会会员。

张贤亮

大风歌

一、献给在创造物质和文化的人

我来了!
我来了!
我来了!
我是从被开垦的原野的尽头来的
我是从那些高耸着的巨大的鼓风炉里来的
我是从无数个深藏在地下的矿穴中来的
我是从西北高原的油田那边来的
啊!我来了!
我是被六万万人向前飞奔所带起来的呀!
我来了!

那无边的林海被我激起一片狂涛
那平静的山川被我掀得地动山摇
看呀!那些枯枝烂叶在我面前仓皇逃退
　　那些陈旧的楼阁被我吹得摇摇欲坠
我把贫穷像老树似的拔起
我把阴暗像流云似的吹飞
我正以我所夹带的沙石黄土
把一切腐朽的东西埋进坟墓
我把昏睡的动物吹醒
我把呆滞的东西吹动
啊!这衰老的大地本是一片枯黄
却被我吹得到处碧绿、生机扬扬
看!那大洋汹涌的波涛也在我鼓动下

狂舞而去
　　拍打着所有的海岸
　　告知全人类我来到的消息

啊！把一切能打开的都打开吧！
　　把一切能敞开的都敞开！
出来呀！出来呀！出来！
把你们的面迎着我
把你们的两臂向我张开
即使我是这样猛烈也无妨
我就是要在你们的生活中激起巨浪
我创造的洪流将席卷一切而去
啊！我要破坏一切而又使一切新生呀！
我向一切呼唤，我向神明挑战
我永无止境，我永不消停
我是无敌的，我是所向披靡的，我是一切！
我是六万万人民呀！
啊！我是新时代的大风
听！我呼呼的声音里有金属的锵锵
听！我宣布
　　一个新的时代已经来临！

二、我在大风中

啊！大风呀！
你来了！你终于来了！
你像千军万马冲下山冈
你像一亿道闪电同时放光
那个人的烦恼、那个人的忧愁、那个人的利害与自私
在你激烈的气流吹击下
都如烟、如云、如雾似的消失
你把我全身脱得精光
我这样才被你吹得舒畅
啊！大风呀！
我的七窍都向你大大地张开

你不把你的威力一直灌注到我的脏腑
我的心决不会有一点满足
你带的那雷、那雨、那电
都要在我的胸中飞进
击毁了我而促起我的新生
这样，我这瘦小的身体将能有大河的容量
你带来的那热、那力、那光，将充满了我的脚膛
严烈的大风呀！
吹吧！
我要满心充着爱，我要热情的旋律叩击着我的胸怀
我知道
谁不满怀着热情，谁不满怀着爱
谁就不配进入
　　你带来的这个时代

啊！怒吼着的大风呀！
吹吧！
我把我的两臂向你张着
我把我的胸膛向你敞开
你那雄浑的力的波涛
将吹举我到世界的上空飘摇
我要从墨翟那里看到列宁
要一直从《诗经》看到《战争与和平》
你将吹动我如云似的随你去遨游
使我更清楚地去看生活、看地球
啊！大风呀！
你那威严的声音已唤起我的智慧
我知道
谁没有知识，谁不会生活
　　谁没有广阔的眼界
谁就不配进入
　　你带来的这个时代

大风啊！吹吧！
只凭思想中的一点火星决不能生活

我要让你把我吹得满身烈火
我的肺已吸满了你强烈而甘芳的气息
我的血液已感染了你的威力
我要为你能吹到遍地
任那戈壁滩上的烈日将我折磨
忍受深山莽林里的饥渴
不怕皮破骨损，不怕满身伤痕
啊！大风呀！
即使我为你牺牲又怎样?！
你已化成了我，我已化成了你
如果我不去创造、不去受苦
如果我不勇敢、不坚毅
如果我不在那庸俗的、世故的、官僚的圈子里做个叛徒
啊！我又能有哪点像你
大风呀！
我要在你浩荡的气流里做最前的一股
在一切可怕的地方我最先接触
怒吼吧！
吹吧！
吹到遍地吧！
大风呀！
让你那滚滚滔滔的雷似的声响
让你那澎湃着的浪与浪冲击的音调
让你那强有力的和声去宣布
新的时代来临了！
需要新的生活方式！
需要新的战斗姿态！

[选自《诗刊》2002年6期上半月刊，首载《延河》1957年7期]

张贤亮（1936—2014），江苏南京人，祖籍江苏盱眙。1955年从北京移民到宁夏贺兰县务农。历任宁夏作家协会主席、宁夏文联主席、中国作家协会第四至七届主席团委员、全国政协第六至十届委员、宁夏华夏西部影视城有限公司董事长。50年代初开始创作，因《大风歌》被错划为"右派"，平反后创作以小说为主，三次荣获全国优秀小说奖，九部小说搬上银幕。个人荣获宁夏有特殊贡献的知识分子称号，被评为中国文化产业十大杰出人物，享受政府特殊津贴。

张　润

心途留迹（三首）

春

月夜花园里四处静悄悄，
只有风儿在轻轻唱……
你说，你非常爱唱这支歌，
但更喜欢我哼的自由曲。

不知什么花这样浓郁，
闻一闻就使人充满醉意；
不知是月光，还是错觉，
只见树影、花枝都在摇曳。

在这样时光已用不着言语，
只有轻微的声声叹息。
幸福就在背后这棵大树干上，
东方最好不要显现晨曦。

这个春夜今生不会忘记，
它教我们懂得了青春的含义。
——虽然没有枪林弹雨，
对幸福也应珍惜。

　　　　[选自《朔方》1985年5期]

我记不起你的姓名

那眉眼，那唇鼻，那一颦一笑，
都似录像在眼前晃动，

但我记不起你的姓名。

那是不知不觉中开始的一幕,
是你聪颖的眸子与清纯的笑声,
化解了我胸中久积的寒冰,
但我记不起你的姓名。

有人用昙花比喻短暂,
我们在一起迎接过无数黎明。
昨天骤然相遇在街头,
窈窕的腰身竟会如此龙钟!
只有秋水般的双目还存着当年的生动,
你看了看我,我照出了自己!
我,我不愿记起你的姓名,
愿你如我一样,把我忘得干净。

没有彩色

在我的诗歌里,
不知什么时候没有了彩色。
我并没有色盲,没有
五色七彩能分辨得一清二楚,
但我的诗歌中还是失去了颜色。

我也并不是戴着墨镜,
而是我用饱经风霜的眼睛,
滤过了万物万种,
涂抹了耀人眼目的色彩,
只留下显露本质的黑白。

于是悄悄地黑白涨了价,
摄影科技大倒退。
我并不是为了隐去雀斑、皱纹,
仅仅是为了突出本质,
才失去了鲜艳的色彩。

到春天时,我还是向往野草绿地,
在原野,小黄花开了,
彩蝶与蜻蜓共舞,
黄鹂与麻雀合唱,
人也变成了七彩的美丽。
上帝既然创造了色彩,
我还是要享受它;
只是在面对人世的难题,
我才抽象去了颜色。

[选自《朔方》1994年4期]

张涧(1937—),笔名姚剑,山东金乡人。毕业于中国人民大学新闻系。1951年参加工作,历任中央统战部干事、北京大学中文系新闻专业学员、宁夏日报社文艺部主任,高级编辑。1954年开始发表作品,著有诗集《人生谁不老》,散文集《多情的秋天》等。中国作家协会会员。

万里鹏

写在庞贝废墟上的诗（四首）

午夜的悲剧

公元 79 年 8 月 24 日
零点刚过
庞贝人都在梦中

突然维苏威山一声怒吼
惊醒了庞贝一城市民
他们抱着珠宝盒钱币盒
仓皇逃命
手里还举着一尊神

但是神灵保佑不了他们
滚烫的砾石将他们击倒
黑色火山灰将他们掩埋……

1925 个年头过去
我有幸造访庞贝
只见一片悲壮的断垣残壁
述说着当年那场灾难

市中心一瞥

这里只剩下石柱残廊
只剩下那个未倒的拱门
以及后人栽种的草坪
但还勾勒出当年的繁华

北望，维苏威山
盖着一床绿被在沉睡
神色那样安详

当年，它喷出的熔岩
将数万市民击倒
火山灰将整个庞贝城掩埋
历史留下长长的空白

而今，两者相安无事
招徕世界各地熙熙攘攘的游客
然而要警惕有一天
它从睡梦中突然醒来

铭文的启迪

考古学家挖掘时
突然发现一幅壁画上
刻着的一句铭文
没有任何东西可以永恒

仿佛是一句偈语
预言庞贝将遭灭顶
如今留下的1.4万平方千米的废墟
便是最有力的佐证

更揭示了一个真理
梦想永恒
只能是一句呓语
抑或是宗教式的热晕

走在废墟上
我寻找两千年前生活的痕迹
这句话最是刻骨铭心

精美的雕塑

莫非我身处卢浮宫
抑或身处梵蒂冈博物馆
望着一男一女两尊白色雕像
皮肤般的大理石
大理石般的皮肤

如果不是残垣断壁
提醒我这是庞贝
我实在难于相信
有如此精美的雕塑

然而这是事实
他俩立在残存的墙上
游客注视他俩的美丽
他俩注视游客的惊奇

我并不觉得
我们的目光之间
间隔20个世纪
　　　[选自《朔方》2005年7期]

　　万里鹏（1938—），原名陈琢如，浙江杭州人。毕业于山东工学院。历任宁夏人民出版社编辑、编审，宁夏文史馆馆员。1956年开始发表作品。诗作荣获宁夏第三届文艺评奖二等奖、《大家》红河文学奖。著有诗集《喷泉》。中国作家协会会员。

马朝森

生命的莲花（三首）

往事

昨日的玫瑰
对一个人是真相
对另一个人是秘密
时光在同一个夜晚
被分放在两个地方

低着头心语迷茫
只是你在对面坐着
默默地单手托着下巴
瞬间的离情别愁
就这么被托着
还有该说却未说出的话

分别几十年了
那只托着下巴的手
一直没有放下

船

人生啊 似一河滔滔流水
奔走得如痴如醉
泛着无数的吉光片羽
让我难以驻足

船在水中竞相奔波

从起航到彼岸
一路不知不觉碰到多少大浪

相聚时往往不以为然
船停上岸时
方觉心中忽然一颤

桑田

隐隐约约忆起昔日路过的踪影
心生一种伸手可得而没有得到的懊悔
回不去了啊
只能把过去的爱
偷偷地藏匿在心坎之底

人到耳顺已知天年
过去了的事
就让他过去吧
虽说英雄不必气短
但儿女还需情长
把往事让给回顾的翅膀

在混沌时代的仓皇转折里
遇上了的　爱过了的
都是人生最美的桑田

　　　[选自《朔方》2009年7期]

　　马朝森（1939—），四川开江人。1959年应征入伍。就职于银川公安局、宁夏武警总队、宁夏交通厅等。2004年开始创作，诗作发表于《朔方》《共产党人》等。

马乐群

深入宁夏（三首）

贺兰山岩画

贺兰山上的岩画
在峭壁上沉思
痛苦和欢乐
都闪电一样真实

刀锋斧刃都被羊群或狼群吞噬
盘羊和雄鹿的犄角
以不同的轨迹飞翔
如雄鹰展翅

狩猎者和牧人的英姿
折射出阳光的绚彩
那七窍硕大的脸孔
飘扬成世界上最辉煌的旗帜

皮毛掉光了
骨肉仍然站立
骨肉变成灰了
还有灵魂在石头后面坚持

战栗中的宁静
展示着生命的韧性和仁慈
沉默无语的呼喊
是爱情撒播在岩石上的种子

为历史献出了所有的颜色
剩下的线条　光洁尖利如针刺
而且一根根里都藏着
风雨冲刷不掉的故事

水窖

旱塬上的院子里
瞪着一只枯焦的眼睛
那干渴　那苦涩
真能让人昏厥

雨水在这里集结
四壁中间积蓄着欣慰
想不到点燃黄土地血性的
竟是这融化了的冰雪

肯定不会忘记干裂的疼痛
连沉沉的睡梦里
都有水滴
在轰鸣在呜咽

麻绳提出来一只铁筒
清凉的笑靥
晃动的波纹
滋润着发黏的热血

谁也不会嫌弃
漂浮着的柴棍和草屑
一捧泛黄的水
足以冲去所有的迟疑和怯懦

清凉的窖水　浑浊的窖水
如同日月
温暖着我们的心房
照耀着我们的日日夜夜

[选自《民族文学》1998 年 9 期]

戴盖头的女子

盖头遮盖着秀发
自信的阳光照耀在眉宇
从不高傲，也不忸怩
白鸽一样天真、端庄
说话时总是悄声细语

平视着走路
微笑着面对贫穷与富足
似乎永远没有烦愁和忧虑
是万里无云的信仰
引领你走过青春的风雨

在繁华或者荒凉的地方
同样展示沙枣的尊严
展示白杨的思绪
让人民感受到天堂里
花草的清香和浓绿

[选自《朔方》2013年11期]

马乐群（1939—），回族，笔名尤苏、泰芒，山东济宁人。从事过多种工作。1956年开始发表诗歌、散文、报告文学、评论等作品。诗作荣获宁夏第三、第四、第五届文艺评奖二等、优秀（不分等）、二等奖；个人荣获银川市文学艺术突出贡献奖。著有诗集《新月·朝霞》《沙丘·马队》。中国作家协会会员。

丁 文

沙中小憩（外二首）

歇息那跋涉的步伐，
偃卧在瘦弱的红柳树下。
吞口微含苦涩的泉水，
溶解旅途的烦躁与困乏。

驼峰后凌乱的脚印是路，
驼峰前望不到尽头的是沙。
当起身迈步的刹那，
芳草一片展现在天涯！

[选自《朔方》1981年10期]

台钟

时针分针的利剪，
无情剪破我白天的完整。
不甘心燃成烦人的烟雾缭绕，
不情愿化作刺耳的电话铃声。

每个时辰都该铁样沉重，
铸成犁，插进土地的深层，
即使轻得如一页日历，
也应如温柔的风吹进孩子心灵。

灯光虽漂不白斗室的四壁，
你却用和谐的乐曲赞美宁静。
山峦江海汇聚在三尺案头，
我以单调的节奏迈步不停。

十二粒绿色的星亮了,
这是我永无阴云的夜空。
情思,被秒针牵动着旋转,
像沿着来复线,飞向苍穹……

灯光

我曾把多少欢乐的美梦,
关在黎明前阴暗的小屋里,
告别灯光下长长的影子,
踏上忏悔的漫漫途程。

如今,在静谧的春夜里,
我却用灯光把知识和幻想聚拢,
编织着老年人的童话,
描绘着孩子们的憧憬。

这春夜的灯光,绞成丝缕,
能牵回迷惘而失去的岁月?
这灯光的春夜,化为春水,
让前辈播下的种子茁壮萌生!

春夜是一幕哑剧,
灯光似独白琅琅有声,
紫帷幕落下仍响着最后一句:
明天要有一个不迟到的黎明!
　　[选自《朔方》1983年7期]

　　丁文(1939—),回族,原名丁文庆,北京人。毕业于北京师范大学。历任固原师范教师、固原师专校长、西北二民院副院长。诗作发表于《朔方》《人民文学》等,荣获宁夏第三、第四届文艺评奖二等、优秀奖(不分等)。著有诗文集《两山集》。

贾长厚

车窗凭眺（外三首）

视线放得很远很广
思路开得很宽很长
看见什么了，是后倒的电杆
是急闪的桥梁还是那倒退的飞鸟
旋转的村庄？
不。不是那浮泛的景象
只有那远方迷茫的地平线
随着思绪一起摇荡……

海风

轻盈，像抖动的薄纱
柔润，似流水淙淙
我一头扎进你的怀里
像久别重逢的恋人
你抱住我，轻轻颤动……
把我纷乱的头发梳理
把我皲裂的皮肤润平
我还从你喃喃的絮语中
感到了你的柔情蜜意
纯洁和忠诚……

[选自《宁夏文艺》1980年1期]

我爱大海

我爱大海。我爱大海
不羁的心潮，广阔的心怀

收纳百川，不拒细流
无论轻重你一律浮载
我来了，扑向你
就像孩子扑进娘怀
你把我轻轻举起
用洁白的浪花把我抚爱
我陶醉了，躺在沙滩上睡去
任那风吹，任那日晒……
当我一觉醒来
你又给我满怀激情，一身爽快
啊，大海！我若是一条小河
也要投奔你的怀抱
我就是一滴水珠
也不能与你分开！

帆的风格

白帆在海平线上闪亮
像洁白的海鸥在天海之间翱翔
那忽隐忽现的帆影
牵着我旖旎的想象
我想，它会像镜面一样平整
有银幕一样宽宏大度的姿容
靠岸后我不禁十分震惊
原来它千纳万补，满是孔洞
于是我产生一个联想
征帆，你是骁勇将士的形象

　　　[选自《朔方》1981年11期]

　　贾长厚（1940—），笔名贾曼、秦庚，辽宁大连人。1960年参加工作，就职于大连机床厂、银川长城机床厂、《朔方》编辑部等，副编审。1961年开始发表作品，荣获宁夏第一、第二届文艺评奖二等奖，第四、第五届文艺评奖优秀（不分等）、三等奖。著有诗集《海恋》《人生旅途》《爱的绝唱》，评论集《诗怎样写》。中国作家协会会员。

井笑泉

塞上的形象（外一首）

为什么每每谈起塞上，
记忆总要被她染黄——
黄的河流，黄的沙浪，
黄的天空，黄的土壤……
就连人们的言谈，
也渗透着黄的凄凉。

难道黄就是塞上的形象？
难道黄就是这里的君王？
黄河不满地说：黄，
因为我经历过太多的人间沧桑；
黄土生气地讲：黄，
只怪历代权势将我的青春掠抢。

是时候了，人们啊，
怎能让这黄瘦的形象，
遗留在后辈人心上？
塞上，应该美，
美得如同俊俏的姑娘——

粼粼碧波是她深情的眼睛，
婆娑绿荫是她的发丝飘扬，
丽日轻风是美丽的笑靥，
繁花似锦是她的裙裾闪光……

啊，不要以为这只是诗人的遐想，
我们已把理想种在了现实的土壤，

一旦承受了阳光雨露的滋养,
塞上哟,一定和我们想象的一样!
  [选自《朔方》1982年11期]

车过六盘山

这儿的石头仿佛带有磁性,
吸引过无数过往旅客,
今天,我也被磁石吸引,
心儿融进大山的脉络。

再听不见了,昔日那哀怨的牧歌,
悠扬的花儿从云中洒落;
要不是滤去了生活中的苦涩,
山里人的歌怎会唱得这般洒脱。

啊,正是那支烧穿黑夜的火炬,
曾照亮这里的山丘沟壑,
所以,才使六盘山的英名,
深深楔入后辈人的心窝。

何必追问是革命给大山增添了光彩,
还是大山擎起过那火红的岁月,
只要时刻把六盘的魂魄揣在怀里,
征途上还有什么顽垒不能攻破!
  [选自《朔方》1984年5期]

  井笑泉(1941—),回族,宁夏银川人。曾在银川火柴厂工作。1958年开始创作,诗作发表于多家报刊,荣获宁夏第一届文艺评奖三等奖,个人被银川市政府记三等功一次。

雷抒雁

父母之河

我在繁华喧嚣的都市
突然思念黄河
那是条从冰雪洪荒中流来的河
是从沙漠黄土中流过的河
那条河,像大树的巨根
向四周伸出万千根须……

泥黄色的河水
以粗犷的喉咙
唱着雄浑的歌
唱着千百万年短促的岁月
唱着千百万年激荡的生活
我从爷爷那布满皱褶的脸上
认识这条河的
那被风的雕琢、汗的冲刷
刻出深深的沟壑
刻出流淌苦涩命运的河床
流淌着太阳的火?
从爷爷青筋纵横的手背上
我也认识了这条河
那是勤劳和负担所扭结的曲折
那是野菜和粗粮所酿造的浑浊
那里,流淌着因为压榨而不平的沉默

我的黄河水不是从天上来的
是从母亲们干瘪的乳房里
一点一滴挤出来的

是从战乱和灾难的伤口里
一股一股流出来的
是没有光亮的热
从冰川上融化而来的
是无言的痛苦和无言的欢乐
从眼角上涌流而来的……

当我还在母腹蠕动之时
黄河之水,就通过脐带
进入我的血管
进入我的生命
进入我未来的第一声哭叫
进入我即将感知世界的大脑和眼睛

……黄河啊,哺育了我们的河啊
我想,我的血管
不过是你一脉小小的支流
那里,日夜回响着你的叮嘱
你的河面上缓缓飘散的晨雾
曾从我的嘴巴轻轻地吐出
傍晚,滑进你河心的落日
便是沉浸在我的心头
一捧泥土,一捧泥土
你铺就一片平原,又一片平原
也铺就我胸脯强健的肌肉……

我曾长时间生活在黄河之滨
用那泥黄的河水洗涤灵魂
洗涤动乱在我心头留下的创伤
洗涤粗糙的锄柄在我掌心磨下的血泡
洗涤被汗碱模糊了的眼睛
洗涤被扁担磨破了的衣衫……

我引来你混浊的水
一次一次浇灌我撒下的种子

一次一次浇灌我插下的绿秧
浇灌我不甘心荒芜的青春
浇灌我永不抛弃的信念
浇灌我固执的期待
以及我关于生活的幼稚而朴素的预言……

那时,左边是蜿蜒曲折的长城
像瘦削的脊骨
横在荒凉与繁荣的边缘
右边,便是你,黄河
日夜汩汩流淌着的血管
白浪滔天的洪水季节
船只胆怯地躲上了岸
我的羊皮筏子却像奔马
跳跃在你的浪尖
头戴白帽的回族船夫
唱着古老的号子
古老的号子送我到达彼岸
在那浪峰上
跳荡着我年轻的心
跳荡着我毕生难以忘怀的惊险
黄河啊,我是你永远的孩子
你用颠簸的摇篮
教给我生活,教给我勇敢
教给我在动荡中寻找平衡
教给我在迷茫中寻找罗盘……

我的黄河啊,躺在你身边
五月,塞外迟到的春天
我躺在柔软的草地上
续写父辈艰辛的诗篇
眼前,是一朵一朵金黄的小花
是唱不厌的爱情之歌
头顶,是空阔高远的蓝天
是思不尽的哲学书卷

仰望云朵悠悠的流逝
我像看见一条黄色的巨龙
在云团中盘桓

时间凝固了
一百年，又一百年
像蜻蜓默默地栖落在草尖
都市的层楼里
再没有了黄河
没有了那荒草杂树
没有了那深夜里不息的呐喊
四月的风携带着细沙
突然把我的门窗摇撼
我才想起黄河
想起那卷着泥沙的河水拍打堤岸
当绿树像火把突然在路边点燃
当红润的苹果，金黄的梨子
在街头突然出现
我才想起黄河
想起那血和汗的浇灌……

黄河啊，我的黄河
在都市的繁华和喧腾中
我挤出一片宁静
悄悄把你思念
我突然感到
感到一种只有游子才有的
甩不掉的疚愧和眷恋
难道能忘记黄河吗？
我想，纵然我会走遍整个地球
我的脚印会踏上每一块大陆
我会看见红色的海，绿色的河
或者，使我兴奋的陌生的山，
但是，只要一低头
我就断不了对黄河的思念

阳光般温柔
黄金般闪亮
泥土般和谐
秋天般饱满……

我的肤色
是黄河的颜色，黄河——
父母之河啊！
黄河……

[选自诗集《父母之河》，人民文学出版社，1984年]

　　雷抒雁（1942—2013），陕西泾阳人。毕业西北大学中文系。1968年至1972年在宁夏某部队农场锻炼，后任部队宣传干事。历任《解放军文艺》编辑、《诗刊》副主编、鲁迅文学院常务副院长、中国作家协会全委会委员、中国诗歌学会会长等。诗作荣获1979-1980年全国中青年诗人优秀作品奖、全国第二届优秀新诗奖等，并被译为多种文字。享受国家特殊贡献津贴。著有诗集《父母之河》《小草在歌唱》《雷抒雁抒情诗百首》和散文集等十余部。

王维堡

会飞的岸（外一首）

我醒来　岸
悄悄地飞走了　带走
我开花的季节　还有
怀念远方的梦

岸　淘气的男孩
总是捉弄我　那
命运之神　也吞噬了
给我唱歌的涛声　我
渴望最后一次　再能
看一眼　对岸向我招手的
沙枣树　那是我的
母亲么

我默默期待　岸
会飞来的　连同
那心中的芳草地　在
开花的季节　重新
编织一个垂挂在
沙枣树上的梦

四月

四月　春天的
最后一个孩子　吹响了
柳笛　在还没有开花的
渠畔　渠床

空荡荡的　睁着一双
迷惘的眼

四月　把甜甜的
歌儿　一半给了
寂寞的叫天子　一半给了
发情的柳枝　然而
渠床　仍然是
空荡荡的　仿佛
在等待谁

四月　调皮地
笑了　浑黄的河水
踏着笛声　不紧不慢的
节拍　舔着渠床
干裂的嘴唇　窥视
麦苗的爱

　　　　[选自《朔方》1989年5期]

　　王维堡（1942—），山西交城人。1947年随母、兄来银川与父亲一起生活。1961年毕业于银川一中，次年参加工作。1985年调到宁夏人民广播电台，任文学编辑。著有散文诗集《跋涉西部》，诗话《古诗中的宁夏》，长篇小说《郎家巷子》等。

马治中

赞雪

你默默飘落大地
没有风的呼啸
没有雨的喧嚣
冰冷里蕴藏着温暖
洁白中孕育着彩色

你充满崇高的幻想
给人美的陶醉
滋润爱的焦渴
在你圣洁的灵魂面前
高尚者谦逊羞怯
卑劣者极力闪躲

把躯体无私奉献
将生命融入绿色
捧起你的亲吻
将春光寻觅
把人生思索

　　[选自《朔方》1982年3期]

　　马治中（1943—），回族，宁夏利通人。诗作发表于多家报刊，荣获宁夏第一、第三届文艺评奖三等、二等奖。

王景韩

爱的潜脉（四首）

季节的相思

秋的帷幕垂落
仍有深刻的阳光照耀
苦乐
向冬季迈着同一步伐

有一段季节的相思
已等不及越过冬季
在早霜的枝头绽放
不肯凋谢

[选自《朔方》2000年1期]

跃过时空的高度

站在边地古城的废墟
看壮丽日出
时光之手
抚摸着绵延史迹

我于残垣中
拾起一些旧事的碎片
晨曦照耀着我的思索

忽有牧羊老者的歌谣
融进我的听觉
似在以沧桑巨变

作抒情的诉说

一些野花小草
跃过时空的高度
生长在古城残垣之上
它们姿态不凡　繁衍生息
无惧风沙的肆虐
在朔风中茵茵如歌

在我抵达一片绿洲之后
我站在碟墙之上
研读友人的一首诗
那里面有一句：
切断精神疾患的通道
吸饮哲思的果实……

沙漠湖

大漠漾出清冽
一片神奇的水域

粗粝的风
梳理着鸥鸟翔舞的真挚
芨芨草　马莲花
倾诉繁衍的欢乐
昭示大漠
依然有华姿婆娑

我在沙枣花盛开的季节
看到这里的纯美
沙漠湖清澈如镜
照彻爱之箴言
拒绝不偏不倚
对于偏执之爱的销蚀
尽管空气中沙尘弥漫

湖岸的芳草
更添一番磨砺的洒脱

造化无惧
涟漪荡起生命之柔波

灵鸟

尘土飘忽
企图改变我对旅途的审视

肩上扛着的情思
总那么沉重
生之旅　何其遥迢
情之约　何其真切
阅历对此无奈

迈步前行
又突遭狂风飞沙
急切中躲进一废弃窝棚
看远天近地
迷蒙不可详察
心中掠过了一丝退缩的念头
却又看到一对灵鸟
翻飞自如　搏击风沙
它们及时娇正了我的视线
似在引导我继续前行

　　[选自《朔方》2002年2期]

　　王景韩（1943—），山东日照人。曾任银川市作家协会副主席兼秘书长。60年代开始创作，诗作发表于《绿风》《朔方》等，荣获宁夏第五届文艺评奖三等奖。著有诗集《寂旅》。

杨少青

大西北放歌（五首）

大夏河

泻玉的飞瀑吐彩的虹，
大夏河是铺翠点金的银龙；
劈荒的利斧断饥的刃，
碎浪花是染绿抹红的精灵。

洪波是旋律浪涛是音，
大夏水是历史变奏的和声；
流干了血泪流尽了恨，
流来了一座座绿洲（哟）花村。

八百里秦川八百里画屏，
比不上夏河岸人杰地灵；
顶天的粮垛遮地的阴，
新瓦房爆出了一阵阵笑声。

人说黄河是华夏的根，
独不见陪伴着慈母的儿孙；
大夏河哟幸福的根，
长流淌冲走那河州的贫困……

春笋赞

破土的锥子刺天的剑，
竹节是凌云的连环；
正直的身子辟邪的签，

虚心是攀高的源泉。

一根根春笋一支支箭,
雨露下,跃身猛蹿;
一股股朝气一团团火,
绿海中拔起的桅杆。

高风是晴空艳阳天,
亮节是袒露的胸田;
赤子的心肠哺乳的雁,
把朝气带到了人间。

东方的红日蓝图的线,
春笋是英俊的少年;
洁白的画布调色的板,
为时代绘一幅春天。

春度六盘

白花花溪水舞银练,
锁万顷翡翠的波澜;
蓝莹莹天幕挂彩盘,
射千里暖人的金线。

半山桃花半山绿,
半山是盛开的马兰;
半山雨丝半山歌,
半山是红破的"牡丹"。

黄牛拨响了古筝弦,
耧铧唱一曲春恋;
金谷落地诗千行,
沃野捧起了绿毯。

清风儿揭开了灰纱幔,

春意撩醒了六盘；
咕噜雁拍翅衔喜讯，
扔下个永驻的春天。

贺兰松

刺天的青锋落地的云，
贺兰松是险山雄岳的卫兵；
涛声阵阵浪滚滚，
似军号，催动了万马奔腾。

挺直的身材穿石的根，
性刚正，耸立在峭崖哟峻岭；
拔地千尺志凌云，
豪气壮，惊矮了攀附的青藤。

霜雪压身气凛凛，
抖三抖，还回了翡翠的原本；
朔风料峭骨更硬，
唱一曲，止气壮怀的歌声。

常绿的树哟万年青，
四季春，永驻在塞外漠岭；
清楚不老会长存，
贺兰松是中华民族的象征。

[选自《大西北放歌》，宁夏人民出版社，2006年]

杨少青（1944—），回族，宁夏同心人。1965年参加工作，历任同心县文工队创作员、宁夏越剧团办公室主任、宁夏文联秘书长、宁夏政协副秘书长、宁夏文史研究馆馆长等，一级作家。1973年开始发表作品，诗作荣获宁夏第三、第四届文艺评奖二等、优秀奖（不分等），全国第五届少数民族文学创作"骏马奖"。著有花儿集《豫海英杰》《大西北放歌》等。中国作家协会会员。

何新南

拣矸石女工（外三首）

皮带机——奇异的小河，
乌金的波涛在河中流着。
鲜花一般的姑娘们，
在河边干着什么？

目光，如战士把目标搜索，
身影，似村姑在田里除禾，
双手，好像绣花女工精心刺绣，
神情，恰是医生正在驱逐病魔。

把一块块矸石拣出，
把闪光的乌金之波
和赤诚的情意，
献给亲爱的祖国。
　　　　[选自《朔方》1981年10期]

小船

假如我是永不动摇的河岸，
你可是那顺水漂流的小船。
无论漂到什么地方，
都能看见
深情把你遥望的河岸。

走遍天下只见过船儿靠岸，
千秋百代谁听说河岸靠船。
你快快抛弃无情流水，

回到岸边吧，
这里的一切多么温暖。

　　[选自《朔方》1982年11期]

我的爱

我的爱，是两颗砝码，
纯如赤金，重量相等。
一颗江南，
一颗朔方，
平衡感情的天平。

真想把爱多给朔方一克，
可不成。怕冷了江南的心，
因为，我是她的子孙。
胸中流有大运河的蜜汁，
心弦响着夏日的蝉鸣……
大伯粗直的斥骂，
阿婆庇护的乡音，
尖顶砖房上吧嗒的雨滴，
描画我孩童的年轮，
谱写我青春的第一行音韵。

真想把爱多分给江南一克，
也不成。怕负了朔方的情，
因为，她给我以新生。
黄河注我奔腾热血，
长城赠我刚直灵魂，
大漠添我坦然胸怀，
河套展我绿色诗情……

罐茶里升腾的回族情谊，
牧鞭上脆亮的歌声，
白杨树下的吆喝，
沙枣树飘香时的笑声……

朔方——我爱。
江南——我爱。
我的爱铸成两颗砝码，
均衡在感情的天平上。

[选自《朔方》1983 年 12 期]

苍天下的太阳路

紧握父老的手，心对心敞开，
说着乡亲的话，情与情和拍；
我汗洒千家为金秋，我赤子情爱捧出怀，
哎，衣食父母不富足啊，哪来举国笑颜开；
百姓是苍天，民心是太阳，
苍天下的太阳路，我双脚不走歪。

看一看庄稼地，满眼都精彩，
喝一口甜井水，失落的又回来；
我身随父老话百业，我心贴乡亲说未来，
哎，衣食父母光景好啊，兴国安邦春常在；
百姓是苍天，民心是太阳，
苍天下的太阳路，我领头大步迈。
我领头大步迈。

[选自《歌曲》2002 年 12 期]

何新南（1944-2008），笔名塞墨，江苏武进人。当过专业演奏员、文学编辑。70 年代开始创作，诗作荣获宁夏第一届文艺评奖二等奖，歌词荣获各类奖项。著有《黄帝故乡人》《太阳路》《何新南歌词集》等。中国音乐家协会会员。

马中骥

憧憬（外一首）

童年，我把她系在风筝的飘带上，
让她在理想的天国自由飞翔，
我期望长线化作金桥，
带我摘取星星和月亮，
忽然，线儿断了，
只有泪滴映着几片破碎的星光。

青年，我把她写在热恋的情书里，
让她印在爱人炽热的心房，
我期望爱情之花结满甜果，
酿造出献给爱之神的琼浆，
然而，爱人抛弃了我，
只有失落的花瓣飘散着幽香。

中年，我把她紧紧握在手中，
与汗水一起播进春天的土壤，
我用滴滴心血为它施肥，
我用复苏的神经为它筑一道挡风的墙，
于是，我终于在生命之秋，
收获了成熟的思想。

　　　　［选自《朔方》1981 年 1 期］

牧羊人

被朔风吹打的额头
是一颗温暖的太阳
被岁月压弯的脊梁

是一轮皎洁的月亮
古老的勒勒车
拉着高原和你的全部故事
黄河踢给你一条金色的牧鞭

太阳和月亮
轮流用岁月的雕刀
雕塑着你和你的群羊
于是，黄土高原这幅壮美的油画
多了片片会舞蹈的云
多了颗颗会歌唱的星
多了缕缕芬芳的奶香

太阳送你一架金色的罗盘
月亮送你一座银色的毡房
牧鞭，你手中神奇的指挥棒
羊群，你统领的雄壮的合唱团
整个黄土高原都是你歌唱的舞台
古老的牧歌
在醉香的奶酒中悠扬

高原夜，你不再是孤独的牧羊人
守着一堆蓝荧荧的牛粪火
苦盼黎明的曙光
毡房外，风力电机为你送来光明与温暖
荧光屏打开草原的窗口
马头琴正为你把新生活歌唱
骆驼草黄了又青，芨芨草枯了又旺
做个甜梦吧
酿熟的奶酒已经飘香

[选自《朔方》1984 年 7 期]

马中骥（1944—），回族，原名马忠骥，四川人。曾任石嘴山市文联秘书长。诗作发表于多家报刊，荣获宁夏第一、第三、第四届文艺评奖三等、二等、优秀奖（不分等）。

肖　川

中年的船，没有港湾（外四首）

我不是神仙，也不是"高大全"，
坦率地说，我的心并未全都交给荒原。
我有家庭，有老人、妻子、儿女，
几代人的忧欢苦乐，压在我的双肩。

我知道，中年的船，没有港湾，
就像骆驼跋涉在大漠中间，
虽然拖着艰辛与沉重，
心头总有一片白云舒卷的蓝天。

与荒原交锋，我是单纯的响箭，
在家里，我的形象凌乱且纷繁，
解决婆媳纠纷，我是"内务部长"，
为孩子入托、上学，我是"外交官"。

我是父母心中的大树，
我是妻子脸上的笑颜，
我是大女儿的滑雪衫，
我是小儿子的魔方、飞盘……

这就是我的总体形象，
完整又琐碎，特殊又平凡；
这就是垦荒者的全部生涯，
载着家庭重负，拉着事业的长纤。

是的，中年的船，没有港湾，
不能抛锚系缆，只有搏浪向前。

我的船不会触礁，不会搁浅，
我有信念的舵，我有理想的帆。

[选自《诗刊》1983年6期]

读家乡来信

家乡的路很长很长
从燕赵故地伸向遥远的边疆
我去了，带着慷慨，带着豪壮
带着母亲深情的嘱托
带着乡亲殷切的期望
从绿油油的青纱帐边去了
从辘轳声声叫的井台旁去了
从芦花初放的湖畔去了
我去了，向陌生而神秘的朔方

大漠，孤烟，篝火，雁行
栉风沐雨，几十年时光
我耕耘着，一步一步
把满腔情爱播进万古洪荒
风沙阵阵紧，躬耕路长长
哪有闲暇思故乡？

不，我不是忘恩负义的儿郎
家乡有我的母亲，有我的兄长
有我童年梦幻般的星斗
有我少年充满希望的太阳
能忘吗？那仲秋的枣树
那初春的柳哨，那盛夏的池塘
还有红薯、蜜桃的甜美
以及高粱、小米的清香……

我不隐瞒，是的
我的心房有两扇小窗
一扇向着塞上，一扇向着家乡

只是后一扇关得太紧太久了
梦中，才偶尔挤进几丝月光
谢谢你，秀丽多彩的文字
为我打开了一扇明窗
哦，我看到家乡三种颜色
昨天的冰雪，今天的新绿，明天的金黄

权作春旅

雪山与长河与绿洲与漠野
转动。若小小沙盘被无形之电控
我的竹骨纸鸢，翔于塞上
舞大西北之云之霞之罡风

被一条线拴住心
另一头由望不见的故乡牵着
怎么也挣不脱山海关以外
大片大片黑土地的挂牵啊
归去，那线儿任车轮急急地紧缠

望见母亲身影了
品到乡音之醇醪了
却道不出别来之情说不出是何滋味
犹自暗嚼："少小离家老大回……"

辽河尚未冰封，有我童年的好梦啊
即使腊月也不会结冻
仍有高粱红仍有豆棵香以及蛐蛐鸣唱
权作春日之晨旅，使不惑之颜
不沾昏暮，少染霜白

易水行

一条大汉
一条与荆轲与狼牙山壮士同等气韵的大汉

使古之易水决然西向
雪山朝暾古塬午照漠野沉阳循行不已
趟着厚厚的西部光大汉走得很远了

绿洲的葡萄园灌渠林带花草与禾苗
都承认大汉是他们的父亲
红翎雀呼唤羝羊儿呼唤汗血马咴咴而嘶
这一切无法使他回头

照他华年的太阳已长出雪丝
还有当年的膂力筋力骨力吗
他要向骄狂的大野
向渐渐升高的地平之横杆
做最后一回冲刺
看一腔热血还能染红几瓣秋花

……曾是那般悲慨
小高炉吃红了眼睛
给一代代壮男儿以骨肉以精血的燕赵麦粟
养不活她的子孙了
大汉拧眉而决
把命运交给潜然西去的盲流河

是一群被饥馑放逐的草民
是一群不甘坐毙的逃亡者
二十世纪五十年代中国之"黑人"在穷荒
在漠野以血以汗以泪
浇出一片又一片生命之新绿
他们的大名可以正正堂堂写进西部户籍了
又在报纸头版向世人展示无愧的笑

妻说：叶落总要归根
儿女说：不能让父辈再披那多风尘
风说：我给你晚年的安逸和香馨
月说：我有数千年出关壮士饮不完的一壶浓酒

大汉环顾八极继而默然

……这一刻，偌大沙原只有他和斜阳
只有如黛远山和大汉沉沉之背影
他想在夕阳跌落之前赶到绝顶
听自旸谷而升由崦嵫而坠之金乌
是否爆出霹雳之轰鸣？

路尚遥
远方之暮霭可是故乡炊烟，可有那棵枣树
可有母亲的银发和眸光……
风萧萧兮又起。大汉前行
许是赶不及望那沉雄之象听那裂云之响了
却信：虽无杖可弃，身后会是一片邓林

风说

若非亘古冰川之呼遏云漠野之吸
岂有这如此骄狂如此强悍如此犀利
又如此深长的西部风
婴儿与老者间倏地一瞬
雪松若昙花，花岗岩剥落如雨，黄金溃烂
高陆沉陷盆地隆起片刻不得消停
沧海桑田也是弹指之间的事

由此反思，能不陡涨从未有过的亢奋
风说：搏者与我同行

人猿尚未走出原始林便拥有风
钻木火哔剥而燃爆出使地球进入文明纪的雷闪
无法分清谁是元谋人蓝田人山顶洞人后裔
我们都领今日之风骚
从穹窿这方到那方从大野这头到那头
循行不已只是西部风吗
在这吞吐亿万年日月悠远阔大之舞台演出现代剧

看我们与血汗先祖与血火前辈是否同样风流？
风说：我将不朽

从不喟叹，来也无影去也无踪
无形风塑出无边尘海有形之人生
求索者其路漫漫一往而无返
即使猝然倒下
冰峰之谷旷野之末仍有不绝之回声
苦思者不会永远冥想
无言者不会永远沉默
旁观者迟早会动情于辉煌壮举之感召
遁逃者寻到梦中的避风港了吗？

依我看，那是早已被风遗弃的死渊
风说：歌者，为我而号

[选自《黑火炬》，宁夏人民出版社，1990年]

  肖川（1944—），原名赵福顺，辽宁沈阳人，祖籍河北深县。1959年随父母支宁，1963年应征入伍，1968年复员到工厂。历任《朔方》编辑、编辑部主任、常务副主编，宁夏作家协会副主席，宁夏文联副主席，宁夏政协委员，中国作家协会全委会委员等。诗作发表于《诗刊》《人民文学》《上海文学》等，入选《中国新文艺大系》等。荣获宁夏第一、第二届文艺评奖一等奖，中央电视台少儿MTV金奖等；个人荣获宁夏知识分子专业技术工作突出贡献奖。著有诗集《塞上春潮》《黑火炬》《与光同行》（合集）《肖川歌词集》《肖川诗选》等。中国作家协会会员，宁夏诗歌学会名誉会长。

李云峰

寻找一棵树（外四首）

为寻找一棵树　误了花期
泛绿的枝条说　它不在这里
两只小鸟落下又飞起

为寻找一棵树　赶快挂果
裸露的根系说　我的家在山之隅
灿烂的花朵只笑过一次

为寻找一棵树而孤独　而漂泊
看一泓池水映不出倒影
看一缕流云静静远出

为寻找一棵树　消失自己

不知归期

躁动过后　冷静仍不见来
那一段空白　于眼眶中汪一池秋水
共长天一色

鸟飞渡时拽动的弧线与心较力
不禁怦然一动　往事被连根拔起
折断的年轮　画不圆一个句号

只好另起一段　去说其他的事
一开口就没有岸　此后的日子
叠成一叶叶征帆

不知归期　仍约归期
感觉的路绷断在弦上　一支旧曲
也唱不熟自己　我已非我时
那个过程才显得清晰
　　　　　〔选自《朔方》1989 年 11 期〕

回忆

回忆是一种高度
从这个高度跳下去
一切过程都变得清晰

风来了就有雨　雨过了天就晴
一些日子装作笑脸　其实在哭
一些日子手执麦子　使田野灿烂无比
一些日子先含苞　接着开花
最后溶入流水

还有石壁钉死的路
对峙中不忘回眸一击
最先飘落的树叶　在季节之前
否定了自己　不动声色的是某次机遇
只摆弄一枚棋子　就使局面豁然开启

阳光拒绝从这里走进去
看透的却永远无法拾取

一条河

一条河习惯把歌唱给土地
一条河对我们个人的欢乐和痛苦
不表示什么　一条河的流域很宽阔
从过去到未来　起伏着苍茫的岁月

逆水而上是一种启迪

顺流逐波是一种赌博
不知道源头立着一个孩子
不知道河尾坐着一个老者
他们的对视渗入我们的生命
一条河的意念太多太多

一条河在我们不知道的地方拐弯
一条河从我们的前瞻后顾中
流过　默默无语

大森林

走进大森林　以不同于前人的方式
接近年轮　倾听它诉说生长的艰辛
在远离人群的地方
这声音清晰而又逼真
鸣唱的鸟儿　歌声里伸出无数只小手
抓挠我们的心

走进大森林　突然感到站不稳时空
我们衰老了　而种子尚在萌芽
几万年的沉思不能如期抵达
我们在泥土里挣扎　天空有一片云
正涂抹地上的风景

走进大森林　走进我们最初的摇篮
做一个梦　结局从很远的地方
注视着我们

　　　[选自《朔方》1991年1期]

　　李云峰（1945—），陕西勉县人。曾上山下乡，后就职于《六盘山》编辑部、银川晚报社。诗作发表于多家报刊。

陈葆梁

大漠上的脚印

不在柏油路上漫步,
不在湖边柳下散心,
今天,我来腾格里寻诗,
向导是一串深深的脚印。

脚印,深深的脚印,
谁把你留给造访大漠的客人?
是额头被岁月刻满皱纹的老者,
还是怀着绿色希望的年轻人?

脚印,深深的脚印,
你发出探求者的声声召唤——
不必终日咀嚼痛苦凝成的诗句,
走出蛰伏的小屋,接受大自然的亲吻。

脚印啊,深深的脚印,
你储满探求者执着的深情,
你是挽在春姑娘臂弯的花篮,
你是缀在大地母亲胸脯的彩虹。

何必在柏油路上抛洒光阴的碎金,
何必在湖边柳下重叠徘徊的脚印,
让奋进的长风拭去胸中的灰尘吧,
我紧紧地追随着探求者的心……

[选自《朔方》1982 年 1 期]

陈葆梁(1945—),宁夏同心人。就职于同心文化馆、吴忠市文联等。诗作发表于多家报刊,荣获宁夏第三届文艺评奖二等奖。

万明征

花儿风从风景线延伸

风景线从窗口逸出
驮着的情绪也拍响翅膀
自夹缝如脱弦羽矢
没人窑洞　没人清流　没人白桦林
朦胧一幅稠稠的风景
飘出响响亮亮的花儿风

牧鞭绕着口弦弹着
挂在雁翅上　系在窗根上
盘在直楞楞的峰巅上
鼓之　歌之　舞之　蹈之
黑眼眸的汉子　红头绳的妹子
栽下悠悠岁月
刮起乡音重重的花儿风

花儿与少年舞起多彩的双冀
石磨却沉沉的　慢节拍踩着叹息
磨出酸酸的眼花　滚出苦苦的泪蛋
酸涩了祖祖辈辈的日子

祖祖辈辈唱断风
头顶的云化作淡淡的雨
祖祖辈辈续着唱
天上的鹰坠成重重的岭
花儿风苍黄且又悲怆
腿有力却走不出山界
眼亮亮的却看不到地平线

只是从眼角走上眉峰　走上额头
走进又粗又深的皱折
凝固成失望　凝固成咽不尽
兮兮的酸涩

打开封山的门了
搭成通天的桥了
润酥眼下的黄土地
花儿漫得凉爽且清亮
世界刮起花儿的风

风载花儿与少年
于天涯　于海角
播下黄土地的一颗籽
长出塬头上一条根
崛起泉边一棵树
绽开窑门前一枝花
挂满山坡红樱桃

花儿响起　山有酬答　水也有应和
山养水育花儿那灵性的根
根扎向山崖铺出了路
扎在水边搭起一座桥
扎进田亩　抖出谷子纯粹的温馨
玉米缨缨常有的亲切
和父亲弓腰收获的季节
或许就长起一棵树　站着我自己
站着你自己　从心底
扬起未来风景的花儿风

[选自《朔方》1991年4期]

征明万（1946—1995），宁夏平罗人。曾任银川晚报社副刊编辑。1970年开始创作，诗作、花儿发表于多家报刊。

韩长征

命运（外二首）

如果你给我一个明媚的春天，
我将像山花儿一样绚烂。

如果你给我一个喷发的口，
我将是一座爆发的火山。

如果你投给我一团暗影，
我就是一团燃烧的火焰。

是生命就得有光有热，
哪怕是流星一闪，昙花一现……

我的路

我从铺满荆棘的路上走来，
又向铺满荆棘的道路走去——

那铺满荆棘的路的尽头，
不正是清清的流泉烂漫的山花？

我用脚下的荆棘和前方的山花，
编织汗水浸润的花环……

[选自《银川文学丛书·诗歌集》，宁夏人民出版社，1989年]

愿你

如花的年华

在命运织成的迷惘和阴影中流逝、消磨
消磨，素馨花儿一样深情的惋叹
牵动一副炽热的愁肠
冬之沉寂终将过去
春心，当与春花同发于阳春的枝头

天上，一片云霞追逐另一片云霞
地上，一株山丹依恋另一株山丹
莫要总是慨叹人世间那花之美、月之圆
不会总对幸运者微笑，有耕耘就有收获

用心血去浇灌甘甜。搏击、奋飞
需要鸿雁有一双坚强的翅膀
窗外，有一片广袤的天空
有充满生机绿色的梦
实现你自己——
不管生活是多么艰难与沉重
山之巅，有一只远征的鹏
正等待与你振翅远航
　　[选自《朔方》1990年5期]

　　韩长征（1947—），宁夏银川人，毕业于宁夏大学中文系。就职于宁夏政府办公厅等。1971年开始创作，发表各类文学作品。诗作荣获宁夏第一届文艺评奖三等奖。著有《雪晴塞上·诗歌卷》《雪晴塞上·诗论卷》。宁夏诗词学会顾问，宁夏易学研究会常务副会长。

刘国尧

夕阳跌落以后（五首）

夜幕

遮住了山岭，遮住了原野，
难道还想遮住这世上的一切？
尽管你如此深厚，像浓墨黑漆，
尽管你这样巨大，与天地相接。

顽强的生命决不会向你妥协，
它们有燃烧的理想，奔腾的热血！
请看，黑暗中发光的是什么？
啊！篝火闪烁，明灯不灭……

露珠

当我寂寞地走完长夜的路途，
才真正懂得了你啊——露珠，
你是苦涩的泪滴，喜悦的眼泉呀，
看！醒来的花在抽泣，叶在痛哭。

夜幕哟，曾蛮横地遮住花的双目，
冷风哟，曾无情地摧残叶的肌肤，
于是，当曙色降临时，
它们怎能不落下这几滴泪珠？

钟声

软笛，能唤起我甜蜜的回忆，

琴声，能领我去迷人的仙境，
然而，孤独地徘徊在夜色里时，
却只有你啊，把我从迷茫中唤醒！

你冲破黑暗的每一声歌唱，
都像重锤，震惊着我的心灵。
给我勇气，给我希望，给我力量。
"快来到了呀，金色的黎明！"
　　　　［选自《朔方》1980年6期］

雨中

夜。好大、好大的雨呀。
伞下一个孩子，拎双雨鞋，
急匆匆，登上校门口的台阶。
——白天，他听讲的课桌椅上，
此刻，正坐着上夜大的爷爷。

清晨，也是这么大的雨呀，
爷爷搀着他，也是这样的急切。
从这条路上穿过，送他上学。
啊！有这样的送，还有这样的接。
崛起的八十年代，一个诙谐的细节！

夜。好大、好大的雨呀。
孩子放下伞，在他的小学校牌旁，
那块新挂的夜大的校牌前，
静静地，等候他的爷爷……
　　　　［选自《人民文学》1984年7期］

西部汉子和酒

胡杨枝噼噼啪啪烤出肉香
粗制的海碗
盛满西部汉子的倜傥风流

和广袤里圆圆的落日碰响

既然漠野没有一条河
苍凉　沉郁　燥热　浑黄
那就让烈性的酒在心里流吧
把干涸的人生
浸泡得明净　清爽　醇香

啜饮辣酒品味黄昏的欢乐
马背上的颠簸还有悠闲的忧虑
一切都溶解了
溶解在空酒瓶里咣咣当当

任燃烧的酒侵蚀出熔铸着
酒后的赤诚
诞生西部汉子坦坦荡荡的雕像
　　[选自《诗刊》1987年8期]

　　刘国尧（1947—），江苏南京人。毕业于宁夏大学中文系。1967年参加工作，历任西北轴承厂技术员、宁夏大学中文系教师、宁夏作家协会秘书长、海南出版社副总编辑。现居海口。1972年开始发表作品，诗作荣获宁夏第一、第二、第三届文艺评奖二等、一等、优秀奖（不分等），庄重文文学奖。著有诗集《山丹又红了》《爱的旋律》《国尧诗选》。中国作家协会会员。

薛建民

一张半旧的松木床板

一张半旧的松木床板
伴随着我度过了金色的年华
从参加工作时进屋
直到快退休时还在我身边

结婚时爱人曾提议更换
我说,糟糠之妻不能丢
几次搬家朋友劝我吐故
我执意坚持才使得床板没有落选

岁月变迁多少事情出现了模糊
床板深刻的纹路却清晰可见
《松树的风格》启蒙了我无知的少年
松树的形象给我一个坚定的信念

不是我对新事物接受迟缓
而是这张床板给我太多的留恋
床板培育了我挺直的身板
在世俗和风雨面前才没有腰弯

薛建民(1948—),宁夏中宁人。曾任宁夏煤炭企业宣传部部长等,高级政工师。90年代初开始发表诗作于《宁夏日报》《朔方》《中国煤炭报》等,入选《黄河诗金岸》《中华诗词·宁夏卷》《守望五千年的魂》等。著有诗集《岁月的情结》,散文随笔集《绿地》,理论文集《思考的印痕》。

蔡锦启

雁来了（外一首）

雁来了！雁来了，
看，云间钻出了点点簇影……

一字形，人字形——
啊，多矫健的队形！

那翅翼鼓满了绿色的南风，
腹羽沾着芬芳的甘霖……

咕噜，咕噜，它们叫了，
唤醒了冬眠的山岭……

啊，大雁，春天的鸟，
正执着地追逐温暖和光明……

峨，不要鄙视候鸟的迁徙——
万里关山，该有多少艰辛！

难道不该向往丰美的田园，
倒该追述严寒和饥馑？

来吧，大雁，就在这里降落，
今年啊，我才敢招手欢迎你！

我要把水库装点得更加秀美，
好让你映照美丽的倩影。

我要把责任田耕耘得更加丰腴,
好让你感到满意、称心……

我要把果林修剪得更加整齐,
让芬芳的花香伴你进入甜蜜的梦境!

是的,这里还有光秃秃的荒山,
可我们已决定"退耕还林"……

啊,大雁,尽管我没有翅膀,
可咱们的心却一起追逐着幸福和光明。

啊,我的心急剧地跳了,
我看出,你在迟疑,你在动心……

可是,终于……你又飞走了,
惆怅中,我突然又感到了宽慰、鞭策和信心。

明年,啊,明年我要更好地把你欢迎,
你就是又落在别村,我会……我会同样的高兴。

〔选自《朔方》1981年5期〕

石嘴山啊,你融化了我的身心

没有秦勒、唐碑、宋铭,
没有奇兽、异畜、珍禽,
没有名刹、宝寺、阁亭,
没有备木、秀竹、茂林……

可是,石嘴山啊,你用亢奋的汽笛,
强烈地振响了我昔日低回的竖琴,
你用你那火热的胸膛,
融化了我的整个身心——

仿佛,我的脉管已成了闪亮的钢轨,

冲腾的血液正推着矿车快跑快运；
仿佛，我的臂膀已成了高耸的井架，
鼓起的筋腱正举起万吨乌金……

仿佛，我的肺叶已成了巨大的风机，
强劲的呼吸把春风鼓满深井，
仿佛，我的心脏已成了轰鸣的电机，
燃烧的激情映亮了串串繁星……

啊，石嘴山！我愿把每滴心血、每滴汗水，
都融进你的机房、铁路、矿井……
可我不是被工业肢解的没有灵魂的枢体，
看那煤块里不正凝聚着光和热
——我生命的结晶！
　　[选自《朔方》1981年10期]

　　蔡锦启（1949—），上海人，成长于宁夏固原。曾就职于六盘山水泥厂。诗作荣获宁夏第一届文艺评奖一等奖。

王 庆

农家的旗帜（外二首）

让太阳明天接着考证——
我们塞上农舍的独特结构吧！
这平顶房长长的房檐，
正等待着我这一串串红辣子，
给它以流苏一般的娇艳。
妻子女儿仰脸注视着我，
大概水兵升旗时的骄傲也莫过于此。
农家的旗帜，有强烈的美感。

洁白纤细的绳子很长很长，
哪一截抽自妻子的喜悦了？
哪一截牵着女儿的梦幻？
分不清了。每一串都这样火红，
每一串都这样沉甸甸。
它们并列垂挂着，炫耀土地的馈赠，
炫耀我年轻，年轻的庄稼汉！

热烈和富有的感觉，
也在妻子的眼里油然而生。
只有塞上人才有这种体验——
比羊角还长还壮的辣子哟，
会使隆冬里的日子，
变得有滋有味儿，火热和舒坦！
我不愿从梯子上下来，
我有点儿像船长那样——
看富庶塞上怎样托起我们的船。

[选自《朔方》1985 年 10 期]

父亲,明天看海去

父亲,明天看海去。
多么遥远的思想,
覆盖着海之遥的谜底。
有谁见过海呀?
连梦也与海无缘……
而塞上,却又给这个小村,
起了个叫人心里发痒的名字,
哦,海西、海西……
我是第一个能看懂地图的人,
可我却不能解释村名的含义。
父亲也相信了,传说是另一回事,
父亲,明天看海去。

电视屏幕带来的欣喜,
伏天雨一般过去了。
淋湿的心上悄悄萌发了一茬种子。
那是被圈起来的大海么?
那是嗅不到一丝水味的大海?
那是什么大海什么大海?
与人们说的大海不一致。
父亲,明天看海去。

关于海的推测、猜想
夜色一般浓了……
父亲俨然有出访气魄,
检阅着庄稼人的想象力。
他的浪漫复活了,
他很激动但又尽力抑制——
颤抖着手灌一壶塞上的水,
准备去和大海交换……
他要给这遥远偏僻的生活,
以海的壮观和气势!
父亲,明天看海去!

[选自《朔方》1986年12期]

雪雨

我想，我就是这纷纷扬扬的雪花
多少热望，多少思恋
在一个冷寂的空间里凝结
飘落向你，飘落向你
但最后时刻无法抑制
我被融化了一切

我想，我就是这纷纷扬扬的雪花
落在你睫毛上，你应该看到什么
落在你肩上，你应该有感觉
你听屋檐下还有我一支歌
唱明天，唱此时
也在唱重逢与离别

我想，我就是这飘不完洒不尽的雪雨
为你打湿了整个世界

　　[选自《朔方》1994年8期]

　　王庆（1949—），满族。曾任宁夏日报社副刊编辑。1971年开始创作，诗作发表于多家报刊，荣获宁夏第一、第三、第五届文艺评奖二等奖，第四届优秀奖（不分等）。著有诗集《红月亮》。

李劲松

岁月河（四首）

湖

那时，我们还年幼
缺米少柴的日子
在记忆的网膜上
留下了烙印

春天，湖水干了
我们争相翻挖湖泥
寻找着希望
黑果子的香甜诱惑着饥肠
但我没有吃。用卖果子的钱
买了一支铅笔。在本子上
画了一个很大很大的湖

果园之秋

秋的氛围疑结成丰盈
果园如节日来临
张灯结彩的林子
在庆贺风调雨顺

摘一个苹果在手
香甜从手背流入心中
有多少汗水心血的浇灌
就有多少甜美的馈赠

枣儿染红浓浓的秋情
葡萄串起莹莹的秋韵
果农的心情如苹果般光亮
客商的计算器显示多彩的丰收

一车车一筐筐的清香
装满了果农结晶的血汗
果园之秋
枝枝杈杈都激动人心

望海

我望海，是为了寻岸
苍苍茫茫空空阔阔的蔚蓝
没有帆，只有折断的桅杆
既然是踏浪来了
任凭八方四面都是喧嚣恐吓惊险

礁石是浪花的岸
船舷是海鸥的岸
我苦苦地望着遥远
在寻找着属于自己的岸

洪峰踮起我目光的脚尖
浪谷埋没不了我永恒的信念
我相信，岸属于不畏艰险
到达只是时间

泥土的歌

我爱泥土，我曾在泥土里打滚
我爱闻泥土的味道
因为那里有乳汁的清醇

小时候，攀树时划破了腿

妈妈捏了一撮土敷在伤口上
止住了流出的血

在家乡，泥土对我最亲
当我困倦地躺在泥土的怀中
做了一个芳香的梦
醒来时，眼前一束盛开的马兰花

泥土，谁说你没有光泽
看看花的颜色
就知道你把人间怎样涂抹

[选自《岁月河》，宁夏人民出版社，2003年]

李劲松（1949—），宁夏贺兰人。当过教师、警察、法官。发表诗作于多家报刊。著有诗集《岁月河》。

万宝琛

传说的启示（外二首）

嫦娥奔月的古老传说，
早打动了我这稚嫩的童心，
星光里一行翩飞的鸿雁，
早把我的诗情引向皎洁的月轮……

面对凄惶中的同胞，
我心里顿生一种愧怍之忧：
不管你因何弃离了大地，
毕竟是飞往宇宙的第一个人！

绵绵数千载啊，远古时代的先驱，
却还受着如此冷酷的幽禁，
煌煌几千年啊，进入了科学时代的后裔，
却还只用诗来慰藉那孤寂的灵魂……

沐着缕缕月光，
叫我们如何安枕，
远在月宫的嫦娥啊，
会怎样看待我们这些炎黄子孙？
　　〔选自《朔方》1982 年 11 期〕

骊山烽火台

一匹黛色的骏马从远古时代奔来，
它毛茸茸的背上驮着一座烽火台。
这台口的无际仿佛留有淡淡的烽烟，
但已再见不到千军万马荡起的尘埃……

周幽王为了博得褒姒的一笑，
竟把国事当儿戏一般铺排，
从此这烽火台便失去了它原有的效用啊，
那玩火者也自讨了个灭顶之灾……

一个本身便是腐朽的人间尸骸，
任是怎样绝妙的东西都只能把他掩埋，
这烽火台便是一个永久的嘲弄啊，
让千古留下这笑料的素材……

掬月泉

兰州五泉山公园，
有一眼明净的掬月泉，
我在日高的正午啊，
去窥视她妩媚的容颜……

我正为泉中无月而叹愧，
一个少女恰来在掬月泉边，
泉中本没有明月可掬啊，
这时却漾出个如月盘的笑脸……

　　〔选自《朔方》 1985年6期〕

　　万宝琛（1950—），山东陵县人。曾就职于青铜峡水电厂。诗作发表于多家报刊。

胡大雷

在篝火升起的田边

一堆篝火在熊熊地燃烧,
我们持枪护青在田边;
这跳跃的红色篝火啊,
曾多少次在我心里点燃。

儿时常爱听革命故事,
革命前辈战斗在峻岭崇山;
堆堆篝火映红战士的面庞,
我仿佛就在游击队员叔叔身边。

我也曾立志当个勘探队员,
为探宝把祖国大地踏遍;
看,熊熊篝火升起在戈壁,
听,笑语歌声迎来灿烂的明天。

少年时的幻想长上翅膀,
翱翔在祖国辽阔的海天;
如今,我选定了最美好的志愿,
做一个光荣的人民公社社员。

像当年的战士鏖战深山,
我守卫在篝火升起的田边,
警惕的眼睛搜寻可疑的踪迹,
用钢枪保卫公社的丰收年。

[选自《宁夏文艺》1974年2期]

  胡大雷(1950—),上海人,祖籍浙江宁海。1982年毕业于宁夏大学中文系。现居南宁。诗作荣获宁夏第一届文艺评奖三等奖。

屈文焜

边地（五首）

我在故土里歌唱

故乡啊，我是你土里的蚯蚓
为了你，我一辈子
暗暗地摸索，悄悄地活着

我不问世态炎凉，我不会察言观色
凭着心的感觉
我知道，你春天跳动的脉搏

我不盘根错节，攫取你的籽和果
我不山头露面，争夺你的光和热
我只想用柔软的生命，包揽黑夜
不让它再蒙住你明天的眼睛和耳朵

故乡啊，踏着我走吧，别难过
我死了，随便让犁去解剖让风去评说
只要，是在你的心窝

故乡啊，我是你土里的蚯蚓
为了你，我一辈子
苦苦地眷恋，深深地爱着

　　　[选自《朔方》1982年7期]

云南的雨

云南的云固然含情脉脉

云南的雨却也潇洒自若

像一串圆滑的珍珠
从天上洒落，从树上洒落，从身上洒落

然而是轻柔的，如同姑娘的抚摩
带着一股芬芳，留下一丝温热

有雨就有绿啊，在这柔和的三月
谁不想让雨湿透衣衫，湿透生活

花也自在红，草也自在乐
湖水里自在摇，垂柳上自在歌

别笑我别笑我，爱雨爱得这般心切
我是想起了家乡，飘飘的雪
　　　　〔选自《朔方》1985年10期〕

无题

不能想象握手之后
我们的漫步将是
一次怎样崎岖跋涉

仿佛流离失所，相别在十字街头
任意到什么方向去
都是缱绻的沉默

……起风的时候
你说你又错过一个话题
于是憧憬了许久的路标
长满心形的绿叶

唉，真该回过头去
把脚印走成邮戳

可这世界已空无一人
谁还读我……
  〔选自《朔方》1989年5期〕

进入河西

进入河西　进入祁连深处
进入赤日炎炎的戈壁
空间骤然放大　野风掠起尘沙
雪水潺潺奔流　带一路厮杀的疯狂

踏着历史与蛮荒行走
我却找不到自己身后的脚印
望长城内外丝绸古道
遍地闪亮的白骨和生锈的刀枪

那吹响的铜号　那旗帜　那烽烟
那揪心的呼喊　那永远的最后的微笑
那血与火浇铸的誓言依然滚烫

五十年过去了　五百年过去了
五千年过去了　在石头与石头之间
在这生与死角逐的浩瀚疆场
掩埋着多少梦
多少征战者的灵魂与绝唱

进入河西　进入一种境界
独来独来　痛感悲壮
  〔选自《朔方》1992年11期〕

谒杜甫草堂

威风凛凛的群楼之下
你翘起胡须，无可奈何地持续着
现实主义的人生

如一把铜号
为此，诗的黄昏
英勇而壮烈地倾倒

从"三吏""三别"中苏醒的我
已不辨南北
却星光明灭地垂泪肃立
默默哀悼……

一鞠躬二鞠躬三鞠躬
风在嘲笑，雨在嘲笑

[选自《屈文焜诗选》，宁夏人民出版社，2010年]

  屈文焜（1952—），宁夏西吉人。曾应征入伍，历任固原地区文联副主席、宁夏大学党委宣传部副部长、宁夏画报社总编辑、宁夏政协委员、宁夏民间文艺家协会副主席等，编审。70年代初开始创作，诗作发表于海内外报刊，入选多种选集，荣获宁夏第三届文艺评奖二等奖。著有诗集《爱与人生》《苦恋》《边地乐舞》等。中国作家协会会员。

赵福辰

戈壁无风及其他（六首）

凝视苇箫

以一排黑色的眼睛
与我对视
像一排永远张着的嘴
沉默砍伐时的痛苦
是芦苇的骨头
选切下最美丽的一段
排列成我等待的音乐

把鸟鸣吹出来
把涛声吹出来
把野调吹出来
把泪水吹出来
把酸甜苦辣吹出来
把恨和爱吹出来

我却看见
一片片枯黄的苇叶
像傲骨上的羽毛
芦花舞起漫天飞雪
飘摇着春雨的前奏

　　　[选自《朔方》2000 年 11 期]

破裂的镜子

走进一面布满裂纹的镜子里

我看见分裂自己的机会

面对不幸的结局
展示出四分五裂的我

和易碎品的命运

我走出破裂的镜子
留下支离破碎中雪白的墙

暮归

响鞭圆圆地拴住了夕阳
心事沿着弯弯曲曲的田野小道
追赶迷路的驼铃

晚霞压低了踮着脚的小草
一缕炊烟听到草原深处热汗淋淋的蹄音

深秋

贺兰山　落叶交织的萧瑟里仰卧
杨树林身披枯叶的兵马俑
西夏王陵　九个站在风中的故事
结了疤的伤口晒着秋阳

山鹰负重着戈壁滩上空的凄凉
一声鸣叫　带走了今年的秧歌

黄土山

雨水还没能湿润干渴的山歌
半空中被黄风卷给了阳光
风沙大口大口地啃食点点绿斑

老人蹲在山下　像浓缩的黄昏
呆滞地凝望渐渐消瘦的坟头
拄着拐棍的目光里
一轮绿色的月亮正悄悄走来

寻

风　从四面八方传来呼吸
放飞白鸽　寻找誓言和再见

圆月　在远方的一棵大树上
经历春夏秋冬的色彩

清晨的小草　看见自己梦中的蝴蝶
在彩云上消失

　　[选自《朔方》2002年11期]

　　赵福辰（1952—），辽宁沈阳人，祖籍河北深县。1974年开始创作，诗作发表于众多报刊，荣获宁夏第三、第四、第五届文艺评奖二等、优秀（不分等）、三等奖。

何克俭

群山与大寺（三首）

西海固的群山

在每一座大山的裂痕里，
珍藏着我们民族带血的忆念，
在每一棵大树的年轮里，
收录着我们民族历史的悲欢。

是遭受过太多的凌辱么？
汩汩的涧水泪一样苦咸，
是承受过太多的慈爱么？
漫山的红花醉酒般鲜艳。

请问那山峰请问那大地，
哪一粒沙石哪一朵牡丹，
不曾流下我们民族的血，
不曾流下我们民族的汗？

曾经有过酷暑烈日，
曾经有过飞雪严寒，
曾经有过雷电的鞭击，
曹经有过飓风的摧残。

在这起伏的叠嶂里，
听不到一眼悲鸣的山泉，
找不到一棵懦弱的小草，
看不到一架屈服的山峦。

山里的枯柏，即使在磐石下，
也无畏地指向蓝天；
山里的花儿，哪怕只有一把土，
也依然绽放妩媚的笑颜！

终于从灾难痛苦中崛起，
骄阳下展现出无数翠绿，
披一身百花的衣衫，
戴一顶绚丽的凤冠。

长空为你舞动虹霓，
五岳和你携手同欢，
你强韧，你雄伟，你崇高，
你是我们民族的形象、气质和尊严
　　　[选自《朔方》1982年11期]

哦，清真大寺

哦，清真大寺
玄秘的尖顶

挑着一弯莹莹新月
缀着一片迷茫的星
沐浴着和风的抚爱
盘旋着鸽哨的欢鸣

装饰过我童年奇幻的梦
支撑过母亲苦难的灵魂
而今，依然点缀着
外婆九十岁的黄昏

经历多少盛衰荣辱
阅过几多变幻风云
新的时代赐予立足的权利
真诚地把一首赞美诗写上晴空

卖切糕的回回老汉

清晨，卖切糕的回回老汉
挑着一担切糕摇呀摇地走进小镇
一缕银髯在风中飘洒
给集市挑来香喷喷的慰问

小心翼翼地挂起营业证
挂起一块画着汤瓶的招牌
上面写着两个大字：清真
和一行波浪似的阿文

不用吆喝，还没拾掇消停
庄稼人便捧着笑把你围拢
都知道你手艺高，为人厚道
就地一蹲，细细品着你的名声

据说，这手艺从元代传到今天
小担儿挑着一个民族的传统
舒心的日子，有钱算卖无钱算我奉送
图的是人们对回回的尊重

喧闹的集市还在流动
你的切糕已经笼儿空空
斜阳恋恋地挽看你的归影
小镇上留下一个甜津津的梦

　　［选自《朔方》1984年4期］

　　何克俭（1952—），回族，宁夏吴忠（今利通区）人。毕业于上海复旦大学中文系。历任宁夏文化局创作研究室干部、宁夏群众艺术馆《通俗文艺家》副主编、主编。1972年开始发表作品，诗作荣获宁夏第三届文艺评奖二等奖。著有诗集《新月恋》《岁月的划痕》、专著《回族当代文学史》《宁夏古诗选注》等。中国作家协会会员。

尚和平

机床灯（外二首）

我不是街市上的霓虹灯——
用光怪陆离把玩时光；
我不是厅堂里的宫灯——
以华贵、闲适把身价衡量。

我是一盏普普通通的机床灯，
在喧闹的车间、飞旋的机床上。
为了磨亮没有尘垢的清晨和夜晚，
为了磨圆无数个太阳和月亮，
为了铣削生活优美的由线，
为了刨耕祖国绚丽的理想，
我调聚全部电荷释放出生命的热，
我催动活跃的电子迸射着智慧的光。

我骄傲，我是一盏机床灯，
我拥有高尚而坚实的信仰。

[选自《朔方》1982年11期]

黑纱：悼母亲

终于无法避免
一片黑色的噩运
紧紧地缠住了我的手臂

是那个未知世界寄来的
死亡通知书——
一条生命之源的枯竭

一场人生死别的悲剧

终于无法避免
一片黑色的噩运
紧紧地缠住了我的手臂
也把我的心遮盖成
夜的疆域

孤悲

纷纷攘攘的人世间
太空一般拥挤
太空一般荒旷、寂寥

母亲
用阳光般温暖柔和的手指
抚平我人生旅途上
跌打的累累创伤
驱散我心头层层阴霾

骤然间太阳陨落了
永远不再升起
天幕上那颗孤零零的星
便是我

[选自《朔方》1990年3期]

尚和平（1952—），陕西榆林人。曾就职于宁夏日报社，高级编辑。1979开始发表诗作于多家报刊。

薛秀兰

春（外二首）

谁还会唱起春风不度玉门关
太阳暖融融
大西北的春
是一群冰场上的小娃娃

绿的红的
风雪帽
黄的蓝的
滑雪衫……

母亲们聚在一起
指指点点，品品评评
绣在宝宝新裤新褂上的
一只只小鸟，一朵朵鲜花
　　［选自《朔方》1983年9期］

高原上，有一棵大树

什么年月，你在这儿立足？
深深地把根扎进敦厚的黄土
不嫌她贫瘠
不嫌她粗俗
不嫌她月月年年
只会用单调的歌
表达纯真的爱和祝福

大西北的风给予你

粗犷的性格
因此，你的每一根生命线
都延伸得无拘无束
　　　[选自《朔方》1984年11期]

你忘了，我爱着你

你忘了，我爱着你
在酒桌上，当你忘情地
向朋友们谈起
曾有一个姑娘和你
邂逅相遇，难分难离

当你得意地拿出一封信
请大家一道
来品尝爱情的滋味
你忘了，我就在这中间
你忘了，我爱着你

你热烈地憧憬
假如再一次重逢……
你没有注意到
一只颤抖的手，默默端起酒杯
我想哭啊，但眼泪
却化入苦酒一同咽进肚里
　　　[选自《朔方》1987年2期]

　　薛秀兰（1952—），女，安徽人。曾就职于汝箕沟煤矿宣传科。1976年开始发表作品，著有诗集《贺兰山情歌》。

冯海泉

雨季故事（外一首）

下雨真好　等候
寻找的情节被一带而过
最后只剩一把伞　你和我
今天的雨不湿衣裳
伞下的话很长
行程灌满雨的记忆
多少年来总还能拧出水滴
多少年后　那把伞那对人
还在雨中

零点开始

从零点开始
追求明天的太阳
不怨月缺还是星灭
漫天大雪　洁净了身边的世界
从酷暑炎热中走过
才有金秋的收获
一生奋斗　激流坎坷都是歌
当停下脚步的时候
可否看见彼岸的灯火

[选自《朔方》1994年5期]

冯海泉（1953—），甘肃兰州人，祖籍陕西吴堡。曾就职于银川供电局。诗作发表于多家报刊，著有诗集《沁石雨》。

马志恒

盐池抒情（外三首）

这就是你吗？盐池
高高的山梁　羊儿在安详地吃草
炊烟缭绕在山下的村庄
当年，通往延安的那条路旁
盐湖闪烁着晶莹的目光

高沙窝啊　陕甘宁边区的前哨
今天，我来拜谒你
又一次见你敞着胸膛
像当年运往延安的盐和小米
一罐罐石油从你的怀里
运往祖国的四面八方
柳杨堡，一个欢快的姑娘
挥动着绿色手帕
　　　［选自《朔方》1982年11期］

在湖边

天空有一颗星
你说：那是我温柔的心
天空有两颗星
你说：那是我明亮的眼睛
水里映着一颗星
我说：是你偷去的那颗心
水里映着两颗星
我说：是眼睛在寻找丢了的心
　　　［选自《朔方》1983年2期］

否定自己

这么突然
在毫无预感的瞬间已经永别
冬天的时候指望春天
树叶落了还会再生
有灵性的生命竟连草也不如
是不是由于过于迷茫
到庙里去也舍不得掏钱买香
是不是由于我过于无知
走到观音面前也从不低头
现在我开始否定自己
宗教给人力量也给人温暖
全都因为——
生命脆弱得连草也不如

存在与不存在

有肉体就有欲望
有思想就有痛苦
不论多么有灵性
不管是穷人还是富人
有生命就有死亡
细想起来也真是
不存在要比存在好些
这是不是你给我的启示——
啥都没有了　不是更好吗？

〔选自《黄河文学》2005年1期〕

马志恒（1954—），宁夏盐池人。1980年开始发表诗作于多家报刊，荣获宁夏第七届文艺评奖二等奖。

刘秀凡

我爱幻想（外二首）

我爱幻想，在童年的摇篮里
创造了许许多多属于自己的传说
星星里有我明亮的眼睛
彩云上有我美丽的连衣裙
大海里有我关于老人和金鱼的故事
安徒生那里有我的一只大木屐
天方夜谭里有我的一片森林

爸爸说：我是未来的科学家
妈妈说：我是未来的诗人
我长大了，当了一名普普通通的纺织女工
可我仍然爱幻想

一扇绿色大门，一条提花毛毯
一匹雪白的呢胚，一个夏桂商标
使我想起君子兰和梧桐树
想起雪地上奔跑的我和珍藏的六角梅
想起四季桂花飘散着橙红色的气息
想起童心在梭声的交响中
不再扯着妈妈的衣襟

一扇门浓缩了一个世界
一匹呢胚铺出一条路
毛毯汪着春天的清泉
夏桂捧出纺织姑娘的心

我欣慰——幻想总带着一芽新绿歌唱

我自豪——绚丽的世界
我总有一朵小花献给母亲

我，重新找到这张课桌

我，一个织毯女工
一个孩子的妈妈，带着双重责任
重新找到这张熟悉又陌生的课桌
在这张课桌上，我曾经计算过
经纬线和巡回线的长度，梭声和机声的比例
毛纤与色调的搭配，光泽与弯卷的特色

后来却被五斗拒里一百元钱的进进出出
丈夫和女儿的欢笑声拉向遥远的角落
为了织机前的开拓
为了落叶不再纷扰视野
我重新找到这张课桌

当作业本上庄严地印上五分
开花的绿洲又回到我荒芜的心田
一个个数字化成鲜花朵朵
随着祖国的春风追逐着原野
在巡回线上延伸我的生活

课桌上，有明天那条亮晶晶的巡回线
属于女儿，也属于我
〔选自《朔方》1984年3期〕

我是黑肤色的女人

我是一个黑肤色的女人
是一块展不开旗帜的陆地
却不安分地做着海洋的梦
蓝色的大海抱着它死去的妻子
沉思着昨夜的经历

皮囊里的激情在激荡中滑落了
这不能是一个失误，一个生命的起点
海潮在瞬间消失，一无所有
一个孤寡的老人

夜，收起坠入情网的把戏
沉沉地压在海洋上
大海便用我的月钩划破黑暗
匍匐地向前走去
一个小星星游进大海
梦想去做一个小海妖
却无法穿透孤独的感觉走向深邃

黑色的女人，黑色的气质
溶入水中享受着空中的爱
在并非温暖中温暖自己
摇摇晃晃地希望在无数影影绰绰的脸上颠来簸去
黑色的空灵便网住了一束奇异的火焰
没有感官和情欲的大海
你的黑眼仁里总是闪耀着鹰一样的意图
是想啄破我黑色的胸膛吗
由血凝聚的诗句向你流淌

黑色的女人，黑色的梦
继续跨着障碍，在海洋里
心像一抹暗淡的亮光
栖在你光灿灿的头发上
我的颜色和光泽已经融合
把目光伸出这片海洋
无畏的力量将震撼宇宙

[选自《朔方》1987年2期]

　　刘秀凡（1954—），女，宁夏银川人。曾就职于银川毛纺织厂。1983年开始发表作品于《朔方》等。

钱守桐

红果子土长城

一段土长城也是史者的大手笔
临摹石长城、砖长城的硝烟
土长城是黄土夯出的最高境界
与楚长城的青石板一样
伟岸并且傲然
其内涵与秦长城的秦砖一样
叫出绝响

与石长城、砖长城一样
在喘息着历史的嘶鸣
曾有一千匹战马呐喊奔腾
也曾有一千个士兵刀光剑影
腥风血雨在游骑的胯下
穿过千里荒原
被一段历史挡住
也稳住了明代边陲的一片河山

如今,土长城老了
脊梁上的土一直在脱落
故事在风中呜呜作响
我不由得喟叹了一声

[选自《激情石嘴山》,内蒙古人民出版社,2004年]

钱守桐(1954—),宁夏石嘴山人。诗作发表于《朔方》《绿风》等。与高海燕合著诗集《警察之歌》。宁夏作家协会会员。

乔 良

贺兰石（外二首）

贺兰山的石头天下闻名！
铁青的颜色，铁一般坚硬！
整座大山就像千柄利剑，
昂然插在塞北的大门！

也许，正因为这样，
战士才对它特有感情：
每个人都愿做一块贺兰石，
顽强地扼守在千里边境——

任北方涌来卷地的寒流，
任边境骤起弥天的风云，
两条臂膀就是两道难逾的山脉，
一支钢枪就是一座陡峭的山峰！

啊，贺兰石！是的，
我们的战士无愧于你的名称：
能把一切来犯者碰得粉身碎骨，
而自己，决不后退半分！

沙枣树

有谁比你更朴实？
开一树白色的小花，
有谁比你更坚强？
挺身去迎万顷流沙！

决不追求安逸的环境，
哪里，都可以把营盘扎下。
枝连枝，杈连杈，
沙梁风谷，就是最好的家。

花，要开就开在漫漫沙丘，
青春壮丽，点缀地角天涯；
根，要扎就扎在漠漠风口，
生命顽强，何惧沙埋风刮！

没有参天劲松的挺拔，
却能抵得住雷劈电打，
没有凌霜腊梅的风骨，
也能经得起冰冻雪压！

啊，沙枣花，沙枣花，
开在大漠，开在边卡，
开在战士的心坎上哟，
战士，就是最美的沙枣花！
　　〔选自《宁夏文艺》1978年6期〕

绞索与哈达

一发绿色的信号弹，
绽开一朵绿色的花——
霎时，机场上腾起银燕八架！

——狂飙从起飞线卷过，
——电光在跑道上迸发，
雷声在云海中滚炸。

眨眼间，八颗银星，
在万米高空飞划；
条条烟缕，似九天飞瀑垂挂——

像战舰在海上掣起的浪花?
像铁骑在草原疾驰的蹄花?
像雪杖在北疆飞扬的雪花?

哦,在这浩浩的天宇间,
这条条烟缕,究竟像啥?
战士们,有两种不同的说法:

你说,它像一条绸带,
像一条洁白的哈达,
凝聚着战士对祖国的情话。

他说,像一条长缨,
像一条无情的绞索,
要把侵略者吊上绞架!

啊,两种说法,同样不差:
对于飞贼,它是无情的绞索,
对于祖国,却是深情的哈达!

[选自《人民文学》1978年6期]

乔良(1955—),山西忻县人,祖籍河南。曾在宁夏服役,后考入中国作协鲁迅文学院,插班转入北京大学中文系就读。空军政治部创作室副主任,大校,一级作家。诗作发表于《朔方》《诗刊》《人民文学》等。著有《末日之门》《灵旗》《大冰河》等。作品荣获1996年度全军文学新作品一等奖、全军第二届文艺奖、全国第四届优秀中篇小说奖等。中国作家协会会员。

邓海南

夜间潜伏（外三首）

胸中充满战斗激情，
却卧着一动不动。
蒿草、灌丛、乱石中，
埋伏着万马千军。

像准备搏斗的雄狮，
似正欲翻江的蛟龙。
隐匿着震地的霹雳，
聚集着轰天的雷霆。

且度过这寂静的长夜，
忍耐住虫咬蚊叮，
爱唱的喉咙上锁，
爱笑的嘴呀，别出一点声。

我们正在等待着黎明，
到时候请听我们的枪声。
这是激战前夜的沉静啊，
胜利的弦，就在这里绷紧！
　　　[选自《宁夏文艺》1974年4期]

雷

天空摔下一串惊雷，
赶着乌云的大潮，
压向我们的山背。
莫不是银河破堤放水，

让五湖三江齐来助威；
狂暴的霹雳如块块巨石，
像要把大山砸碎。
雷在我的炮管上跳，
我迎风斗雨不皱眉；
擒来雷霆垫炮座，
抓住闪电照飞贼；
肩峰扛起倾倒的天，
严格训练为战备；
一声令下，
火龙从炮口飞出去，
炸雷从炮膛向前追！
昂首问苍天：
关山万里，
真正的雷公该是谁？

[选自《诗刊》1976年1期]

草原新人

房边袅袅柳烟浓，
门前绿草泛春波。
圈里的羊群，像天上落下的云朵；
桩前的红马，似点燃的团团烈火。
哪家的新居啊，
这般多姿多色！

是谁画出这草原新景，
用理想的火烧沸了战斗的生活？
喏，就是这群年轻人，
蒙古袍上还绕着歌。
听乡音，嘿！
竟是些天津姑娘和小伙。

那小伙，为练好骑术，
多少次落马又跃上，

练得飞骑似流火；
那姑娘，为练好枪法，
多少次臂肿仍举枪，
空中的鸟儿难飞过……

圈里的云朵，
飘满无边的草原；
桩前的烈火，
滚向远处的浩特。
多好的一代新牧民啊！
心比草原更辽阔。
　　[选自《宁夏文艺》1977年4期]

花

说实话，原先我对你并不留意，
可你，半明半暗丢下一句话，
像一颗花种落在土里，
时间长了便开始生根、发芽。

心里的花儿已长出了骨朵，
我请你用些露水来浇洒。
可你，却又不承认花种是你撒的，
叫人爱不着，也丢不下。
　　[选自《上海文学》1979年11期]

　　邓海南（1955—），江苏泰兴人。历任宁夏军区卫生员、南京日报社文艺组编辑、江苏省歌剧院编剧等，国家一级编剧。1974年开始发表作品于《朔方》《诗刊》等。著有诗集《青山的恋歌》《机器与雕像》。中国作家协会会员，中国戏剧家协会会员，南京市作家协会副主席。

陈幼京

春花秋叶（七首）

雾

爱你的说你深沉
说你含蓄而自成一体
厌你的说你迷离
说你朦胧而不成体统

然而在大自然里
总得给你留个位置
既然谁也无法消灭你
那就有你的存在的意义

小苗

我在春风里苏醒
在冻土上复苏
我也是生命，也有理想
尽管眼下还只是小苗一株
给我甘泉几滴
给我阳光一束
我将长成
一棵参天的大树

[选自《朔方》1982年6期]

因为

因为夜色没有褪尽

我爱你星星那般闪亮的眼睛
因为晨雾挡住黎明
我辨认着你斜斜的脚印
因为真善与丑恶并行
我赞颂你纯洁美丽的心灵

因为泪水没有流尽
我寻找你痛苦而深沉的激情
因为灵魂不得安宁
我品味着你无声的心音
因为路途延伸
我渴待着你骄傲地向前掘进

浪花姑娘

大海的小女儿
名叫浪花姑娘
她头顶着洁白的花环
背后是一片蔚蓝的海洋
她身披着碧色的轻纱衣裳
在海里袒露着透明的胸膛

浪花在海湾里徜徉
爱上了礁石那顽固而粗糙的形象
她随着爱情的旋律欢唱
像漩涡一样的心灵充满了企望和神往
她随着爱情的旋律奔跑
像潮水一样的生命充满了热情和疯狂

她一头扑进礁石的怀里
坚硬的礁石立刻撞碎了浪花姑娘
——刹那间她化作珍珠一串串
每一颗珍珠都闪烁着爱情的希望

她全身靠向礁石的肩膀

阴沉的礁石立刻推开了浪花姑娘
——刹那间她化作泪珠一串串
每一颗泪珠都闪烁着爱情的光芒
〔选自《朔方》1983年2期〕

序诗

我离开天堂时
上帝给我一支灵魂的笔
我来人世间
大地给我一张生命的纸
于是泪和血合成了墨汁
于是笔便在纸上写成了字
我把我化作了它
又把它献给了你

朔方情诗

小时候，我有过绿色的希望
那是春天的憧憬
夏日的热情和遐想
小时候，我还有过金色的满足
那时秋天的收获
冬日的回顾和展望
因为有那样多的向往
因为有那样多的索求
我从遥远的地方来到朔方
为了寻找童年梦里彩色的世界
于是，我又获得了殷红的爱，黑紫的恨
淡黄色的欢乐，深蓝色的坚强
然而，也有过一种灰白色的失望和透明的哀伤
如今，希望变成金色的了
是因为抹去了冰凉的泪
又听见了自己的歌声
如今，我还有了绿色的满足

是因为寻到了生命的笔
写下了塞上的诗
一行，一行

春花和秋叶

我将秋天的叶子
和春花放在一起
于是，我懂了
什么是希望
什么是回忆
我将秋天的叶子
和春花放在一起
于是，我懂了
什么是追求
什么是遗弃
春悄悄地走
秋默默地来
大地在深深地沉思
于是，我写下了
这生命的诗
这含泪的字

陈幼京（1955—1984），女，北京人。因其父陈企霞于1955年被划为"右派"，从小离开父亲。1971年在内蒙古生产建设兵团劳动锻炼，1977年转到宁夏永宁县插队，1978年考入宁夏大学中文系，毕业后分配到宁夏作家协会工作，后调文艺报社任编辑、记者。1984年11月8日自杀身亡。著有诗集《春花秋叶》。

葛 林

年轻的太阳谷（四首）

好鸟

门前有一棵好树
树上有一窝好鸟
鸟的歌声很好听

好听的声音
听得多了
也有烦的时候……

有一天，那棵树被伐倒了
那鸟窝自然也就不存在了
那鸟也就飞走了

从此，总感觉这日子过得顶没味儿
有许多美好的东西丢失了
再也没能找回来

[选自《朔方》1990年6期]

一口井和一个农场的诞生

那一年他十七岁
十七岁的他还是个孩子
一个属于孩子的故事还没讲完他就走了
他是随军垦团先遣队走的
他是去寻找那片神秘土地走的

那几天　大戈壁刮了一场风
大风扬起的沙土使他迷了路
使许多人迷了路
干粮吃完了　水也喝完了
可那场风一直不停

最渴的时候　他躺在地上
想唱一首关于水的歌
嘴唇一动　就有点点血珠流出
他又一次尝到自己的血的滋味
很咸也很甜

绝望中　他把空水壶举起来
竟然有一滴水从壶嘴里跳出来
捉迷藏似的　跳在沙地上
很快就不见了　他很生气

开始用刺刀
在那滴水逃跑的地方拼命挖掘
刺刀磨钝了　手指磨秃了
总不见那滴水　他还清楚地记得
那滴水的形状好诱人啊

过了一天　又过了一天
风停了　当大队到来的时候
这茫茫荒原之上
竟出现了一口神奇的水井
老将军闻讯赶来　把他抱在怀里
流着泪说：咱们的第一个军垦农场
标位　就是这口井
　　　［选自《朔方》1991 年 9 期］

采莲

采莲南塘　看采莲的小妹

在艳艳的阳光里
唱一支关于水的歌

那一塘的水清亮极了
小妹的歌清亮极了　小妹清亮极了
小妹不乘船　小妹坐在一片荷叶上
小妹坐在如荷叶的采莲盆上

如一朵新莲的小妹
却偏要采一种成熟
那般轻盈　那般娴熟的舞蹈
充满一种透人心扉的气息

移船相邀　那小妹
却在一片荷里消失了
把一串笑声幻变为花瓣儿
撒得满塘都是

采莲南塘秋　莲花过人头
小妹　小妹
让我到何处去寻你
　　　［选自《朔方》1994年2期］

种树的人

种树的人要出远门
娘出门送他
一面抬头看天一面不停地看他
看天时太阳越升越高了
看他时越走越远了

种树人走过一片洼地
那时正是初春
洼地的冰还没有融化
种树人踏冰而过时

他的脚被划破了许多条血口子
种树人走上一道山坡
这才回过头来向娘招了招手

这粗心的孩子　他哪会知道
从这一天开始　娘就站在大门前
长长久久地看着他远去的方向
她手中的那根拐杖在一个雨天的日子
终于也发了芽

沿着一条绿化带
种树人一路走去
最终是他把自己的一条腿
也当作了一棵树种在高原上了
而当他把另一棵树当作腿走回家乡时
娘已过世了

娘的坟就立在那片黄土坡上
娘在世时说过　站在那里
出远门的孩子　娘能看见

想到娘很孤单　种树人伤心极了
就在娘的坟前站成了一棵流泪的树

而村子是真的富起来了
好多人家都盖出了新房子
　　[选自《朔方》1995年12期]

　　葛林（1955—），河南夏邑人。毕业于宁夏教育学院中文系。历任《黄河文学》编辑、银川市文学院院长等，一级作家。1980年开始发表诗作于《朔方》《绿风》等，荣获宁夏第五届文艺评奖二等奖。著有诗集《年轻的太阳谷》，长篇小说《漂亮女人》，中短篇小说集《大气炜黄》等。中国作家协会会员，宁夏诗歌学会名誉副会长。

民 冰

境界（五首）

欢快的日子

我对美好事物的追忆
毫不逊色于对未来的渴慕
如拈损的花朵　破碎的瓦罐
天上孤单的鸟鹊　地下枯萎的小草
哭泣的脚丫　摔倒的伤口
追风的汗水　拥抱太阳的姿势
都不是我所表达的目的
我愿散发如草
指控空间的苍白　叙述鞋上的黄泥
这是我极端留恋的原因

时光

我轻轻挪动了一下
被月亮托起　又放下的身子
时光就在老式挂钟上
划出预定的流速　瞬间的冲刺
我惊诧于我的懦弱
半生没有留住一分钟的能力

冬天在源上聆听琵琶曲

瞬间　源上倾盆大雨
圆圆的碎珠洒满山坡
跳跃　滑翔　涌动

像砸烂了天河的银盆

顿时　蜂飞蝶舞
禾苗摔跤　羊咩马鸣
凝固的冬日　喜悦生根
骨头撑起了一片绿荫

境界

我一直想抵达一种境界
以一株麦苗的功夫
以一棵树的耐力
以一只鸟的姿势
穿越岁月最深刻的部位
把血肉之躯抵押在塬上
像淘金者
我坚信闪亮的东西
是一道风景
　　　[选自《朔方》2003年8期]

独坐在城外秋天的草地上

独坐在城外秋天的草地上
秋风送来一束束凉意
落叶随风飘落　炊烟随云散尽
想起亲人和朋友
心头骤起困惑和失落
我顺手捡起地上的一片落叶
它沉重的分量
使我用力站了起来
并期待着它的返青
　　　[选自《民族文学》2009年8期]

民冰（1955—），回族，原名马成荣，宁夏同心人。诗作发表于《朔方》《民族文学》等，荣获宁夏第八届文艺评奖三等奖。著有诗集《岁月的划痕》。

白昌万

回音（五首）

那个晾衣姑娘

从溪边到庐旁
她牵着我一世目光
如果她止步，我就一直望着
看她洗过的心事
件件晾在阳光上

我是依附在上面的风
今生为她歌唱
如果，她也在看我
我会揽她上高处
像春护在树上，只让花儿吸吮
生命的甘露与阳光

雪花

那一天你在我的屋檐歌唱
滴答滴答，我想捧着你
捧你到心上
却捧着故乡的雨，雨中的故乡
那是春天，我的童年
一坝油菜花梦一样绚烂金黄

那一天你在屋前的小河歌唱
潺潺涓涓，我想牵着你
牵你去远方

却牵着一条小河，河中捣衣的姑娘
那是夏天，我的少年
袅袅炊烟托起西去的夕阳

这一夜你在我的篱笆里歌唱
一笛西风，洒洒扬扬
我想留下你，留你在身旁
却留下一片湿润，心地里的洁净明亮
真不知它长出来，是北方的春天
还是我南方的故乡

月亮上的树

那不是树，那只是月亮
长大的果子熟了
我不敢望

不，那不是果
那只是我身后长长的流浪
拖着推着我走

当我离开故乡，脚印就留在月之上
当我离开你，背影就成为月亮
我不敢回头，回头你在树下
我不敢抬头，抬头你在天上

花开的日子

亲爱的，花开的日子
我在默默地叫你一声新娘

就像带上犁耙，赶着水牛嫁过来
这株花根可是你从岷江岸带来的嫁妆
这里可是大西北啊
从此，我就成了这花的雨露

土壤和阳光

花开的日子我才这样叫啊
是花开出你的笑容,我的新娘
亲爱的,我一方水土
足够养活一个世界
不要出门。外面的整个夏天
都没有我们的阳台芬芳明亮

采菱谣

四月才放菱,转眼菱角青
青了谁尝新
一会慢,一会停
芦花香里菱歌声
谁家船儿想伊人

六月菱花白,不觉菱角红
红了他打工
这筐熟,那筐红
筐筐菱女梦
有个筐儿望飞鸿

八月旬末天,说着菱角紫
紫了他可知
这船红,那船紫
竹蒿点斜日
有根蒿儿在相思

　　白昌万(1955—),四川开江人。1977年开始创作,诗作发表于《宁夏青年报》《朔方》《新月》等,荣获兰州军区第二届文艺作品评选二等奖,个人被银川市政府记二等功一次。宁夏作家协会会员,宁夏诗歌学会会员。

何英俊

水的情节

渠水从塬上流过
那是枣红马打川里驮回的俊媳妇
初来咱塬上还有些怕羞哩
逢人就躲　见羊也躲　躲进青麦的穗穗里
躲不过老阿訇湿了又湿的双眼
憨墩墩用手捧着　攥着
生怕从指头缝里溜走

渠水从庄前流过
扛了许久的太阳，顺着脊背流进田里
胡麻刚喝了一口就蓝莹莹地咳嗽
活水里扑腾着一条活鱼
狗儿汪汪地咬着

渠水从笑声里流过　人们跟着水流淌
喷喷话语溅起水花赶集　回家的脚步水一样轻快
满了缸　满了瓢　满了清凌凌的日子
洗着外　洗着里　洗着白生生的女儿
揉成面　揉成馍　揉成红火火的年节
醉了天　醉了地　醉了亮堂堂的秦腔

渠水从夜里流过　杏花眼毛上的泪蛋儿
比露水大　比月亮小

[选自《诗刊》2002年11期下半月刊]

何英俊（1956—），陕西西安人。就职于宁夏群众艺术馆。诗作荣获宁夏第七届文艺评奖三等奖。

柳　风

怀念（九首）

喊叫水

这个地方很多诗人都写过
它就是我的家乡
几十年过去了我什么也没写
因为我的笔不如一滴雨一粒雪

水窖里储存的阴凉无法解渴
奔向水草的山羊在梦里倒下了
没有倒下的人们还在喊叫水
喊来喊去眼睛里就喊出了两团火
　　　[选自《朔方》2006年12期]

中秋

你的夜　再次把我点亮
月亮之外　真正的白
始终在我的骨头里站着

在一扇窗子上　我找到了故乡
幽兰啊　在你的照片上
我又开始流浪
　　　[选自《黄河文学》2009年1-2期]

渴望

在守望故土的枸杞树上

我看到了枝头的热情
蠢蠢欲动的露珠　迎来了
每一个黎明　孕育花朵的清纯

枸杞　你是我望红了
又采摘的笑容　我像转瞬即逝的蝴蝶
渴望在你的园中
用斑斓的青春　飞过红尘

花的力量

早晨的红霞　挂在枸杞的那滴露上
迟迟不肯落下
一朵紫花在我的体内
散发她的能量　轮回的季节
不断地改变着她的形状

红烛点燃的时光　热情地向我走来
她用无形的手抓住我的心思
那些说不清的东西　叫我今生相望
在一本书里　她美丽过的那些内容
是昨夜唯一的光亮

　　　　[选自《诗选刊》2009年1期下半月刊]

端午的怀念

下了兰舟上龙舟　穿越灵魂的浪花
打开层层包裹的沉默
诗歌是我们肉里无法剔除的骨头

执子之手　握不住尘世的苍凉
光明在你的梦中　黑暗在我的身后
屈子啊　我们就是你岸上的河流

　　　　[选自《新诗》2010年11期]

修行

黑猫夜里走了　乌鸦白天来了
我们不分黑白地亮着
灯带来的黑暗　才是真正的黑暗

我们已经习惯了走夜路
习惯了沉默　习惯了在污泥之中
像莲藕一样打坐修行

面对天下的沉沦　为了怀念前世
我们取出了骨子里的光明
没有酒的时候　月亮仍然是诗人

　　　　　[选自《中国诗人村》2011年创刊号]

今夜　我在北京怀念你

今夜　我让二十岁的青春
走进鸦雀无声的魏家庄子　故乡的母亲
温暖了我的诗句　而父亲的教诲
已经被岁月的刀子　刻在我的心里

父亲　你是我的一面镜子
你守着我的记忆　我望着你的光亮
清明的柳丝　又抽出了我的泪水
你是我影子里行走的悲伤和叹息

火车钻进黑夜的时候　你又开始敲打我的骨头
父亲啊　今夜我用二千公里的失眠想你

身不由己

面对他满头的风霜
我说不出一句话

失魂落魄的雪　与我对视的时候
泪水就从打柴的夜里出发了

我老是觉得有那么一刻
父亲的影子　就躲在老房子里
一直不肯出来
他怕我们不知所措

白云从我的头顶走过
那是父亲拉过的碾子　母亲推过的磨
奈何桥上望奈何——
思念是倒淌的河　泪水是清明的歌
　　　[选自《都市》2011 年 12 期]

爹的恩情

小时候　我吃好的　爹吃差的
上学后　我穿新的　爹穿旧的
成了家　我住的是新房　爹住的是旧房

现在　我在城里　爹在乡下
我睡的是弹簧床　爹枕的是黄沙岗
那个陪着老爹抽烟的月亮　我实在没处安放
　　　[选自《安徽文学·2013 年年度诗选》]

　　柳风（1956—），原名刘进忠，宁夏中宁县人。曾任中宁文联《红枸杞》编辑。现居北京。1980 年开始创作，诗作发表于《朔方》《诗刊》《文学家》等，入选《诗选刊》《当代精英诗人三百家》《中国当代诗歌选本》等。著有诗集《开花季节》。

骆 英

泪别珠峰（九首）

泪别珠峰

我又一次站在了人类的顶峰
但还是感到了自己的渺小
我注目群峰时　群峰仰视我
但我知道那不是敬仰
我从芸芸众生而来　并不能因此而脱胎换骨
即便是我超越了死亡孤独和濒临绝境的痛苦

我向一切问好　因此我会热爱一切
我不再预测未来　因此对未来无比敬畏
我将从此告别一切巅峰　甘愿做一个凡夫俗子
我想我从此会在这个世界上慢慢走
让我的灵魂自由干净

当风雪和恐惧终从记忆消失得无影无踪之后
我将归于平淡
珠峰　今天请允许我因为告别
而在顶峰为你献上一条金色的哈达

父亲之二

父亲总是在黑暗的那一边
他从来没有回答过我的任何呼唤
我不敢把黑暗变成光明
比如高高地点起一把火炬
可是那样我就会烧掉一切

这个世界怕火　不容半点懈怠

有时　我想象父亲会变成一头牛冲出黑暗
巨大的尖角闪着电光
也许他会像一头迟疑的鹿慢慢踱过来
森林般的长角挑着巨大的红灯笼
当然了　父亲永远没有从黑暗后显现

那里究竟发生着什么　无人解答
我向黑暗吹笛子弹竖琴全都没用
我甚至摇响了从上帝那里偷来的风铃
然而结果是黑暗越来越沉重了
它干脆向我砌起一道千年石墙

外婆

外婆坐在紫藤花下睡觉
她像一只老猫宁静而又气喘不已
正午的日光下　她很像院墙上的秋葫芦
怙黄干涩　一点也闻不着气味
她肯定再也不会有像蝴蝶一样的梦飞了

她只是一个以日计数的老太太
种下一枚什么种子时她也丝毫不再激动
收获实际上已与她毫无关系
光线在这种情况下亮起来又暗下去
外婆在瞌睡中像一只老猫俯首帖耳
就连小老鼠也不经意地在她脚下觅食
它总是能够找到外婆牙缝中漏下的饭粒

因为是秋日　风一吹什么都叮叮当当地响
可是外婆总是紧闭着她的眼睛
她把耳朵遮得严严实实
外婆只是沉睡在这个世界里

村庄之五

等不及天亮　我就爬了起来
满村的死狗需要我清理
趁月光还在　我为狗们举行葬礼
我在墙上挂满狗皮
狗们在墙上看着我叫嚷
我举枪将它们再一次射杀
其实这就是杀死一个村庄的过程

没有什么道理好讲
也没有什么秘密可言
透过断墙我凝视一幅发黄的肖像时
我向自己吃吃发笑

没有办法
我必须在天明时如公鸡打鸣
以便让村庄显得有点生气
我举着舌头不停叫唤
太阳来临时村庄却还是毫无动静

哲学批判

概念在一列火车疾驶而来时被碾死了
毕竟它只是一个弱小的词
那些无情的坚冷的铁轮一压就是一千遍
足以让一个世界无词可用了
破碎的词条在火车驶过后纷纷坐起来
它们各自向不同的方向起身远去

马呢　一个一个地去追赶它们
因为马的定义就此失去
在一个河边　马停下来喝水时
看见了它的真正面貌

可是在马继续前行横跨铁路时
又被火车无声地驶过撞得四分五裂
马就产生了多种定义
也好　一切的词就是这样死烂后再生的
一切的马也都是这样失踪的

南极的平安夜

今天是南极的平安夜
晚饭后大家一起吃糕点
以各自的语言唱着圣诞歌
凯还挂起准备好的粉笔画
他给我们每人一张明信片
在南极这可是史无前例

我看见雪原上的星星在闪
它们以千万颗反射着太阳的光芒
这里的平安夜光辉灿烂
碧蓝的天空和白净的雪原各分一半
我们的帐篷像圣诞鞋子般红艳

我想上帝一定能在天上看见
他会惊叹我们让他的极地如此温暖
平安夜　这极地雪原像一个巨大的银色托盘
把我们端在了上帝的面前

门多萨的阳光

在门多萨的街头麻雀与狗都懒得睁眼
阳光呢　无处不在地从绿荫一缕缕穿透
人们热情地开着车从狭小的街道飞驰
一个小天使从婴儿车里只是注视着妈妈
大眼睛的女孩在给我端啤酒时深深地笑
她的西班牙语让我听到了天上的音乐

我想　异乡是一个有梦的地方
在梧桐树下我开始发呆的时候
小蜘蛛爬出来在我的桌子上走来走去
它可是穿着红绿的鲜艳外衣
一闪就变成了一只鸽子飞走了

南美洲的神秘就是这样的故事
在阳光下什么都能听见和发生
你瞧　在我半闭眼睛等待午餐时
一个白发老者走着时就变成一位黄衣美女

穿过世界回家

我静静地走在一片树林里想听见什么
叶子们都摇动着像要飞离的小鸟
太阳或是月亮照耀得温情而柔软
穿透了枝叶让我沐浴在光线中
一切都是静静的　包括我的心灵
我静静地走　穿过世界回家
小蜗牛呢　也在慢慢爬

但我并不因此想走得比它快
在我分不清叶子滴着露水还是流泪时
我只想静静地走在我的岁月中

我喜欢一切也害怕一切
我因此常常像小蜗牛缩在壳里一动不动
我只等一声蝉鸣或者一缕鸽哨
那时我就展开双臂
接受任何扑进我的怀抱的人或东西
比如说一位仙女　一头小鹿

雨夜

雨夜　我在森林中无处可去

黑蜘蛛在叶子的背面紧盯住我
绿色的蛇像青蔓一条条爬上来
雨滴和水珠顺着它们的皮流了下去

想象着坐在海底仰望星空
我紧铐住双脚不动声色
在一切都变成水时我就成为了鱼
挂在树梢上从容考虑一切

我冷冷扫视雨幕后的动静
我让一根枯木渐渐温暖起来
马蹄声隐在森林深处嘚嘚远去
我想　应该有一支飞箭正射向我的心脏
一切都会静下来的　即便是雨夜
水珠会慢慢地流　一滴一滴地干涸
我穿透雨夜看清了世界
从此雨就不停地下着

[选自《骆英诗选》，作家出版社，2013年]

骆英（1956—），原名黄怒波，甘肃兰州人。曾在银川四中上学，在银川通贵乡插队。毕业于北京大学中文系，创建中坤投资集团并任董事长。著有诗集《落英集》《7+2登山日记》《知青日记及后记 水·魅》等十几部和小说集《蓝太阳》等。作品被译为英、法、德、日、韩、蒙古、土耳其等文字。中国作家协会会员，中国诗歌学会副会长，北京大学中国新诗研究院副院长，宁夏诗歌学会名誉会长。

田为民

贺兰山寻春（三首）

页岩，记载着

巍巍贺兰山，千层页岩
是谁撰写的历史课本
记载着地球亿万年的变迁
描绘生命无终止的衍生
从原始森林演化成乌黑的煤
到浅海波涛凝固的石纹
漫长的岁月被压缩了
像山一样紧密，坚硬

也许，三叶虫化石
就夹在一摞岩层之间
——一叶精美的书签
昭示着人们去认识远古洪荒的年代

地球粗犷的性格
旋转的扭力，挤压的错动
终于，爆发了向上的
摆脱一切束缚的激情
大山才显得充满活力而年轻

啊，贺兰山，千层页岩
忠实地记载着历史走过的路程
当春天悄悄降临的时候
岩缝里的青苔留下绿色的诗
峭崖上的溶冰也弹着新韵

杏花，凋落了

一夜春雨，把杏花轻轻弹落
几瓣残英，埋进泛青的山坡
枝头上，绿茸茸的小毛杏
垂下头，想对我说些什么
是叹息花一样的容颜
经不起春雨的雕琢
倾吐半生的艰辛、坎坷

许是感情的偶合
我在葱郁的树下久久站立
任雨后轻风荡起我心中的细波
突然，一滴冰凉的雨点落入脖颈
像一个句号，结束我痴迷的思索
抬头，只见阳光射透了树荫
湛蓝的天空飘着笑语、欢歌

呀，轻风里，杏树摇摆绿枝
伸出温柔的手，把我受伤的心灵抚摸
听呀，树叶沙沙，仿佛在说
希望的花蕾不会凋谢
那小小的青果是春天的幻想
吸收紫外线和汗水，不避雷鸣和闪电
为了一个沉甸甸的秋天啊
去拥抱沸腾的生活

　　[选自《朔方》1982年4期]

距离

漠原张开臂膀，辽阔呀
挡住南方的全部视线
春天寻觅着阳光的出生地

有几多雀跃折翅
旅人咬破了嘴唇
绝望的季风在叹息

日光之轮碾不到头
月光之轮驰不到头
我的双足走不到头啊

如果说历史最遥远
只有风
才能丈量成吉思汗的马蹄

鹅卵石,也许是岁月的里程碑
默诵着骆驼的遗骨
每一粒砂都在流泪

一粒砂也有分量
如果,跋涉者倒下了
追求,又增加了一百八十公分的距离
〔选自《朔方》1986年12期〕

　　田为民(1956—),宁夏银川人。就职于宁夏青年报社、乡镇企业等。1979年开始发表诗作于多家报刊。宁夏作家协会会员。

高玉虎

黄河河洲

总是凭着纯真的温柔
让来自远方的水浪
激动不已地拍来拍去
每一次鹅黄淡淡地泛起
都是情绪的预报
惹无数的鸟儿快乐地叙述
待漂亮的绿色情节长成之后
钟情的男人便来到河边放牧自己的心思
于是，总有羊群和流水对比的声音
总有旱烟的闪烁与绿草的低语
伴着许许多多的日落日出
宽阔的两岸便成了浪漫的祝福
涨水的时候是收获的季节
把女人爱唱的花儿装进小船
丢下的情感却顺着古河道
一直向大海流去，流去
　　　[选自《朔方》，1990年10期]

　　高玉虎（1956—），宁夏石嘴山人。就职于石嘴山市文联、党史办等。宁夏作家协会会员。

马 钰

向日葵

那些不愿离太阳而去的向日葵
金黄色的微笑　回报黄土层的厚爱
天空放飞秋雨的那一瞬　从微弱的光线尽头
传来我连深山脐带的阵阵隐痛
微笑在守候　守候在扯起灰幕的天空
又坠落厚厚的黄土层
我的向日葵　我追逐阳光的向日葵
低垂头颅　接收地气的滋补

今晨是秋雨的节日
我踩着大地的哭泣走近向日葵
黄土层悲哀的时辰应是游子回归的时辰
向日葵接住天空降临的灾难
发出音响的躯体微微颤抖　颤抖吧
天也凄凄　地也凄凄
在阳光远离之时　向日葵点燃灯盏般的自己
照亮继续追寻阳光的日子

弹丸般的雨滴击打向日葵的叶片
哀声流入鸟儿的瞳孔
惊飞的羽翼从黄土地每一孔窑洞掠过
于是不再有袅袅炊烟写意　双双呆滞的眼睛
我同族内心世界的窗口
流溢哗哗作响的祈祷之声
羊血里诞生一朵洁白的荷花　迎风迎雪又迎雨
向日葵承受大地之托的骨架　再也不能随意拆散
还有那传导心灵与心灵独白的由脐带捆绑的桥梁

大起大落的风云旅途揉搓信念之旗
我疲惫的心歇息于谁的手掌
惊恐之鸟在垒巢的卷发里生花
穿过季风的草丛　一只山羊嗅着草味而来
柔软的舌尖舔去我额头上的尘土　滴血的经历
抹去我与羊的距离　我为之感动
躲过向日葵的目光　我在山洼
抓起黄土揉搓发痒的伤疤　土地的安慰
就这样慢慢融进心田又缓缓从心田升起
向日葵的交响乐里　我所有的音符
都无力独自完成凝重的华章
感激土地母亲般厚爱的礼物
我融入泥土时在风的哀叹里
倾注所有的血液孕育一抹金黄

那副黄色的脸庞踱步在油灯熏黑的窑洞
思忖一粒逃离另一片阴云狞笑的种子
从很远的地域飘来坠入黄土层的全部经历
这段经历便是我时时铭记的民族史诗
无论在何方无论直面什么气候
每一刻都在吟唱忏悔　无力拯救
坠入污水的无知　却能唤醒沉睡的良知
带着一抹金黄的感情
融入绿色之掌托举的一片灿烂
于是便寻回了同根的感觉
歌声也不再成为富豪者身上的饰物
那夜在深深的山里便听见太阳剥落之声
便看见一片片金黄覆盖大地的壮观

黄土地上的向日葵
你让我在纷乱的裙袂里
一下就能抱住我步履踉跄的母亲　阴雨飘飘
我的膝盖发软　母亲托着我的双臂

拒绝跪拜之典　我所有的委屈

都因母亲流露的坚毅从山坡滑落
泪水更接近土炕　我和母亲的希望之树
都需先知的目光保护　先知的目光平和而温暖
我的眼前是皱纹般的沟壑
沟壑爬上每一张闪现在沟壑的脸上
我不知那痛苦与欢乐的后裔　是如何在这片土地繁衍
于是那给予生命活力的秋雨　在这一刻也坚硬如石
父辈的脚印拽着我懵懂的灵魂　爬上岁月砍劈的山崖
我那被阴雨囚禁的鸽群　露出祈祷丰年的神态
窑洞里　谁在应和声声滴血的祈祷洞穿雨幕
有滴泪的花出现　花是湿漉的向日葵
开放于岁月老人遗失了牙齿的山口
展示一个民族勇于接纳阳光的自信

根脉延伸怎能走出厚厚的黄土层
那片重新塑造我的葵花冷静表达
收容我选择一片摇曳里
教会我迎接风云的方式
碧绿的躯体显示我嫩绿的思想
不会在一个晴朗的天空成熟
也不会在一个淫雨的傍晚绝望
每一条伤痕都是每一段历程
我的面目还是一片向日葵的颜色
任风云之尘涂抹几块灰色
仍难改变的是先祖赋予的血泽

黄土地上的向日葵
我的回归你的骄傲
阴雨覆盖我走过的四季
你的目光也在四季里为我潮湿
在悬月的天空　你恬静如初的神态
为我飘游的思绪绾了结
让我在山风里笑迎更坚硬的冰雹
走出贫瘠的家族统治的地域
也许辉煌会成熟得更早

自己的履历也许会少了一段艰辛留下的痕迹
劝说者的失败　向日葵坚守的家
飘荡了几百年　依旧飘荡

我的向日葵在干裂的土地顽强生长
比我的心更累的族人在你簇拥的家园里
那喃喃诵经之声漫上我的心头
缠裹我的四周　这时便有母亲的笑意
映照着灰蒙蒙的心房

黄土地上的向日葵　我在你的喘息里
随你覆盖故土每一寸裂纹
我的心声填满一颗奢望灌浆的糜谷
我的血脉紧紧缠住你庞大的根系
在季节没有成熟的时辰　血会使你透红
生息在山里　我会时常怀念
一位老人给予的启示
只有他粗糙的脸上写满了对浪子的同情
他曾告诉我不要背离得久远
哦　无法炫耀的家谱上镌刻的一切
都将被向日葵展示

　　〔选自《朔方》2000年10期〕

　　马钰（1957—），回族，宁夏银川人。毕业于西北大学作家班。就职于银川第二毛纺厂、石嘴山报社等。诗作发表于《朔方》《民族文学》等。著有散文诗集《爱河？恨河？》，诗集《九曲黄河梦》。

李宗武

塞上情怀（四首）

西夏王陵

修远孤寂的西夏王陵
向你诉说着曾经的神奇
一代王朝的辉煌
曾把西夏的旗帜插到贺兰山脊
轰轰烈烈的兴起与灭亡
只在贺兰山脚下留下了王陵
面对着遗迹的王者之气和悠远孤寂
这里不需要你说，不需要你做，不需要你思索
只需要静静地来静静地去

沙湖

天上本来有两个月亮
不小心掉下一个
掉在广袤的沙漠
从此，塞上宁夏
便有了一个最可爱的女儿

走出深闺中的你
度过了漫长的少女时光
带着月亮的圆润与清亮
织出一簇簇芦苇
带着塞上的粗犷与豪放
鱼儿是舞后，鸟儿是歌王
沙湖姑娘不在天上胜似天上

小雨

小雨，点点滴滴，淅淅沥沥
下得温柔，下得含蓄
你是太阳的女儿却背着太阳
悄悄地融入大地
你没有追赶太阳的辉煌
你洗去蓝天的灰尘
你润泽着万物，牺牲了自己
当大地万紫千红
你却悄悄地离去
小雨啊，你又去了哪里

盆花

你愿意吗？总是微笑着
你累吗？总是亭亭玉立
得到一点清水便挥洒芬芳
没说过一句话
却开出了生命的意义
　　[选自《朔方》2006 年 12 期]

　　李宗武（1956—），回族，宁夏同心人。就职于中卫文广局、国土局、老干部局等。作品发表于《朔方》《黄河文学》等。著有诗集《走在时空的年轮上》。

段怀颖

蓦然回首（四首）

犁花渐稀

温柔的小河　有一片新绿
小草很嫩　滴出音乐
独行的路上
出现婉丽的小鸟和野花
一种存在
创造关于错位的意境

想起一个故事
孤独中牵过重叠的黄叶
在淅沥中迷路　多想
小鸟常栖不绝

山地阒寂
路仍荒芜　在昨天里
我默默寻找　听露声已远
犁花渐稀

泰山石碣

步入云的深层　俊逸的
手笔将世界缩小　无人留意
体会这种流动　山体怀抱
风光尽情驻足

年月累积　脚步负荷日重

老树硒之　睥睨鬼斧神工
孤岗清冷　风吹落日
又听古道铃声

常见一老者默立
谛听天宇涛声　烟海细雨
难觅刻者之魂
抚追三千年历史　风声不绝
石阶走个不停　千篇文章
江南梅子不熟　变色更替
老者离去　怅然之情
唯石苔而知
　　　[选自《朔方》2002 年 9 期]

月亮地

窑洞前的山路　很窄
有一只鹰常在此盘旋
坡岗寂寂　看不见崖畔的枯草
孤独的晨风　将一绺哀痛扬起
眼里的麦垛　已没了金黄
雨裂的断层　已爬满青苔

沟底还有人吹奏
秋风里飘得极远
缭绕不绝　云垂得很低
那种浓浓的旱烟
和散发潮湿气味的脚步
已无踪影

父辈的犁沟被封尘所湮
看焚着的香火
在月亮地拼成奇特的图案
看那些蒿草在石刻精雕间肆意
　　　[选自《诗选刊》2009 年 4 期下半月刊]

向日葵

金黄金黄的向日葵
长在我家的门前　那畦绿意
是母亲种的
一种就是好多年
那里低矮的墙　一天一天
享受了大片大片的美丽
家中的煤油灯的灯芯很好看
能在墙上映出舞蹈和歌唱
一缕火苗烤香寒冷的长夜
把故园的传说贴在家中任何地方
母亲留下的种子又饱又大

她数种子时雪花很静
只听得季节在风声中啪啪直响
母亲说我们吃了向日葵会长得很高
走到哪里也有阳光照在身上

我也学会了种向日葵
从那时起梦里总是亮堂堂的
　　　［选自《朔方》2010年9期］

　　段怀颖（1957—），宁夏灵武人。历任灵武县交通局局长、宁夏文联副主任、宁夏党委宣传部副巡视员等。1980年以来发表诗作于《朔方》《诗刊》《星星》等。荣获宁夏第五、第八届文艺评奖三等奖。著有诗集《蓦然回首》《时光里的寂静》。宁夏诗歌学会名誉副会长。

罗存仁

西吉月（外二首）

一只红狐狸打崾岘里过的时候
西吉月从矮墙墙上滑下来了
上河的鸭子下河里游的时候
西吉月从窗格格里钻进来了

鸡娃子不叫狗不咬的时候
西吉月从香荷包里散发出来了
风丝丝不吹树枝枝不摇的时候
西吉月从红肚兜中抖落下来了

这撩心拨肺、缠魂绕魄的月呀
散发着泥土馥香，使人想起
——阿哥的肉哟面片子
稠稠地舀上

哦，你柳眉细眼抿嘴嘴笑
撩起纱巾把哥哥照的月亮
你双扇门门单扇扇开
盼着哥哥快回来的月亮

你相思病害在腔子里
血痂儿生在嘴上的月亮
你骑着麻叫驴回娘家
半路上碰到了冤家的月亮

你遇见黑影影当成个墙
一脚踩在狗身上的月亮

你后沟里下雨前沟里淌
热身子扑在冷地上的月亮

你使人三天吃了两口饭
第四天滴水没有沾的月亮
你让人过了十三个省二十四个县
走着走着回头看的月亮

你叫人懂得头割下来碗大的疤
不死了还是这个爱法的月亮
你让人想起羊羔羔吃奶双膝膝跪
心里的疙瘩化成了水的西吉月亮

山丹花儿

从情哥哥的心肝肝里
冒出来的　从尕妹妹的酒窝窝里
流出来的　从蓝布衫衫的纽扣扣里
掉出来的　从娘老子的打骂声里
长出来的　山丹丹花儿哟
还是那么红　红得心发疼
还是那么蓝　蓝得眼发酸

关于你催人泪下的"古今"很早以前
我就曾听见　可那是很寒冷的冬天
梦被冻僵了　奇迹怎么出现
等着到了春天　我已经忘掉了
白胡子爷爷的箴言　山丹丹花儿哟
你终于没有变成三公主
我终于没有变成曼苏尔

我的全部错误　就在于不能作为野百合
开放在你的身边　让我在你的微笑中
多停留一会儿　使我疲倦的人生
得到你的照耀　使我斑驳的心事

得到你的温暖　山丹丹花儿哟
我睁开眼睛看你如人面
我进入梦乡听你似魂唤

火

我是火
在这种时候不燃烧
还等什么

虽然大雪下了
三千六百五十个日日夜夜
我这是等着
等着有一丝春风
吹去心中的灰尘
把快要熄灭的灵魂点着

我要在早春的河面上
烧开一个冰窟
让人们看看
流出来的是水还是血

[选自《西海固文学丛书·诗歌卷》，宁夏人民出版社，1999年]

　　罗存仁（1958—），宁夏西吉人。就职于宁夏环保厅等。诗作发表于多家报刊，著有诗集《西吉月》。

王天亮

草原（外一首）

一片翠绿无穷无尽
给微微隆起的丘陵平添了几分妩媚
大漠深处一株耀眼的酸枣树
向路边注视
一丛绿草紧抱着柔软的沙丘
还有饱经风霜的驼群
挺着高耸入云的驼峰
一段被山洪撕裂的残垣
刻着草原挣扎的荣辱兴衰

母亲的脸

深秋的黄土地
留下一片岁月的新痕
条条垄上　一本本童话还在讲述
多情的黄土地清香扑鼻
飘荡的思绪无边无际
慈祥点燃了勃勃生机
深沉的黄土地历经秋雨
融化了多少苦涩
还有数不清的顽石

［选自《朔方》2007 年 8 期］

王天亮（1958—），满族，笔名西岛，宁夏青铜峡人。就职于青铜峡市文化馆等。诗作发表于《朔方》《星星》等。著有诗集《心灵放歌》《枸杞奔跑》。宁夏作家协会会员，宁夏诗词学会理事。

尹 乔

献歌（六首）

乡土

这只是大地的一部分
是被屠刀切割下来的一块瘦肉
我们将它泡在碱水里
让夏日的太阳将它煮熟
以喂养婴儿

现在我们的孩子已经长大
他们栽种的树木
都长上了绿色的翅膀
成群结队的鸟儿从远方飞来
像一颗颗明亮的星子
落在我的树枝上
孩子们把那飞翔的鸟儿
叫作果实和梦想

时间不会衰老
当一道道门锁被打开
我们的孩子也要上学
也要学习饥饿　痛苦和死亡
学习作一片乡土
将自己泡在碱水里
然后等待夏日的炼火
将自己变成会飞的鸟

〔选自《朔方》1999年1期〕

骨箫

演奏大厅
突然走来一位音乐王子
他说　他已丢失了自己的箫
其他任何乐器都不适合于他
他尖叫着　谁　谁
敢献出骨头

大厅立刻陷入沉寂
王子环视一周
断骨为箫　鼓腮劲吹
其声清澈悠扬　其血奔涌翻腾

奏毕　王子倒地身亡
骨箫的余韵在血泊中回响

呼吸

最初　你的名字叫呼吸
你呼出白天吸入黑夜

最初　白天比黑夜更黑　黑夜比白天更亮
最初生命在呼吸中诞生又在呼吸中长大

最初　思想是一次呼吸
时间在呼吸中延伸

最初　艺术只是呼吸的一次迁徙
诗歌呼吸着黎明的光芒

最初　呼吸是一枝大笔
他写下了宇宙和生命写下了一切

〔选自《朔方》2003年2期〕

马过草原

从倾斜的戈壁到大草原的边缘
一阵马群蹄子狂暴地践踏着地壳

奔驰的马匹是浩渺大水中的一股激流
一阵肌肉奔涌的浪涛　风暴之上
是自由翱翔的大海的翅膀
赤脚在碧草与石砾中踩出一条流火的道路
像是兀鹰血淋淋的利爪
它们歌唱着疲劳和血汗
在我身边飞驰而过

金秋

人间已历尽沧桑
故事却刚刚开始
一块古老的钟表不会朽坏
留出最后的时间已屈指可数

大地之上　天空
像一棵无形的巨树
枝头挂满灿烂的果实
如同所有的星子倾巢出动
飞翔在人类的头顶

我不知道究竟是谁
在为大地配置翅膀和眼睛
又是谁让万物嗅见了果实的香味
这成熟金黄的果实像灯一样
挂满了漆黑的夜空

耕种秋天

秋天的清爽
从海蓝色的星空徐徐垂降
带着几分肃杀　摘掉了
树冠上苍老的叶片成熟的果浆
也磨损了雄鹰和大雁奋飞的翅膀

丰硕的果实是泥土成熟的头颅
裸露的枝杈是升高的大地的箭镞
箭镞直刺苍穹　显出荆棘的辉煌
一片树叶被秋风激怒
它不停息地在大地上狂奔呼叫
如同身材干枯的烛台被风暴追捕

裸树中间的墓地满是闪光的骨头
新埋的死尸隐存着沉默的梦想和追求
像一种植物的种子不断陷入碱性的泥土
在这可怕的土地上　西海固人正在
挖掘自己的内脏

[选自《朔方》2003年5—6期]

尹乔（1959—2003），回族，原名马占云，宁夏海原人。1983年毕业于宁夏大学数学系。以左侧统为笔名发表散文、小说、文论、诗歌于《民族文学》《回族文学》《朔方》等。病逝前几年创作了大量诗作，坚持用笔名尹乔发表，在《朔方》2003年2期"每期一家"栏目发表了个人作品专辑。著有散文集《骨箫》。

黄金龙

我把太阳吵醒了（外一首）

我是第一个敲开黎明的人
我要给睡眼惺忪的太阳安上两只耳钉
挂上我的拐杖、帽子,以及我的茶色眼镜
还有香喷喷的两只碗和两双筷子
还有我的中午和下午
还有属于我整整一天的好心情
再多给我一秒钟时间
容我把鸽笼打开
顺手再把自己打开
打开是为了让太阳第一眼能看到我
看到那些飞翔在丘陵之上抖动的光影
我无所顾忌
因为我是第一个推开房门的人
我先把多梦的太阳拍了一掌
我憋足气血
又把懒散的太阳踢了一脚
我干脆把柔软的晨风拧成一只喇叭
对着太阳我大喊一声
又大喊一声,两声,三声
太阳终于被我吵醒了,吵红了,吵晕了
被我吵醒的太阳
不论我走到哪里
阳光就跟到那里

一双熟悉的手

除此之外,我什么也没有看到

在这样一个秋天的尾声
我只看到一双弯曲且熟悉的手
一双农家老者的手是无法言说的
我只知道有一双手一样的犁铧伸进土地里
伸进潮润润的棉袄里
伸进土地的骨头里
伸进鞭子一样抽打的吆喝里
不知道他有没有闲工夫端详一下自己的那双手
不知道他会不会像我一样思考一个简单的问题
一只逃荒的蚊子落在他的手上为什么会逃走
一群大雁为什么会在他瞭望的方向不停地鸣叫
在这样一个土地开花又结果的季节里
我看见他已经把属于他的那份果实攥在手里
把一份农家人的满足与感激轻飘飘地攥在手里
他知道,有时候啊
一个洋芋就是一个农家人命里的黄金
他坐在烟袋锅的喘息里歇缓了一口气
他决定要把这份满足与感激一起带走
带到大雁要去的方向里
带到下一个秋天的尾声里
带到他最后的一亩土地里

[选自《朔方》2013年6-7期]

黄金龙(1959—),宁夏吴忠人。就职于巴浪湖农场,任农垦机械技术员。诗歌、评论等发表于多家报刊。宁夏作家协会会员。

沙 新

给友人（外一首）

一样的红色旗帜
一样的蓝色小舟
载着大山的信念
撒下沉思的网

插旗在阳光的故乡
驶舟向长河的浪头
踪迹遍天涯
瓣开每朵浪花去寻求

即使万里行程
找不到停泊的港口
桅杆断了，青春
浸泡在咸水里，无须呼救

从阳光的故乡，会伸出
森林般的手，心中放出的海鸥
仍会不停搏击——向着海的尽头

朋友，莫让旗帜顺水漂流
看夜空中，星光在闪啊闪
瀚海里，旅人在走啊走

[选自《民族文学》1982 年 10 期]

给一位拉骆驼的姑娘

早起的驼队

犁开了沙海的早晨
起伏的山峰
驮来了两眼泉水的晶莹

挑一肩霞云，你
绽着妩媚的笑意起程了
紧拽着手中的缰绳
紧拽着骄傲与艰辛

倔强的心，开始
在滚沸的沙流里沐浴
欢快的驼铃，开始
弹唱你十八岁璀璨的年龄

也许岁月，会过早地
模糊你鲜嫩的音容
也许青春，很快
遗失于这浑黄的无情
然而，你仍扑进了
这广博而炽烈的怀抱
脚印如珍珠般串起
信念如驼峰般高耸

多么遥远的旅程啊
骆驼草向你举手致意
奉献出母亲的一丝柔情
朔风扬起你乌亮的发辫
亮起了一个钢铸铁打的女性

［选自《民族文学》1984 年 1 期］

沙新（1959—），回族，甘肃平凉人。毕业于北京广播学院。历任宁夏日报社文艺部副主任、新消息报总编辑、宁夏日报报业集团总编辑等。诗作发表于《朔方》《民族文学》等，荣获宁夏第四届文艺评奖优秀奖（不分等）、第二届全国少数民族文学创作"骏马奖"二等奖。

周占忠

皇宫废墟

斜阳　流淌在青草高处
青草　在流动的河床边摆动
废墟　放牧着野性的翠绿
躺在土丘的低洼处
头枕着大明宫的废墟
思考大脑最接近的部分
唐朝在上游
我却在下游

躺在斜坡上
我却失去了时光的落差
头枕屋脊
倾听夕阳洒落出唐朝的声音
唐朝只是隐藏在时间的深处
睁开眼睛　看着游云
从天空的脚下浮起
飞鸟掠过
大明宫的废墟渐渐隆起
把整个夕阳挡在了我身后

[选自《宁夏青年作家作品精选·诗歌卷》，宁夏人民出版社，2006年]

周占忠（1959—），回族，宁夏同心人。作品以文艺评论为主。著有《文学鉴赏与心理》《守望灵魂的歌》《暗香浮梦影》等。宁夏作家协会会员。

邱新荣

史·诗（五首）

在毛公鼎前

时间在一只鼎里深居简出徘徊不前
锈绿的喧嚣已无枝可栖无可攀缘
最初的初衷被扭动的花纹所冲淡
两只铜立耳啊　久久地支着
且什么也听不见

风的脚步　比春天的姿态
更体贴更柔软　溪水沉醉于红叶
不作鸣溅　只作静静的秋天
而对于一只鼎呢　一只负载过千秋雪夜的具象
一只夏季里临窗而踞的青铜典范
沉默　或许是最恰当的庄严

只有那些文字　那些披挂整齐的大篆
以森林般的躯干升腾一些象形一些会意
一些缝隙间不老的香烟
只有那些文字带着法度带着干练
甚至带着一些不成熟的浑圆
带着可爱的烦琐
带着黄土母亲的唠叨和眷恋
　　　　[选自《绿风》2010年5期]

一只瓦当的复活

这瓦当，是如此的生动活泼

简洁的纹路，让我的目光肆意走过
曾炫耀于谁的檐头
春天的雨水多少次将它抚摩
在它的额头，时间曾一次次死去、脱落
而它却在今天复活
多少的季节，都被他温柔地打磨
多少日子，在它的肌肤上找到了着落

这是一只会开口说话的瓦当
它会说曾经的阳光执着
说曾经的雪花古拙
说苦难压迫了门前的小河
它会说在跌落后
野草天天给它讲生命的讲座

这只瓦当，在今天复活
它是土地的种子，它是梦的赤裸
跨过王者和贫民的界限
是一种没有阶级的洒脱

一只瓦当，三千年却没有老者的懦弱
它的顽强与刚健表现了一种逆风的气魄
啊，千载的拔茂依旧表现出了一种矍铄
依旧气势咄咄，脱曾经的春衫
以成熟而活泼
　　[选自《朔方》2011年4期]

彩陶

一条褪色的鱼舞动着简单的线条
在一只彩陶上拼命地游着
试图回归水流充沛的河
但彩陶上的红色却无边无际地蔓延着
使那条鱼的一切形体努力
都成为徒劳成为终结

只有红色
那保持着土地和烈火属性的红色
像汪洋恣肆的海　以旺盛的精力
随时准备着吞没一切
包括我们迟钝的目光
以及时间敏锐的感觉

沉默的彩陶鼓

彩陶鼓啊　将最后一缕音抱紧
且保持沉默　否则
一阵风　你会虚脱

曾经的喧闹是那样的急迫
以至于时间也在鼓面上闪了脚
雷声过后的沉寂
对你　是一种致命的压迫

你想呐喊吗
呐喊成歌　歌已停歇
你想唱歌吗
歌声已经飘过小河
你音符上的毛发已随风而去
你目光中的牙齿已脱落

但　你须沉默
后来的风太绿
后来　雨水又生长出许多小河
后来舞步又出了更多的篝火

[选自《星星》2011 年 5 期]

金戈

本该是一把金色的镰刀
披挂着太阳的光芒

在绿色的田野里鱼一样游动
结果却投靠了战争
野蛮的寒光和放荡的锋刃
袭击了柔和的鲜血和圆润的生命

原本是一弯生动的月亮
沐浴在淡淡的天水中
让一曲银色的咏叹调
在晶莹的夜色中流行

结果却堕落风尘
戕杀了柔媚的地平线和青翠风景
泼妇一样地肆掠着
与马蹄一起践踏鲜嫩的天空
在残存于山谷的黄昏中
用腐朽的狼烟涂抹斑驳的面孔

金戈　金戈
仅比镰刀厚三分
比月亮多一柄
便有了镰刀没有的残酷
有了月亮没有的凶狠

　　[选自《绿风》2012年3期]

　　邱新荣（1960—），宁夏惠农人。历任石嘴山市委宣传部副部长、石嘴山日报社总编辑、宁夏地方志办公室主任等。1982年开始诗歌创作，作品发表于《星星》《绿风》《朔方》等。著有诗集《青铜古谣》《风老青铜》《史·诗》等十几部。宁夏诗歌学会副会长。

范一凤

爱,从这里流出（外三首）

一个皎洁的夜晚
我凝视你悒郁的眼睛
第一次读懂了这双眸中
凝聚着的经历和情感

是生活的惊涛骇浪
在你童年的礁石上
刻下了一道道褶皱
又在你追求的海滩上
留下了一个个爱恋

更爱你的经历和情感
我愿是一湾清澈的湖水
让你微笑在我的心中
不再受那风风雨雨的吹打

舢板

不是蓝天悠荡的一片白云
不是迎风摇曳的一朵牡丹
不是碧水托起的一株白莲
不是乘风而来的一只天鹤
是你绵绵秋波的涟漪
牵动着我久泊的舢板
悄悄地驶向了你的身边

　　　　[选自《朔方》1988年4期]

熟了

熟了,金色挂满了枝头
熟了,低垂的果实像迷人的泪
胆怯在摇曳的果实中变成微笑
挫折在风风雨雨中
被融化成甘甜的果汁
金黄的信心,面对夕阳任撒芬芳
熟了,心却沉甸甸的
毕竟失去了那么多的花瓣与芳香

我曾得到过一片海

小时候,我在沙漠里想象着海
只知道海是蓝色的
有一天,我终于得到了一片海
才知它不只是蓝色的
一朵窈窕的浪花
溅落在我的手心
我悄悄把它藏在日记里
期待着,有一天把它再放回大海
我等黄了春天
又等绿了冬天
却再也没有看见过那片海

　　[选自《青海湖》2004年9期]

　　范一凤(1960—),女,宁夏银川人。曾就职于银川第一人民医院。现居英国。1984年开始创作,作品发表于《宁夏青年报》《通俗文艺家》《朔方》等,著有诗集《风筝鸟》。

张廷珍

流动的四季（外一首）

秋天是多风的季节
你要告别我去远行
带上那件银色的风衣吧
什么风都可以抵御

风雪交加的初冬
寒冷把我从梦乡拽醒
当窗户上的冰花将我冻结时
火红的羽绒服
便成了心中唯一的太阳

冬日的冰花仍在瑟瑟发抖
我的前额挂上了爱的太阳
汩汩流水滴进了
阳台上那已干涸的花盆
一株纤细的小草
顽强地伸展着嫩茎

墙角的那把黑伞
依然孤独地立着
夏日如瀑的暴雨
是否还会将你淋湿
太阳歪头对你微笑
世上便又多了一个难解的谜

[选自《朔方》1989年11期]

狼之影

那瞬间　眼睛根本无法逃脱
睫毛的栅栏　狼的影子
在雪地制造浪漫
野性的雪
照亮企盼已久的大地

想念那只壮硕的狼
雪　蹲在阴郁的窗棂上
回忆曾经炽烈的阳光
凌厉的狂风　回忆
弥漫黑夜与白昼的往事
狼　踏破雪域的情爱

伸向天空的手掌
血红一片　移植一点
涂抹于杜鹃的胸前
每一阵雨过去
每一阵风过去
荆棘枝上　芬芳四溢的
肯定是我与狼共眠的地方
狼啊　在笼子流行的街上
我等你另一个百年
　　[选自《朔方》1999年6期]

　　张廷珍（1960—），女，宁夏石嘴山人。就职于神华宁煤集团。著有诗集《倾听》，散文集《野史的味道》等。宁夏作家协会会员。

陆占洪

割麦（外三首）

母亲在割麦
汗水蜇痛了眼睛
也顾不得擦
沉甸甸的麦穗
碰着她的笑容
清新的麦香味
醉了她的心

骄阳下　我看
母亲弯曲的脊背
一摇一晃的身影
像一把镰刀
母亲这辈子
专为儿女们收割幸福

出书

名字站在书脊上
左邻右舍都是大文豪
一个瘦削的名字
竟与泰戈尔挤在一个书架里
我不敢抬头仰望巨人
尽管是同样型号的铅字
还是觉得自己渺小
一次次低头
我发现了一个秘密
泰戈尔站在书上

而我还走在大地上
　　　[选自《朔方》1998 年 11 期]

房

院里开满了杏花
一棵树半院阴

狗仗着胆子看门
鸡扯着嗓门报晓
鸟盯着屋檐做巢

房子不大　揭开门帘
就看见山里人的光阴

春

没有架子
只要栽几棵树
花就开到门口

不嫌贫爱富
只要打开窗户
芳香就钻到屋里
　　　[选自《黄河文学》2009 年 7 期]

　　陆占洪（1961—），宁夏永宁人。就职于银川市教育局、银川市青少年宫等。1985 年开始发表诗作于《朔方》《黄河文学》等。著有诗集《心灵的独白》。中华诗词学会会员，宁夏诗词学会常务理事。

导 夫

空谷临风（六首）

心石

在久闭的期待中封锁了山与海的誓言
不因天寒岁暮　不因左右回旋
一颗凡心浪迹于无数斑驳
浪迹于饱含信念的爱恋　你永远是
长不大的孩子　载不起轻佻的暗示
载不起如山如林疯长的幽怨

树的图腾

把手指折断　把腰身折断
为风雨苍茫的宇宙写生
吹不干的四季血　卷不绝的落叶情
在生一的渴求里　在死的期待中
以风雨雷电的打杀
冶炼世界永不倒下的风景

十一月四日的雨和雪

十一月四日的雪落在它的雨上
轻轻的雨里的瘦树当空聆听
旅中消瘦的雪轻轻的
墙里墙外两种轻轻的声音
轻轻的
踏落今日的雪于它的雨上

四顾无岸

四顾无岸只能逆流而上
无须以不屈的姿势过多地瞭望
我们没有归期　我们只有这样选择
我们无所谓确认行于水中还是泪中
因而我们不可能不这样抗拒
难耐的孤独
　　[选自《朔方》1998年2期]

空谷临风

在永隔的幽兰与野玫瑰底下
舒心欣赏着无人追逐的美丽
风儿吹过来

无语的暗淡　默默的深情
在周遭丁香的愁苦中
同声叹息

以手指丈量阴柔
以嶙峋的山石和夏日云朵的窥视
打点起无数世纪的情绪
你摆好向往受孕的姿势
想当年　海水柔软的漂流
卵石斑驳的忧虑
乃至最后一分钟得意的晕眩
也未被冷雨夺去辉煌的记忆

没有什么比遥遥相时的重逢更广阔
没有什么比失魂落魄的守望
更能塑造凄风苦雨中的自己

丁香　云影　疯长的山花

在草与叶相遇的徘徊里
逗引八月空谷的饱满
湮没一段坏死的距离
世界捧着心
在黯然神伤的愁苦中
鼓起一个永不坠落的主题

  [选自《朔方》1998年7期]

年轮

这一片凝固的海洋
亦如恬静的流霞
是韵律的花儿在开放
是红珊瑚堆积的岸涯

每一次潮汐般的注视
心都躲不开过往的远航
岁月的痛苦已沉积
桅杆的季节雨多么迷茫

没有一分钟要停顿
多少无声的记忆
像萧萧的森林
挺立在迷宫的风涛里
那飘摇的每一次孕育
都不曾需要回顾

  [选自《朔方》2001年5-6期]

  导夫（1961—），原名马春宝，宁夏平罗人。历任宁夏大学回族文学研究所研究人员，《宁夏大学学报》副主编、常务副主编等，编审。1981年开始创作，诗作发表于《朔方》《青海湖》《文学青年》等。后致力于研究，著有《丁鹤年诗歌研究》。中国作家协会会员，宁夏诗歌学会名誉副会长。

虎西山

那个春天（九首）

有毛驴的风景

有一条古驿道
那几头毛驴才有看头

小草如烟　也如酒
唯有石头仍然大智若愚
不肯走动一步

无须再提及
那把由皮匠丢失的刮刀
它在变成月牙之前
已经被悲剧打磨得
很残　很瘦

想要成为一个牧人

想要成为一个牧人
是在冰封雪冻的日子里
独有的心情

在北方　此时此刻
我知道　被冻红的月亮
紧粘在天上
虽然有很多朋友
但谈论青草毕竟有点勉强
可是我无法使自己平静

至于要在夏天发生的事情
到了夏天再说吧
看着眼前的一道土坡
几棵老树
我宁愿把一片草地
先放在心上
  [选自《诗刊》1997年12期]

礼佛

尾随而来的秋风
抢先一步
登上了佛堂——

风言　风语
受不了的树叶
在我的身后
纷纷飘落

双手合十
佛啊　请原谅
我是一个俗人
太阳底下的影子
能短　能长
  [选自《十月》2001年2期]

山地

面对山地
很难说些什么

牛和犁的协作
使山地展现了一些生机
一些希望
然而山地

有多一半儿的年成是歉收的

兄弟们　都没有离开山地
他们不写诗
他们娶妻生子
延续了山地的香火

我在山地以外很远的地方
想着那些粗粝的风
粗粝的阳光
就会禁不住热泪盈眶

那个春天

那个春天　总有一群羊
在天刚放亮的时候
翻过山冈

爹和娘很忙
那个春天　我学会的歌谣
比背会的生字还多

把先生刚从树枝上
折下来的教鞭
栽在学校后面的山坡上
哪个春天　有一棵小树
在偷偷地生长

高原看云

高原的春天
云彩　时聚时散

看着小草走近
看着羊群走远

自己的歌儿
就是自己开放的花朵
在太阳底下灿烂

曾经的大起大落
已然变得轻松
变得婉转——
只有心里头装得住风雨
才能欣赏一片云彩的平淡
　　　　[选自《诗刊》2001 年 10 期]

好日子

将一盏红灯笼
挂在好日子里
好日子里　有一只花喜鹊
飞来飞去

把狗拴在了好日子的边边上
三三两两的人
在好日子里有说有笑
走到了一起

好日子里
要为天堂里的祖先
上一分人间香火
于是头顶上
一朵不经意的云彩
充满了意义
　　　　[选自《星星》诗刊 2010 年 10 期]

流浪的春天

流浪的不是一颗心
流浪的是整个春天

命中的苦难
终将幻化成浅唱低吟
而命中的女人
注定会躲在寂寞的地方
寂寞地倾听

如果命中注定
还有一口酒
那就在这个春天一饮而尽吧
这个春天的秘密
尽人皆知

古萧关

大汉远了　唐朝远了
古萧关的关城早都风化了

没有留下一点遗迹
甚至连一片瓦砾都找不到
但不能只有一声叹息

那就仿造一座关城吧
好在城头那一轮圆月
说新也新　说旧也旧
[选自《星星》诗刊2013年9期]

虎西山（1961—），宁夏隆德人。历任固原师范教师、宁夏师范学院艺术系主任等。1985年开始诗歌创作，诗作发表于《诗刊》《星星》《十月》等，入选《诗刊·中国新诗选刊》等，荣获宁夏第六届文艺评奖诗歌二等奖。宁夏诗歌学会副会长。

薛 刚

塞上放歌（四首）

乡土

疾疾奔下火车
躬身捧起一把热乎乎的乡土
此刻，我紧紧攥着指缝的峡谷
滴着黑亮的油

渗进我的血管，漫上我的心头
冲洗着日夜兼程的疲惫
滋润着十年的乡愁
只觉得游子的心啊
像一颗飘零的麦种
又沉落进了乡土温暖的怀抱
　　　　[选自《山东文学》1985年11期]

羊皮筏子

羊没有死，羊还活着
善良与美永远不死

瞧，野性的黄河里
羊们三个一群五个一伙
紧紧抱成一团
把两岸险恶的距离缩短

黄河放牧着羊儿的温顺
羊儿在浪尖上嬉戏强悍

二牛抬杠

一根木杠,两头黄牛
一张铁犁,曾威武千载
风流遍地,写尽了——
从塞上蛮荒到塞上江南的历史

这世代相传的简单的农具
烧了它或许烧不烫一盘热炕
但它留下的垦荒者的精神
太阳一样一直亮在后者的额际
　　　[选自《朔方》1990年3期]

西夏王陵

一个强大的王朝埋葬于山冈
又矗立于山冈
一段灿烂的文化湮没于正史
却从来没有被遗忘

面对巍巍贺兰山
它或许知道自己的渺小
面对芸芸后来者
它或许骄傲自己曾经辉煌

我读着那艰涩的文字
仿佛有虫咬噬着胸膛
我读着那金字塔似的坟冈
仿佛有一道灵光击穿了我的思想

　　薛刚(1961—),山东人,1975年移居塞上。历任宁夏旅游局副局长、宁夏农垦局副局长、宁夏政府副秘书长等。1982年开始创作,诗作发表于《宁夏日报》《朔方》《山东文学》等,荣获宁夏第五届文艺评奖三等奖。著有诗集《薛刚的诗》《塞上放歌》。宁夏诗歌学会名誉副会长。

贾 羽

黄河与船舶（六首）

北方

北方，撅起小嘴就是一阵风暴
太阳通红通红像疼痛的心
大山倔强地闭上眼睛想着往事
撒欢的马群跑累了
倒向草滩

北方不要温柔
不要大片大片的梅雨季
不要成堆成堆的芭蕉梦
茫茫风沙练就了北方
是一个有野男人性格的世界
呵的气是白毛风
唱的歌是黄河

北方，迎接客人的方式很特别
帐篷伴着星云，奶茶熬着深情
北方有比南方更古老的传说
北方有比日月还长久的昨天
　　　［选自《北国草》，宁夏人民出版社，1993年］

九曲黄河（选四）

一

啊，黄河！我站在你两岸陡峭的山头大声放歌

在激越的流泻的灵光中，一片片令红宝石也暗淡的
野花，以一种不安分的姿态开放出喧闹的色泽

啊，黄河！你是一串又一串从我铜亮的笛管中
奔驰而出的高音音符；你的每一阵激越的交响
都是来自我笛管中的高音音符挺着胸膛的诉说

我的黄河！我的从昆仑山下来到黄海之边的黄河
我的黄河！我的把中原大地断然分成南北的黄河
我的黄河！我的中华民族五千年文明摇篮的黄河

二

在沉钟般的黄昏，我站在你的源头静听你的心跳
墓丘样的雪原之侧，我鼓荡风帆的心啊，为什么
竟会在蓦然之间空洞得犹如丢失了所有的语言
所有的想象所有的礼仪所有的悲哀所有的欢乐

我多想嗅一嗅你狂涛的香味和那飞珠溅沫的热情
但一切都平静又不平静，太阳燃烧成可怕的金色
又如此不平静而平静，雪岭用白雾的冰锤锻打着
飓风的冷漠，毫无表情的怪鸟从你身边倏然飞过

面对你源头的潺潺的意绪中倒映着的浓密云影
我不愿想象你的发轫是在经受了怎样的崇山大漠的
包围拦阻吞食。硬是保持了你顽强的意志不被倾覆
我只想发誓，我再也不会去打扰你出生时的寥落

波涛滚滚的宏伟啊，却原来更带有难以描述的苦涩
弯下腰去，我想捧起眼眶中流出的虽然已经散落
在脚下却依旧圆润的泪珠，抛入你浅池般的摇篮
黄河啊！仅此几滴，是否能增添你更洪亮的音色

三

是的，黄河的胸房毕竟比所有的熔炉还要灼热
在苍穹和原野的忧郁的背景下，我想大声地说
黄河是我深情的黄河啊！是黄河用她那几十年的
欢欢乐乐甘甘苦苦风风雨雨养育了弱小的我
如此深情又如此沉默，如此坦荡又如此曲折

你不见黄河昨日的古道正像一条蜕化的蝉蛾吗
那是在冬天冻结了羽翼，而梦中的冰块早已融化
你不见那翻卷黄尘一样的浪谷上正飞翔着的翅膀吗
那是召唤，是一声声杜鹃啼血般的母亲的召唤啊

几十年了，我想为了黄河唱一首自己心头的歌
哪怕嗓音嘶哑，哪怕歌声稚嫩，哪怕遭遇雷霆烈火
为了朝朝夕夕抗拒暴日干旱草莽崇山荒漠的黄河
为了中流驶船暗夜放舟……这些灾难又算得了什么

四

黄河也是我抒情的黄河啊！你不见那每一次的红日
正是从黄河母亲般宽阔丰润的胸怀中沐浴喷薄吗
你不见黄河两岸山花烂漫百草峥嵘万象更新吗
甚至喜欢畅饮醉香烈酒的船夫，也常常在一个
清晨或黄昏对着黄河独自高唱醉人心田的歌谣吗

没有哪个人在经历了太多的阻隔之后，不沿着黄河
去寻找自己的城市心中的净土，完成精神世界的融合
也没有哪个人在了解黄河之后，不把毕生慨然允诺
这就是我的姐妹我的兄弟我的民族都深爱着的
虽然举步维艰虽然蜿蜒曲折虽然充满浅滩旋涡
但是永远一路抒情不知疲倦不会消逝的黄河

[选自《民族文学》1997年11期]

向日葵的加冕仪式

阳光的桥梁　连通着
一个舰队与另一个舰队
一茎毛发与另一茎毛发
面庞的鳞片　正吮饮着
一杯红酒充满蛋清般娇软的啼鸣

红的和更红的把脆弱的指头
咬向艳丽的一团黄昏
紧接着　一大堆向日葵旋涡的脚步
就响彻在俱乐部一样
凝聚胸饰的专卖店

任何一种加冕的仪式
都会通过电话的音容
剃去草稞异常和谐的短须
如毡的白昼　接触之门
正是秋日的向日葵最为动感的天堂

透过万花筒　你会听到
那一束束喻亮的色彩
甚至不再阴湿的手掌
甚至消化了脂肪的逻辑
都在顷刻间　辉煌于
微带喘息的原野

[选自《朔方》2002年5-6期]

贾羽（1961—），回族，北京人。就职于宁夏大学回族文学研究所、宁夏人民出版社等。诗作发表于海内外多家报刊，荣获宁夏第五届文艺评奖二等奖。著有诗集《北国草》《风起之源》《立体的船舶》散文集、评论集等。中国穆斯林文化学会理事，中国当代少数民族文学研究会理事。

朱安宁

心旅牧歌（四首）

古琴台

斯人已远　琴无踪迹
一块孤独的石台
留下一个痴情的单相思
娓娓絮语　不是一千零一夜的故事
终有一天　它将推出一曲惊人的联奏

泊

扁舟停桨　悄泊岸畔
读一帘幽境　不知客身何处
祥云倒影　一叠挂念
列队成行的小船　镶嵌回归的心境
破译缘由的谜底　只闻流淌的斑驳
动容时分放歌山水

古刹菩提

秋雨裹着落叶
打湿黄昏的古刹
缭绕的香火飘向天空
并肩而立的菩提厮守镇寺宝鼎
一棵相左　一棵伴右
雌雄相依的老树
牵手盘织的根脉

风起了　雨住了
唱晚的钟声
向你讲述爱的真谛
古老而常新

雨别小站

那夜好凉
你我相别雨中的小站
月光稀疏
和着细雨洒落长长的站台
那清冷的站台
多像古时送君远行的长亭
多情的晚风惆怅如织
穿拂牵挂深深的心扉
说不清送别的滋味是哭是笑
道不尽离去的心思是苦是悲
凄迷的雨雾平添情殇的叠痕
握紧的双手缓缓松开

绿色的列车徐徐滑行
多像戴望舒笔下
那顶小巷流动的油伞
隔着行移的车窗
宛若隔绝无奈的世界
相望的泪眼渐远
挥动的手臂渐远
纷飞泪雨　淋透了早已潮湿的深情
车走了　我的心走了

[选自《心旅牧歌》，中国文联出版社，2008年]

　　朱安宁（1961—），笔名牛丁，宁夏惠农人，祖籍安徽亳州。学生时代开始写作，著有诗集《心旅牧歌》散文集《心城无界》。宁夏作家协会会员，中国电力作家协会会员。

李春俊

安静的初夏（六首）

相信的喜悦

花海的芬芳
蜜蜂的嗡嗡声
河流的水波摇晃着树枝
鸟儿飞起来
又落在青草的岸边
我当然有一所房子
在这里　有耕种了的田畴
牛和羊只　狗
旁边住着亲人
以及尚不认识的兄弟姐妹

我无法确定这些存在
但是　我相信
相信的喜悦无法言喻

安静的初夏

太阳没有照到的地方
安静　凉爽
一队蚂蚁和我待了很久

这是顶楼的一个角落
我把四面的窗户打开
蚂蚁们无声地列队行进
有如一条细小的黑色的河流

我蹲下来看着
心里有某种敬意
安静　凉爽
　　　[选自《十月》2008年2期]

黄土塬

你已经失去了现在
也许也没有未来
　　　　　——题记

泾河清澈不在　几近断流
过去的传奇和先人的血泪
沉入河底
被崩塌的黄土深埋
只有在静夜
仍能听到从那残垣断壁里
传出琅琅读经声
仿佛仍有什么迷恋着
香火渐绝的事物
　　　[选自《抵达之谜》，花城出版社，2006年]

世上的东西

有一次说起饮食
是在饭桌上，父亲掰新麦的馒头泡牛奶
仔细而小心，不放过一点屑沫
他的佐菜是酸白菜丝
那是天下最美的宴席
他满足的笑都挂到了胡子上
我突然说起我吃过的东西
鲍翅之类，或者已忘掉名字的稀罕之物

"你吃那么多干啥?"父亲问我

世上的东西你吃不完

世上的东西你要留些给别人
当时父亲没说这些
是我说的,在我敬爱的父亲去世之后

雪花是天空寒冷的叶子

雪花是天空寒冷的叶子
飘忽的风在那里不停地掀动上帝的树枝
完美的装饰　冬天的神话
降落大地　将罪恶的火焰踩灭

无论在何处
都是一片白色
我怎样把自己的愿望躲在怀里
而不被冻伤
为了保持最后的鲜红
点燃了十个手指

我的北方　我的燃烧的十个手指上雪花飘飘
我在大雪中骑马而行

向西北友人推荐深圳

"这是这座城市的温馨地带。"

指着华侨城生态广场
灯光喷泉、修剪整齐的草坪
甚至小湖边的芦苇和原木小径
隐隐的酒吧的歌声

我要把我所爱的加于他
希望远方的朋友受到感动

深圳的光线在他的眼里变幻着
沉默。他在寻找星星

显然他习惯于用故乡的方式仰望

"你们这里不错。"他说
然后他转变了话题
"记得吗,那年——"

那时,我们在贺兰山的风中
那时,我们拥有共同的爱情……
泪水潸然涌出我的眼睛
  [选自《西北诗篇或者深圳歌谣》,内蒙古人民出版社,2002年]

  李春俊(1961—),回族,甘肃兰州人。1982年毕业于西北民族学院汉语系。1985至1992年就职于《朔方》编辑部,后调深圳,历任深圳市宝安区文联副主席,宝安作家协会名誉主席。1980年开始发表诗歌作品,著有诗集《西北诗篇或者深圳歌谣》《抵达之谜》,长篇小说《谁比谁坏》,中篇小说集《深圳的城里城外》等。曾参加全国第2届"青创会"。

马春林

鹰（外二首）

生，是鹰
死，还是鹰
你的名字连同你的墓志铭
都刻在铮铮傲骨里

季风尊你为师
高原视你为神
你用目光撕开的天空
泛着血色，溅着嘶鸣

幸福和快感在翅膀上组合
利爪撕扯着血淋淋的命运
当山神的掌心高高捧起你的影子
敬仰便化作涌向你的雄风
〔选自《民族文学》1991年1期〕

沙枣树

每一次和你对望
我的目光都很虔诚
黄金大地，何物不生
我竟倔强地认定
你我是同一血统

你那朴实感人的侧影
时常让高原惊悸
致使我的先人们

都沿袭了你的姿势
手捧土地的恩泽
背朝熔金的阳光
生生世世，繁衍劳作

和你对望，我的骨子里
滚动的是你的血
肢体和你紧紧相连
甚至连泪花都闪耀着
你的气质，你的神采

让江南爱她高雅的茉莉吧
让中原爱她名贵的牡丹吧
我是高原之子
我爱雄浑、坦荡
我敬仰的沙枣树
　　[选自《民族文学》1991年10期]

不服老的父亲

父亲干了一辈子钳工
教出了一大拨全能徒弟
也赢得了今生今世
享用不尽的敬重

可是有一天，年龄
捆住了父亲的手脚
锣鼓，敲敲打打
把不愿意吃闲饭的父亲
连同一朵光荣的绢花
送出了厂门

尽管他昔日革新的机床
每天仍轰隆隆照常转着
尽管他的徒弟都争气地当上主任厂长

成为工厂的脊梁
但他那颗心仍像揣着只野兔子
坐也不安，卧也不宁
自觉不自觉就穿上工装
向着工厂走去

每逢徒弟来访
他都高兴得像过大年
言语比三春的雨点还急
那股亲热劲儿
叫儿女嫉妒得走不出家门

他说，他待在家里
比坐煎锅还难受
他说，他的身板骨像块杠木还很硬朗
他说要写份申请重回工厂
他还说，他是铁命
离开了铁，就活得不自在

于是乎，不服老的父亲
又像过去穿上了工装
神气地成为技术顾问

[选自《朔方》1994年5期]

马春林（1961—），回族，宁夏吴忠人。就职于建设银行。诗作发表于《朔方》《民族文学》等。

李建华

大雪（外二首）

临近春节的一天早晨
我站在阴沉沉的门口
忽然清楚地看见了
一朵天堂花的降临
接着又是一朵　又是一朵

整个上午　我都在痴迷地观看
化整为零的春天　悄然覆盖着大地
谁知道　它在我心中分量

一阵冲动　点燃一串爆竹
我又清楚地听见了
另一串爆竹声
接着又是一串受　又是一串

这里四季干旱啊
一只喜鹊
向最高的枝杈上蹦了蹦
然后喳喳喳地叫了起来
　　　[选自《朔方》2004年5-6期]

思念

你一定很冷，你的坟茔
覆盖着厚厚的积雪
是另一个世界的房屋远离人世
当你享有死亡的特权

我再也见不到你

我孤单的身影
早已根植于你的坟前了
我知道只有一棵树,才会一生
留守在一个凄凉之地

今晚啊,在你坟前
我为你点燃落叶
我一生的幸福
都已作了你的陪葬,一生的思念
都为你的寒冷烧成了灰烬

亲爱的,夜已经很深了
一轮圆圆的月亮
把一个声音的旋钮
在夜空中,缓缓地关闭

一片巨大的寂静啊
你坟茔的周围,悄无声息
而我的喃喃细语,一滴滴
渗入了你的墓碑,和你
墓碑上的名字

[选自《诗刊》2006 年 8 期]

惊堂木

始于春秋战国
唐代以降有了图案
有龙,有虎,有狮
宋代有卧龙,明代有巨龙
到了清代只剩下
一条小蛇

作为大树的

一小部分，远离了天空、大地
失去了高度、胸襟
被我的目光压缩、压低
已小得不能再用了。只剩下
一些细密的木纹
消除不了一粒尘埃
难以透过一束阳光
不能吹进一缕清风
无法撑起一片蓝天
我从来没见过这种
严密得打不开的棺材
它拒绝了绿的鸟唱、红的花香
只收藏了枝头的电闪雷鸣

而今，它羡慕窗外的一棵树
它的梦，能否发芽
　　　[选自《星星》2012 年 12 期]

　　李建华（1961—），甘肃合水人。就职于长庆油田公司第九采油厂。1992 年始发表作品于《诗刊》《青年文学》《星星》等，入选《诗选刊》《中国诗歌精选》《新中国 60 年文学大系——诗歌精选》等。著有诗集《月亮银行》《白天的灯盏》《高度与重量》。

杨森君

午后的镜子（九首）

临窗

这样永逝而不再重来的音乐，远胜于
夜晚的虚空，不在忧伤里放进别的
我仍然属于身体——和它的过错
一块云彩悬在郊外的空地上空
我把脸侧进夏末氤氲的夜色
月亮上的缺口流出一道道树汁的白光

陈述

这些潮湿的枝条，渐渐明亮
从雾里铺下来
距我的窗子只有几米
没有一丝声音的早晨
这么安静的春天只有我一个人
我被什么要求着，我一无所知

我的内心还远远不够啊
它一直引诱着我
像桌面上的一块阳光
我不能把它挪开一寸
我可能是病了，但不关乎健康
我重复地盯着窗外凸现的血色花蕾

在这个春天我和谁说话，而不惧怕
我把临时的爱情重新还给了少年

那块深埋着荫凉的草坪上
一只看上去孤单的蝴蝶
很快被另一只代替了，就像这个早晨
神离去了，我坐在它的椅子上

午后的镜子

迷离的光线与停摆的钟之间
一扇获得了宁静的窗子变得幽暗

它构成空虚
它在我脸上衰老

旧木上的黄昏
移动着花篮悬浮的影子

我已习惯了
眼前可能掠走的一切

我在墙镜的反光里，看到了
慢慢裂开的起风的树冠
　　　［选自《人民文学》2002 年 9 期］

镇北堡

这一刻我变得异常安静
——夕阳下古老的废墟，让我体验到了
永逝之日少有的悲壮
我同样愿意带着我的女人回到古代
各佩一柄鸳鸯剑，然后永远分开
十年，二十年，三十年……
一百年以后，我和我的女人
分别战死在异地，而两柄剑
分别存放在两个国家

旅行

这么多年了,我们还相爱
我不信,一定还有别的,让我们
形影不离,彼此陪着,这样
依偎,像一对亲人
火车慢速行驶着,窗外,是开花的原野
远处是镶着金边的浮云,模糊的
一座陌生的都市,在反光
一个杯子里泡着两个人的茶香
两个人用同一只杯子
这是多年养成的习惯
习惯,磨损了什么,我们从不
想它,你的脸贴着窗玻璃
看什么都新鲜啊,你忘了
与我分享,不再像年轻的时候
坐在春天刚刚长长的青草地里
看见一只蝴蝶都要推醒我
这么多年,我们第一次
这样离开一个地方,像一对
习以为常的亲人

寂静

这一切都会消失的
走廊,暗锁,垂在阴影里的吊兰
这一切,包括推开窗子
树顶上渡来的微白的云气
包括一排窗玻璃上下沉的暗蓝色夜幕
包括另外星球上射来的微小光束
我虽然叫不上它们的名字
而木头在深夜里响了一下
我盯不下具体的裂缝
因为声音不在同一个地方

一只暗中偷袭什么的蝙蝠
在时光的弧面上
制造出了一道绝迹的擦痕
　　[选自《人民文学》2004年1期]

已经不可能了

是什么人打碎了全部的瓷器
我想知道，我想看清他们的相貌
可是，已经不可能了
我也想知道，瓷器落地的瞬间
有过怎样的碎裂声，这声音什么时候停下来
可是，已经不可能了
我还想知道，完整的瓷器摔碎时
碎片伤的是人，还是物，物是一束花
还是另一件瓷器，或者更多
可是，已经不可能了
整个清水营古城，遍地是碎片
我很想找全它们，将它们复归原状
哪怕仅仅复原的是一只花瓶，或一只碟子
可是，已经不可能了
就我所见，那些残缺了的
又不知残缺过多少次了
　　[选自《人民文学》2010年9期]

在桑科草原

这样的坡度
正好让一匹马看上去
无比孤单

这是世上最宁静的草原
离开的时候是傍晚
我把一本印有我名字与诗篇的书
放在了一处洼地

洼地里，白色的格桑花
正在开放

我是故意将我的一本书
留在了桑科草原上
先是来了一阵风
风轻轻地翻动着书页
后来下了一场白雨
书被淋湿了
书中的字迹开始模糊
再后来……

多年以后
这本书终于烂在草里
正如我预料的那样

看

闲下来
我会盯着一对花瓶看
是一对清代的青花瓷
该有多幸运啊
多少年了
它们还是一对
只是，其中一只有些残缺
但，这不影响它们依然是一对
　　[选自《人民文学》2013年3期]

　　杨森君（1962—），笔名杨迈，宁夏灵武人。任教于灵武高中。80年代中期开始诗歌创作，诗作发表于《诗刊》《人民文学》《新大陆》（美国）等海内外报刊，入选众多选本。诗歌《父亲老了》被国际文凭组织中文最终考试试卷采用。诗作荣获宁夏第五、第六届文艺评奖一等奖，《飞天》（1985—1995）诗歌一等奖。著有诗集《梦是唯一的行李》《上色的草图》《午后的镜子》，中英文诗集《砂之塔》等。曾参加第4届青海湖国际诗歌节。中国作家协会会员，宁夏作家协会理事，宁夏诗歌学会副会长。

张 记

煤炭树（外三首）

我时常想象我们的矿井
是一棵煤炭树
在经风过雨的岁月里蓊蓊郁郁

天上的云飘它的
地上的花香它的
煤炭树不理会更换的季节与天气
煤炭树始终倒立着　枝叶向下长
长成一条条叫作巷道的枝干
长成一片片叫作采面的叶子
长成一座座叫作煤仓的果实

作为矿工　我们和煤炭树的缘分
是须臾不能分割的苦恋
年年月月　朝朝夕夕
我们都顺着它的躯干向下溜
我们都顺着它的躯干向上爬
我们攀着它的枝条
在梢头变成露珠或雀鸟

我们和煤炭树相亲相爱
拥抱　歌唱　流泪或相对无言
看啊　在进进出出的井口
我们那耸起的弯曲的脊梁
就是煤炭树褐色的根
　　　［选自《朔方》1994年12期］

黄河浪

这是我心情最好的时刻
壮阔浩荡
我的岸上奔跑着牛羊

流淌的生涯
注定每一个白天和夜晚
必须大口呼吸　放声歌唱
虽然我的灵魂驮载淤积的痛苦和忧伤
但是不能停下来不能沉默
我的风和野花
一直漫延到苍茫远方

在我经过的地方
拱突起另一种脊梁

唐徕渠：田园风光

在史书里流淌多少年了
渠水仍然浑黄

渠埂上　几只雪白的小羊
咩了一声　又咩了一声
抬头望去　葱葱的菜园闪着绿光
稻麦愉快地生长着
四野芳香　一群鸟雀
掠过来　掠过去　自由自在
叽叽喳喳幸福地鸣唱

一片片安静　一片片安详
一个俊俏的村姑
含着微笑在柳荫下乘凉

惠农：哨马营遗址

谁能想到在这片废墟上
原本是座兵营

嗅到古朴的沧桑尘茫
我的视线穿透历史
秋风漠漠　沙场点兵
宋王朝的箭镞一支支射向天穹
最终抵不过金人的卷刀和弯弓
芳香的白骨们　哪里知晓
更远的皇宫里
昏庸的万岁搂着美女刚刚睡醒

一行大雁往南飞去
嘎了一声　又嘎一声
脚下　草木青青

　　　　[选自《激情石嘴山》，内蒙古人民出版社，2004年]

　　张记（1962—），原名张春季，河南方城人。神华宁煤集团员工。发表诗歌、散文、随笔等。著有诗集《大地深处的回响》《神木谣曲》。宁夏作家协会会员，石嘴山惠农区作家协会副主席。

魏 萍

秋天（外二首）

黄河岸边的呼唤
千丝万缕的思念
辽阔天空下
只剩金黄的色彩
仅存撩人的暖阳

岁月不明白什么是流逝
懂得流逝不敢挥手岁月
最后的告别不是伤心
而是开始学会说再见

给你

学古人，在心里
弹一首缘定三生
前世的因难捕捉
后生的缘有谁知
今世情丝丝缕缕
扯不断也理不清

有果没果不好解
止的水，沸的情
淹不了人生尺度
李源不轻松，圆泽也好苦
三生石上
谁是永久守望者

[选自《黄河文学》2012年6—7期]

清明感悟

这天忽然有点冷
以手抚过青石板
两行清泪滴下印痕
父亲呀，去了十个寒冬
草青了，大地暖了
泉下是不是也有阳春？

有人说下面上面一样
我说最好不同
父亲生性耿直
容易得罪人。越简单越好
不要厚土埋住还需负重

每年这一天
我都会做一个梦
和父亲吃顿饭
陪父亲打会儿牌
再听父亲反复叮咛
隽永的亲情
令人回味无穷

我没说人间不好
人人有走的一天
拥有阳光就要学会沐浴
享受春天还要舍得播绿
你走了，才不会带走整个的你
天上，人间
永远不尽的记忆

　　魏萍（1962—），女，宁夏银川人。就职于宁夏青年报社、宁夏日报社等，高级记者。80年代开始发表作品于《宁夏青年报》《朔方》《星星》等。与严光星合著纪实文学《北京青年报的故事》。

张 铎

三地书（六首）

扬场

风儿轻轻地吹
一锨又一锨
圆鼓鼓的麦粒急速落下
就像一阵雨

唾几口唾液，搓搓手
父亲的木锨越举越快
母亲把装满小麦的尼龙袋子
一个个扶起来
然后拍拍打打
就像拍打自己的孩子
　　　[选自《诗国》2009 年 1 期]

林中遇雨

雨点儿落到野荷上
声音很响
一阵紧似一阵
我突然有点心痛
眼前的野荷
不停地摇晃
　　　[选自《朔方》2009 年 7 期]

银川

黄河是一竖
唐徕渠是一竖
爱依河也是一竖
如果没有最后这一竖
那还是银川吗
其实,这三条河流
都刻在我老母亲的额上
　　[选自《星星》诗刊2011年1期]

小小村庄

小村的山是小的
小村的河是小的
小村的树是小的
小村的人也是小的
出门在外的游子很纳闷
儿时的故乡
一切都很大很大
怎么现在全都变小了
小到像一枚月亮
挂在蓝天上
　　[选自《新消息报》2011年4-5期]

雪

快到年底了
还不见雪的讯息
我的爱人沉不住气了
她和我一样来自乡下
土地是我们的衣食父母

然而她越唠叨
天气越晴朗

哦，我的爱人
话少了，脸黑了
让人感到害怕

终于下雪了
雪花儿漫天飞舞
我的爱人像个孩子
支着下巴趴在窗台上
笑意盈盈

突然，她跳起来
抱着我亲了一下
泪流满面
我的心田上
像落上了雪花儿一样舒坦
  [选自《诗歌月刊》2011 年 11 期]

春歌

青铜色的肩背
倚在金色的麦捆上
丰收的喜气和着热汗
在闪光的脸上流淌
歇一口气　割二十趟
心里浮出一幅画
用金色的麦粒铺成地毯
迎接没过门的新娘
  [选自《星星》2012 年 12 期]

  张铎（1962—）原名张树仁，宁夏固原人。历任泾源县委副书记、宁夏政协秘书处处长等。1986 年开始发表作品于《朔方》《诗歌月刊》《星星》等，入选《中国诗人自选代表作》《诗国 2011 年诗典》等。著有散文诗集《春的履历》，诗集《三地书》，评论集《塞上潮音》等。中华诗词学会会员，宁夏诗歌学会副会长，宁夏诗词学会副会长。

洪　立

杏树（外七首）

那是我的母亲
衣襟里兜着杏子
红红的　闲着
微疼的光
有什么比它
更辛酸　更心甜

那是我的母亲
十八年前
把自己栽到风雨里
目送我走出贫困的家园

不知不觉　这么多年
一片杏树都已长大
我的母亲还站在半山上
用她的白发辉映我的归程

落叶

它们在秋色里
带着最后一片红晕
在风里颤了几下
然后　飘落

那一瞬是带点声音的
好像谁打了一个耳语
松手　又不想分开

那是神谕的风
把着秋天的脉搏
一片落叶　又一片落叶
大地布满倾听的耳朵
　　　[选自《诗刊》2004年6期]

花开

看一朵花开得很疼
看一片花红得发晕
花开得只剩下花了

在一朵花下　我葬下飞鸟
我想让花也开出飞来
让花也开出鸣叫
开得忘记了一切

装潢的鸟

我睡午觉时
从后窗传来一阵拧螺丝的声音
和一阵敲铁皮的声响

细细一听才知道是鸟叫
它们是一些搞装潢和一些做木工的鸟
衔着阳光
使劲地往天庭上镶
我想在天空这座大房子里
一定会有很多美好的精灵
正在装修和被装修

一只麻雀

一只麻雀
落在稻草人肩上

一些麻雀捧着稻穗
与阳光碰杯
另一些麻雀抱着大树
挥霍秋天

这使正在劳作的父亲
有了无奈

酒瓶里的声音

我把一只瓶子放在沙丘
它像一只耳朵听着风声
又像一只眼睛瞅着天空

沙的声音,魂的声音
它旋转出天的呼应
映射出地的浑黄

一只眼睛　一只耳朵
它长在荒漠的身上
会拥有所有的白天与黑夜

如果它无法产出鸟鸣与树木
也会沁出汗一样的潮湿

　　　[选自《朔方》2007年5-6期]

喝醉的时候父亲跟着我

我喝醉的时候　你在后面跟着
但我不知道　你悄悄地
用一尊黑影跟着

我呼天喊地　呼星喊月
可它们都不理我
我丢掉了时间和脚步

只有你悄悄地用一尊黑影跟着

我高一脚　浅一脚
你也高一脚　浅一脚
黑夜里　有一个影子一直跟着

直到拐弯处
从那黑影里发出一声熟悉的咳嗽
我停住脚步　失声痛哭

父亲留下的一小片空间

在你去世前的某一天的五分钟里
你用身体占据了这个地方
你用手翻找止疼的药
哗啦　哗啦
你用声音占据了它

五个月后　你的身体走了
被你身体印证的这个地方
永远属于你　我常凝望
哗啦　哗啦
泪如泉涌却哽咽无声

我知道　这漫过眼睑的忧伤
是一种隔世的疼痛

　　　[选自《诗歌月刊》2013年10期]

　　洪立（1962—），宁夏吴忠人。80年代开始创作，作品发表于《朔方》《诗刊》《诗歌月刊》等，荣获宁夏第八届文艺评奖二等奖。宁夏作家协会会员，宁夏诗歌学会理事。

梦 也

我不说出它（七首）

不可能

它出现了
不可能
可是，它出现了

因为来之于不可知
它显得奇异

我不说出它是因为我从不说我不懂的事物

在它之前，一切都是不可能
在它之后，一切还是不可能

它是生
借用了万物的形状。

[选自《诗歌月刊》2006 年 9 期]

我会的

肯定有那样一个日子
光明托举着白昼
我在河边遇到饮水的老牛
我能叫出它的名字
认出它身上的伤疤
像遇见亲人那样我抚摩它
把它牵回草地

可是我难以找回我幸福的童年
一只蚱蜢落在肩上
黑黑的森林中有个声音在唤我
那里——在林子的边上开着淡蓝色的花
一只母獾在树干上蹭着皮毛

大胆的女孩,脸蛋发红,嘴唇发烫
靠着树干出粗气
我们惊飞了一大群鸟

三十多年过去,鸟群常飞
可是鸟群渐渐稀少

我会的,在某一个日子,我会站在山冈上
独自迎住飞逝的鸟群

我会轻唤她的名字,还有我的老黄牛
我的鲜艳的晨光

味道

我只记住了焚烧的蒿草的味道
红红的火焰映红灶台
一丝苦味弥漫——
那是村子的味道
晚霞燃烧的黄昏
鸟群向那儿汇集

羊群带着深山的寒气向那儿汇集
满天的鸣叫向那儿汇集

我带着一颗苍老的心向那儿汇集
寻找一块安息地

苦苦的味道

风向那儿汇集
草籽向那儿汇集

三月，焚烧的蒿草的魂还会回来
在村子四周疯长
因此，我记住了风的味道
草地上空的云朵的味道
偶然间飘落的雨丝的味道
有时，风会划开稠密的草丛
那里有淤积的时间的味道

  [选自《诗刊》2007年3期上半月刊]

体温

三十年后
还有轰鸣的火车
穿越平原
但我不在了
夜色布满西大滩
守林人的小屋
灯火闪烁

即使我不在
灯火依然闪烁
巍峨的贺兰向辽阔的平原
微微倾斜

三十年后
有我喜爱的甲壳虫
攀上翠绿的草茎
但我不在了
彩霞依然染遍天空

怅惘？是的
今世的怅惘和来世的怅惘

紧紧相连

身体之一种

体内是一座空房子
三五只鸟
进进出出地飞

一位铁匠把铁砧
搬进了房
支起了炉灶
叮叮当当地敲

就这样
我在被敲打中度过了大半生
身体一天比一天更荒凉
　　　　［选自《诗歌月刊》2007年5期］

夜晚十点钟的公园

我喜欢
在游人散尽的时候
来到公园
一个人静静地走

起风了
来自树梢的风
凉飕飕

秋天的园子
秋天夜晚的园子
树叶扌扇动的声音特别响

我坐在长凳上
盯着树冠

树叶摇动不止

没有人知道
我,一个看似强壮的人
却在树下
泪流满面

无题

我曾经是如此沉重
现在轻了

一棵树正在落叶
叶子堆在根部

有一天
这些叶子也会散开
远远地逃离母体

这就是说树木懂得剥离
懂得以减少获得宁静

　　[选自《朔方》2007年5-6期]

　　梦也(1962—),原名赵建银,宁夏海原人。历任中学教师,《朔方》编辑、副主编,一级作家。80年代开始创作,散文、诗歌等作品发表于《十月》《人民文学》《诗刊》等,入选多种选刊选本,诗作荣获宁夏第八届文艺评奖一等奖。著有诗集《祖历河谷的风》《大豆开花》,散文集《感动着我的世界》,长篇小说《秘密与童话》等。中国作家协会会员,宁夏诗歌学会副会长。

权锦虎

山妹子（二首）

大柳树下的童话

那天晚上，一群孩子
围坐在村口的大柳树下
其中也有你啊，山妹子
你在给他们讲故事

讲猪八戒吃西瓜，讲美人鱼和丑小鸭
讲卖火柴的小女孩，讲爷爷和老祖母
大家激动了。一个女孩子
悄悄地抹了抹湿润的眼睛
因为她就是祖母抚养大的
祖母走了，每当人们提起祖母
她心中就有一丝萌动的爱的春芽

大柳树下的童话多么迷人啊
迷住了山里的嫩娃娃
迷住了天宫里寂寞的月姑姑
穿过树缝轻手轻脚来到树下
轻吻着每个孩子胖乎乎的脸颊
也迷住了你啊，山妹子
你连回家都忘记了

夜深了。妈妈睡了，小树也睡了
醒着的只有大柳树下的孩子们
像一块块调皮的小石子
投进山村静谧的夜的潭水

激起一朵朵新鲜、动人的水花
夜深了,大柳树下还荡漾着
一潭能迷住月姑姑的美丽童话

山道上走来的是你吗

山妹子,你只有嫩嫩的十四岁啊
却过早地承担起家务的负荷
赶一头毛驴,摘几朵鲜花
花瓣在两根长长的发辫上一甩,一甩
甩着甜甜的笑

啊,山妹子,在这幽深的山道上
只有你一人,你不怕山林里的大灰狼吗
爸爸过早地离世,只有妈妈和你
靠山吃山啊,今天是星期日
打捆柴,驮上集,给妈妈买件蓝汗衫
妈妈在地里辛辛苦苦地流汗哩

山中的布谷鸟向你布谷
你做个鬼脸也学着叫
毛驴喘着粗气,上山爬坡
你不忍心在毛驴背上骑了
哼起了老师教你的牧羊曲

啊,山妹子,你只有嫩嫩的十四岁
十四岁是一首莎士比亚的十四行诗啊
而你不就是诗的标题吗
一朵红红的野山花

　　　　[选自《朔方》1984年11期]

　　权锦虎(1962—),宁夏彭阳人。历任银川群艺馆办公室主任、银川文化艺术馆创研部主任、《银川文艺》主编等。诗作发表于《宁夏青年报》《朔方》《六盘山》等。著有诗集《穿行的树根》。宁夏作家协会会员,宁夏诗歌学会名誉副会长。

米雍衷

给我的琪儿（六首）

秋思

深秋的老树，落叶纷纷
夏天的骄阳，步步逼近
昨夜的风声已不再使我激动
泥土，沉寂在枝杈的身旁
那张熟透的脸，那片熟透的笑声
那个熟透的叫吴忠的小城
此时，一只鸽子的身影
在异国的屋顶，悄无声息地落下

那片移动的土地
沿着草丛、沙丘
沿着裸体的河流
沿着太平洋蔚蓝色的暖风
漂浮的影子，在心底不停地喧哗
不要说一切都可以逝去
一块古老的石头陶醉在沉沦里
单薄的身体，被记忆打湿

秋晚

这是一个成熟的傍晚
叶子翻做了泥土，从秋天开始
从树梢的一端，触摸
冬的呼吸，更冷的时候
燕子掠过思想，风的翅羽

拍打水域，冰结的镜面轰然破裂
鱼儿静静直立

这是一个深秋的傍晚
我的名字折叠琪儿的名字
穿透了地球，时间的隧道中
在两颗流星之间
还有什么更重要呢？

梦语

如果一种冲动能取代另一种冲动
那么，我缄默不语
无法告诉远去的琪儿
一棵草或者一阵风的重量

一个下午，我都在碎石般的回忆中走动
风儿在吹，道路失去血色
没有节奏的欲望搅动叶片
穿越树的光芒
黄得就像剥落的书页

能说些什么呢？
时间、等待还是落寞？

有时我们在梦中说话，就像昨夜
你在我的灵魂里蠕动
面庞的刀子，轻轻地切割
我心脏的一部分
那成为粉末的一部分

幻听

燕子盘旋了很久
飞到了地球的另一边

太多的时候，我像一只困倦的鸟
在一所空空荡荡的大房子里醒来

总感觉，熟悉的脚步声
从一层向六层爬来，静静地
静静地和时间一同分享
那擂鼓般的敲门声
仿佛从等待的虚幻中
把整个世界分离出来
然后，用最烈性的酒
把寂寞和诗心灌得烂醉如泥

其实，我不担心寂寞，真的
我没有把伤痛告诉别人
即使是和琪儿的离别
也只是交给了自己

举意

曾经的喑哑、愤怒、忙碌
以及飘荡在迷茫岁月的战栗
在一声声无谓的叹息里化作一个句号
生命的苦涩
被远山切割得星星点点
比纸还要轻的爱情
反复低吟过时的台词

我不会失望，不会
一颗原来的心，徘徊不定的阴影
拖曳着黑夜不安分的悔意
走近你的呼吸

琪儿，在冬日的尽头
我所积攒的所有的杯子
一直为你高高地举着

泅渡

穿行于思念之间
风中的鸟
因为一次光芒照射而缺乏光泽
雾里的花朵
凋落得空空如也

琪儿,你是季节深处那只鹰吗
从昨天的阳光里飞来
把自己置入岁月的注视
透明而含蓄的目光
让我泅渡
再一次感到你波光粼粼的心跳
 [选自《朔方》2008年11期]

　　米雍裹(1962—),宁夏灵武人。就职于吴忠供电局。80年代开始创作,诗作发表于众多报刊。著有诗集《喊疼的风》。宁夏诗歌学会副会长。

白景森

在树林中（外二首）

我漫步在深秋的树林中
脚下枯黄的树叶发出破碎的声音
我绕过一棵树又绕过一棵树
作着舒缓的曲线运动
抬头凝望高耸入云的白杨
一个强烈的企盼铸我心中
朔风寒冷地刺打着我的面颊
我却感到有一种摩擦的炽热
也许我不该在这林中徜徉
因为我曾把它比作少女的倩影
过不了多久我可能会成为俘虏
如能给这干渴的树林一滴甘泉
我的馈赠也只是她赐予我的千分之一

[选自《朔方》1984年6期]

情侣

我知道，我在你的心里
就像你在我的心里那样
当第一次走在六月的树丛
你和我都把六弦琴的琴弦
调到了感情的最高音
青春的血液把那根钢弦燃得灼人

啊，从你的眼睛里我看到了你的手
带着消融冰雪的浪激
捎着六月花香的信笺

向我伸过来，还说
亲爱的，像梦中的芦笛

于是，我们荡起了爱情的帆船
脸上存有童稚的欣悦
什么都是我们的，还有大自然
每一句话，都像是宣言
　　　　[选自《朔方》1985 年 2 期]

有一天

有一天我美美地睡了一觉
太阳已经吃过午餐了我还在睡
妈妈没有来叫醒我
小妹妹也没有来打扰
我甚至觉得墙上的挂钟
也是在踮着脚尖走路
大家都怕吵醒我
都觉得这一天我应该美美地睡一觉

后来还是妈妈叫醒了我
她兴奋地张着嘴
把一张大学录取通知单递给我
我接过来之后感到很沉重
我看到那上面印着许多个黎明和夜晚
印着妈妈专门给我做的一碗汤的特写
印着小妹妹给我削铅笔时认真的眼睛
那一天太阳一点也不疲倦
那一天我们家的昙花开了
　　　　[选自《朔方》1988 年 6 期]

　　白景森（1962—），宁夏人。就职于银川化工厂、银川晚报社等。
1983 年开始发表作品于《朔方》《城市文学》《文学青年报》等。

殷 实

青年军官

渴望被攻击但不渴望失败
渴望用爱煮沸的鲜血
洗测一次自己的沉默
你二十三岁的肌肉正土地一样肥沃
种下冲锋号音,就能生长高产的荣誉
你二十三岁的骨骼正山架一样发育
种下烈烈雄风,就能举起优质的松涛
而你明白,能够使你轰轰烈烈
也可以使你默默无闻的,是职责
职责,这无色无味的气体
你一刻也不能中断呼吸

第一次没有被母亲拥在怀里
温暖地抚摩
突然莫名其妙地被弟妹们敬畏
还有恋人走了样的亲昵
无意躲开的一些习惯
这都使你想起了职责
使你成熟使你冷静
使你丰富使你崇高的职责
职责使你一声不响地离开亲人
任微笑过男性风度的西部沙走石飞
职责,使你结束了在名将仑美尔和巴顿
传记里的长途行军
而转身跨进士兵的天国

你是走在大街上的一面镜子

你用明亮的面孔照出一些不安一些难堪
你是路标或者公约
在许多场合出现供许多人参考
使老人们品尝一种莫大的欣慰
使孕妇和她没有出世的孩子感到安全
你是一首能走进无数心灵的抒情诗
永远也不会失去读者
你是一些父母们了不起的作品
是中国的一种没有定价的内部出版物
你赖以生存的是:职责

[选自《朔方》1986年11期]

  殷实（1963—），甘肃酒泉人。1981入伍到宁夏，毕业于解放军艺术学院文学系。历任《西北军事文学》编辑、《解放军文艺》副主编。诗作发表于《朔方》《诗刊》《上海文学》等，荣获宁夏第四届文艺评奖优秀奖（不分等）。著有诗集《妥协之举》《零度以下的炉火》，评论集《当小说成为哲学的仆役》。

陈继明

在异乡（外四首）

忽然叫不出世界的名字
只觉得门前那棵树
太熟悉地摇曳着　仍在摇曳
仿佛相识于生前

是静静的航行在继续
静静的看不见的航行
在寻找着什么吗
那肯定不是岛屿　也非故乡

雷声从熟悉的地方滚来
眉上落下儿时的雨
然而不　不回去
让心被异乡充满　充得更满

或者凄怆　更加凄怆
就这样静静地航行
我不想走遍世界
只想把寂寞塞满口袋

航行　在静止的波涛上
向一种语境
那里听不见也看不见一个字
那里没有一个字

　　　　［选自《朔方》1995 年 12 期］

空地上空

这片空地
刚刚才成为空地
半月前这里还是居民楼
存在了三十年的一座楼

几天后,新楼又将打桩开建
空地及空地的上空
它那静美的样子
它那令人怜惜的样子
无端令我忧虑已有多日

有一次我梦见
我在空地上空飞翔
试图找到空地上空的入口
而且竟然找见了

只是,其中的模样
足够复杂又足够简单
说来惭愧,这也是
我对它唯一能做的描述
　　　〔选自《山花》2003年1期〕

致平凡的生活

平凡的生活
就是朴素的生活
就是一日之间的若干时辰
禁不住赞叹:活着真好

比如清晨,楼下的鸟鸣
其核心不是别的
而是急切,由衷的急切

面对新时光的急切
争着吼出的急切

比如午后,短暂的休眠之后
看见太阳偏西,多么悠然的下降
比上升更奇异
看见阴影拉长,多么阔绰的清凉
满含爱与慈悲

比如夜晚,长长的寂寥
很多东西看不见了,远方消失
那么,独自沉思或彷徨
或者祷告,或者应许

比如黎明,宇宙的明眸与皓齿
蕴藏无限奥秘
早起者,捡起某个先知遗失的墨色拐杖
缓步向东,回来时
却两手空空

平凡的生活
就是唾手可得俯拾即是的生活
却需要一点勇气
——拥有平凡的一点勇气
还需要一点虔诚
——对平凡的一点虔诚

想象托尔斯泰

你可以把自己
想象成托尔斯泰

于是你闻到了
青草的气息,泥土的气息
整个大地的气息

你还听到了马的喷嚏
树木的喧哗
农妇的令人费解的呼喊
渔夫悄悄地叹息

你一定还看到了
薄薄的晨雾中，闪出了一头牛
又闪出了一只狗

最后出现的，是一个老头
胸前飘荡着白白的胡须
脚踩粗大的皮靴

那是一种决心走向远方的样子
出门时却似乎
有些仓促

暴雨

关于一场惊人的暴雨
关于倒掉的树，破掉的瓦
没什么可说的
有趣的是，太阳出来后
四处的积水里，写着相同的一句话：
宽恕已经开始！

陈继明（1963—），甘肃甘谷人。1984年毕业于宁夏大学中文系。历任宁夏广播电视大学教师、《朔方》编辑、宁夏文联专业作家、西北第二民族学院教授，一级作家。现居珠海。1982年开始发表作品，以小说创作为主，著有中短篇小说集《寂静与芬芳》《比飞翔更轻》，长篇小说《途中的爱情》《一人一个天堂》，长篇散文《陈庄的火与土》等。短篇小说《月光下的几十个白瓶子》荣获首届中华文学选刊奖。中国作家协会会员。

周彦虎

游西湖 (外四首)

柳浪　绿烟
浓雾　白烟
若隐若现的小船和花伞
若隐若现的西子和远山

苏堤的镜框里镶嵌着西湖
西湖的镜面上平卧着雷峰塔
三潭急切地望着远山
畅游西湖
敬仰苏东坡先生
一生种植两种翠柳
词柳　堤柳
大江东去淘尽了风流
而词柳还是堤柳
却垂青了千年的中国文学史
滴翠了千年的西湖大堤
　　[选自《绿风》2004年5期]

乡村的窗口

乡村的窗口　窗里窗外
只隔着一张纸
纸上贴着剪刀叙述的故事

看不见窗里的细节
却能听到窗里的心跳
　　[选自《诗刊》2004年10期]

人住在哪里

白云住过的地方叫崇山峻岭
鱼儿住过的地方叫清水碧波
鸟儿住过的地方叫林涛绿烟
人住过的地方叫窝
是因为人每住一处
那里便消失了白云和鱼跃
消失了鸟鸣和蛙声

邻居

能将自家的钥匙
留给邻居的人现在有几个
防盗门　钢栅栏
不论在里在外
都有囚禁或探监的感觉
门缝里瞧人　将人看成一条线
猫眼中望人　将人望成毕加索

鼓声

河床　即村口
人和牲口踩踏了一年的石头
在鼓点声中扭起了秧歌
一改老庄的模样
老井的麦克风　将鼓声张扬膨化
加上七沟八岔的立体环绕

[选自《朔方》2001年5-6期]

　　周彦虎（1963—），宁夏西吉人。任教于西吉中学。1982年开始创作，诗作发表于众多报刊，入选《宁夏文学作品精选》《生命的重音》等，荣获宁夏第四、第五届文艺作品评奖二等奖、三等奖。著有诗集《一壶夕阳》。宁夏作家协会会员，宁夏诗歌学会理事，西吉县文联副主席。

孟 虎

雨夜（外一首）

夜朦胧了矿灯房每一颗星星
无声的雨丝像无数根纺线
让漫不经心的外婆默默地织着
细密的雨帘

雨帘的深处
一朵花伞如一朵刚刚开放的水莲
羞涩地为友谊撑起一片晴空
给少了一条腿的矿工
和多了一项义务的姑娘
撑起移动的掌子面

雨丝敲打月光，敲打花伞
敲打心中的芭蕉叶
敲打水汪汪的路面，敲打外婆的心
道路弯弯曲曲夜一样幽深

他们心中没有一片泥泞
她的眼波里荡漾着含情脉脉的溪水
他的心房里跳动着噼噼啪啪的火焰
他们像外婆的纺车一样默默走着
默默地被外婆织进细密的雨帘

感怀岁月

这几年的经历就像风一样
在琼州海峡两端飘来荡去

漂泊的岁月给了我讲不完的故事
比如股票、期货、房地产和人
都可以像花生豆一样
放在烧红的铁锅里炒来炒去
在炒的过程中
很多人被炒到了天堂
很多人被炒进了地狱

我经常独自驾车
在颠簸而弯曲的道路上
从一个起点驶向另一个终点
浪迹的生涯疲惫了我所有的梦境
而我还要在次日的清晨早早赶路
刚刚到达终点　另一个终点又在招手
于是，终点又成起点
流浪的人生大致如此

偶尔有空对着镜子看一眼自己
发现胡子越来越密　头发越来越稀
才知道我人生的道路已经从春到秋
而成熟的果子在哪里
我始终没有找到

　　[选自《朔方》1996年8期]

　　孟虎（1963—），宁夏中宁人。1981年参加工作，历任宁夏石沟驿矿科长、宁夏灵武矿务局处长、宁夏政府采购管理处处长等。诗作发表于《宁夏日报》《工人日报》《朔方》等多家报刊。宁夏作家协会会员。

王跃英

你就是那个梅（三首）

一

是的，你就是那个梅
在我奔走了多少年，遭遇过多少冷眼
经历过多少苦楚，且只得埋首于冬雪纷飞的时令后
你在不经意间映入我的眼帘

只是那么轻轻的几点红意
我的那个苍白的日子便一片丰盈
在这个季节，该红的早已过了红得发紫的时刻
该绿的已浓翠滴尽，该黄的也早早谢去富贵的颜色
这世界哪能总在一片大红大绿中走过

我没有别的奢求。但你还是出现了
只那么轻轻的一笑，便让我那可怜的孤傲
雪水一般汩汩渗入原野，便让这世界尽失颜色
原来，这人世竟有如此传奇
竟有如此令人留恋的尤物
原来，我一生的苦苦追求都没有悔啊

是的，你就是那个梅
假如没有你，我还将有多么久远的期待

二

是的，你就是那个梅
多么庆幸有了这个念想

我终于能在暴风雪呼啸的日子里
停下疲惫的步伐

我那孤寂的心房，不能没有一扇温暖的窗户吧
让我在你那红红的笑意中，在你那轻轻的步履中
合拢双目，静坐敛心
化成一尊虔诚的僧侣吧
让我虔诚地把纷繁杂念融进这单纯的色彩中
把欲求冷峻成茫茫丘壑

我该有悟性了：在你和世界组成的图腾中
我难掩一脸布满沧桑的羞愧
在你那灿然的笑意里，我当深深思索
这半生，究竟为谁所爱，为谁所累

我该明白了：雪尽后是春色，你尽后是万花盛开
可那时是连草芥们都能争芳斗妍的时令
它们谁能知道：雪中极品，唯有你
是的，你就是那个梅

假如没有你，我宁愿让那个季节
空白成一世纯洁的颜色

三

是的，你就是那个梅
但让我还是走吧。我有什么资格厮守在你的身旁
尤其是面对你那坦然的笑容
在这世界上，我命中注定要与道路为伴
无尽的跋涉便是我的家园

我知道，你是真女子，在你香气四溢的芬芳中
只会让我更加羞惭
我知道，在这四周寒气逼人的节令
纵使我一个七尺男子，也高不过你红艳艳的笑容

唯有在我拼搏的途中，当荆棘划破我的双手
当虎豹豺狼向我突袭，撕裂我热血胸怀的时候
我一颗沉重的心才会轻松如许
你看，那身后留在雪途上的血迹
不就酷似你的身影么
但我知道，这还不如你的颜色
你在吐红芬芳的时候，面对雪原笑声朗朗

那么，就让我把你的笑容、笑声
珍藏在我空空的行囊中吧
让我远行，至海角，至天涯
但仍然割舍不掉——你就是那个梅

假如没有你，我一生一世只有面对雪原
　　[选自《朔方》1998年2期]

　　王跃英（1963—），陕西蓝田人。毕业于宁夏大学中文系，现就职于石嘴山市政协。1982年开始发表作品。著有散文诗集《走向故乡》《人在高原》，散文集《三座小城》，文论集《城市发展的足音》等。宁夏作家协会会员，石嘴山作家协会副主席。

季栋梁

习惯（外五首）

每走一段路
我总要禁不住回过头来
向后看看　我不知道要看什么
可是我总觉得身后有什么东西跟着
这是很久以前一件事养成的习惯
几十年过去了
我还是这样依然走得好好的
却猛然回过头来
我依然在我的背后
没有看到任何东西
可时不时回过头来的习惯
已经再也改不过来

我住进了一套新房子

我住进了一套新房子
有好多门和陌生的味道
陌生的响声
我总觉得那些门后
站着一个人在弄些什么
我不知道他要多久才会走出来
还需要多久他才会走开
我醒着的时候
总要把所有的灯光打开
我想这是我的房子
但它还不是我的家
可是我还不知道要住上多久

它才能像家一样

谁还会去芦花台

谁还会去芦花台
去那个给洁白的芦花
覆盖了整个秋天的台地
还有一条情人般窃窃私语的小河
在这秋风过川的时节
我打算一个人去
我想在那里住上一段日子
写点过去的事情
那里曾经是情人的天堂
动人的细节像野兔一样
奔波在芦花的洁白里
而现在那些在这里爱过的人
和他们的爱一样渐渐老去

可是那条开遍了自由之花的路
正走过尘土和大车
铲车一下一下将芦草连根铲起
又被一辆辆卡车拉着不知去了哪里
尘土飞扬的小道坑坑洼洼
谁还会去芦花台
用那绵柔的芦花挠你的耳朵

那天，我向东走

那天，我向东走
我不想停下来
我有事要去东边
可是我走着走着就向西来了
因为人们都是向西围去

我看到西边有一堆人

围在一起像蚂蚁国出了大事
我也围了过去
人挤得水泄不通
我挤不进去

和所有的时候一样
越挤不进去
我就越想挤进去
里面的人往出挤
外面的人往里挤

那个圈子里没有什么景物
就是一个人
一只狗
那个人就像一只狗
好像那个人在教训狗
像是教训人一样

我从那圈子里走出来的时候
连去东边的心思都没了 也许
那里也是一个圈子

花朵在风中

花朵在风中忸怩作态
就像得到奖赏的小孩
树的影子一直被阳光牵着
一个园工很粗暴地侍弄着花草

我坐在掉了皮恢复了本色的长条椅上
这是一个春天的上午
眼前是一棵老去的树
它的一截已经死掉了
老去的往事正从它腐朽的香气、光线
和树的皱纹、色晕中浮现出来

人在很多的时候都不如树
它还努力地长出几片叶子来
除非我垂下的双手
被这春天唤起

  [选自《诗刊》2007年12期下半月刊]

山下

一块石头悬乎乎地立在山巅
弱不禁风的样子
少年时候
我整天希望着它掉下来
但它没有掉下来
青年的时候
我曾经努力想让它掉下来
但它岿然不动
现在我老了
却希望它就那样立下去
天长地久

  [选自《诗选刊》（下半月刊）2009年4期]

  季栋梁（1963—），宁夏同心人。历任《宁夏日报》编辑、《华兴时报》副总编、宁夏政府参事处处长等。1985年开始文学创作，以散文和小说和为主，发表于《人民文学》《十月》《中国作家》等，被《新华文摘》《小说选刊》《散文·海外版》等转载，著有散文集《和木头说话》《人口手》，长篇小说《奔命》等。中国作家协会会员。

的诗作。

第四，古体诗部分，因之前的志书、诗词集众多，所以对塞上或宁夏诗人的诗作予以精选，选了唐代到当代的180多位诗人的350多首诗作。

第五，现代诗部分，之前没有一部全面的选本。我在选编时也在感叹诗人之不易，很多优秀的诗人因为工作、仕途、生存、生活、家庭等，逐渐放弃了创作的"前志"。有些诗人还很年轻就已离开了人世，所以我一边回忆着与诗人有关的往事，一边尽力找到他们发表过的诗作，把他们具有代表性的作品选了进来；有些诗人见到征稿通知，发来了自选的诗作；有些诗人被我催了几次，也没有发来诗作，我只能查找期刊。但资料依然有限，遗珠之憾在所难免——可能会遗漏某位诗人或者已选诗人某首较好的诗作，还请见谅。总之，选了1911至1991年出生的250多位诗人的1000多首诗作。

第六，在选编过程中，我对诗作中的异体字进行了更改，对个别古体诗句查阅考证，对有些现代诗行予以合并。全书按出生年月排序，但有些同年出生的诗人查不到月份，所以排序前后不够准确。

最后是试图让选本达到全面、权威、客观、公正、整体的水平，成为一部真正的宁夏诗人的诗作精选；试图让选本成为融会思想性、艺术性、可读性、史料性和典藏性的千年选本。

如果能公正梳理13个世纪宁夏诗歌的发展历程，并为这一历程作一个总结；如果能全面展示宁夏诗歌的艺术成就，揭示宁夏诗人的另一番景象、风格和意义；如果能权威珍藏宁夏诗人的集体记忆，树起宁夏诗人的整体形象；如果能为宁夏诗歌的繁荣尽到绵薄之力，以此为新的起点激励年轻诗人坚持梦想、大胆创新、勤奋创作。我就欣慰了。

在此，感谢宁夏文联领导对"诗宁夏双璧"工程——《宁夏诗歌选》和《宁夏诗歌史》的高度重视；感谢荆竹先生提出的宝贵意见，并于百忙之中为之作序；感谢张嵩帮助遴选现代宁夏诗人的古体诗词；感谢出版社和印刷厂认真校对和细心排版。同时，我要感谢一位默默支持宁夏诗歌学会工作而不让透露姓名的诗人，他已抵达真善的境界，在做人为诗等诸多方面为我们宁夏诗人树立了标杆。我再次向他致以最诚挚的感谢，为他敬酒，为诗干杯！

2014年10月10日于夏都闻月阁

跋：前志庶不易，远途期所遵

杨 梓

  一年多来，我游弋在塞上的诗歌海洋，有时沉在海底，有时踽行海边，寻觅具有洞穿岁月之光的贝壳；我跋涉于宁夏的诗歌高地，从六盘山到黄河岸，从沙坡头到贺兰山，捡拾诗人一个个尘封已久而充满灵性的足迹。

  想编一部全面的《宁夏诗歌选》，是我很多年前的想法，尤其是 2008 年 9 月，我见到《宁夏文学精品丛书》之后，这一想法更加强烈。丛书中《小说卷》是上下卷 873 页，《散文卷》也有 406 页，而《诗歌卷》只有 128 页。宁夏诗歌怎么了？

  在首届黄河金岸诗歌节的诗歌峰会上，在介绍宁夏中青年诗人创作倾向时，我首先对宁夏文学作了界定，认为小说和诗歌是宁夏文学创作的两个翅膀；宁夏诗人在全国也占有一席之地，若按人口比例来衡量，宁夏不会划到诗歌小省区。

  那么，以什么标准选编《宁夏诗歌选》呢？在浩如烟海的有关塞上或宁夏的诗歌中，我一边读书学习，一边琢磨遴选标准。

  首先要对宁夏诗人和宁夏诗歌作出界定。"宁夏"之名始于元代，取西夏灭亡后的"夏地安宁"之意，不管之前秦代的北地郡，还是唐时的内关道，在此统称为塞上。而宁夏诗人就是在塞上或宁夏出生、生活、工作、离世的诗人，不论是地方性或全国性乃至世界性诗人。所以我只选塞上或宁夏诗人创作的诗作，而到塞上或宁夏一游并抒写塞上或宁夏的诗作，一概不选。目的就是自尊地还原历史，勇敢地正视现实，积极地面向未来。

  其次，宁夏自古就是众多民族生活的地域，因此以汉族诗人的视角歧视其他民族的诗作一律不选。

  第三，注重诗作的思想、艺术、审美、意境、语言等，选取在某一方面突出

有雨落下来，在白天
游云像黏咸的创可贴
安慰着我头顶腐烂的伤口
我便幼稚地以为
是雨剪断了白天的亮
晶莹剔透的七月挂在树上
有雨落下，落得很慌张

第十场

柔弱的雨是一种曝光灯般的透明
在空中，四周都是路
路途艰险
该怎么搂紧刚出发时
千万个镜子般的兄弟

一个女孩的命运
就是一群雨骑在另一群的身上
期待被风捡起
并逐渐降低自己
　　[选自《诗选刊》2013年度大展]

　　石杰林（1991—），宁夏盐池人。2010年开始诗歌创作，发表于《诗选刊》《延河》《山东文学》等。入选《诗选刊》2013年度大展。宁夏作家协会会员。

园丁把持起铁钳
饥馑的年代，泛红的花蕾需要恰当地剥落自己

就这样，盈白的闪电释放出青涩
愚蠢的人哦
你所认为的真实，也只是你所认为的而已
远方的黄昏燃起了火

火是一场赶着回家的雨
我们都受伤了

第六场

囹圄的天空将雨点弹向地面
无数樟脑球般的圆正在逼近一个大圆
声音很大
无人去观察云朵的变化

逃亡者像蝗虫般划破蝉翼般的空气
解放出一群被禁锢的鸟
雨群借助群体的优势
想要把天拉下来

漂浮在城市上的灯光
更像是一团团龇着牙的云
从地面向上仰望
聚集在空中的雨
仿佛是倒置在时代的海

第八场

绀红的暮色正在缓慢聚拢
我拉上了窗帘
将残余的黑夜关起来
房间是破碎的容器

石杰林

2013年的十场雨（五首）

第一场

遗弃在地表的水，积攒成饥饿的血
闭合的门庭里含着开朗的窗
它是开在边缘的眼睛，这势必将造成一种坠亡

这是个早到的秋天，节气潜伏在冷的附近
我像一颗腐烂的西瓜被遗弃，如你所说
我们都一个人生活，雨会偶尔变成血

黑色的天空逐渐明朗，像照相机里进出的白
雨丝，水杯，书籍，电吹风正在变得规则细腻
我的母亲把自己固定在茶几的两侧
擦洗着年轻时的河

第四场

眼睑下试图滑动的水珠
在人们殷实的脸颊堆砌新的云朵

我只能把眼睛锁起来
天空像一口空闲的锅，有雨水经过
说不清楚的规则指挥着避雨的车
罅缝中的野草，衍生出一股绿

就这样，雨水不断投掷出尖利的锁链
晃动的雨伞下谈笑的情侣逐渐消失

我被一只豹子盯着

如一团火焰
静静地伏在白色的雪原上
走到哪里,那里便开始燃烧
额头上的雪迹
是自天而落的王冠
我看见了你
惊奇、兴奋,被美丽所窒息
像发现了整个宇宙
那是怎样的一种眼神
阴沉,高贵,比夜还深邃
喷着火,无边的波涛汹涌澎湃
我突然有一种冲动
我想伏倒在你的头颅下
成为你的一部分

平静的午饭

平静的午饭,我一个人吃
我已经习惯了这样的日子
没有恋人的眼神和朋友的说笑
阳光毫无保留地照进了餐厅
使我错以为在神圣的宫殿
那个人也来了
和我一样喜欢早早过来
坐在角落里,享用自己的生活
吃饭已经成为了一种艺术
我们闭目冥想
一封给远方人的信已经在心中写成

马海波(1990—),回族,笔名马骥文,宁夏同心人。毕业于宁夏大学人文学院,硕士研究生就读于吉林大学文学院。诗作发表于《秋泓》《原州》等。

马海波

一种境遇（外三首）

似乎是天生就如此。
从白天到夜晚总想着去流浪。
浅黄的晨光，如约投射到墙壁上
看着似曾相识的屋顶与世界
我从自己的梦中醒来
但没有进入别人的梦
我想要对着你说些什么
却又眷顾沉默的充实
尔后，一朵莲花在心中开放了
我看着它，就像看见了天堂

夜晚的湖水

在喧嚣的世界里
也许，只有你是最沉静的
夜幕掩盖了一切
包括烦恼和忧伤
我踱着步，独自行走在
你星辉斑斓的身旁
我们相互无语。然而这静默
却是天地间最盛大的交流
在清澈的夜色中，你的沉静
常将我引向一个原始的境域
空灵、圣洁
让我久久地沉湎其中
不能归来

黎明与老妇人

黎明时分一个人走在校园
天地间都是静悄悄的

有窸窸窣窣的声音传来
回头一看
一个蓬头垢面的老妇人翻搅着垃圾箱
她瘦小而佝偻
惊慌地看我两眼
匆匆走掉

我猛地缓过神
水泥地上没有老妇人的足迹

黎明是九十九个人的困倦和死寂
黎明是老妇人的年华
 〔选自《朔方》2010 年 11 期〕

邢江蒙（1989 —），宁夏平罗人。曾就读于北方民族大学文史学院。

邢江蒙

在人间（外一首）

此刻，我坐在一块风化的沙滩上
看见游鱼般的车辆来来往往
耳畔荡漾着贺兰山谷吹来的晚风

我刚刚逃离一个虚拟的地狱
忍痛拔出只剩下一片残影的腿
它即将和残存的躯体
融化在闪光的电脑屏幕里
一双黑色的眼睛

窗户通向地狱还是天堂
我记得那是貌似灿烂的花草
走近却发现是一座死寂的荒漠

我猛地冲出房门
因为恐惧和求生的本能
门外喧哗而骚动

我庆幸重获新生
从黑暗一步冲进光明
我沿着滚烫的公路西行
午后的白光洞穿我的皮肤
那是幸福的刺痛
我努力睁眼看清路旁的花草
向这个久违的世界喊出声音
我是在人间

伤口追随着伤口

我无法用无知测出未知的深度
白天燃起的希望的火焰被黑夜隐藏

语言的无力和苍白
无法扶正一颗倒塌的心

冷落的夜,行走的忧伤,昏黄的街灯
灰色的瞳孔里闪出一个如血的词

黄昏

山坳里弥漫着雾霭
此刻宁静属于一个人
清风拂过,一些枯草掩蔽的石头
星星点点地呈现

远处天空模糊,传来几声鸟鸣
远处的屋舍斑驳可见
还有枯木身躯上的血色
我的脸上湿气弥漫
身后空着辽阔的大地
　　　[选自《朔方》2010年11期]

　　王强(1989—),宁夏海原人。曾就读于宁夏师范学院。

王　强

天地（四首）

父亲的天空

如果我有足够的眼泪
我会为父亲干裂的土地下
一场绝对的雨
四月，我手指指向的村庄
没有传来雨的声音
只有黄土坡羔羊的咩叫
父亲的天空，烈风吹瘦枯草

西海固的土地

爬在烈日下父亲纵深的皱纹里
我看到了一棵麦子从生到死的过程
我听到一滴汗水烫伤黄土的惨叫
一场持久等待的雨没有来临

七月的云，如一个寂静的谎言从头顶飘过
我脸色蜡黄的兄弟站在山冈上
朝着远方反复吹着尖厉的口哨

这个冬天

风将烟高举，我将岁月铺开
用手指在大地上写下玫瑰色的誓言

这个冬天，一场雪覆盖着另一场雪

一朵移动的小蘑菇
在金色的海洋里游走着
汗水从父亲的胡碴上流过
草帽将隐藏在里面的苦难
没有给太阳透露一点

草帽被烈日和汗水灼伤了筋骨
浸透了疏松的脊梁
歇息的父亲老了
在地头烧了一袋烟
长长地吁了一口气
略微夹杂着些劣质烟草的烟雾啊
这些也被草帽隐藏了吗

午夜的距离

凡在午夜沉淀的
都在熟睡中懈怠了
朦胧地,我听到了窗外的蛙声
那地方应该是一个湖泊

那声音里有水的响动
灵性的有些沉闷的像箫声一样
一直在那里,隐隐约约地晃动着

含着清凉的水珠,一步一步走来
钻进我的耳朵,吸引我半睁的眼睛
想象那群夜游的青蛙
欢快或者沉郁,或是
我在声音这头静静地倾听

　　[选自《朔方》2010年11期]

　　王恒帅(1989—),宁夏海原人。曾就读于北方民族大学文史学院。

王恒帅

画在森林深处的云（外二首）

她张开了雨，森林深处飘着绿叶
和山雀的羽毛，森林的合唱
听不出颤音，一环扣着一环
深处的云，停止

被涂成了浅蓝
作为天和地的分界线
生动的蜡笔在孩子的眼里
发出一声轻轻的叹息
渐渐地天马行空
那深处的云也可以是红色的
红领巾的颜色再浅一点就是
女老师的裙子的颜色

父亲的草帽

父亲的草帽
是母亲拿长长的麦秆编制的
父亲用它在丰收的季节
遮挡来自生命之外的热度

被汗水浸湿，又被黑色的记忆蒸干
父亲的头发渐渐变白
草帽也被染上了黄土的颜色

父亲收割麦子
草帽在成熟的麦地

身影

是风褪去泛红的叶子
还是雨洗去了往事
看到你如此的明眸
在云里在雾里
是蝴蝶辜负了锦绣年华
还是梨花错过了豆蔻青春
我记着你眼里的天蓝
却再也见不到你的身影
　　　[选自《新消息报》2013年11期]

结局

残缺的花瓣
独自凋零在每一个伤感的夜
这并不是风的过错
如果黑夜注定成为祈求者的祷告
黎明变得不再那么重要
如果星星总是指明方向
月亮就不会被反复吟诵
如果风能告诉我回家的路
雨打落叶的簌簌声就是童谣
这一切似乎刚刚开始
但早已变成结局

　　刘京（1989—），宁夏灵武人。诗作发表于《北京文学》《山东文学》、《新大陆》（美国）等，入选《2012年中国诗歌年鉴》《中国新派诗歌档案2012年卷》等。宁夏诗歌学会会员。

过年时　那瓶竹叶青还放在窗沿上

守候的时光

光线已没足够的力气
在房间停留
那双忙碌的眼
守着即将残缺的花瓣
花不在开了吗

夕阳藏不住的半朵娇艳的花
闪现在你的脸上
那些久来的哼唱
穿梭在整个房间
喜欢坐在这里看出去的风景
和留下的你
　　　　[选自《朔方》2013年11期]

黄昏

在一片被浮萍包围的沙地上
一个孩子俯着身子
盯着暗光闪动着的水面
用芦荻秆一笔一画写着稚嫩的汉字
不知道会写成什么样
但已经超过了字面本身

那歪斜的笔画躺在沙地上
当黄昏遮住我的视线
还有孩子越来越小的身子
而在我的眼里反复出现的
是我将要失去却无法挽留的东西

刘 京

远方的钟（六首）

同桌

我和同桌一起折星星
星星摆满了抽屉
我好奇地看着问着
她头也不回
毕业那天　她来了
送给我一个熊娃娃
然后拖着急促的脚步
从一座山到另一座山
后来我把熊娃娃送给了儿子
有一天　儿子撕坏了熊娃娃
满肚子星星挤了出来
我傻傻地看着

父亲的酒

我年幼时
父亲的那瓶竹叶青
一直放在窗沿上

长大后第一次陪着父亲喝酒
我没有过多的喜悦
只保留下父亲看我的眼神

中年时给父亲带回一瓶竹叶青
父亲推脱说　这酒放着过年再喝

我来了

谁道汉家风骨没了？唐代气韵去了
谁说我们没有血气了
当时吴钩何在？铁马何来
如今死士何待
蔽空旌旗，披荆斩棘
拔了那射雕箭羽
大喝一声：我来了

归去吧

万里乌云，铁马金戈
全化作淡雪一片
吹不去的黄沙，如今还在吹
手捧江南之春色，口吐夏夜的荷

这里却只有冬季
你寻觅到的告慰
是岁月中无情的陨落
煮一壶酒，泡一杯茶，再加几粒沙

塞北，黄河畔，落日下
你的影太长，长过孤烟
已是白了头，一声长叹
落雪了，落雪了，悉堆鬓角

归去吧，骑上那匹老马
江南的青石街上，留下蹄声
踏碎了苍凉的斜阳
这次，会落在谁的心上？

[选自《朔方》2011 年 5-6 期]

陈凯（1988—），宁夏固原人，2011 年毕业于南昌大学中文系。现居苏州。

西风急，吹不开历史
霓虹很近，却照不到梦里
只有远处的沙子里
传来声声驼铃

回眸

一颗流星陨落的瞬间
几千年的繁华与败落
都成了一段残壁
黄土仍是黄土，西北风还在劲吹
打在老农的脸上
一个朝代又被铁犁翻起
星移物转，遥想几百年后
也许只需一个回眸
一切又都成瓦砾

抒怀

书生，手握剑把总有点沉
若说对着风花雪月，又总自命不凡
也许百无一用吧。但多少人十年磨一剑
一出手便光芒万丈

杯酒啸作剑气，狂舞怎会凌乱
一个个对酒当歌，一个个舞乱明月
待到如今，有谁怆然涕下
还有谁醉卧沙场

展眼已是千年，依旧有人手握那剑
却是独酌无伴
何来方舟渡我还
在那笑傲的年代同君狂饮

〔选自《朔方》2010年5-6期〕

陈 凯

四海为家（六首）

秦长城

曾经的辉煌，只成沧桑
这处断壁残垣，是秦城还是汉墙
夕阳的颜色，都聚在一块土黄色的砖上

我今也站在这城墙边
呼呼狂风，送来的是铁蹄铮铮
还是胡琴高唱。我高举双臂
是握着长戟纵马狂奔
还是提着长枪遥射苍狼

过后无痕，一幕幕如流水，似长风
一挥衣袖，一抹天际的空白中
云散烟消，问谁能留下遗踪

城墙

远古的青铜融在古风里
从西边吹来
吹黄残阳，洒在秦长城上
断壁残垣，颓败的烽火台

我的呼吸太重，一口气就是一个朝代
我的剑把太沉，挥过后就只能封存
我的双眼紧闭，落着千年的悲哀

董雅慧

六月雪（外一首）

不为人知的角落里
一朵一朵宁静地香
每一朵都是洁白的诉说
零零星星，小小的阴霾不为人知

昨天，在远方睡去了一个季节
没人能够发现。六月雪，千千结
只真真幻幻地飘过
太过浪漫，太过执着
在六月里醉舞
然后睡进层层叠叠的夜

女孩

女孩，灰色裙子，白色拖鞋
女孩手里有一袋红红的草莓
那是流淌的草莓
女孩，头发很长，裙子很长
女孩手里的草莓汁水很浓
女孩忘了手里的草莓
它太红，红得开始流淌和不安
女孩，灰色的裙子和白色的拖鞋
长的头发和丢失的心都不如这草莓

[选自《朔方》2010年11期]

董雅慧（1988—），女，宁夏利通人。曾就读于北方民族大学研究生班。

即使在每个阴霾的夜里
我也仰望着太阳

给父亲

你脸上的乌黑是岁月赐给你的乌纱
额前的皱纹是时间的疤痕
背上的汗渍是为了我而流出的希望
满脸的胡须长进我的心里
发出破碎的声音
你弯下的腰，是一张永远给我力量的弓

二十年以来，你的希望一直燃烧
而我把从你身体里吹出来的风
放在树的枝头。但你无法挺起脊梁
今夜，我的眼睛一片湿润
我不再年轻的父亲
把星星和月亮留给我疼痛的记忆

[选自《朔方》2010年11期]

午后

瞬间，巷子里传来咳嗽的声音
疑是母亲从田里回来
立于墙头的麻雀
和土一样的颜色
高举过头的太阳
我想到爷爷的眼睛麻了
高于我视线的——
疑是父亲堆起的石头

[选自《黄河文学》2013年7期]

白军（1988—），回族，宁夏西吉人。曾就读于宁夏师范学院。诗作发表于《朔方》《黄河文学》《六盘山》等。

白 军

夜晚（外三首）

月亮血色的光线
没有穿过落满尘埃的大街
我的眼睛，挖空黑暗的孤独
寻找沉默的脸
没有一个人像另一个人
在众多人的脸下
显示自己的丑陋与卑贱

夏天深刻的时候，风吹过麦田
我没有用嘴唇说出真实
我喑哑的血管
在忧伤中静静地流淌

原野

风在草间滚动
我从泥泞的小路走过
划出一道血的伤痕
脚印像五月的嘴唇朝向天空
苍白的忧伤像眼中的原野，一片苍茫
痛苦越来愈清晰
我如一棵古树立在那里
眼中古老的液体
落在身体的任意一个部分
日子变得丰满起来
我躺在那里
我是妈妈在灯下打上去的补丁

记忆停留在与你相伴的高中时代
流水般的岁月也只是滴水
时光滴答了多少个夜晚
却不曾抹掉一丝我对你的思念

即将迈入大学生活的末梢
而远在天边近在咫尺的你还好吗
遥望星空,你在对我眨着眼睛
并细声告诉我忘了你

泪水再次袭击我
我怎会忘记与你相惜相印的日子
你那体贴的眼神使我魂牵
你那幽默的话语萦绕耳旁
今夜无眠不知是记忆不肯放过我
还是我不肯放开你
一场无情的车祸
使你我天上人间

如有来生我愿与你再相逢
相逢在那条僻静的小路
两个无知的少年痴笑红尘
　　[选自《朔方》2010年11期]

　　王水清(1988—),宁夏固原人。曾就读于北方民族大学文史学院。

王水清

车过小站（外一首）

轻轻地推开那一重山
云的深处便有我的故乡
是我故乡的小站
列车铿锵

月台之上那个挥旗的人
是我的父亲
三十年风风雨雨
他就这么站着
他站着的姿势很像将军
而将军只有孤独

他养育的儿女
都已长大并远走了
而小站永远不会长大
他也就不会远走
只是节奏加快了　他更忙了

啊　父亲　我的父亲
车过小站没有停下
我挥手告别父亲告别小站
眼泪浸湿那朵朦胧的小花

今夜无眠

斗转星移，日历被翻过了一页又一页
怎奈飞逝的时光锁住了我的记忆

当我走向人类
穿过广袤的玉米田
田野上轰响着金黄色耀眼的阳光
心中悲喜，陌路无关

吃草

我饿极了，要吃草
在阳光奔跑的八月
要吃水嫩的，长长的，大把大把的青草
在宁静的水边，我们放下身躯
这个大地已经酒醉的八月
疯狂地啃噬着青草

黑夜

黑夜，黑夜，黑夜
奔过草原，向高速公路不尽的灯火处
黑夜，疲于重复昨天
墙壁潮湿发霉，蜘蛛结网安睡
黑夜，何时变得通明如极光
一闪而过的焰火、新桥下的乞丐放声高歌
黑夜，沉睡又醒来，又回到这间房
灰暗无色，只是更苍老一些

  杨晓照（1987—），江苏徐州人，祖籍宁夏固原。毕业于浙江大学，博士在读于美国普度大学社会学系。诗作和论文发表于《朔方》《电影文学》《成瘾行为心理学》《国际毒品政策》《美国健康行为》《烟草控制》等中英文期刊。

三月花绽放
五月红色的棉布格子裙,像国旗

在南方他们的童谣莫名其妙
像在异国,拜着发霉的神像时唱的曲调

但南方却不醉酒,也没有醉的理由
酒是河西走廊的哭声,祖先的血,亚伯拉罕家待宰的羔羊
酒是伊犁河七月的暑假,我们坐在草滩上
长长的影子,在夕阳下

阿布沙龙在约旦河

我们快乐地起身去田野
看那葡萄已经酝酿,石榴也要绽放
我去偷一个无花果给爱人
她含羞吮吸果汁,落日金黄在泛红的脸颊

我从邻居阿布沙龙那偷的无花果
在他落叶覆盖的花园小径旁
我把失眠夜里的星星给爱人
那是约旦河被遗忘的余晖

这一切发生在那个夏天
健忘的神在安静中喝着苦酒

克里夫兰最后的夜

克里夫兰最后的夜悄悄醒来
这夜的寂静像是沉入深海
最后一夜,走向流浪狗盛宴的街角

克里夫兰最后的夜
乏力如同柏树的残枝对蜂鸟说话

杨晓照

新疆（外六首）

我们坐在东海边
想到新疆就哭了
把树劈开取出心脏
夜就亮了

火车的汽笛响了多远
盖过梦的长度
祝福不该认识的人
下着雪，如同两颗遥远的恒星

我们坐在东海边
听到鹰的啸声就落泪
那声音比新疆更远

秋天的窗前

我感到秋天的歌声在水面浮过
黑暗中你的身体像月光一样明亮
透过街道、城市、国家
在我的玻璃窗前
一阵清凉月光包裹着忧伤的大地
当你是真实的时候，别人就像梦
当过去是真实的时候，现在就像梦

到南方

到南方，一月没有雪

我听到鱼在说
对,是在重复那句话:
一条北方的鱼

我在乎的

面对那么多张面孔
其实,我在乎的只是一双眼睛
一双世人无法看透的眼睛

它是开启我心灵的钥匙
那些清楚的或是不清楚的
我想也只有这双眼睛看得明白

我在想,如果有一天这双眼睛不再开启
那么我丢失的不只是一把钥匙
而是我自己

搁浅的脸

那是一张被搁浅的脸
像极了街头那个行为艺术家
随便涂抹的画布
上面有冬天的颜色
同时回荡着秋天的蛙鸣

只是这张脸,却再也生动不起来
尽管有太多跳动的经脉
却依旧静得像结冰的湖水
在等待冰块优雅的破碎

　　　　[选自《朔方》2010年11期]

　　赵雅榛(1987—),女,宁夏海原人。就职于《中卫日报》社。

赵雅榛

微小的部分（四首）

行走在月亮上的羊

行走在月亮上的羊
上面一个太阳
底下一弯新月

一群羊沐着阳光
在月亮上面缓缓走过
羊的倒影渐拉渐长

拉长了放羊人的胡子
拉长了八月的麦茬
拉长了邻家少女的裙摆
也拉长了夜的私语

一声响雷凌空劈下
领头的羊变成了天使

缺氧鱼

一条来自北方的鱼
游向南方
最后只剩下一架鱼骨
在泥土中渐渐腐烂
有人经过
带着南方的呼吸
他惊呼：看，一条北方的鱼

在清晨把自己丢进大海
原来不是向前
一切都很清楚

青春

冬季天空没有鸟儿飞过
一汪寂水没有鱼儿游弋

我飞上天空
投影在水上的花
仓皇黄在岁月的风中

无绪

当我再次回望
那只分明挥动多时的手
却还是一无所见

只有那些树上的叶子
正在轻轻摇摆

暗恋

眼睁睁地看着你
把嫩绿撒在我寂寞的秋天里
长成疯狂的春草

[选自《朔方》2010 年 11 期]

王妍（1987—），女，宁夏青铜峡人。现就职于宁夏某企业宣传处。

王 妍

仰望天空（外五首）

曾经稚气的面孔和纯真的笑
就像蓝天和白云
守护着属于我们的时空
但风源源不断
远飞与沉降只在瞬间

在深渊回忆得已经太久
一次又一次抬头
却突然发现雨后的天空更蓝
云也更白

难忘

总是逃不开一些东西
花朵　落叶　雨丝　清风
情感　颓废　纠缠　忧虑
青春就是如此
沉睡在生命的年轮里
一圈圈地成长　一天天地难忘
这些年　这些人

留恋

经过了　路过了　错过了
我以为自己长大了
可以在眼泪里微笑

游啊游，没有尽头
就请再让我回眸一次吧
顺便抽走你所有的斑痕
作最后的告别，并且
吟诵这最后的挽歌
　　[选自《朔方》2010年5-6期]

路遇

与你相遇，穿着雨靴
舞动云一般的浪漫
光线穿过你的衣纱
不断地发出美妙的声响
听你，幽幽的吟唱
将一则故事读给你
这一季盛开的槐树
挽着五月的手
一上一下地跳跃

一个人

我不得而知，岁月怎会
掉进记忆的沼泽
越是挣扎，越是泥泞
我祈求，这枯死的水草不再纠缠
请让我亲手埋葬
这梦幻里的一切
让我成为暴雨
在趋于干涸的河床上
给你无尽的滋润
　　[选自《朔方》2010年11期]

　　马玉文（1986—），女，回族，宁夏银川人。曾就读于宁夏师范学院。

马玉文

清水河,请将我遗忘(外二首)

别问,这清凌凌的河水
是洗净了我哀怨的发丝
还是浇灌了那颗缥缈的孤独
这本写满历史的古书
承载着过往的背囊
在东岳山的巅峰上洋洋洒洒
请让我打开你眷恋的头颅
钻进你山坳里的脊背
查看誊写你仁慈的脸庞

当尘埃的落叶
慢腾腾地飞往你的心上
薄薄的叶锋割伤了久违的心事
这一叶叶的心碎,一页一页地翻阅
在依然的火光下遍体鳞伤
我是这一尾没有鳞的鱼
在你的身旁,慢慢地观赏
又悄悄地在你的脊背
抹去那一点点疼痛的岁月

这嘤嘤的河水,浑浊着我焦虑的心
一滴一滴的欢笑,滑进老虎的口里
在新年的初春,遍野的迎春花
霸道地占领了枯木的宫殿
我不是你的泪珠,不是你的血液
跳进你日渐不清的支流
细数你身体里的每一粒尘土

而此刻，她是温柔宁静的
像一个熟睡的孩子
脸上泛出迷人的纯真和幸福的光晕
此刻，我不想怀有什么抱负
不想成为什么英雄
只有一个微不足道的请求
变成鱼儿住进你的心房
　　　［选自《朔方》2010年5-6期］

雨是我飘落的泪

一点一滴落在这个世界的身上
灰色的天空，下沉的云
流泪的花，流泪的草，伤心低垂的树
我的泪是飘落的雨
裸着，在这个世界的身上
风凉夜冷，草儿不知，花儿不懂
只有孤苦的人心里明白

想你

想你在另一个城市的天空
小小的一颗心
却装了一个寂寞的城
想你在这孤寂的小城
皎洁的明月刺伤了我温柔的眼睛
黑夜的星星咬伤了我的疼痛
牵手踩过的那条小路
就像一首美丽的情歌
夜打湿了梦的翅膀
一滴泪，是一匹追梦的白驹
在静夜狂奔
　　　［选自《朔方》2010年11期］

　　马璟瑞（1986—），回族，宁夏西吉人。曾就读于宁夏师范学院。

马璟瑞

空气（外四首）

不是雨后的清爽
我是很少将你想起
你说我该是怎样的自私
一颗心总是飘在远方
忙碌总是找着借口
我总是把你遗放在另一个角落
我最亲近的人
我的远方仍是一无所有
轻如这抓不住的空气

一个下午

影的静止。光的流动
一只蚂蚁在地上刻下的标记
我静静地关注：
眼睛长出了山和麦田
飞出的鸽群，飞落的瀑布
啄木鸟啄树的声响
一只蜜蜂飞来飞去
所有的感官都一一打开
石头开着花和词

诉说

天空仿佛我梦过的海洋
倒映着她的波澜壮阔

废墟在此，残存的城垛
在西风中欲言又止

哨马营：康熙牵马路过

我试图打开那一天的秘密
带着肃穆，高举着目光
他在哨马营的最高处
眺望披满霞光的紫禁城
在一块农田边，嗅着稻花之香
油菜花迎来了第二个春天
留宿过的小村庄
岁月的风云几经流散
但我坚信历史的长河不会干涸
某一天，他会牵马来到河边

　　李晓园（1985—），女，宁夏平罗人。近年来开始诗歌创作并发表于网站。宁夏诗歌学会会员，平罗诗词学会副会长。

李晓园

省嵬城：一把残刀（外二首）

省嵬城，一座西夏的屏障
一座被仇恨遗忘的城
我在残垣断壁上
捡到一把锈迹斑斑的弯刀
这把刀打下了一片江山
演绎了一段如酒的往事

当年，在刀的挥舞下
点燃了一座城的激情
一只埙吹开女人的心扉
城头荡起炊烟的歌谣
牛群、马队、羊族在此安家

而后这把刀没有了血的滋润
连岁月也从此尘封

明长城：历史在这里蜿蜒

你以墙的形式挺立于西风
我依稀听到断断续续
夯筑生命起源的声音
夯瓷了时间和皇权
更夯瓷了父母妻儿顾盼的目光

我仿佛看到了大殿里的眉飞色舞
烽火台的狼烟，把文明与野蛮
顺着蜿蜒的土墙一直指向远方

因为活着

我在我的生命和生活里面活着
我在我的心跳和衣食住行里面活着
我在我的理想里面活着
做一个简单而平和的人
极像深山密林中
一片未知深浅的水域

地球

当我闲时
我把自己看成一只负重的蜗牛
和人们拉开距离
独自丈量大地的大

当我忙时
我把自己看成一只轻盈的飞鸟
和人们拉开距离
独自穿越天空的空

当我不闲不忙时
我把自己看成一个遥远的星球
和人们拉开距离
独自对话这个地球

张伟大（1985—），原名张伟，陕西凤翔人。毕业于陕西省理工学校，现居银川。诗文发表于《诗潮》《岁月》《秦岭文学》等，入选《80后诗典》《中国当代校园诗歌选本》《中国网络现代诗歌精选》等。

张伟大

抒情（外三首）

一阵清澈的微风
轻轻吻着绿地和小鸟
新柳的愁丝四下散开
春花绯红着脸不言不语
我想着你就感到愉快

在榆钱飘香的北方
在白粉蝶和蜜蜂的田野上
在少年抒情的诗歌里
我默默念着你的名字
正像虔诚的基督徒

你像个孩子
在阳光下嘟着嘴傻笑
　　〔选自《岁月》（燕赵诗刊）2007年3期〕

八句

睡醒了几个冬三月？
垂钓者对着光和影入迷
梦还是梦
忽远忽近

脚在路上，路在脚下
一些故事还没有走远
鞋子灌满尘沙
一个补鞋人敲打足音

无题

我和我的声音之间有一段距离
所以我把它们写下来
却始终无法治愈我的虚伪
在空空的房间里
我看到了一切在我的身体上发光
总有一道声响穿过我消失在身后
漂动的墙壁下面,我的脚步
每一次停顿,这些光便没过了耳朵
之后,我把自己出卖给远方

平淡

一个人的时间,一个人的上班的路
还有下班的路,太阳下面焦灼的人影
蜷缩起来的一点胃痛,时间过得真快
一个人吃饭,饭后抽一根烟
始终不能沸腾的水在锅里
一个人把门关上,一个人平躺下来
设置好手机里的闹钟
每一天分秒不差地走在路上
偶尔看见陌生女人的眼睛闪动了一下
这一刻,我也会觉得羞涩
在我和自己的距离上种一棵树
面对风和日丽的夏天,牙齿和笑容
被晒成了褐色
一个人的时候,平淡捉弄着我
[选自《朔方》2010年11期]

乱码(1985—),原名张惠义,宁夏惠农人。就职于宁夏广播电视报社。

乱 码

平淡捉弄着我（四首）

下雨了

下雨了。我相信没有什么难以溶解
灯火漂浮在街道的积水中
我们的脚步踏出声响，并被拉长
到了午夜，转过路口却又回到晴空之中
只有头发里的水和灰尘属于明天
再上前一步，旧事如风
我们依然一无所有
一千年就这样平淡地过去了
土地上的树木是手中的火把
闪电在一瞬间擦亮了我的眼睛

我不下地狱

我们仍然在呼唤着，拿着手电筒
穿过田野，穿过破碎，还有黑暗
一到夏天，人们张大嘴巴
苍白的光从口中涌出
整个夏天，我们坐下来
谈吐之中不忘对爱情许下承诺
他们穿过我，撕扯着各自内心的渴望
晚风袭来，我将自己的身体高举
摔向墙壁，我知道我会反弹回来
清醒与睡梦之间，全是阴沉的笑容
在歌声燃烧的夜晚
我看到自己睡在路边

引起了我的注意
我仿佛看见母亲的手正在穿针引线
将一些破旧的布条黏合在一起
在昏黄的灯光下　绣上好看的图案
我承认在昏黄的灯光下是一种被爱
让我对母亲的杰作情有独钟

母亲

贺兰山下的母亲
你的孩子将在今夜远离
背影成为过去
蹒跚的脚步在慢慢挪动
漫天的星斗齐聚在你眺望的方向
争相璀璨

一路向北

在南下的高速快客上
从大武口到固原
母亲与弟弟单薄的身影
稳稳地留在了贺兰山下
路边的麦茬正努力吸收
最后一丝叫作思乡的东西
盘旋的鸽子用异样的方式
呼唤着它的孩子
母亲没有发觉的泪水
正在我脸上汩汩流动
朝着家的方向一路向北

　　　[选自《朔方》2010年11期]

　　柳元（1985—），宁夏石嘴山人。任教于灵武市泾灵燕宝小学。著有《柳元自选作品集》。宁夏作家协会会员。

柳 元

一匹马（外四首）

一匹马就是一阵突兀的风
好比我在路与路之间忙碌，飞跑
我赞颂这匹马，可我无法说出
它的名字。在家园流浪
一条河不会轻言离开
一个人俯首大地的时候
我找到了自己　马跑过我身边
马的影子和我的影子
在一刹那之间重叠在一起
　　　［选自《六盘山》2006年2期］

这一刻，我想起母亲

这一刻，我想起母亲
母亲肯定是在胡麻地里
用锄头翻动着紫色的花浪
像一只轻盈的蝴蝶被花簇拥

胡麻花和手中的锄头是母亲的希望
这个夏天母亲不再清闲
曾经哺育过我的手如今布满老茧
这一刻，我想起母亲
连同远方惦念的我一并深入夏天

在昏黄的灯光下

那双晾在铁丝上的鞋垫

去沙漠、海洋、离天空最近的地方
我也没有说过再见
试着将他们分开
那些不是珍贵的,也不是永恒的
在太阳神殿下大声地说出你的秘密
说出,你不再有恐惧

  [选自《朔方》2010年11期]

我们将回去

是的,我就在那里,这一天
我们终将回去,在没有严寒、没有留恋
没有命名的明天,为那乡土舍尽天涯

是胡杨马道,是落日黄昏
忘不掉。是根,是被呼唤着的
谁的乳名,放不下

深深地,将你凝望这城市的背影
远远拉近。温暖在土炕上
一盆静静等待发芽的黄豆里
充满生活的是阳光的味道
像梦,又不可触及的是我们的过去

  [选自《朔方》2011年5-6期]

  十画(1985—),原名肖维振,宁夏海原人。就职于宁夏建发房地产公司。

秋菊正在盛开

我风中的衣领隔着阳光
使我想起还有远方

在那里,一个孩子
喊他的妈妈

阳光,还有一步
就到达天堂

如果,明天

如果,明天
我不再沉迷于幻想
我想此刻我将不再迷恋明天

多少借口曾让我把透明的镜片
一擦再擦,这些年
我倔强的躯体开始柔软
我多言的舌头却变得僵硬
每当我提醒自己咬一咬嘴皮
但愿明天,尘埃如旧
这是发生过的,它将再次发生

黑暗传说

众神的怒火在这里熄灭
我们代代生息的土地,没有赘言

我这张脸,一遍又一遍重复
试看着它就像你看着我
你感受了今晨的凉爽
却不再有今夜的寒冷

十 画

祷告（外五首）

我不否认这样的音乐使我迷恋
特别是让人容易迷失深于忧伤的季节
我爱这个也爱那个，反复着呼吸
直到黑夜降临，星光重叠在巴比伦的花园
我发现自己没有声音，没有背影

我却要这样为自己祷告：
我的父亲是会计，母亲是厨师
这一生我所能赋予的，简单的幸福
为一丝微笑，一个透过夜晚听得见的呼吸
放逐了自己，也放得下明天

离你不远

这是语言，我所能表达的符号
可时光在追逐，尽管你许下愿望
只要提及死亡、寂静，我就恐慌
我身上的洞穴，每一个都深不可测
将我引向深渊。我悄悄地走进内心
那依稀可见的一颗微弱的自己
我可曾离你远去，只是留在你那里的我
从来都不曾取回

[选自《朔方》2010年5-6期]

天堂

我想起远方

衔回最后一根树枝

它的窝,是林间最高的建筑
安放雨水和种子,以及足月的幼鸟
它们,还没有学会飞翔

再不去山上,草木就枯了
马兰花开,香味里有盐,和闪电
风趁人不注意,带走了花蕊

草低下去的时候,我看见
黑色的蚂蚁,正排着整齐的队伍走向洞穴
那里,藏着永逝的时光
　　　　[选自《黄河文学》2013年1期]

　　田鑫(1985—),宁夏隆德人。就职于《银川晚报》社。2008年开始创作,诗作发表于《诗刊》《西湖》《诗潮》等,入选《中国诗歌精选》《中国年度散文诗选》《诗选刊》等。宁夏作家协会会员,宁夏诗歌学会理事。

并不去理会这些。在横城
许多美好的事物就这样，被我忽略

比如，隔着氤氲的那些水鸟
迅速地将嘴伸进水里，又迅速地离开
在水上留下一个小小的漩涡

当这漩涡荡到岸上的时候
黄昏的光影中，另一条搁浅的木船
正直直地，立在月色里
　　[选自《绿风》2012年5期]

被风追杀的蝴蝶

很明显，在我眼前的
是一只刚刚学会飞翔的蝴蝶
它的双翅还承受不起露水

这是秋天，时光布下迷局
风的速度大于草木收紧的速度

而那些红的、绿的花朵
还来不及理解死亡，就一一枯萎
与土为邻

这让一只蝴蝶感到恐惧
因为秋天降临之前，它并没有掌握隐身之术

它只能用仓促而无力的飞翔
躲避风的追杀

永逝的时光

再不去山上，就秋天了
白杨收起翠绿。黄昏前乌鸦

在山的一边，它厚重的黄
像一场盛大的葬礼
收留一切。而山的另一边
只剩下些暗，一层接着一层
向我涌来……
　　　[选自《西湖》2011年1期]

偶遇一只喜鹊

我看到的那只喜鹊
在不远处，抬着头。我走近它
它从树梢上离开
叫了一声，贴着地面
朝远处飞去。春天
便从它的叫声里
开始，一寸一寸爬上
它站立过的树梢
那星星点点的绿
像它的倔强和小欢喜
留在枝头。在贺兰山
我庆幸于和一只喜鹊相遇
它飞起，我在原地
它落下，我在原地
它一点一点，把自己
隐藏起来的时候
我还在原地——
看着它，用一小点的黑
慢慢将我内心的空虚，填满
然后，变淡、消失

搁浅的船

搁浅的木船停在草木之间
它有斑驳的光，有苍白的叹息
以及苦。我只是个过路者

田 鑫

草木之心（六首）

秋风吹

秋天已深。这风，越吹越猛
先是吹红了东山的一地高粱，接着是
把西山的一地苜蓿吹黄了。

抽完一支烟，父亲
就开始磨镰刀。先割高粱，还是先收苜蓿
一时拿不定主意

祖父说：走到哪个地里
就先收哪个吧。风不等人，迟了
高粱和苜蓿，就成了土

在贺兰山看落日

这氤氲，沉得让人喘不过气
林子里有风，再大
也吹不走一个在傍晚之前
还没下山的人——

灌木林中，不时有鸟的叫声
兽的叫声。我要是愿意，一张嘴
这山，就会热闹起来

我是个安静的人。这热闹
终究没有出现，而落日却已经斜过去了

洒在地上　渗进土壤
一直蚂蚁匆匆爬过

在地上画一个圈
响几声鞭炮　说几句悼词
给上苍证明我们还活着
我们在微风里
长跪不起　安慰着自己
以及远去的灵魂

将身子俯向大地
做个虔诚的孝子
合十作揖的双手被孤独烫伤
天堂　离我们太远
清明　不是节日

狗

我不太喜欢狗
因为我曾经被狗
追赶过　咬伤过

朋友说
狗变得可恶一些
也只能是一条狗
而人一旦变了
未必是一个人

　　杨海亮（1984—），宁夏西吉人，现居银川。与计生贤合著诗集《忧伤的花朵》。

杨海亮

春天（外二首）

昨天　我被微风绊倒
冬天就折了

笨拙的棉衣躲在了衣柜里
回忆昨日的风光
梦里的暖风从被窝里钻出来
关注着柳枝的新衣裳
湖泊只激动了一下
泪水就打湿了整个身体
母亲一把将化肥洒在了云彩上
大地便用绿色掩盖羞涩

啊　春天来了
我挖起一锹土
把自己埋进春天
任凭春雷震撼　任凭春雨浇灌
我是认真的
种植着另一个自己

清明

跪下　点燃一把纸钱
思念的目光停留在昨日的青烟里
随风飘散

端一杯浓茶　斟一盅烈酒
却找不到邮寄的地址

划破亭亭玉立的椿树，影子煽动了一下
黄昏的鸟儿惊飞一堆野花
叫声堆满黄昏
西山上，牧童捕捉
牛在山上吃草的影子
风吹草动，山的静镶嵌在山的空里
　　［选自《朔方》2010年11期］

穿越时空：怀抱花瓶等你

花瓶碎了，粘在我身上，我没有拒绝花瓶
荒漠碎了，我没有拒绝荒漠给我的寂寞
在这里，我等待一场爱情的到来
西夏王朝的兵马
为我设下粉身碎骨的圈套

兵荒马乱的年代，我是英雄中的豪杰
我的爱情如我怀抱的花瓶，碎了
我用泥土黏合，在我怀中它已足够幸福

风沙中，我积攒最后一滴水，让我的干渴
静下来，让我怀抱花瓶的心怦怦直跳

你到来之时，我看见许多战马在流血
磁窑堡的瓷器被人贱卖

　　张星洋（1984—），原名张喜红，宁夏彭阳人。诗作发表于《朔方》《中国诗人》等，入选《2012年民间年度诗歌1000首》等。宁夏作家协会会员。

张星洋

墙外（外三首）

院子里，椿树把头伸向墙外
墙外，狗是棕黄色的
还有那棵从风雨里伸过来的小白杨

墙外的狗窝旁，我从早晨到傍晚
想把树上的虫子喊下来
掉下来的却是你的乳名

我的梦，沉浮在一场浩劫里

那些会说话的
和不会说话的鸟儿
厮守在一场沉浮的浩劫里
经历了生活最为苦痛的一幕

患有失眠症的花草
浓郁的花粉飘散在
一场没有节制的细雨里
睡眠在一封撕毁的信封里

一张洁白的纸张
像日子的空白
写着墨水以外的雄浑

影子

手在空中晃动了一下，那些顽皮的手势

否则我会让它夺眶而出
冲走那些残留在眼角的不洁
或者将它变成清晨绿草上晶莹的露水
照亮我青春又纯洁的肤色
因为每年的这一天都是我的节日

我对一次次的遭遇寄予无限深情
可惜没有适合的角色供我换位
我在命运的山坡上寻找可以立足的站台
让它足以倾听这细微的内省者的独白
我必将远离这种声音
让它随明灭的灯光飘散

[选自《六盘山》2006年4期]

绿了

麦子什么时候熟了
葡萄叶什么时候绿了
这翠绿折叠的梦
在草长莺飞的田埂
你睡着了。醒来时天地全绿了
这是谁给你的惊喜

雪花

雪花从一群人落到另一群人
看窗外白色的兔子
那是你从不远处传来的微笑
是你的心在向我奔跑

[选自《朔方》2009年4期]

杨森(1984—),宁夏彭阳人。毕业于宁夏大学。著有诗集《水是睡醒的冰》。

杨　森

爱情的火苗（外三首）

我已经习惯了在黑夜里寻找光明
依稀感觉到的点点温情
像无形的手抚摩我战栗的身体
我的内心苍凉而贫瘠
仅凭心中的激情
点燃忧郁的星星之火
你循循善诱，拨开我心中多愁的季节
天色开始清亮，透过云和天
我触摸到你善良的本性

我依然感到身体在战栗
从头到脚的冰凉
使我深刻感觉到耳鬓厮磨的艳丽
握住生命欢乐的瞬息，我明了
这是你带来的爱情之火
点燃了你
并将我烧成灰烬

我的节日与自己对话

我想，从此我不再会遭遇
被踩在脚下的疼痛和挣扎的绝望
使我变得柔弱而没有性格
仿佛这世上的所有目光
都聚焦在我身上，穿透我的身躯

此时此刻，泪水不能轻弹

一边拉动油黑的琴弦
一边嘶哑地歌唱

面前的纸盒里
几张零碎的纸币
像是报酬,像是施舍,又像是讥笑

他的琴声与音乐无关
唱词也没有曲调
二尺见方的天地里
他自说自话

他有一个不肖的儿子
在乡下务农
自己打算在城里挣点钱
回家养老

偶有男女路过
也是远远躲开
其实,这样的夜晚
人不是他必需的观众

[选自《黄河文学》2013年7期]

  火禾（1984—），原名陈永强，宁夏西吉人。就职于固原市烟草专卖局。发表诗作于《朔方》《中国诗歌》等。著有诗集《乡关何处》。

医院的走廊、楼梯、角落光线昏暗
消毒水气味浓烈
他们蹲在地上吃着旱烟
烟雾遮掩不去脸上的沮丧
如果被医护人员发现
他们就会被赶走
墙上贴着禁止吸烟的标语
他们头垂得很低
也许没有看见
也许根本就不识得字

我们应该熟悉这样的场景
为了节省电话费他们三言两语
向家人介绍病情，一般只说病名
苍天保佑，只要不是癌症就有希望
哪怕变卖家产也要治病救人
但结果往往是噩耗——胃癌，晚期
医生建议：去大医院手术后兴许还能维持一两年
一两年生命的价值和几十万的手术费、医药费
以他们的境况，两者没有办法画等号

我们应该熟悉这样的故事
他们强颜欢笑，告知病人胃部轻微发炎
回家调养几天便可以下地干活
为了表孝心，他们买来了水果，炖了肉汤
疼痛让病人无法吞咽
屋顶上吊着的止疼盐水还在继续
病人的呻吟还在继续
他们已经忙着张罗后事
有的去殡仪馆，有的去看墓地

拉二胡的老人

他席地而坐
雪花扑满了全身

火 禾

架子工（外二首）

像一只蜘蛛爬到城市的最高处
他是自己的王
街上的人和汽车都是爬行的虫子
应该做一个拥抱或者飞翔的姿势
只是高处风大，网在颤抖
在尚未长出翅膀之前
每一秒他都需要更加小心翼翼

像一只蜘蛛
他把日子悬挂在城市的半空
身体里吐出坚硬的钢管
编织着大厦拔地而起所必需的网
这庞大的网上黏附着多少事物
有开发商半夜里笑醒的梦
有购房者辛劳半生的积蓄
也有一家六口紧巴巴的生活
以及一个人内心的战栗

售楼部门前人群拥挤
没有人会发现偌大的网上
一只蜘蛛在动弹
更没有人发现
一只蜘蛛差点被一阵风吹落

家属

我们应该熟悉这样的身影

母亲清秀的脸庞如今沧桑臃肿
山坡上那块向阳的山地风水很好
一棵榆树正在生长
　　　[选自《朔方》2010年5-6期]

杏花

整个春天，我没有离开这里
一直关注着阳坡上的那棵杏树
满树的杏花粉红粉红地开了
知道这一切的至少还有成对的蝴蝶

杏花凋落，一片一片地落
谁也无法挽留，无法安置
我爬到山顶感受吹风
风并不大，阳光刚好

山坡上

阳光比山坡低，没有一丝风
草木绿得深沉，绿得彻底
野花开了，开得纯粹而心疼

一只蝴蝶飞了过来，翅膀轻盈地翩动着
近了。忽又飞向远方，远得无影无踪
此时，花儿悄无声息，拉下了眼帘

山野宁静，远方遥不可及
我泪痕满面，身体开始空旷
　　　[选自《朔方》2010年11期]

　　丁壬甲（1983—），甘肃环县人。现居银川。宁夏作家协会会员。

丁壬甲

笛声（外三首）

山坡上的羊儿正在吃草
牧羊的狗奔跑着
笛声高过耳朵，直抵家里
山沟里的水正在冲刷着河床
水呀，要把这里的沙土带向何方？

太阳深恋着大地，羞红了天空
我的眼睛穿过竹孔
荞花开得正艳，正浓
母亲佝偻着身子从田边走过
我默默地对着羊儿说
等到秋后，妈妈收完荞麦
我要结婚

母亲

空空的院落打扫得很清净
母亲守候着亲手挖掘的窑洞
做伴的是一群黄眼睛的羔羊
和一只会叫的狗
今夜还有我

母亲每天把羊群赶到山坡上
守望着山坡上那条蛇形小道
盼望着我们从山顶出现
我们都是母亲心上的肉疙瘩

天亮之前

我压住了我的绳索
当天亮的胳膊肘无意间触到鬼火
我与鬼魅一同翻身
却一不小心
压住了悬挂千年的绳索
我并不是有意这样
我曾想在天亮的舌头空隙
敲开胸膛
我曾向所有居住的人们解释
可是他们,皆拂袖而去

妈妈,灯光亮了起来

妈妈,灯光真的亮了起来
像排山倒海的洪水
在高耸的悬崖边上挺胸翘首
因此,我穿上您亲手缝制的
唐朝衣裳,站在阴影里告诫自己:
我还得杀掉更多的明天

[选自《朔方》2010年11期]

高昲(1983—),原名高小龙,宁夏西吉人。诗作发表于《黄河文学》《朔方》《中国诗人》等。

高 昊

向阳花（外三首）

我有好几个脑袋
当身处人群时
我便掏出一台长满嘴巴的机器
当黑夜来临
蚂蚁会爬满那个疤痕累累的道具
谢了顶的歌曲
会在我悲伤痛绝时悄悄遁去
可每当清晨的第一滴露珠滴下
我会满心欢喜地，双手捧起
那朵虔诚的向阳花

我离桃花树不远

骆驼啊！背起你的行囊
带上你磕脚的小花盆
四月不远，我离流浪的马靴子不远
灵魂不远，你离青藏高原的爱情不远
春天啊，你结满了石头的果实

四月的雪在养育女儿
女儿如同青色岩石上的豹子
四月，我离桃花树不远
我离今年的春天的不远
　　　〔选自《朔方》2010 年 5-6 期〕

我走在你身边像你的小弟弟
我想流泪却挤不出一滴
以个子丈量爱情
我的爱情只能短路
就像天要下雨娘要嫁人
陌生人要对我龅牙咧嘴
那都是没有办法的事
就像你最后的目光
还是落在了我一米六的身高上

  [选自《朔方》2009年4期]

成长记录袋

良心做证　它里面记下的全是感恩
而那些刻意的伤害
我早把它交给了没心没肺的时光
——如果记录这些才能成为强者
除了伤害自己　你尽可以说我懦弱
谁活着都不容易　活着的人都是勇士
都是我的兄弟姐妹
如果死亡有一天带走了我的肉体
请你打开它　里面只有一颗心
因为无力负担对人类阔大的怜惜
而微微颤抖　它曾经热爱万物
它依然眷恋着人间烟火

  [选自《黄河文学》2013年1期]

　　李文（1983—），回族，宁夏海原人。现居新疆泽普。诗作发表于《北方作家》《朔方》《黄河文学》等。著有诗集《老车站》。

李 文

怀念（四首）

妹妹

妹妹在电话里说
哥　我想你了
我疼我的妹妹
但生活不会疼任何人
我上大学　妹妹就必须辍学
妹妹十四岁　很瘦
在山地帮母亲干农活
常常让我想起风中的小草
我却没有能力
为妹妹遮挡故乡的风沙

怀念

有很多人和我一样
在城市高分贝的街道
怀念鸡鸣虫唱的乡村
吃着羊肉泡馍
怀念黄米饭和咸菜
希望毕业了能留在这座城市
满腔深情地怀念乡村

你最后的目光

聋了多好
至少不会听到你说的那句话：

我们一直做着定居的梦
笑，继而泣
挂上电话才想起
原本要问你的是：
上海那边的雨，停了没有？

唐唐

月光和桃花，我没有忘记
只是留它们在草色青青的纸页里
在出嫁前竹篾的针线箩里
无名的草长在天桥最低的台阶下
我看见它只是在今日的此时
而更早的时候，它曾是一粒种子
曾默默背负了尘土的污浊
生命就是侥幸获得的艰难
而这，也不能怎样
秋将要降临，它正在降临
不要惦念我的寒暖
我不说。我受过的所有的苦我都不说
当夜色降临
我的悲伤不是行走在别人的故乡
而是路灯下昏黄的舞会
咸菜豆腐干早已在板车上熟睡
买卖了它们一整天的主人们
在度一天里最后的一点光阴

[选自《朔方》2010年11期]

许艺（1983—），女，宁夏隆德人。任教于宁夏师范学院。诗作发表于《黄河文学》《朔方》《绿风》等，入选《诗选刊》等。

许 艺

途中的花环（外二首）

如同失地的农民
我无法再去膜拜土地
像对待亲人一样对待每一寸冬雪与春风
我只是个被驱逐出原乡的土著
将沿途捡来的谷种与花籽
一颗颗串起挂上脖颈
让它们跟随我走向无边无际的前方
若是沙尘来临
将我深深浅浅地掩埋
恰又赶上些救命的雨水
它们将从一根绳索开始发芽
长成金黄和大红的花环
从此后不再悲伤
　　〔选自《黄河文学》2008 年 11 期〕

阿玫

想起你，就如想起一株
迎春花。柔弱的嫩黄里
一个大大的春天
看着你，恰似看着一滴
清晨的露。朝向太阳嗤嗤地笑
一棵青菜带着泥土走上高架桥
你的恐惧不说我也知道
你攥紧了手心
头上还系着乡下的粉红头巾
在漂流的年代

如在梦中

每天早晨在睡梦中我听见她醒来
夏天的时候她穿着睡衣梳洗
更换的衣裳总放在床头
她在呻吟之后如花朵般含蓄
连开门也不发出声响
她在我的头顶放满牛奶和面包
像温柔的泉水在房间流动
有时会在某个角落惊声一叫
灰尘下面掩藏着昆虫的躯壳
她吻我　然后水一样流出门缝
冰冷的世界朝我扑面而来
我想着她走在早晨人群中的姿态

故乡人

故乡　一生中最先到达的地方
在西北干燥的唇上　我出生了
却需要用尽一生去离开
固原　村庄　父母
都不能当作我的故乡
他们需要更快地靠近秋天
秋雨整夜整夜地下着
故乡人在初春的希望里熟睡
我在雨水里偷运着故乡
运往身体的某个地方

　　　[选自《朔方》2010年11期]

　　春血（1983—），原名马斌，宁夏固原人。现居杭州。

春 血

幻想一种生活（外三首）

列车开过村庄
追逐的孩子下棋的老人来不及抬头
列车已经驶向远方
仿佛村庄远离了原地
他们远离了村庄

一个列车上临窗远望的人
觉得村庄一直跟着
孩子追逐　老人下棋
即使到了明天
他们也继续着这样的生活

立体的格局

在高大的楼房背面有一条小巷
正笼罩在午后的阴凉里
那些适合安排在小巷里的
饭馆啤酒桌椅板凳
以及男人和女人
全部笼罩在阴凉里

有一个人从街的对面
从一道大门走出
穿过一条宽阔的街道
绕过大楼走进这片阴凉里
再也没有出来

［选自《朔方》2010 年 5—6 期］

向上是一生的路

和你一样,在返回家乡的那天
满城风雨,旗幡飘扬
看不到旧日的星辰
照亮低矮茅屋中的梦想
向上。向上是一生的路
是再也不能回到现场的春满华枝
是一只鸽子被注定的死亡
那么,从天而降的将是轻盈的羽毛
一根用于追忆,其余的做成衣裳
谁会借此在天宇的无垠中漫游
四面楚歌的世上,这是骄傲的飞翔

不配

在密封的天空中,充斥着逃亡的鸟群
却没有一个人想起古老的结局
我们就不配在冬天,瑟瑟发抖

在有限的大地上,到处都是拆迁的尘土
却听不到一丝微弱的声音
我们就不配在秋天,回到家乡

在干枯的河边,是母亲的愁容
却把它作为教科书上的素描风景
我们就不配在夏天,繁衍生殖

在漆黑的夜里,盘桓着无家的亡灵
却焚烧了狂欢的矫情诗篇
我们就不配在春天,一见钟情

[选自《朔方》2010 年 11 期]

伏志强(1983—),宁夏固原人。就职于银川唐徕回中。

伏志强

一生的路（四首）

应该把我撕碎

为什么要在安静的夜里
核对镜中面容上的每一道溪流
那些远走高飞的，是不是我寻觅的自由

每一个三月，我都努力清空自己
退回到春暖花开的吟唱
清洗体内认贼作父的怪胎

应该把我撕碎成一群白色的鸽子
在那些自上而下的力量中
我情愿盲目，无私，安心于飞翔

询问

谁都没有停下来
安慰这个受损的春天
急逝而去的是变化莫测的人心

我曾询问蝴蝶飞翔的意义
却被独行的青鸟把答案带往高处
那么，谁才能触摸云层之上的清澈
营造一副灯下凝视的意境
需要十年背离它
或许只需梦中的一丝严寒

有理想的苹果

雨的癫狂,伤了大地的影子
这一树的叶子,抖了抖身子
也掩饰不住苹果的苍白
她露出让人开胃的八颗牙齿
迎接一场梅雨季节的降临
她所预想的各种玩法
在雨中艰难地丰满
如果穿上粉色的雨衣和丝袜
她也能捏造出各种姿色
即使她是一只被虫子唾弃的酸苹果
她挂在树上故作悠闲,打转,又张望
忘记了时间和理想
直到所有的风都吹过
所有的水都渗进土壤,安慰残花
她又重新裹上叶子
期待下一场雨季的到来
[选自《朔方》2010年11期]

关上一扇门

热气腾腾的脖颈
挂在冬天的雾床里
上千个黎明上千次陨落
那些星辰熄灭的夜晚
孤独者丢失葱白姜黄的过去
挽起长发
凭吊一朵花
和她沉睡的一生

  杜玛丽(1982—),女,宁夏银川人,现居银川。诗作发表于报刊和网络。

杜玛丽

与青春有关的句子（外三首）

这场雨来得突兀
是因为天气预报短信的迟到
我的目光穿过窗子
穿过空中的雨雾
落在我看不到的云彩上

这绝望的时刻，若没有雨
若没有别的气息稀释香水
若没有酒精和盐酸多塞平
一个虚伪的女人只能哼着歌谣
暴走或流下泪水

尘

给我一口可以活下去的水
维持我越发沉重的脚步
阳光像刀子，割断我的喉咙
血液就这么流失了
在这个午后，影子拖着一条鲜艳的尾巴
淅淅沥沥，像火箭弹
撞击云朵后流下的眼泪
如果来一场沙尘
所有丑陋的痕迹将被掩埋
那些疮疤不过是百年之后
某株植物上的灰尘

西方的枪响,屋舍碎了一地
焚烧,黑色,枯木横枝
桃花落上血
红樱桃染红了鸡舍、马厩
长夜织雨,最后一片羽毛
也被霜白遮蔽
褐色的树影,在雪中
岁月去了,春无痕
废木斜倚颓墙,蛛网轻薄
红樱桃在做梦
一芽新绿,立上旧枝

梦

风穿过箫声,一行白色之树
围成圆起舞
浩大而悲伤,留下永远的祭奠
胭脂的色彩在凝望中凌乱
目光似吹散的纸
越过那些岁月的烽烟
伫立城墙之上
浩荡的军队如蚁,借凌厉的号声
从四方云集并穿行
要革命,颈挂一只旧木盘,筹集饷银
各色金币、银圆、铜圆似雪
落入盘中,被迷乱的光在闪烁
城墙上的土,松动起来,饷银越沉越深
那些垛口、高阁、雕梁、回廊
在急速沦陷,目光沦陷,纷乱入眼
帘幕开启瞬间
遥望处已是雾中北山公园

  刘国龙(1982—),宁夏固原人。毕业于宁夏大学新闻系。大学时开始创作,诗作发表于《扬子江》《黄河文学》《草根》等。宁夏作家协会会员。

刘国龙

旧年（外二首）

那些声音
在蓝色的波澜上跃动
琴键顶端的点像雪
轻轻降落。夜亦似来临
一个女子的声音
从暗淡的梦中出走
如同多年前的一段往事
那时我们都还年幼
阳光穿过所有叶子洒在河滩上
我们并肩走着
仟水流轻拍光洁的脚
就像此刻两个人的内心
往昔时光留下的痕迹正被水冲淡
你突然转身问道
永远有多远
我的眼眶莫名流下几颗眼泪
走向遥远的远方
好像生命悬在风里

废园

恍惚，梦中，或者清晰
桃花的红尘，散落一方地
汗水被午后的光线灼烧
白净的树木之躯，连同斧凿锯齿
支造起瘦房子与一个绮丽的春
红烛燃尽，已是星稀

冷冷地注视前世今生
冷静，安详
想说什么

只有痛苦或等待
或烟花三月或波斯繁荣
你的表情，风干了一个剽悍历史

可是，一千年不远
远的只是我怕的眼睛
和你的眼睛的距离

腾格里以西

我确定已经抓到了你——蒿草
和你蔓延的苦难
瘦骨嶙峋
只有这千年的轮回和庄重的繁衍
歌声伴着舞蹈
沉重的呼吸

你冷冷地看着
蓝色的天和水以及人类禅让的苦难
零下十度依然保持祈祷的姿态

腾格里以西，月光如银
十万只牛羊狂欢
然后死去

[选自《朔方》2009年4期]

计生贤（1982—），宁夏同心人。就职于银川森森生态园。诗作发表于《朔方》《六盘山》等。与杨海亮合著诗集《忧伤的花朵》。

计生贤

姐姐,在天堂等我（外二首）

姐姐,我常梦见
你拿着一只小鞋子傻笑着

你告诉我香蕉和苹果一样是圆的
你告诉我天上的飞机肯定有轨道
我的童年系在你黄色的小辫子后面
那是个阳光很好的下午
我的小布鞋掉进了水里
你做的小布鞋
至少能穿一年
你滑进水坑,比鞋的动作更优美
一个水泡,两个水泡
很多很多水泡闪着苍白的光

我亲爱的姐姐
我常常把鞋带系得紧紧的
害怕阳光刺眼下午
害怕闪着光的水泡
害怕喝水时从杯中看见瘦弱的你
　　　〔选自《朔方》2005年8期〕

楼兰姑娘

我们是如此地爱着对方
痛彻入骨,故事简单
是挥发了千万年的液体

回家的路

我用夜色染黑村前的柳枝
大地睡得很稳
没有了灯火
一切杂乱的声音消失了
黑色的柳枝随着黑色的风
给了我黑色的飘动
我却用它驮走麦子
在这里的静夜里
凭着记忆摸索到回家的路碑
　　　[选自《朔方》2009年4期]

静静流淌的河水

河水轻轻地穿过荷花
穿过我心灵栖居的顿河河畔
我从未到过顿河
无数次梦里，我牵着姑娘的小手
胜似闲庭信步
却多一份惆怅之意

向北的天空
比高原稍微平坦一些
地面上开着小花，微风拂过
一层层记忆结实地在大地上
筑巢。我知道这是梦
一扇一扇的门
始终拒我于遥远
　　　[选自《中国诗人》2010年3期]

　　小调（1982—），原名张伟，宁夏同心人。文化产业的探索与追求者。诗作发表于《诗歌月刊》《中国诗人》《朔方》等，入选《2009年中国诗歌民刊年选》。

小　调

梦离我多远（外三首）

打工，流浪，秋天的景色依旧
梦和理想一起驶入这个城市
还是那么清瘦，那么无谓
今天却是如此的镇定
难道是命运中的起居
我仰首天空，相逢在旷野
城楼上的小小而结实的乳房
传递着生死线上的一个个空白
小麦，炊烟不停地招手
一起俯下身寻找散发幽香的花朵
却只见干柴，瞬间化为灰烬

流动的思绪

冬日已经来临
掠过千万个春夏秋
像灰姑娘的手，轻轻触摸我的额头
我生病了，疼痛刺进我的心脏
一行行根植在我的梦里
是泥沼、冰河
还是那坟墓上的樱花
此刻，也只能化作一阵风
尾随着时间作最后的祈祷
我不愿闭上眼睛
情愿变成一枚火红的树叶

每年,我都必须回去
回到村庄看望父母
回到村庄顶头的山上祭奠祖母
回到村庄寻找温暖

而每年,我都很伤感
村庄一次比一次瘦
父母一年比一年苍老
祖母的坟茔一年比一年荒凉
以至于母亲说
你回来的次数越来越少

其实,母亲哪里知道
每回来一次,我便疼一次
这个秘密,在我的心底
更是一年沉于一年

  王新荣(1982—),笔名泾芮,甘肃泾川人。诗作发表于《朔方》《诗潮》《北方作家》等。宁夏作家协会会员。

事实上，我们一直活在自己的欲望里
麻木、自私、贪婪、为所欲为
而后的忧伤里，我们谁也不会承认
自己的缺点和失误，而我们的幸福
只能是一株稻草
　　　　[原载《朔方》2010.11]

村口

事实上，村口不是村庄的豁口
而是乡亲们闲暇时聚集闲侃的隅所
在村子以西，我家门前
一排排洋槐树做伞
一顶顶石板做椅

村里人都说，我的父亲是个好人
而我，很少前去
每年回家，都窝在自家的屋子里感受亲情
母亲说，出去走走，看看村庄
父亲说，出去走走，接触接触乡亲

而我，每日都如逃一般
坐在我的书房里
心不在焉地读书、聆听乡亲们
高谈阔论东家长西家短的琐事
只是父母想不明白
这么多年，我在城里
遗失了很多乡情
　　　　[原载《朔方》2012.5-6.]

秘密

我热爱村庄
村庄就像父母的容颜
不管我在哪里都无比清晰

王新荣

村庄继续（五首）

西海固的水

如果群山能够迁移
同心的妇女将能节省多少力气
一滴水掉在地上
一如一把刀子
扎在了挑水妇女的心上
　　　[选自《飞天》2007年12期]

四月的雪

这个季节适合绽放
一场意外的雪夭折了固原的桃
母亲说，今年的苹果又得歉收

而去年，我太多的种子也没有逃脱
太多的白，压住了父母的鬓角
太多的空留给了我和妻子
　　　[选自《北方作家》2009年4期]

稻草

这时候它是罕见的，不比夏天或者秋天
随处可见，有风的时候
我更容易想起，那些年少的烂漫
只是很多时候
我们已无法回到从前

渴望见到你的未来

苍凉的天空和重庆的西南大学
像一潭被岁月遗弃的湖水
你和你的微笑像月光洒满大地
为我的暗淡的生命增辉

还有一潭遗忘的湖水
这一切都是命中注定
就像阿喀琉斯的愤怒
决定了一场战争的胜负

希望

我希望黎明的时候
黑夜继续生长
像十二月荒原的冷风一样
蔓延整个世界
在我睁开眼睛的时候
看见世界都在逃亡

留存在我周围的
是语言的悲号和感伤的夹叙夹议
我希望今生能经历一切
然后像个木偶一样
守住时间守住你

[选自《朔方》2010年11期]

兰喜喜（1982—），回族，宁夏泾源人。文学硕士。曾就读于宁夏大学、西南大学。北京写家文学院第二届签约作家。诗作发表于《朔方》《黄河文学》等。著有长篇小说《零度青春》《怀念松岛枫》，杂文随笔集《被遗忘的幸福时光》等。

兰喜喜

六月的午后（外三首）

这是某年的六月的午后
我躺在白色的床上
被单是白色的　生命是白色的
有人从这里走进　有人从这里离去
走进的是生命　离去的也是生命
十六岁、十七岁、二十岁……
这是某年的六月午后

伤心的歌

黄昏的时候
我听见远处传来歌声
从世界的另一边
那是我熟悉的声音
带泪的《卡萨布兰卡》

这时　我抬头凝望
白茫茫的草原一片模糊
太阳向西离去　世界向东离去
我被抛弃在拉长的阴影里
　　　　[选自《黄河文学》2008年11期]

三七的秋天

时间像个疯子一样撕扯着我
荒草般杂乱无章的希望
悲伤赋予了眼泪的记忆

空巢

与喜鹊邂逅,应该算是一次艳遇
同样,在东山里
几孔窑洞,几棵苍老的杏树
但我一直没见到一只喜鹊
倒是空空如也的鹊巢高高地吊在那里
不住地摇曳在风中

窑炕上,老人时断时续的咳嗽声
在崖面上沉重地敲打
传走的回声悠远冗长
年初的那场大雪
还记载着青年男女南下西去的足印

[选自《黄河文学》2007年10期]

田玉铭(1982—),回族,宁夏固原人。诗作发表于《朔方》《黄河文学》《六盘山》等。

田玉铭

落叶（外三首）

迎送秋日的黄昏
我看见了一只蝴蝶
不，是一群
披着一身的金黄
摇啊，飘啊，飞呀

一大片空荡的白地
三两棵秃枝的白杨树
秋天，其实并不孤独

表达

三月的枝头燃烧着桃花
蜜蜂和蝴蝶
结伴飞过的时候
姑娘脸上的泪珠
弥漫着动人的表达

抗衡

雪花放弃寒冷
星星放弃黑夜
蝴蝶放弃苜蓿花
一阵燥热中
土里的种子
再次放弃了发芽、茁壮和梦

[选自《朔方》2005年8期]

给你祝福

河流归向大海
太阳归向西山

希望

抬脚走啊,前头的路没有方向
回头望啊,后面是沦陷的故乡
我们用清水洗涤双手
打开古兰真经,获取先知的光明
异乡的土地也能埋存忠骨,养育活人
踏着背负罪恶的大地继续前行
让幸存的人们挥洒血汗,播种粮食和希望
要活下去——
人活一口气
在这一口气里蛰伏锐气,隐忍光芒

寄身于苍穹之下,我是一颗陨落的星星
行走于大地之上,我是离家出走的游子
让我奔跑如风吧
收敛远扬的美名
慈善地把花粉传播
日益减少对诽谤的牵心
修身养性如上古的圣贤
在这荒凉的人世,藏起泪痕
把目光放远:八百里秦川麦子金黄
〔原载《寸草》作家出版社 2010 年 12 月〕

秦志龙(1982—),回族,宁夏泾源人。诗作发表于《朔方》《星星》《诗选刊》等作品。著有诗集《寸草》。宁夏作家协会会员。

用古兰经、诗经、青竹修身爱家卫国
一年一年，他们把骆驼的沉默和雄鹰的孤独
把旅途的爱情和异域的欢乐融入梦想
这是人的前定还是主命的遵行？
遥不可期的离乡远行就这样开始了
即便中途夭折，也会拾起逝者的遗物
抚摸含血的伤口，吞下最后的苦果
再次起程

是大唐的丝绸闪烁着光泽
是西域的香水散发着气息
因为交换和友谊
走吧，翻过这温情的沙丘
进入大漠绿洲
走吧，清点行囊
避过季节蓄谋已久的风暴
再次起程

看！长安的城门就在眼前了
听！故乡的钟声响彻云霄了

蓝光

穿越那被仇恨纠缠的岁月
是留给后世刻骨铭心的爱情
丢弃那被偏见折磨的时光
是留给子孙如月可见的友情
回汉兄弟，异族兄弟，亲如一家

曾经英雄的祖先
跨过天山的风口，甩掉群狼的屠刀
来到异乡为异客
他们说色俩目！我的同胞
他们说色俩目！异族的朋友
这最高贵的礼节

秦志龙

泾水心脉（四首）

源头

追随一河清水
步入历史含血的伤口
这片流放者的土地长满青山绿水
以及黄泥小屋、石崖下的窑洞、破损的马槽在吐露真情

曾经，那位跋山涉水寻找源头的士子写下诗行
祭奠过清水
曾经，那支横扫欧亚大陆的铁骑之师留下遗恨
喂绿过青山
曾经，那支流亡八百里秦川的队伍渗出鲜血
照亮过星空

从源头开始，二龙河飞溅泪花
把如玉的身段埋没在泾渭分明的时光河道
从黑夜开始，老龙潭暗含光明
把坚贞的意志从深谷的尽头一直连到高峰
此时，绿是湿的，挂着珍珠
带水的蓝天覆盖了一切

天路

有一条血脉贯通着地中海、黑海、天山和大漠的精神
有一条血脉倾注着一千零一夜的梦幻和蔷薇园的芬芳
邂逅于长安，遭遇一场繁华爱情而做下惊世之举
他们学习老子、孔子、庄子

黑夜加速着它的黑

这些黎明前的时刻,我往往独自醒着
经历我熟悉的这片土地之上的陌生
看窗外的时间由黑变灰,由灰变白
我往往看到晨起的天空、河流、山脉和村庄

我无数次地感叹
河流的方向是最深刻的方向
水的宁静是最澄澈的宁静
山脉的安稳是最根本的安稳
一个人在朦胧中有所认知
是最幸福的认知

遥远的夏天

一种隐约的古旧的气息浮着
一只苍蝇飞出午后的宁静
在贺兰山石头山庄
我邂逅遥远的夏天

在阳光的速度里稍做停留
我多年已失去的山羊
穿过树丛,在沉默里徜徉
一只青涩的果子注定被美丽的少年引诱
就像我容易在心事里丢失一样

时光天长地久
一株安静的草在贺兰山下
它的今生和来世悲含着历史

[选自《朔方》2010年11期]

  王佐红(1982—),宁夏固原人。就职于黄河出版传媒集团。2001年开始创作,诗作发表于《星星》《朔方》《黄河文学》等。著有诗集《零度梦想》《背负闲云》。宁夏作家协会会员,宁夏诗歌学会理事。

王佐红

等待（外三首）

我多次回到曾经住过的地方
烧人沟、二中背后、兽医站、水电局坡子、西关村、风华小区
那些啊，日渐陌生的地方
像过往的尘世。只是瞬间
它们迫不及待地流走了
很恍惚，很来不及体会

[选自《星星》2009 年 2 期上半月刊]

2010 年春节的一场雪

多次，我从梦中出发
希翼一场白雪覆盖大地
我们归于暂时的安宁
让炊烟升起，让牛羊隐遁
我们回到曾经的木屋
美丽女子的舞蹈燃烧在黑夜
是一面红色的经幡
火的传说，生生不息
不曾知道我将接受谁的旨意
我们只是需要神秘、故事以及传说
2010 年春节，藉一场大雪
我回到曾经的幸福

黎明的幸福

火车在暗夜中行驶的时候
夜色，在微微地泛动

马晓忠

五月

五月,风向不定
峡谷和草木却以铺展的姿态缓缓打开
鸟声从某个枝头轻轻压下
聚成一团,又被流水一一切开

越来越深的草色
将错乱的石头和抽象的空间填满
脚下是熟悉的小径,是陌生的王道

五月,在凉殿峡
历史的车轮早已碾碎虚假的想象
一个王朝的背影
被重叠的山峦和世俗的目光悄然遮挡
马蹄声已经远去
尘土与硝烟在历史的上空散尽
此刻,我们是自己的王者

马晓忠(1981—),笔名北塬,宁夏隆德人。就职于隆德县供电公司。创作以散文为主,发表于《华夏散文》《散文世界》《朔方》等,著有散文集《乡路》。宁夏作家协会会员,中国电力作家协会会员。

顺着孔，我看到一缕金
一坨红，一片海蓝色
看见小虫在融融春光下惬意地安睡
看见叶在淡淡秋波里清甜的笑容
我知道，在隆冬
叶只是萧索的枝杈间稀零的一枚
却也是唯一的一枚

我的城

城，驻留在老屋后的沙坝上
土色的城墙
在日落时一样的金碧辉煌
城里，所有的尘埃里
是孩子裤管挂着的泥巴
是土墙根下的诡秘一笑
是香炉，映出母亲的白发
而刻在鼎文里的是爷爷的哀愁
城里有条深深的线
系着我一生的安眠
城外，杨柳枝条婆娑着

迷途

玩石子忘了回家的路
转身，暮霭中只有布谷鸟的啼哭
衰草在朔风中乱了脚步
找不到归去春天的岔路
慌乱中，冥冥中有人指路
来的地方就是你的归处

　　杨燕（1981—），女，宁夏盐池人。任教于盐池一中语文组。把诗写在日记上，只当是一个人的心灵牧场。

杨 燕

那扇门（外四首）

那扇门，在日落的余光中虚掩着
那虚掩着的门
吱吱地诱惑着我
门上的油漆偶有脱落
门内有一个乞丐的肉体
赠我以悲悯的施舍
有一个天使的魂灵
赐我以虔诚的洗濯
风吹着，门内烛火闪烁
一个冬天，就这样虚掩着

窗外有光

午夜，属于一个城市的安详
闭眼，四方的墙，四方的床
小小的人飘在中央
睁眼，窗外有光
映照在貌似向日葵图案的窗帘上
可那是不月光。月亮
挂在老房子东边的柳树梢上

唯一的一片树叶

其实，这片叶
也是稀零的枝杈间发颤的一枚
不能用圆或扁来描述
只是靠近心脏的地方穿了孔

秋刀鱼的姓名跟季节无关
储黎燕指给我看是在春天的宁海湾
许班长所说的刀鱼是别的味道
不要再问,姓名也会生锈

洪武年间的香灰把自己遗忘在镇福寺
从凡尘里望过去,他不再像住持
更像晾晒在筐箩里的一枚笋干
但他是个有心人,绕过没有围墙的寺庙
带我们去看古树中生出的新竹

千年万年,都是一样的
双眉间只锁着哀愁
五年丈量不完,余生丈量不完
是一团,在没有封口的玻璃瓶中
或者遨游,或者沉浸,或者悬浮
唯独没有骨头

  马晓雁(1980—),女,宁夏隆德人。现当代文学硕士,任教于宁夏师范学人文学院。发表文学作品、论文多篇。著有文学作品集《深寒》。

不要恐慌,终究要曲终人散

像写一封长信
包括标点,包括停顿,包括口头禅
谁按下时间的琴键
节奏慢下来
这遥远的依靠,多像一种肝胆相照

不要害羞,将最后的果子献给南山

写一封长信
冬天过去,夏天款款到来
那些同行的人
有的快了些,有的慢了些,有的业已止步
总有些什么会被风吹乱
多像,脱落了牙齿后说起的从前

要写一封长信
寒风里失落的转身
突然收束的笑容
……

还是揉成一个小纸团儿吧
暮春时间凋落的叶片

江南

明前的龙井,败了

江南的雨没有骨头
油菜花的明黄在漂泊

西湖不要去看,断桥不要去走
人之间没有爱情,人间
法海在金山埋首捡拾硬币

马晓雁

爱的哲学（外三首）

近在身旁时才明白什么是无法逾越的距离
不知如何面对只能骄傲地将头高抬
越想忘记越是深刻地想起
说自己坚不可摧时却噙满泪水
明知是那个脚步临近却头也不回
虚伪地戴着面具却希望别人真诚相待
明知站在沼泽里却挣扎着想拯救自己
陌生得只是个影子而已却觉得是知音难觅

  　　[选自《朔方》2009年4期]

落花

看杯中的温度一点点蒸发成气体
看阳光的身影一寸寸在院子里游移
看一片叶子从柔嫩到枯萎
看远山从远处走向更远处
夏天和冬天都过去
你的名字依旧是我未曾吐露的秘密

  　　[选自《朔方》2011年5-6期]

收件人不详

冬天，分享的时候
小蜜橘很甜
也把清酒为你斟满
茴香豆自己剥
冬天，虾子很新鲜

或突然间
在喷满腥味的模具里掏出手形
林子深处,肖邦不停闪烁
阳光下,木质音节分叉的尽头
瞧,那些沸腾的植物
 [选自《黄河文学》2013年4期]

忧伤青年

水亦躲闪忧伤,流过镰刀的刃主义
大片的麦子开始灼热。乡土的夜莺背负漆黑许久
突然鸣叫,陷入一束塑料的模仿品

世界之光点燃的木炭烧煮大头鱼
混合一群自由裸泳的青年。他们为寿衣的表达穿上了雨鞋
他们走在沾满胶泥的果子边缘,其中一个
由黄昏凝结而成农民诗人

他掌握着疯狂的,杂草的暴政
他塑造着女性的环形腰身,他用石子为雏马唤醒小名
他的灵感得益于迅速的蓝

关于睡眠的游吟就此开始
在这里在那里到处操作着气球,在高空携带着洁净的叹息
所有的人,都仰视着黑色的茄柄
和横置在星空的耻骨
 [选自《第四届青海湖国际诗歌节会刊》]

  王西平(1980—),宁夏西吉人。《宁夏广播电视报》编辑。2009年开始诗歌创作,发表诗作于《诗刊》《星星》《诗选刊》等,入选《中国诗典(1978—2008)》《世界诗歌年鉴2012》等。个人荣获第20届柔刚诗歌奖新人奖,被《中国诗歌》推荐为2013年网络十佳诗人。著有诗集《赤裸起步》、合集《西野二拍》。曾参加第4届青海湖国际诗歌节。宁夏作家协会会员,宁夏诗歌学会理事。

模拟生活

看见过天气吗,那停靠在玻璃上的
冷暖反射在晴空里
那闪闪发光的钵,满满的黑色嗡响
突然溢出

僧侣,和他身体上的凌波
越过古老的经卷。香火缭绕
绿萝之花诱其上歪梁
野猫蹲守在斋饭深处,或吟诵那单音节的佛翅
和复杂的苍蝇之眼

没有净地,却紧挨着这个世界
布帘上一对秃顶鸳鸯戏水。女人要分娩
下面是灌木,周围是不幸
你就像那个抢先咳出的婴孩
过着模拟生活

[选自《特区文学》2013年4期]

听肖邦

每天听重复的调子
而敲击时,总会弹出半截烟头的
巨型愤怒
这样的气息
在某个季节终于奉献出了粉桃
请相信,这饱满的废墟之躯
不断接近,大于或等于音乐的真相
带着旧体制的光泽,水正在内部完工
花,却一次次落难于枝头
或在矮处坍塌
一只镂空的面包,一把饥饿捏制的泡沫
一个人,就这样与他的食物玩耍

携带云杉般地站了起来
一种白的膨胀
在天空下游荡
驮着一枚识别事物的镜子

飞虫们　每天坐着圆顶赶集
丛林之神取消了林荫上的标志
那些自然所为的灌木
不停地繁殖着链锁
不停地制造着拥堵

渔上书

捕鱼的人，正在品尝海水的咸味
放生的念头如箭镞，飞射那冲散的恶语
远远的，是掌灯的孤儿
与琴键的黑白叛离，或与古典式口哨错乱
他们正从中获取长大所必备的蓝色技巧

而成人的游戏由闪电贯穿于深水，起伏不定的星星
哦，那些需要仰望的，恰恰通过低头来品尝

船行至树荫，往往孤独会主动爬上来
没有人能改变，梦大于睡眠的事实

即使一轮朝日流转至夜半
亦如美好的初婴
它背负的黄昏如散架的精油，涂抹着形而上的胴体

降伏它们吧，教唆英雄归航或快速隐匿
但你不是策兰，你没有他麻醉的鞭子
和黑色语言

王西平

模拟生活（六首）

只差一步，也变成了风

在无声电影里，是你带来的那些风吗
我们喝茶，却面对看不见的茶淡出自己
然后在一个狭窄的通道里，又撞见了你
树在动，只差一步，也变成了风
能告诉我吗，一个人抽出嫩芽
如何拿出这些随便的风
那些露珠，我管它叫衣服上的纽扣
那些头发，能不能像沙尘那样暴动
这些直立行走的空气
该有多么的失落
　　　　　[选自《朔方》2010年11期]

林中记

清晨，打开百叶窗
丛林中，花们隆起自我
却不能凝视
亦不能捍卫精神的自在

黑暗中的盗蜜者
最隐蔽的父，屈曲于一生的甜翅
太阳，释放着皮球的邪恶
一个男孩，损坏了明亮的部分

仿佛瞬间的月

木椅移动的声响

他靠近火炉
轻轻点燃烟卷，衣服里
低沉着身子
陈旧于一片寂静。昏暗的床铺深处
女人已经入睡
温热又略有疲倦的卧姿
和梦魇，临近的拂晓。在他的
粗糙宽阔的双臂之间

夜之曲

它充满倦意，收回的手
触碰到石阶
并从中捞起果实

冻伤的水底
一些嘴
吐出了灰烬

它的卧室的微弱灯光
被女工沉重的铁器撞击
拖往老城墙后面
荒凉的集市

　　刘岳（1980—），笔名大悲手，宁夏西吉人。2005年开始创作，诗作发表于《诗刊》《诗潮》《天涯》等，荣获宁夏第八届文艺评奖三等奖。著有诗集《世上》《形体》。宁夏作家协会会员，宁夏诗歌学会理事。

断续的，淡淡的，伤哀的
近了，又远了
收破烂的人吆喝着，从巷口传过来
有一句没一句，依稀是女人
三轮车的响声清脆起来，突又陷下去了
像沉到了水里
冷清清的，空荡荡的
那些声音，是死的
　　　[选自《绿风》2011年4期]

生锈的水

像一张网，雨雾笼罩了
平原上的夜幕，小镇湿淋淋的
隐约着几片灯火。聊吧门口
烟火的味道，酒与肉的味道，往下沉伏
空瓶子堆积在巨大的木筐里
苍凉的午夜，一个女人踏着泥水
走进来。沿着昏暗的墙壁，忧郁的音乐声
盲目地萦绕着，一再重复，几个人
在独自喝酒，散坐聊吧的深处
雨丝飘了进来，虚掩的半叶窗前
一盆吊兰垂下去，已经
寂寞地死去
　　　[选自《朔方》2012年5-6期]

表达式

初冬的夜晚显得漫长
落过一场雪
冷清的脚步声消失在幽蔽的小屋前
屋室内，灯火微弱
阴湿的空气弥漫着烟尘
偶尔的咳嗽，一两句言语
沉默的空缺，轻微的

刘 岳

西海固的水（外五首）

一碗水从天堂运来
渴死了祖父
父亲随手递给我
我递给妹妹
妹妹呀，洗净你尘土的脸
出嫁！
　　　[选自《诗刊》2010年1期]

剧情

我离开并最终抵达的地方一定是细雨飘过的村庄

那时我的父亲死了，母亲死了，我的女人也死了
蓝菊花在对面的山坡上静静地盛开

那时我家的大门上还贴着威武的门神
屋子里干干净净的，有熬过草药的味道
粮仓充实，瓷缸里盛满了清水

没有人
像一出悲情的戏剧回到了它的结尾
　　　[选自《天涯》2010年4期]

雨巷

雨慢了下来，幽深的巷子
积着污水和淤泥，哪儿飘出了歌曲

遗落在路上的乡愁

时光的脚步已经走远
成了琐碎斑驳的记忆
六盘山上的云时常会像浪花一样
一波一波涌向我,我像一条鱼游弋在云朵中
远方有漂泊的声音传来
一遍一遍呼唤我遗落在梦里的乳名
热泪忍不住湿润了我的眼睛

南湾,那个柔肠百结的地方
山高水长,有我不舍的天空
一缕飘着马兰花香的风沉醉了我儿时的梦
一些忽高忽低飞入麦田的鸟群
藏了多少伙伴相互追逐的影踪
田埂上留下了稚气未脱的娃娃渴望远方的脚印
还有你那一身红残留在我眼中的风情万种

寒来暑往,四季不停地轮回
岁月在我的乡愁里留下了忧郁的伤痕
多少次在泪水的涟漪里想起儿时伙伴的笑语欢声
又多少次回首那个在黄昏的炊烟里渐渐沉寂的村庄
在远离故乡的路上,每天
我凝眸地平线上升起的那一轮故乡的红日
穿云破晓的嫣然风采是我最大的享受

  谢峰(1980—),笔名看过云帆,宁夏隆德人。《诗中国》杂志特约编辑。2006年开始发表作品于《星星》《黄河文学》《诗中国》等,入选《当代实力诗人一百家》《当代诗人诗歌精品专辑》《当代实力诗人的崛起》等。著有诗集《等你归来》。中国诗歌学会会员,宁夏诗歌学会会员。

谢　峰

三千青丝为你守候（外一首）

承天寺里，青灯古
梵音将一切收藏，妙音鸟凌空飞翔
是谁的木鱼惊破夜的宁静
是谁孤独的背影仰望星空

我是天都峰下
蜿蜒溪水边一枝兰草
只为等你从这里经过
花开花落，风餐雨露
只为能与你策马西风深爱一场
你的回眸，注定我一生一世
为你盘起三千青丝

风沙迭起，沧海桑田
耳边似乎还有杀伐不绝的声音
多少年了，你的坟冢巍然屹立在贺兰山下
静静的。唯有我轻轻碎步为你跳起那曲醉心的舞
你可知道，多少个夜晚想起
你我曾经的曾经携手走过雪山
还有那高耸入云的祁连
你就是我生命中难忘的王
泪水涟涟，生死轮回，无法改变

你去了，只留下我一个人孤独地望
长河落日，大漠孤烟
伫立塬上，有风吹起
三千青丝里滴落无声的泪珠
合着木鱼声，一直到地老天荒

[选自《黄河文学》2013年4期]

在十月的麦地里
父亲撑起一把大伞
为年轻的麦子遮挡霜寒
累了,就坐在田埂上
看远处高飞的鸦群
想在外打工的儿子

父亲就这样睡着、坐着
麦地一茬绿了,一茬又黄
而他的骨头
在一天天的等待中消瘦

夜归

在晚归的途中
一只蚂蚁拖着另一只蚂蚁
走走停停

当我俯下身子
再次听到它急促的呼吸
眼前十厘米的距离
拉长了整整一个夜晚

桃花

在三月,无法克制我自己
一支桃花开满我的身体
就在三月,把自己安置在泥土的内部
红,就像一个小小的太阳
扑面而来

[选自《朔方》2010年11期]

屈子信(1980—),宁夏西吉人。诗作发表于《星星》《朔方》《绿风》等,著有诗集《一只鸟的非正式报告》。宁夏作家协会会员。

屈子信

十年之后（四首）

时间的墨迹

深秋。星期六。学校图书馆
天冷了，多拾点牛粪，多扫点树叶
每天攒一点，一个冬天炕不会冰冷
再过几年，一切会好起来

初冬。星期日。小雪。大三教室
今天风好大
大片大片的叶子全部落下
堆在校园的每一个角落
如果能运回老家
烧饭、烧炕该有多好

深冬。星期二。中午。教室
今天，是腊月十一
是爸爸三周年祭日
我不能回家，给您再添一把土
磕一个头，烧一张纸
但我看到您的笑容
从四年前的信封中跳出来

怀念父亲

父亲睡在麦地里
二十年了
一直陪着麦子说话

淹没太阳的颂词。到处都是神的使者
我闭上眼睛,十指抚慰亡魂
一颗佛心早已洞穿尘烟
　　[选自《朔方》2011年5-6期]

萧关

穿越岁月的风尘,季节变换
车过萧关,我的视野沉浸在天地之间
阳光沉醉,古堡忧伤,荒草已荒
溪流神秘而安详,向暗夜的远处蔓延
从秦汉至宋元,零星的战火一如往常
那些狼藉的瓦砾在废墟燃烧
将史实切割成段或被遗忘
一半留在黄土里,一半留在回忆里
黄土里有麦子与耗子
回忆里有血汗与杀戮
萧关依旧静静等待下一个生命轮回
就像秋日里荞麦花开,一坡一坡的白
白的是花,也是流云
　　[选自《绿风》2012年3期]

　　张虎强(1980—),宁夏固原人。就职于黄河农商银行。诗作发表于《朔方》《绿风》《六盘山》等。

将三两株桃花点燃
开满在瞬间陷落的春天
　　　[选自《朔方》2010年11期]

贺兰山北寺：此在与彼在的对视

在赶往北寺的途中，一场新雨，湿透了记忆的星辰
我留下率真的脚印，于秋分时节，再次体验季节的忧伤
褐色的高地延伸至村庄，或者沉入河流
羊群，油菜，落叶，还有钟声与白云
在岁月的山谷中穿梭，我有幸目睹是一种幸福
寺内，一棵古柏翠意盎然，正和一只飞鸟谈论前尘往事
为回忆打开缺口，让阳光再度普照
北寺：一朵莲花正在缓缓盛开
阿旺丹德尔：那朵莲花上坐着的佛
我用香表祭奠这秋后的风景，天空失去血色
一种无限空旷的情感再度侵袭
风尘与造物主保持沉默不语
最后一片飘飞的树叶不期而至

贺兰山岩画：雕塑时空

注定，这是一场前世的约定
太阳更近，就印刻在山崖之上
寻找一种温度，洗涤灵魂深处的淤泥
在冬天或春天的底部
描绘一些不平凡的事物
使得画面雨水充沛，羊肥马壮
穿过风，我看到许多灵动的生命遗骸
还有西夏文，在岩石缝隙绝处逢生
比飞翔更为沉重
回溯从前，血液纯正的氏族高居山隅
积蓄体力和磨砺剑戟
为了一只鸟兽代替太阳追赶月亮
那回眸的笑，折射出光芒

张虎强

幸福的一半是悲伤（五首）

惊蛰之日却将自己冬眠

我的目光已穿过惊蛰之日
深陷于山城的记忆　一片芳香弥漫
这是早春　西海固萧瑟的午后
二月冻伤被雪掩盖　唯美的果园也已成茧
禁锢成全自己　名利薄如刀刃
我不想苏醒　看这世间血脉的争斗
惊蛰之日　我把秘密全部锁进老屋
继续冬眠　春寒　残梦
然后扎根大地的深处　想象风和流言
为此　我情愿长睡三千年
从此经过的考验　比岁月更加温暖

我的十月围城

四月春光无限　我却伤感如斯
如十月围城　滋生稠密的伤痕
你知道吗　我在不断调整自己的状态
就像一只在冷冬中翻飞的蝴蝶
熬过十月围城的凄凉　把碑文写在生死之间
我只能这样　我的背后是一望无际的苍凉
我担心自己放飞的蝴蝶回不了家
我怕久旱的村庄说出真相　还有一树的玉碎
现在我能做到的　就是把黑夜的歌唱到天明
在季节的废墟上点燃生命的酥油灯
然后冥想成河　冲破十月围城

注定只有顺风顺水,背离意志,沉默前行
在水一方,有凤凰城,伊人风摆杨柳
那些决绝的浪花,美而不识时务,心怀暗伤
如果等待温暖,只能在下一个渡口
大河滔滔,拐弯之地有际遇
一经错过,生活的抵达,就会是另外的彼岸
——沙丘茫茫,春风难渡

胡麻花儿开,胡麻花儿谢

这面山坡上盛开的胡麻花儿幽幽地绽放着
朴素,雅致,高贵,纯粹。当然,也让人浮想联翩
谁都会知道胡麻花儿的盛开是美丽的
而不会知道美丽背后的忧伤故事
除非,你真正地错过了她的花期

胡麻花儿开。她的绽放迷幻了整个西海固高原
她的绽放芬芳着静美,孤独和暗香
如果把胡麻开花的过程比喻为恋情萌发的过程
我宁愿相信,这面山坡盛开的胡麻花儿
就是西海固高原上最绝望的相思和守望

胡麻花儿开,胡麻花儿谢
撒一把胡麻扬上天,阿哥的心扯断
谁都会知道花开花谢是很平常的事情
而不会知道这面山坡上的胡麻
花开为爱,花谢为情

[选自《诗歌月刊》2012 年 7 期]

李兴民(1980—),回族,宁夏西吉人。就职于固原市城管局。1997 年开始创作,诗作发表于《朔方》《中国诗人》《诗歌月刊》等,入选《2010 中国年度诗歌》《诗探索年度诗选》《中国新时期少数民族文学作品集·回族文学卷》等,著有诗集《放歌西海固》。宁夏作家协会会员,宁夏诗歌学会会员,固原作家协会副秘书长。

茹河之水洗尽所有的凝脂
秀色可餐的乡间女子
时而为花，时而孕果

在朝那的天空下
遍野盛开的杏花
等待着春风，阳光和雨露

而在茂密的杏树林旁
一个行吟的歌者，又在
等待着谁

[选自《塞上江南·神奇宁夏》，宁夏人民出版社，2010年]

父亲的回民巷

从乡下到县城，做小生意，供养孩子上学
置下一套四合院。与城镇居民一起生活
父亲跟着和农村不一样的时间走，跟着城里人脚步走
总是跟不上，一直喘着气
城里人腰杆直，父亲越来越和回民巷一样弯曲
我跟着父亲走，走着走着，父亲走到他季节的深秋
头上落满白霜。回民巷幽深，从巷子出发
我到了远离父亲的另一座城市，生活日趋安定
而父亲的回民巷年久失修，变得更加泥泞
其实，父亲一生都紧贴泥土谋生，在泥泞中走路

大县城建设的浪潮扑面而来，回民巷面临拆迁
哮喘了好久之后。父亲说：该回乡下了

写意黄河古渡

北渡黄河，一条羊皮筏子就够了
命运在水之央。水之高地，有鱼米宁夏川
塞上江南，蒹葭苍苍有风景
命运总想逆水行舟，改变航向

李兴民

放歌西海固（五首）

瓦亭驿

一个孤旅天涯的歌者
一如来去匆匆的风儿
一个多情的民间女子
悄悄偷拭腮边的泪水

瓦亭驿，背上了行囊扯不回心
让我再一次流连张望
让我再一次静静地倾听
一曲断肠的花儿

走出了萧关古道
走不出一双眼睛
眼泪花花把心淹烂了
淹不烂心里的一个人

在你的目光里远行
到了西口也没人依依相送
梦回瓦亭驿，那遥远的地方
抹去了泪水抹不去内心的惆怅

漫山杏花

是谁萌动风情
一枝红杏羞涩出墙
十万佳丽绚烂山冈

当一种爱注定无法结果
我们是在饮鸩止渴

霜林

傍晚,和我站在一起的是一片霜林
我们在观看夕阳沉落

山尖从夜雾中浮起
半边明亮,半边是阴影
暮色,也开始加重
开始形成新的孤独

西风遍野啊!一次又一次
还原着干枯的草丛
我们只是在聆听,聆听

现在,只剩下我们
肩并肩地站在这生命空旷的原野上
　　[选自《朔方》2011年5-6期]

　　马瑞博(1979—),宁夏西吉人。任教于西吉二中。诗作发表于《朔方》《诗选刊》《福建文学》等。

以及在秋风中依然开放的野花
我理解它的寂寞

就像我理解这钢青色的天空，刈割后的麦田
以及孤单守望的草人儿
它们的空旷和寂寞
此外，远处地平线倾斜，一棵树
正默默承受着一个秋天的重量

黄昏

风停了，风把天空吹得蔚蓝
吹得深邃
自己却藏在了某块岩石的缝隙
等待暮色，像一张蛛网轻轻张开

大地宁静，树们宁静
远处的小山，像一个个孩子也变得宁静
累了，躺在母亲的臂弯，睡了

独对一片广袤的夜空
今晚，我比月亮更加孤独
而即将到来的黑夜
比死亡更加深沉

给你

今晚，我说我们不要再见面
说这句话的时候，我没有看你的脸
我在看黑镜子般闪耀的湖面

你沉默着，一片叶子滑向了幽暗的湖底
你可知道爱是生命中的盐
必将融于思念的水

马瑞博

冬夜（外四首）

是歪在藤椅上打瞌睡的人
梦见狗拨开门
偷走了炉火和烤熟的山芋
月亮那么细，悬在半山腰
夜间霜落
会被惊寒的鸟衔走

幽冷的街道是通向星星花园的
小径，缓缓
展开在我轻蹑的脚下
这灯光，这枝丫冰凉的树木
和石阶上的絮语
是我此刻明净的心跳

住在唐诗里的人
世界把黑夜和寂寞
又重新归还给了他
连同溢满了喜悦的躯体
像三月的杨树
对着这广袤的星空抽出了新枝
　　［选自《诗选刊》（下半月刊）2009年1期］

一次远足

我来到很远的郊外
想去看看消瘦下来的山
和渐渐变硬的草

点燃企盼的素纸，随着祷告，袅袅升起

让漂泊的灵魂安定，叩首，续接起千年的虔诚
给爱一种希望，给恨一种自由

夜渡

世界不大不小，跃动在屏幕
四季不冷不热，闪现里不断更替

窗外一片漆黑，仿佛宇宙外的混沌
插上想象的翅膀，遨游在自己创造的天地

灯光明亮，影子躲在了视野之外
键盘敲打的声音，清脆而有节奏

不再将自己遗弃，抖落大衣上的凡尘
挂在架台上，放松自在

假装看不见人，冷落一切凌驾的高傲
也不用声嘶力竭，期待虚伪的喧哗

放松一下掌心，手指点在最敏感的部位
直起腰，选择和确认，享受着是非特权

也可以仰卧，屏息中聆听流水的旋律
远离风尘仆仆，摇曳在温馨的港湾

脱掉虚伪的面纱，赤裸裸埋在沙滩里
免受夜风的袭击，嬉戏着跑进童年的梦乡

[选自《朔方》2010年5-6期]

孙存一（1979—），山东青岛人。理学学士，工学硕士。就职于宁夏国税局。诗作发表于《黄河文学》《朔方》等，入选《中国网络诗歌精选》《中国诗歌年编·2009卷》《中国当代千家诗》等。宁夏作家协会会员。

跟同行谈论着今天的生意如何

有一天下雪了，洋洋洒洒
我一样地路过市场
突然有个陌生人拦住我
邻居，能帮我推下货车吗
我恍惚了一下，就答应了
从此，经过市场
多了一份抬头和微笑

  ［选自《黄河文学》2010年5期］

大年絮语

大年将至，经历了大雪的洗礼
黎明前的大地，倾诉着冬日的絮语

一棵苍老的树，注视着岁月的变换
坚守自己，不再留念那些缤纷的日子

夜深了，飞鸟唱完最后的台词，远遁
黑色的睡眠，酝酿着一个轮回的更替

朔风紧逼，试图掩盖一些往事
茫然的手，消瘦着一些未知的秘密

万物哀号，来自于遥远的天际
明明灭灭的眼神里，隐藏着一丝丝呓语

一声爆竹，响彻天地
点亮了万盏神灯，伟大的启示

准备好，红纸，毛笔，以及沉默
让那锈迹斑斑的诗句，跃然在街市

功过是非化为祭祀的香火，还有福音

孙存一

西市场（外二首）

往常一样的冬天
穿过西市场去上班
没有停留过，也没有打过招呼
对于那些商贩
我或许就是，属于这个季节
那一阵冷风

有人在举起商标，扯着嗓子
吆喝着物美价廉
那些围观者，总是络绎不绝
带着一种新奇的眼神
其实我早已熟悉了
那些浓重的南方口音
虽然我没有留意过他们的长相
一摊又一摊的干果，和茶叶
一直都摆在原来的位置
对于我，好像一点都没有减少过
只是有一天，忽然发现
原来这里也卖水果糖，多看了几眼
有人问我想要么，我摇了一下头
没有说一句话，离开了

大门前，有几个要饭的
每天都是一样的腔调，和姿势
在我的眼里，与其他人并没有两样
只是他们选择了坐在地上
也可能，某一天坐在饭店里

你随意地走来
我便迷醉在花香中忘了疼痛
口噙一瓣玫瑰幸福得花儿一样

我们的笑声萦绕在懒懒的斜阳中
绿树流水荡漾着笑脸
我认定这是缪斯的青睐

你的身影长成了伟岸
你的气息流入我的毛孔
自由地呼吸

我们的阅读、言谈与脚步
让希望之星飞上天空
自由翱翔

偶尔的亢奋与癫狂
使你平静的心起了波澜
我的良知像晴空一样明了

你的心跳让我的青春激流荡漾
我相信纯净的姑娘是为幸福而来
让我们在有限之生无限热爱

我看见大地眨巴眼睛
用大写的笔蘸取太阳的颜色
让灵魂燃烧　点燃了风　吹着软软的暖

你是我夜夜的月圆
是美，是爱，是幸福
是人间的五月天

　　　［选自《朔方》2012年5-6期］

　　武碧君（1978—），女，宁夏海原人。诗作发表于《六盘山》《绿风》《朔方》等。

武碧君

飞渡（外一首）

让我飞渡　今夜
哪怕一袖黑暗　一袖寒冷

今夜　让我在纸上沉睡
睡一脸微笑　睡一身缠绵

今夜　我是你床头的水仙
吐一夜芬芳　开满枝灿烂

今夜　你又在读书
书中每个字都是爱的音节使你深陷其中

此后的三十六个小时
多么漫长　我抽出马鞭追打时针

今夜　我备受煎熬　手机内翻腾着火焰
抓住声音的尾巴镇压浮躁

今夜　思念一擦就着　红的灯光泪流成溪
汇淌成一河十八岁的青春

人间五月

野草疯长的日子
我把自己捆绑成稻草人
泪水涟涟地垂泪于风中

缄默着，像劳作的父亲
间或抬起头
就把深深的目光投向北方
祈盼北风捎来一朵云
就像期盼我的降生
　　[选自《朔方》2010年5-6期]

　　周瑞霞（1978—），女，回族，宁夏同心人。就职于同心县人社局。

周瑞霞

洁净的白色（外一首）

没有花色，没有图案
高贵挺立得像雪峰
一日五次，只将头颅叩向西山
爷爷是白色的

爷爷穿白色的袜子
一脚踩着清贫，一脚踩着艰辛
在贫瘠的黄土地上踩出一条
清清白白的路

爷爷着白色的长衫
即使睡觉也不脱下
"也许晚上脱掉的鞋，
早上就不能起来穿上"
随时准备好把自己献出去

爷爷去世时只用了三尺白布
包裹着爷爷清洁的全部

望北

我是一滴雨
我深知这片黄土地的愁苦
皲裂的皮肤，是父亲的额头
常年有风沙从脸上吹过

羊群默默啃食枯萎的蒿草

也有透明的悲伤
它们只说哪里见过我…

今夜,威海如我
风浪之后安之若素静好如初
今夜,我如威海
清澈的蓝里永远住着自己的远方

请允许我以一个过客的身份
赞美这个可以安放心灵的小城
你听,这雨的淅沥,海的澎湃
无不是此刻的我的心
　　[选自《朔方》2013年9期]

　　查文瑾(1978—),女,回族,宁夏灵武人。就职于银川市公安局车管所。诗作发表于《读者》《民族文学》《朔方》等,著有诗集《纯棉》。宁夏作家协会员,宁夏诗歌学会理事。

雪糕

孩子，用一根雪糕的钱
买了两根小的雪糕
分给瘦小的伙伴一根

他们坐在一个阴凉的角落
吃着雪糕，说着天上地下
小伙伴说，妈妈几年前回了南方
等妈妈下次回来
我也一定请你吃一次雪糕

孩子转述的时候几次停下咳嗽
他说着，咳着，就咳红了眼圈
　　　[选自《纯棉》，长江文艺出版社，2012年]

崭新

一湖的残雪是崭新的
两岸的芦花也是崭新的
崭新，是没有被我看过的一切
是正午的阳光刚好穿透轻妙的树梢
像我和这些麻雀此刻的轻灵
像一切的飞翔都不在风里
　　　[选自《读者·原创版》2013年1期]

今夜，我在威海

今夜，在威海
在一个风雨涤荡过的小城
除了辽阔，我想不出更加合适的词
修饰那些干净的水

它们于我有些陌生
它们看不清一条浑水里待久的鱼

请将我和干净的泥巴一起衔起添做窝里的暖
你守着我,就像守着饱满的庄稼
我捧着你就像捧着自己尚未死去的心

燕子

有时候不是所有的鹅毛都可以添做防寒服的
比如鹅毛大雪的鹅毛。纷飞的大雪里这些滑翔的精灵
你们为什么没去南方
这是一个下午我都和自己纠缠不清的问题

我想,你们一定是不相信太阳会说冷就冷
你们一定是觉得旖旎的湖城婉约的银川越来越不像北方
你们一定是喜欢这没有工业污染的天空有着让人欲哭的干净

我知道,云遇上了寒流就不再是云
我也知道越来越大的雪很快就会遮住你们的去路
我不知道的是,这越来越多的树杈上越来越多的巢里
有没有一个属于你和你们的空中楼阁
就像我不知道一种暖会不会冰封另一种暖
一片雪花会不会弄碎另一片雪花

落

那些将黄未黄的叶子里
有一片先落了

我知道剩余的那些
其中一片定是我,还有一片是你

秋风传讯说它是迟早要来的
我的心不由得疼了一下

疼不是因为我们无一例外
而是因为你还没来得及唤出我的名

查文瑾

纯棉（八首）

写给空茫

在寒流尚未袭来的冬天
亲爱的，你一定不知道
没有什么美比得上这个欲雪欲雨的夜晚
一切的疯都呼之欲出
又绝望成一地即将空茫的雪
那些被我爱死了的
不是一寸寸荒芜的寂寞
而是一棵树披上雪夜的声音

狗尾巴草

繁华落尽之前，除了一株狗尾巴草
请原谅我不能爱上这个时候还缤纷而光鲜的生命
骄傲的蝴蝶一定嗅不到它内敛的芬芳
世俗的蜜蜂一定弄不懂它与生俱来的忧伤
除了沧桑它没有多余的颜色，除了淡然它没有多余的表情
除了原生态的纯与净它不拥有奢华的光芒
看着它，好端端的，你还是忍不住想它
看着它，拥挤的心啊就空旷得像个广场
看着它，坚硬的柏油路也会柔软成春天返潮的土壤

最后的

假如我是世上的最后一根稻草
你是世上的最后一只燕子

长春的记忆

所有的记忆定格在冬季
填充三百六十五天思绪的
都是雪的白
晨操白　松树白
花径白　南湖白
漫着眼泪的思念还是白
甚至　夜的黑也不能掩饰雪的白
手捧一杯热咖啡
让褐色的液体　融化白

后来

后来　好像是一只枯鸦喧嚣了冬的荒凉
我坐在四野　回忆你清晰的面庞
太阳的阴谋　被你愤怒的眼睛
燃烧成一根细细的马鞭
穿越时空　抽打在我无辜的身上
我能忍受马鞭落下的疼痛
我不能忍受　你明知故犯的遗忘

菊花茶

水说　在摄氏 100 度沸腾
只是为了迎接菊花的到来
菊花说　在水中不停飞旋
只是为了生命的第二次绽放
茶杯说　静默不语
只是为了全心体验一场缠绵悱恻的爱情

　　　　［选自《诗选刊》（下半月刊）2009 年 1 期］

　　朱敏（1978—），女，宁夏中宁人。就职于中宁县邮政局。诗作发表于《宁夏日报》《诗潮》《诗选刊》等。

朱　敏

有人向我打听（外四首）

有人向我打听幸福的归宿　眼泪留在了来时的路
因了我的描述　蒲公英飘离枯萎的根部
指尖滑落的花瓣　渗出两滴金黄的露珠
我轻声呢喃　南风早已吹过
是谁　到底是谁　窖藏了山海关的黑土

我向牧人询问游离的目光　羊群踱着青草的哀伤
因了我的疑惑　千片云彩迷失了方向
马靴踏过的泥浆　糅合埋怨和奶茶的芳香
我再度低吟　四季都已走过
哪里　到底哪里　泄露了黎明的曙光

爱情咒语

压抑　怒放的花朵在冰凉的清晨盛开
窗户上的冰凌花暧昧的微笑
一股寒流由北向南席卷　又由南向北回旋
单纯的思念渐渐失去呼应的方向
一会朝东　一会朝西
东边有你　恰如太阳的温暖
西边是戈壁　引领思绪漫无边际
两边我都无法到达　困在原地
在心中踱着一个圆的距离
曙光出现的刹那　眼中噙满泪水
每滴落下　霎时幻化成一道女巫的咒语
禁锢大地　永远封锁春天到来的消息
以此　惩罚你姗姗来迟的归期

怎样像你一样
面对尘世的风霜的肆虐

三写三叶草

最后的风霜来了
惦念使我失眠
星星也爱莫能助

这一路走来的你
斗智斗勇
碰到了不少钉子

你倒下了
奉献出了最后的翠绿
紧贴着这片大地

我捧起你最后的歌
捧起英雄的誓言
越过这个冬天

红与绿

爬山虎用尽所有的红攀上梦的窗台
却无法分享屋里的温暖
分不清哪些已成为我们独享的秘语
现在都跑到我的笔下哭泣
可曾记得夏日里相依相偎的绿

　　马君成（1978—），回族，宁夏彭阳人。作品发表于《写作》《朔方》《六盘山》等。宁夏作家协会会员。

马君成

三叶草（外三首）

知道这是你最喜欢的颜色
哪怕它们都变得五彩缤纷
一直默默无闻地举着
面不改色的绿旗
尽管心狂跳不已

不去和谁争高低
只想守着身旁平静的幸福
两片叶子捧着我的忠诚
一片是我仰望你的眼睛
读一本天经，爱一片蓝天，敬一个神
为此耗尽我全部的虔诚和生命

再写三叶草

让我停下匆忙的脚步
俯身向你问好并致敬
寒霜一次又一次野蛮地来过
你瘦小的身子不屈地迎风挺立着

这是十一月的清晨
阴面的道路上已结出了薄薄的冰
我把身上的棉衣裹得更紧
你却捧出了盛夏的绿墨

三叶草，做我的老师吧
请传授给我

西夏王陵

"一野夕阳下的坟墓"——
根本没那么简单
它已无法,开口说话
没有谁,比一个贺兰山下的土著
更懂得沉默的含义
没有谁比一个西夏国的后裔
更懂得隐姓埋名的孤独
　　　[选自《人民文学》2009年9期]

我有一双眼睛

给我两颗露珠
我就能看见光明

曾经,造物把我从宇宙黑色的波浪中
带到这个世界

一半时间,我睁着一双清澈的眼睛
另一半时间,我努力从黑暗中找到光亮

现在,从窗户照进来的光线
折射在我的后背,又在面前的桌上
打开了一扇时间的窄门
　　　[选自《诗潮》2011年3期]

　　林一木(1978—),女,原名郑建鸿,宁夏固原人。就职于中国银行。1998年发表作品于《人民文学》《诗刊》《诗歌月刊》等,入选《诗选刊》和多个诗歌年度选本,荣获宁夏八次文艺评奖三等奖。著有诗集《不止于孤独》。中国金融作家协会会员,宁夏作家协会员会,宁夏诗歌学会委员。

贺兰山晚霞

没有丝丝缕缕的牵绊
没有层次，没有悲伤
厚厚的，稳重的红云，平铺
直过峻青的贺兰山顶
像战袍跟随将军西进的铠甲
像红唇，被男人深情的伟岸托起
托向更深、更远，直到山的另一面
我确信我的震颤来自于眺望
我没有掩饰自己内心的波澜
我的爱慕如此贪婪——
成为贺兰山，绵延突起的一条峰脊
成为这场晚霞中一小块没有缝隙的
碎片

贺兰山雨

如幕如烟，松林是上天派来的画师
笔端轻垂时光之墨
抖落、洇开
浓浓淡淡，柔软坚硬的心肠
枝叶相互推搡，低声密语
一座山站在历史的弦上如泣如诉
整个大地都在轻微地晃动
隐忍的画师搁不下笔
风不停息，不断消逝
所有洇湿的树都是它的身世
这淅淅沥沥的一幕就算被叫作征服
又有什么呢
正解与误解都是命运
它知道，雨的后面是无边的贺兰山
贺兰山后面是无边的雨

其实我很想
很想让冰凉的风吹一吹发疼的脑袋
可是十月过早地阴冷
一场场冷空气跃马扬刀,席卷而过
整个十月,阴雨连绵
十月我更像一个疲倦的母亲
被雨水和白雪的思念折磨
我裹着母亲的一件过时的棉袄,像一把锹
支起虚弱的田地
雨水和白雪来了又走,走了又来
我明明出走却又一次次回来
　　　　[选自《诗刊》2007年7期]

依靠

初冬,小雪有一个安卧的屋顶
鸦巢有一个安稳的枝头
连那群无处觅食的麻雀
也有一小块空阔的院子
雪被扫起来
母亲在上面撒上瘪谷
初冬,我哭过后就累了
我把你的怀抱分开
把自己放进去,脑袋歪向里边
像一蓬被冻雨淋湿的艾蒿
面朝北方,把自己安放在田野上
从三月开始,今年的每一个月
我都过得悲喜交加
每一个夜晚
都有一只蓝色的蝴蝶
安停枕边,和我小声交谈
它的翅膀分开,合上
分开,合上
像两个人的秘密,生死相依
　　　　[选自《青年文学》2007年8期]

林一木

不止于孤独（七首）

第二次看桃花

这是我第二次来看你们
我一眼就望见了你们憔悴的面容
我不敢抬头。来到你的跟前
我从明耀的水中看到了你的样子
褴褛的风挂在暗青色的手指
遍地滚落失血的亲吻
红装撕碎，花蕊裸露
三月激情的水浪开始消退
一缕一缕的香气，从远处散开
此刻，只有我是离你最近的人
水打湿了少半个路面
我静静地蹲在你的身旁
在这些潮湿的土上，我感到自己的心
正往柔软的地方下陷
像必然开败的花朵，我决定承接
这个季节带给我们最深的悲伤
而抬起头，我却什么也没有看见
　　[选自《朔方》2006年3期]

雨水和白雪

十月，我心悸于任何一种锋利的事物
似乎一股凉风
从我柔软的心边上带过
每一天的心，都像秋风瑟缩的手裹成一团

煤工的肩膀上
收集火的力量
黑头土脸地跑来

想起这些
我都舍不得
倒掉那一炉膛细细的灰

冬天，煤堆上长了一根草

屋子的墙角
一堆煤
一堆黑色的火焰
缠绕着一根年轻的草
细瘦的，高秆的
穿着十三片叶子的草

把黑的变成绿的
把冷的变成热的
把四季变成春天
凝滞的空气压落你第十二片叶子
犹如我脱落的黑发

我的绿衣女人
闻着你身上活着的味道
整个冬季我都守候着你
决不放弃
春节过后，打开窗子
我要让你见一见太阳

[选自《朔方》2005年8期]

　　王永玮（1977—），宁夏固原人。诗作发表于《六盘山》《黄河文学》《朔方》等。宁夏作家协会会员。

王永玮

这些民工（外二首）

这些民工
三碗洋芋面顶得上一只烤鸭的力量
日头被一群民工堵住了
用他们汗津津的身子
用他们砌筑的钢筋混凝土

下班了
这些民工把脸和手浸在和灰的水泥池里
白天和灰
晚上就是他们的洗脸水
洗净手上和脸上的汗泥
还有被石头划伤的细细的伤口

晚上
在没有灯光的工棚里
他们用粗糙的手指
一层一层地搓到半夜
地上滚满了小小的泥球
　　　　［选自《朔方》2005年4期］

穷人的煤

这一堆煤
有小块的、大块的
还有黑色的粉末

从地上、石头中

青海湖的雨

环湖路上的暴雨淹没了一切
唯那叩首藏民的孤独身影
如我眼底的感动越发清晰
模仿着她的样子
我五体投地朝着湖中央膜拜致礼
多年后的雨夜,我幡然醒悟
自己最后一滴泪水早已凝成琥珀
虔诚地匍匐在青海湖底

大昭寺的钟声

看到大昭寺镏金铜瓦顶的辉煌壮观
就忘了江南水乡
丝绸茉莉的柔亮清香
那叩拜长头的路人
个个脸膛黑亮发红
额头暴突的青筋
就在吻地的瞬间回归原始

听到大昭寺雄浑幽远的钟声
遥想文成公主远离倾轧纷争
超然李唐王朝大明宫的废墟
温柔抚琴,雍容转经
就想幻成殿檐下
第一百零四个人面狮身伏兽
哪怕静卧千年
只为换得公主妩媚一笑

[选自《朔方》2011年5-6期]

杨春晖(1977—),回族,宁夏吴忠人。在职研究生学历。就职于政法系统。报告文学、诗歌等作品发表于多家报刊。宁夏作家协会会员。

杨春晖

春泥的春天（四首）

禁牧

再次回到同桌六岁就开始抓发菜的崖畔
那曾经荒芜的沟壑已泛出幽幽绿色
只是昔日无垠的远眺像风筝一样
被眼前交织的钢丝紧紧拽住

梯田边刻有我俩初恋的枯树
仍被一只乌鸦踩在脚下
我想，它定是在等待
昔日的羊群和自己的春天

月光下的北塔湖

月光下，北塔正静谧地
用湖面的鳞波装点自己的倒影
蛙鸣啊，如此清远
温婉唤醒
与你相识那个下午的全部羞涩

微风中，一只水鸟从梦中惊醒
猛地蹿出草丛
把婆娑的芦苇摇曳成塔影顶端
星星点点的思念和你迎风梳理的长发

这是多年以前你那美丽的乡愁
而今的城市光怪陆离
在眼花缭乱之余，藤一样纠缠
我们疲惫的心灵
当夜晚平静了高楼与街头
当沉睡失忆了褴褛与华彩
倚靠良知的墙，你打了一个倒立
然后就想五体投地

人是真的时间

你我他，年月日
人的出现赋予时间以意义
人是真的时间，月月年年人山人海
时间停留在春天
时间选择一个人传播生活的理由
希望成为灵与肉的媒介
不断向上的力量回归爱的抚慰
有梦高举酒杯，除了豪饮
别无选择

[选自《宁夏青年作家作品精选·诗歌卷》，宁夏人民出版社，2006 年]

何强（1976—），宁夏西吉人。毕业于长春税务学院法学系。就职于国税局。2001 年开始发表作品于《北京文学》《飞天》《朔方》等。著有散文集《字书年华》。宁夏作家协会会员。

何　强

早春的呓语（四首）

生长

颤抖的双手是因为激动
而火炬熊熊燃烧
在接受与被接受中
老人多么虔诚
孩提的梦幻此刻浮现
春苗吐露大地的爱情
生长成为永恒，在离离原上
水粉的色彩抽象了树木的年轮
我的心声像鸽子飞翔的弧线

我们的世界

啊，地球的一间屋舍
瓦当是你的眺望吗？风铃是你的歌唱吗
而犁耧似乎沉睡，燕子不在檐头筑巢
你唯一居住的客人忘却季节轮回
诗歌吞噬了日渐贫瘠的细胞
一只虫子与病痛的橡作别
在那本旧书的扉页上蠕动
尘埃还未落定
战争与和平可是它的全部世界

失落与回归

离开农村，牧歌犹在耳畔萦绕

黄昏，你用歌声清洗
大海和草原

众鸟高飞的春天，你转过身去
背负火焰，你合上了时光之书
孤飞的鹰合上了
命运

以骨为笛，你用咯血的回声
照亮了人世的每一寸光阴
每一个夜行者的旅程
  [选自《诗选刊》2010年9期]

八月之城

除了需要借助一双月光银靴
一匹时光雕刻的白马
需要回首时的一声叹息
临镜时的一缕华发，需要这个夜晚
存放灰烬和余温，需要一场大雪冉度迷途
需要一场夜雨
再次失声痛哭

亲爱的，这个八月，从一座州府到
另一座州府，从一颗星斗到
另一颗星斗，从一种孤独到
另一种孤独，从高贵的肉体
到世俗的灵魂，还需要你看着我
说出那一个字
才能让这座冰冷孤独而又破败不堪的小城
瞬间复活
  [选自《星星》2012年12期]

  西野（1976—），原名张树鹏，宁夏西吉人。1995年开始文学创作，作品发表于《诗刊》《星星》《朔方》等刊物。宁夏作家协会会员。

包括高地上两块私奔的石头
包括石头旁边一棵哭泣的草
包括那梦见自己复活的鞋子
体内，失散多年的雨水正在集结
……就要丧失了
在这风停不下来的黄昏

突然间月亮升起来

突然间月亮升起来
这些一再让我怀念的
微弱的焰火，即将盛开

穿过子夜的村落
我忧郁的鞋子被十一月的一场大雪掩埋
一生的幸福，从一粒隐秘的花蕾开始
身披如霜的羽翼
因细小而疼痛，因苍白而彻骨

围绕黑暗的颂词，手提灯笼的人啊
请打开你们干净的草场
让这些纯洁的羔羊遍洒归途
照亮路边的每一个颅骨
沉睡的就让继续沉睡
飞舞的就让继续飞舞

只有盲者的手杖
还在路上狂奔，它的归宿
是不是今生被我们正在出卖着的光明
　　[选自《朔方》2005年1期]

歌者

你用秋雷点燃一片
圣火，燎原之火

西 野

三月（外四首）

三月里，风急，草也急
我把自己弄丢了，风
把它的面具弄丢了
就像粗心大意的鹰
把整个天空弄丢了

大雨将至

大雨将至，路途
正在丧失，那些守口如瓶的
脚印，已被午后的闪电劫走
目击者面色过于苍白

一场谎言，众鸟认识了他们
孤独的影子，时光之镰
已藏好它锋刃上的伤口
大地上锈迹斑斑，押运粮草的梦游者
背负着这个秋天巨大的阴影
向西，西北偏西

旷野，是谁在西风中清点盘缠
那孤单的孩子将被谁领走并寄养
是谁扶起大地飘摇的烛火
是谁照看子夜失眠的巢穴

大雨将至，钟声密集
灵歌低沉，包括途中紧逼的营寨

贺兰山终于与我错失
迎来一场雪
它的白色王冠隐没在黑夜
隐没在悬空的钢铁十字架背后
此刻,我还在垂涎着那王者的一吻

穿过街边的树林

穿过街边的树林
它在喧闹声中更加静谧
树叶沙沙作响,风声轻微
淡淡的凉意袭遍全身

但也温暖
唤起幽微的童年记忆
散发出熟悉的香气
在冬日的爱怜中穿过一片小树林

穿过树的注视,有些心虚
遂听见土壤的耳语——
树的伤口就是树的眼睛
树的沉默就是树的歌声

一辆挖掘机蹲在林子尽头
管道工已做好施工准备
一条管道也要穿此而过
它深埋于地下终将腐烂

[选自《朔方》2012年5-6期]

张富宝(1976—),宁夏彭阳人。文艺学硕士。就职于宁夏大学人文学院。

我走在遥远的地方
我是白云一样孤独的人
我是草叶一样欢唱的人

我是点燃和燃烧
我是天空和大地的署名
歌和歌唱，沧桑和青春
　　　　［选自《朔方》2000年8期］

想象一场雪

火车停在南方，不曾归来
他坐在屋子里用灯光点燃自己
想象一场雪穿过黑夜
带着母亲喑哑的声音在窗外闪光
一场雪仿佛命中注定多么亲切
告诉我黑暗在哪里

可以关上门。寒风从不曾停息
草衣被烧焦。根在轻轻呼吸
如此宁静——
万物都沉浸在温柔的暴力之中

错失

在书房的窗口，头顶偏西北
伸手就可触摸山脊
贺兰山与我如此相遇
但从未亲近

一座高层建筑日夜生长
身体镂空，渐渐丰满
兀自站立在我的窗口
将我囚禁在它的阴影中

张富宝

歌,或者沉默(外四首)

我总想看见天空和海水
片片落叶悠然飘下·
我总想知道
那褪落的青丝
再也无法挂起爱情的帘幕

相爱的人坐在水上
是两朵红色的花瓣
歌唱着月光和流云
相爱的人栖息在田园

可那花瓣儿被风吹散
我总想只身一人来到冬天
看那雪地上再也无法辨清的脚印
看那落日跌入山间

酒神:玄想之歌

我是点燃和燃烧
我是迷离的语言之风
来自酣畅淋漓的中心

我是泥土中的尘粒
我是雨水中的雨滴
无声的泥土和无声的水

无声如同过程,水土交融

它以站立直指时光女神眉梢
清水潜藏体内。明月灯盏下
绿了红花

明月灯盏下,它美目扬起波澜
有闪电与雷鸣。有秋风与细雨
有砍砍伐檀

就让那绝世的美妙时刻抵达心灵
笔锋凛冽似燃烧的马鬃
七颗北斗缀成它壮美的——
后世
　　　[选自《绿风》2009年3期]

小青

没有人比我更懂小青的心思。马厩槽头
小青抬着高傲的头。它的目光越过土坯墙直达万丈青天
小青虽然只有半岁,小青却被无辜引入歧途
小青在饮马的清水里看到了自己

小青从此不思水草。小青瘦骨嶙峋
明月夜小青独对槽头如水的银辉
一滴泪打碎深夜的玻璃

没有人比我更懂小青。沉默是最有力的抗拒
小青得病死后,它的雏形的马缰
一直挂在我的书案前,如不死的精神
　　　[选自《民族文学》2009年8期]

　　泾河(1976—),回族,原名兰煜,宁夏泾源人。1994年开始创作,诗作发表于《诗刊》《民族文学》《星星》等,入选《新中国成立60周年少数民族文学作品选·诗歌卷》《星星50年诗选》《宁夏青年作家作品精选》等。荣获宁夏第六、第七、第八届文艺评奖三等奖。著有诗集《绿旗》。宁夏作家协会会员,宁夏诗歌学会理事。

七尺绫

七尺白绫如一朵散开的雪莲，打开彼世的门槛
七尺白绫在无风的空间自在着

七尺白绫聚敛一池清流。七尺，仅仅是七尺
那宁静的一方天地间，它自身的弱光足以照亮空彻

七尺白绫横横切过，这把柔软的刀锋快过时间
七尺白绫，人世最后的襁褓

无须风华与雍容。在彼岸的河沿上
它完美如量身定做，轻柔地挥舞着双手
　　[选自《飞天》2008年11期]

晨起之水

这条河水流经清真寺旁的向日葵地，从我家门前淌过
这条水每天要早早起身，赶在黎明之前到达这里
从梦中，从遥远的山间摇着细碎的银铃
口噙森林冰清玉洁的露珠，在漆黑的夜色里匆匆赶路
晨光曦微。通往这条水的小路上
姐姐手提泥瓦罐。晨礼的时辰即将结束
她必须在太阳冒花之前将水送到母亲的汤瓶
沐浴之水，清洁之水。向日葵花的金黄突然打开了
从母亲的双手滴落，一滴清水落地成葵
如流动的太阳，提前穿过大地的早晨
　　[选自《民族文学》2009年2期]

以笔为马

七百年前驭我以神游
七百年滋养我以骨血
七百年后传我以美名

五寸时间，万丈光阴

的目光就是你的庄稼的太阳，你的血泪是它们的雨露。

使命诞生了，火的种子遗留在血液当中，我因此彻夜无眠。

晚归的羊羔该归圈了，我得去为它们打开栅栏。池塘的水干涸了，荷叶渴着，得寻找一个新水源。我的新娘要分娩，女儿要诞生，我得准备一个漂亮的名字。我得为她们每人缝制一顶纱布盖头。我休息一下，就得出发，趁着月光的辉煌。

一本诗歌刊物就要夭折，一位老编辑刚刚去世，斯人萎矣。而遥远的地方一座城市正在沉没，我能干什么，我只能像杜鹃一样啼破血喉。

第六复生：你在我的头顶上空

（我对我心爱的姑娘说，请你给我激情和勇气。她风摆杨柳，在我眼前如葱去皮。月光照亮她的轮廓。我看见耀眼的光芒刺破黑暗向我而来……）

那美丽的故乡，歌谣似风。红枸杞鲜艳地围在西夏王陵旁。六盘高峰上，花儿响四方。披纱的老龙潭睡眼惺忪，她是神的女儿，隐在深处。它们等我发话。

黄土地上泥土的味道是你离去时的那样，如麝如乳。小草正静静生长。你在我的头顶上空，高入云端。你的一生都与泥土为伍，你的升起是泥土感怀的必然。甘露是你降下的思念。因此我常常误认为你是海的源头。

你在我的头顶上空。任何时候我都不会孤独。而我一米七一的身躯，是你遥远的投影。

[选自《绿旗》，贵州人民出版社，2005年]

你的一生就这样或重或轻地飘荡过,你为自己堆砌了一个堂皇的炼狱。你为你的炼狱命名,你叫它天堂。你说那是玻璃的房子,四周透明。在你的房子里,你伸手抓住了今生和后世,光荣地永久活在我们中。

第三复生:凤凰涅槃在春夜

我为你选择了一个黑夜。这个时候,便于诞生。杨柳叶儿刚抽出新芽,河在低吟。一池春水荡漾着月光,月亮横空。蛙鸣像我们儿时的叫喊与欢唱,风像温柔的姑娘。麦田是绿色的地毯,上面有母亲昨天遗落的美丽的花瓣子。

当你老了,我就为你选择了这个时辰。万物都静悄悄,只有你分娩的声音。你轻轻从一个地方飞起,凤凰一样的冠羽波光粼粼,鸣唱一句,万鸟齐喑。

你也因此没有了归去的感觉,任何地方都是你的故乡。你飞向人间又飞向天堂,自由如风。

第四复生:我的诞生

你遗落的那支凤凰的羽毛是生根的种子。多年以后,我像女儿一样从母体的子宫降生。这个世界多了一份独特的欢笑,那欢笑是种子们唱的。

你在苍穹用神的话语询问我的名目。你从我的身上发现你的痕迹。我羼弱地攀上你粗壮的树之躯。噢,我的母亲树,生长在天堂的最亮处。

第五复生:所以活着

我承受了和你一样的苦难与欢欣,我也正在承受。我必须坚强地活着,必须。

此时,我才理解了你黑夜流泪的原因。黑夜其实是你的白昼。你

泾 河

十二复生与圣咏之书（十首）

第一复生：开端的黑暗

在你飞起来之前，万物不知你的名目，而你属于万物。无望犹如黑色潭水，漫上你的眉梢，你诅咒你钦慕的光环与光环中的女子，而那女子沉默如初。

我们的神肯定看着你。像牧羊人试探他可爱的小狗。而小狗却围着羊羔，辨不清谁是主人，谁是责任。

你把心冰冷成了金属，一哭，一串纯银的声音从你的胸腔奏出。没有人听见这最初的绝唱，就是一个天才诞生的圣曲。

伊不利斯乘虚而入，他设置陷阱。你一后退就一落千丈，迎接你的是女人温暖的梦。你听见身后迷人的叫喊即将来临。而你最终迈了一步，走进火的炼狱。

第二复生：火的炼狱

那是用石头做燃料的宅子，那火是蓝色的焰头。那里没有风。你把自己看作一个新拓制的陶器，脱胎换骨。火不烧那个器皿，神把希望寄托于它上的器皿。你的身躯越来越重，负荷着巨大的内容。闪电与雷鸣铺设在四空。你发觉在无比燥热的头顶。太阳只有一墙高，晒得人脑浆翻腾。而你没有呐喊，你的头顶上空飘着一面硕大的绿色旗面，遮挡着烈日。你开始迅速升腾，越来越轻。

我问那执旗的是谁，你说是民众。你又说，是你，你还说，是真主。

以及飘扬的经幡
与谁的呼吸在呼应

风在眼中　浪在心里
扑向远方的蓝色
描绘着自由的风景
此时西王母在何处
是否还有仙女轻轻飘起

忘记世界　遗失自己
寻找想象不到的彼岸
心里那么多纯净的想法
无处表达

布达拉宫

山是圣山　佛是大佛
远古的信仰超越了
亿万次磕长头的膜拜
布达拉宫集纳着纯净的心灵

摇着经筒的老阿妈
指认太阳和月亮
红装黄衫的小喇嘛
在所有的路途中念念有词
拉萨的高度显示出一个民族的力量
我似乎感到布达拉宫的诵经声
传向天宇

[选自《朔方》2010年5-6期]

沈茝欣（1976—），原名沈立新，宁夏灵武人。就职于吴忠日报社。1994年开始文学创作并发表小说、散文、诗歌及新闻作品等。著有诗集《生命心语》，长篇小说《人间情事》。宁夏作家协会会员。

沈莅欣

唐古拉山口（外二首）

荒凉　诉说着高度
生命的另一面浮现
是五千二百三十一米海拔
拔起一座座山川
看见苍鹰盘旋　雪顶闪光
一座座山川相连
演绎青藏高原的咏叹

蓝天　白云　雪峰
五彩的经幡伸向天空
那是谁的祝福在摇曳
亘古的容颜歌咏着苍莽大地
是五千二百三十一米海拔
笼罩了紧绷的神经
疾风　切割出脆弱的呼吸
越是给人恐惧越是令人神往

五千二百三十一米海拔
唐古拉山口
人逾越的是自己

青海湖

是谁把一块宝镜遗失在这里
谁的心事在这里翻滚
又是谁将这桩心事永恒保留
蓝天　白云　群山　草原　牦牛

要穿过数不清的人间烟尘
穿过杂草丛生的荒野
要穿过美好的噩梦与丑陋的人生

孤单的瘦弱的蒲公英的女儿
请收起你小小的白色的伞
你的梦就在让人心碎的尘世
请你不要留下悲伤转身而去

爱着的人不会离开
你穿过人间，穿过荒野
你遍体鳞伤衣衫破烂
挣脱了阴暗铁链回到我们中间

那浅浅的绚烂的笑
重新在秋天的清晨开放
蒲公英的女儿我们的妹妹
传说般站在眼前

[选自《黄河文学》2013年1期]

倪万军（1976—），宁夏固原人。毕业于宁夏大学，任教于宁夏师范学院。诗作发表于《朔方》《绿风》《中国诗人》等。

秋天

我亲眼看见秋天
怎样生病怎样衰老
怎样像一把刀子插进我心中

不想让希望在内心生长
不想让泪水在天空飞扬
一片树叶飘落
犹如秋天那些破败的幻想
街边那些衣食无着的人
被秋风卷起
轻轻地　轻轻地
和着泪水在我心中飘荡
　　　　[选自《朔方》2012年5-6期]

蒲公英的女儿

秋风中蒲公英最后的女儿
打点着自己空空的行囊
蓝色的女儿在风中
就像是风吹动梦的声音

当秋天的竖琴响起时
你侧过头悲伤写满惨白的双颊
那点微弱的灯火
不知道还能不能将周围的人照亮

临时想起的挽留的话
在哀伤中说不出口
"秋天，请不要离我们远去"
风使劲抓住了最后的希望

从故乡的墙角到天堂的大门

倪万军

幻灭的歌（外三首）

用弯曲的足迹
丈量　大地内心的忧伤
有一首歌被想象高唱
四季更替　物换星移

你脱衣　踩入溪水
没足的溪水由谁的泪水汇成
月亮在你上空像一只飞翔的鸟
变换身姿　永不疲倦
啜饮水中你凄凉的身影

有一首歌和泪水一起飞扬

走在夜晚

我走在夜晚
走在灯火辉煌之外的另一个夜晚
我想起了一些童话
想起了往日天鹅和幻想一起飞进我梦中

这个夜晚我走过了二十八条街道
走过被流放多年的岁月
这个孤独的夜晚我走到了道路的尽头
我想起了故乡
还有那位在河边洗头发的姑娘

初秋的风缓缓地吹着
每当这个时候我总被困在往事的泥泞里
在飘荡的叶子间
我的手指轻轻滑动

我看见时光和落叶在原野舞动
多少年过去了
这颗漂泊的心无一居所
也许悲伤是一种力量
而我在生活中左右为难
除了手中这根拐杖
我不敢表达心中的绝望

画板

你的眼是一汪黑泉
别哭泣，妈妈
我在云端，我会喊爸爸回来
爸爸只是去了远方
那里海水晶莹，沙滩金黄
别告诉我那里只是月空烟水流
你看，我画上的海水、天空、飞鱼
还有爸爸微笑的背影

［选自《朔方》2011 年 5-6 期］

海默（1976—），回族，宁夏固原人。就职于某医院。诗作发表于《六盘山》《朔方》《民族文学》等。

鹅黄的花瓣冻结心底隐情
寂静浸过细雨中几根颤动的花枝
而月白帐下的一双青布女鞋
犹如秋月海棠

河流

这是九月,我是朴素的看客
白天在门诊接几个简单的患者
开几味广告上常见的药
妻子儿子母亲平平安安过着日子
可我就这么被感动淹没

我知道在我隐秘的血液流淌着一条河
这条河清清亮亮照应着我,也拯救着我
多少年了,我在一瓣苦艾里聆听你的足音
无论改变多少种飞翔的姿态
无声的大河从容抹去脚印
犹如一瓣红花的妖娆在幸福和苦楚之中

而九月的土豆如此沉默
在抵达河的对岸,我把所有交付泥土
平凡的日子积水成河
我已忘记都市的影子
独守这暗淡皱褶的乡村
迎接一地月光
闭上眼睛化身为鱼
    [选自《朔方》2010年5-6期]

表达

我越来越不愿接近人群
无法说出的时候
只做几种简单的手势

海　默

自然及其他（五首）

蒲公英

无雨的天空下
我是一枚盛开的蒲公英
在梦与非梦之中
整个夏天过去了
我仍沉浸在尘事的灰暗之间
怀疑自己等待成一棵梧桐
一块结实的榆木疙瘩

当秋风带来爱情的魔鬼
当年的野菊艾叶红花在开水中翻滚
我的十指青涩，我不敢触碰
这清凉的苦涩
让我一次又一次感受
繁华散尽的悲哀

黄菊花

燕子渐飞渐远，飞掠楼窗
飞过窗栏上的一盆黄菊花
谁的目光忧伤而又温润
燕影一样掠过
春天的茉莉、夏天的玫瑰

窗内人淡如菊
秋风游走在异乡的街头

狰狞的岩石割裂了猎手的寂寞
美丽的图腾点燃了远古的篝火
唱一曲悠远的牧歌　酌一碗醇烈的美酒
蘸着浓浓的激情　把豪迈的心境
在这粗糙的画板上肆意勾勒
以一种最坚韧的方式
让千年的人生定格于天地间

一些支离破碎的线条
一些斑驳陆离的颜色
一块块粗糙丑陋的石头
一只只虔诚执着的大手
让时间的脚步在这里绊倒
让后人的目光在这里缠绕
让生命的花朵在石头里发芽
让时光的飞鸟在山岩间筑巢

旧北长城怀古

青山隐隐　梦中的号角
于巍巍故垒间吹响
旧时的英雄弯弓射雕时
可曾见大河东流处残阳如血

今日　我亦学沙场点兵
秋风中的衰草笑我
竟不知古来征战地
只有麦谷的余香

[选自《激情石嘴山》，内蒙古人民出版社，2004年]

　　徐忠杰（1976—），宁夏惠农人。现为石嘴山精诚广告公司经理。著有诗集《雕琢时光》。宁夏诗歌学会会员。

徐忠杰

沙湖（外二首）

喜欢追逐风暴的黄沙
贪恋一池秋水的柔美
于万顷苇花间静卧
如一只温顺的羔羊
多事的飞鸟悄悄传递沙与水的私语
被远方的游人无意间听到
夕阳下那泛起的涟漪
正是沙湖羞红的面庞

一叶轻舟轻荡山水之间
一曲牧歌与晚风唱和
何处的妙笔把远处的贺兰
用淡雅的曲线勾勒
近看是一幅鲜活清丽的水彩
远观却是一幅浓淡相宜的水墨

贺兰山岩画

远去的弓弦声　射雕的神话
风雨把丢失了年龄的岩石
一笔笔悄悄勾画
猎手追逐狼的踪迹
不想自己的影子却被大山捕获

后来的我　把他们的灵魂抚摩
在那里　有昔日的绿野茫茫
麋鹿　苍鹰和牧歌的悠扬

咸国平

一声鸡鸣（外一首）

黎明，一声鸡鸣惊落繁星
挂在枝头，一颗颗惹人的珍珠

清晨，一声鸡鸣唤醒秋虫
回归的路上，留下一串串脚印
　　　[选自《中国建材报》2005 年 8 期]

土地的泪

旱情还在加剧　蔓延
土地把体内仅存的湿温给了庄稼
相守成一种疼和痛

土地用焦虑的眼神
看着自己的庄稼一棵棵枯萎　死亡

泪已飘进粉尘　浑身的道道裂痕
像一张张呼救的嘴唇
却始终发不出声音
　　　[选自《六盘山》2011 年 5 期]

　　咸国平（1975—），回族，笔名北河，宁夏隆德人。2004 年开始创作，诗作入选《新中国成立 60 周年少数民族文学作品选》《新世纪精短文学作品选集》等。著有诗集《风的泪》《游走的风》。中国电力作家协会会员，宁夏作家协会会员。

眼神专注地对着镜子
动作舒缓、明朗
表情像一面湖泊那么平静

把一绺儿乱发理顺
把一丝儿困倦赶走
我看见无比鲜活的时光溪水一样
从她挥舞的梳子背后
一缕缕遗漏出来

她站在楼下的
一间低矮的出租房前
脚下那片水泥地刚刚打扫过
并洒满了黎明的光芒

无题

一只麻雀站在
一株松树的顶端
向着早起的太阳
用尖喙梳理它的羽毛

梳妆完毕
在清晨的第一束阳光里
快乐地跳跃着
啾啾地鸣叫着

太阳慢慢地爬高
谁也不知道
麻雀今天计划着什么
会飞向哪里

  刘天文（1975—），宁夏彭阳人。毕业于固原师专中文系，现就职于彭阳县党校，兼任《彭阳文学》执行主编。诗作发表于《扬子江》《西北军事文学》《朔方》等。

刘天文

燕子（外二首）

低于天空，低于屋檐
低于五月一丛草的长势
一低再低

天使的翅膀滑过面颊
那么快，相信它们
在我面前制造了
一次又一次的真空

我挥动手臂
它们视而不见
众多的翅膀缠绕着我
相信它们的快乐
正波涛一样荡漾，淹没了
所有卑微的恐惧

或许此刻
一个满怀忧郁的人
对它们构不成威胁
它们的慧眼已经看出
我是在星期天的围墙里
持续加班的人

梳头的女人

左手举着红色边框的镜子
右手拿着一把枣红的木梳

在一块一块的声音里窒息
售票员一个人
坐在屋子里
从面前的小窗口
浏览着
匿名的雨林　在七月下旬
吐露孟菲斯的秘密

送行

去拉萨见一个不认识的人
作一次告别　眼泪
流向城市那边的河
空气一样幽绿的玻璃
下沉　河床里的鹅卵石
延伸着目光　所能
触及的黑暗
谁在车窗另一面啜泣
高跟鞋的金属跟部
计算着时间的洞蚀
十二月　在途经易县的
车轮上拥挤
地平线伪装成一只蝴蝶
向我越飞越近
我把脸转向东方
牧羊人在清晨树立起一支十字架
星星穿过高原
多得像车上的乘客

[选自《诗选刊》（下半月刊）2008年8期]

狼保禄（1975—），原名张巍，宁夏盐池人。就职于宁夏广播电视总台。2001年开始诗歌创作。

狼保禄

雨季（外二首）

我的另一个职业是守夜
在七点　在八点
在所有的整点时间
敲响手中的响铃
夜晚的名字
从每家屋顶慢慢升起来
占据北方的天空
一时间　风
似乎停了下来
或许是因为闷热
旷野中发闷的雷声
从我指缝间涌出
由近及远
遍布整个大陆
而这一切　自那一年之后
再也没有出现过

非洲公园

撒哈拉天空的下午
光线一丝丝变暗
成群的火烈鸟展开手臂
穿过金黄色网状河流的上空
一粒图钉上的城市
光滑得像一面镜子
愉快地反射着太阳
所有眼睛

向往

向往故乡　牛粪煨热的土炕头
向往夏天　走在豌豆结瓣的田埂上
看蝴蝶自由的飞
并随手摘几个豆瓣放到嘴里慢慢咀嚼
向往六月　在母亲的催促下起个大早
到地里和哥哥姐姐比赛　收割金黄的麦穗
或者在某个正午　碰巧和邻家的妹子
走到一起　去距家两里的深井里往回挑水
向往坐在故乡最高的山头眺望远处的坡地
那里有耕地人来回掀起尘土　且干花儿不断
向往和乡亲们一道去清真寺做礼拜
为祥和的日子感恩
为那些陌生的和熟悉的人虔诚祈福

以上是我最初最真的生活
如今却变得让人向往
我的向往不高
如今却又难以实现

〔选自《朔方》2011年5-6期〕

　　马晓麟（1975—），回族，笔名斧子，宁夏同心人。诗作发表于多家报刊，著有诗集《野山竹》。宁夏作家协会会员。

从元明一直漂到今天
呼呼生风与远近的山脉遥相呼应
一年一场风从春刮到冬
成了大寺的唯一独白

大寺孕育着一个民族部落
最朴实的风情和风俗
当一种真正的感觉袭来
人们便从坚实的信仰中抬起头颅
念念有词地走进大寺
而城市早已从另外的区域窥视大寺
窥视这里了

清水河已在等待中睡去
当一个人不经意地经过这里
那双怀旧而黯然神伤的目光
就高过了晴空和荒野
　　　[选自《朔方》2003年7期]

麦子

在小城同心　从麦地里犁出来的
是日子　从日子里流出来的是汗水

阴历打开　半个月亮升起
五谷丰登的日子被风折了腰
阿訇引领众人席地而跪　向西
用忏悔内心的罪恶　求雨
谁在干旱中成长　并最先看在眼里的
不是麦子的香　而是麦子的珍贵

日子在汗水中行走
相思　积劳成疾
一辈子的胃病无法治愈
　　　[选自《民族文学》2009年8期]

马晓麟

米钵山之巅（外三首）

蓝风吹拂　这是最后的精神高地
保持着最初的纯洁和新鲜
攀上去　需要借助神鹰的翅膀

蓝风吹拂　远处的羊只与云朵
在想象中接近　在视觉里混淆
传说中的石羊在传说中奔跑
在惊心动魄中与枪口对峙
而后出走天涯

蓝风吹拂　山峦自脚下无限延伸
虚幻而真实　谁仰天一声长啸
保持了三分钟向上的欲望
对人间苦难作了一次潇洒的俯瞰
又是什么拢住一翅苍凉一翅悲壮
在暗中谑笑我们

蓝风吹拂　落日在黄昏中沉陷
我倾心于这座山峰　就像倾心于
一次经历　好一座诗人之山
它包含了我
生命里不可轻易言说的部分

大寺

独立于城郊
一如黄土海里的一叶孤舟

顾不上相爱

城

荒凉之城　势利之城　厌倦之城
我登到山腰看它时已过去了十一年
白天吞吐烟尘，夜晚火树银花
过不了多久
春风又要拂过它虚假的繁华

比蝴蝶还轻

有一天我会什么都失去
我从窗户走出去
再也不用回来
甚至够不上消失
许多人不知道我曾来过
你何必流泪
何必站在风里追问
徒劳地寻觅
树叶在秋天里飘坠的姿势真美
太阳沿着永恒上升
你终于知道
河水流去，万物只出生一次
我，原本比蝴蝶还轻

[选自《六盘山》2011年2期]

紫艺（1974—），女，原名杨春晖，宁夏固原人。作品发表于《朔方》《鲁西诗人》《六盘山》等。著散文诗集《旧唱片》。

紫 艺

成灰的蝴蝶（外三首）

我早已是一只成灰的蝴蝶
你是神话，但你不能复活我的飞翔和泪水
对不起，永远的兄长
别用你的想象解读我，伤害我
让我停在我的伤里
我属于那些宿命的痛
　　　　［选自《朔方》2006年8期］

单纯的夜晚

站在天空下
所有的人都遗忘了年龄
等待星星从高处落进眼睛
那是些蓝色的星星
它们溅上漆黑的幕布
凑成明亮的一束
然后迅疾地消失

金黄的瀑流冲到半空
又淌下来，转眼就没了踪迹
无数颗发光的红苹果绿苹果
直往下掉，可谁也别想捡到

这真是一个单纯的夜晚
人们好久都保持着仰望的姿势
看烟花绽开、熄灭
惊叫着拍摄着

追赶得日子浪花似的向前翻滚
几根凌乱的头发在仍带寒意的春风中
深吻黄土的气息

踏着泛湿的土香耕牛步入田间
把一粒粒种子婴儿般地托付给土地
皱纹　老茧祈求着
老天能多滴几滴奶水
生活把一个个坚实的汉子压成
伸向远方的车票
车窗里伸出一幅黑黝黝的面孔
给咿呀学语的儿子留下一句
要等待一年的期盼
爸爸回来　给娃买一个大红苹果

三月

泛青的草皮洗亮了山野村庄
种子在充满信念的泥土中跃动
阳光装满绿色心情　在枝头忙碌地
为一束即将开放桃花欢歌

空旷的山谷中
妇女们在田间不停地奔跑
风　低低地吹过老人的眼睛
日子一直没有声响
除了几声鸡鸣与犬吠

夕阳下　回家路上的媳妇
寻思着为公婆孩子做什么样的晚餐
期盼着丈夫的家书今夜寄到
　　[选自《朔方》2011年11期]

　　樊文举（1974—），宁夏西吉人。就职于西吉县委办公室。1996年开始文学创作，作品发表于《朔方》《黄河文学》《六盘山》等。

樊文举

西海固之月（三首）

正月

一串串欢快的鞭炮
惊谢了一朵朵雪花
唤醒了一树一树的烟花
孩子们把鲜红鲜红的春联
贴在岁月的伤口上
日子笑成一个个福字
撵走了村庄一年的疲惫

他乡归来的游子
眷恋在母亲的热炕头上
闻着父亲旱烟的味道
端详着女儿身上的花棉袄

妻子端来一碗香喷喷的饺子
把一家人的心拴在一起
谈论着谁家的老牛又扬起了鬃发

一阵锣鼓把又一本泛黄的日历藏进史海
几声铿锵有力的秦腔
淹没了一年的相思

二月

试着解冻的溪水
贪婪地舔食着节日的脚印

还有秋花的绽放与春天的山野
还有骨头深处的故乡的风声

谁又会相信孤单的银杏树叶有热爱的飞翔
或是把目光交给行走的白云
从前的花朵依旧幸福地想起拥有
想起北方的风沙和一粒被眼睛打湿的石头

哦，你还在那里吗？旧日的时光
还有身着蓝色长袍的人儿
渐行渐远的昨天穿越了今夜的寒风
是十年的乡愁之鞭狠狠地鞭打我的心
像扎着初冬的针尖

如果

如果星光只闪耀一次
那么，天空的璀璨就留给月亮吧
我只用夜空擦亮双眼，还给黑暗

如果合欢树只开一次花
那么，树叶的低语就留给别人吧
我只用九月换取清凉，抵达往事

如果雪花只有一次飞舞
那么，冬天的沸腾就留给春天吧
我只用烟火洗净生命，交给爱人

如果生命只有一次绽放
那么，城堡里的清水就留给河流吧
我只用花朵充盈内心，奔腾远方

　　高丽娜（1974—），女，笔名高高，宁夏固原人。2000年自固原调到宁波任教。1996年开始创作，诗作发表于《六盘山》《浙江作家》《诗选刊》等，入选多种全国性诗歌作品选本。

北方的月夜与忧伤的琴声
风沙的嘶吼与青春的迅疾
黑色的瀑布与蓝色的衣裙
麦浪的清香与漫天的雪花
还有一首伤感的《灰姑娘》伴随着我
一路南行　东南偏东
然后　停驻在一个叫宁波的城市
最后　又向南　向东
来到一个叫咸祥的小镇
在这里　一待就是九年

那些故乡的月光
和华美的乐章在一路流浪中丢失了
在这个江南的小镇里
我整日吃着米饭听着鸟语般的方言
说着标准的普通话穿着一些水乡情调的衣裙

昨夜　我在小镇的天空看到了多日不见的月光
在这个阴雨连绵和湿热的小镇
这月光　是多么珍贵啊
尽管还是浮云掩皓月
但只要有月光
那些美丽、忧伤与温热的氤氲仍会扑面而来
一浪接一浪让人忍不住泪流满面

　　　[选自《诗选刊》（下半月刊）2009年10期]

初冬的针尖

谁又在这季节变换流转中隐藏陈年的老酒
或是痛楚的泪水从词语的间隙里被唤醒
明月清幽的光晕映照着一个人的沙金山
大嵩江奔腾的江水即将被北方冰冻

在一个年头与另一个年尾之间
连接的不仅是冬和冬的亲吻

高丽娜

我是黄昏的女儿（外三首）

在黄昏的晚霞里　我看到了黑暗
还有　美丽纷飞的氤氲
从广阔的田野冉冉升起
如同秋天里　我众多的母亲们
长满皱纹的美丽容颜上
旗帜一样在风中猎猎招展的白发

透过弯腰的麦穗的目光
我听到　我众多的母亲们
心底快活的溪流汩汩流动的声音
又一次随着倦飞的鸟儿
飘浮在故乡袅袅炊烟
上方的暮霭里

如小鱼缓缓游过青草更深处
我所热爱的东西　离我越来越远
有一些阳光透过树隙
还有一些声音偶尔传来

迷失在黄昏中　但我还是抬眼望去
那比天空更高远的地方　我看见了
我的前生　原来我是黄昏的女儿

再一次写下月光

再一次写下月光时
心中那些缥缈的往事与晶莹的泪光

在时间反复称量中慢慢消耗

如今，作为一截压在土墙的废墟
仅仅在维持着时间和它自身的平衡

旱塬纪事

凉秋八月，寒蝉哀鸣
一捧咬人的麦土，渐渐丧失了体温

依旧那么安静、那么蓝

——霜降后，草木黄落，蛰虫潜伏
清水河，露出发白的河床

旱塬上，只有一头驮走新嫁娘的毛驴
轻轻敲响黄土塬亘古的空旷

一个羊倌凄然转身的背影里一首民谣开始怀孕
生长。在大雪到来之前
旱塬上的忧伤，主要由它构成
 [选自《绿风》诗刊2013年2期]

  高鹏程（1974—），宁夏固原人。就职于浙江象山文联。诗作发表于《人民文学》《诗刊》》《诗歌月刊》等，入选《新中国六十年文学大系》《二十一世纪诗歌精选》等。著有诗集《海边书》《风暴眼》。曾参加诗刊社第22届"青春诗会"。

如同生活在此的百姓
只是为了被奴役、被冻饿、被杀戮而存在

战事频仍
战事太过频仍
一座城，自从诞生，就是战事的一部分
就是它的过程、目的
小民的头颅被要求比韭菜长得更快

时光荏苒
黄昏的羌笛拆散了一个戍边士兵内心的烽燧

一个放羊的尕娃吃惊地看到
从垛口透出的光线，像一枚生锈的箭镞
把浑圆的落日
靶子一样钉在了一截城垣的豁口上

黄铎堡

一座黄土夯成的煌煌大城
在流沙里不停地变幻着身份：石门关
石门镇、石门城、石门堡、平夏城、怀德军……

像一枚秤砣
悬挂在北宋和西夏国的边界线上
用三千西夏士卒的头颅来称一场战事的成败

用一座城堡的得失称失衡的版图
称兴亡、功过，称无数君王失手打碎的江山

一杆秤
如果不称天下小民的甘苦
那么秤盘内，无数士卒滚动的头颅轻如灰土

黄铎堡，一座流沙中的城堡，它的重量

因为速度，我感到了它的重，感到了
胸口的闷疼—— 一枚隐喻的钥匙

打开了我身上秘密的锁孔——
我们都在奔向共同的源头

题西夏女体碑座

减去秀发，秀发里的鸟鸣
减去柳眉明眸，减去顾盼间奢侈的爱情
减去樱唇，剩下狰狞的獠牙
咀嚼生肉，吓退野兽
以及比野兽更为凶蛮的同类

减去颈项，圆润的双肩
减去女性的美学。这太奢侈了
在这个蛮荒的时代
甚至要减去多余的情欲
只留下一对肥硕的乳房
向大地悬垂
生殖，哺育，繁衍
减去修长的玉腿，温润的脚踝
减去曼妙的腰肢，减去它里面隐藏的软弱
还需要把粗笨的身躯
压缩，压缩，压缩

直至成为一块方形的石墩
然后驮起党项人
这个民族全部的苦难和尊严
　　　［选自《黄河文学》2008年1期］

兵戎之城

一座城，似乎只是为了破城而修筑
只是为了毁坏而存在

高鹏程

在西海固（外五首）

在西海固，一棵树长得过于艰难
一只蚂蚁也要经受比其他地方
更多的苦寒

在西海固，天空总是显得过于高远
这让那些地平线上微微喘气的山峦
变得局促、压抑和沉重

在西海固，阳光总是灿烂得近乎残酷
一些体制一样的云层总是把有限的雨水
搬向远方

在西海固，牲畜沉默，人民隐忍
就连一些瘠薄的草木，也学会了在暗处使劲
它们要用一个冬天攒下的力气
去解开卡在春天咽喉处的死结

在回乡的路上与一枚落叶相撞

很显然，它正在返回。从五十米开外
它站了将近一生的高高的树梢

而我也在返回
从遥远的东海小镇，到西部故土
中间隔着五千里的山河和十一年的光阴

这肯定　是造物安排的一次碰撞和提醒

周家河湾村中有条小河穿过

周家河湾村中有条小河穿过
它纤细的身子像情人的一根手指
轻轻抚过周家河湾村的面颊

它从村口周马乃家门前进入
从村后周西曼家屋后流出
它穿过了一片麦地,穿过了一片糜地

穿过了一片青荞地。它穿过了
周四家的院子,穿过了周瘸子
周木匠、周阿訇的院子之后,仍在穿过

它穿过了整个周家河湾村,留下了
一些泥沙,而后又带走了一些泥沙
不注意是看不清的,那些泥沙都秘密地
泛着一种细碎的暖色

[选自《诗刊》2012 年 12 期]

  马占祥(1974—),回族,笔名马茹子,宁夏同心人。现任同心县委宣传部副部长。1990 年开始创作,诗作发表于《诗刊》《星星》《朔方》等,入选《星星 50 年诗选》《民族文学诗歌选》及年度诗歌精选等。荣获宁夏第六、第八届文艺评奖三等奖、二等奖。著有诗集《半个城》。曾参加诗刊社第 28 届"青春诗会",全国第 7 届"青创会",鲁迅文学院第 17 届高研班。中国作家协会会员,宁夏作家协会会员,宁夏诗歌学会副秘书长。

远离身患哮喘、高血压、糖尿病、心血管
和骨质疏松的城市
给槐树和懒散的葡萄树
留下可以被风吹过的间隙

湾段头村尚有大片可以用来
呈现绿的空地
我要给大丽花涂脂抹粉的艳俗
留下田园小径
给垂柳留下搔首弄姿的
水渠的镜面

只有湾段头村，沟壑般布满皱纹的脸面
恰好适合这些被城市围困的草木
随心所欲地生长

在下一个春天到来时
我可以度过草木的一生
在发黄的秋天，使我多汁的骨骼
也疏朗，也萧索，也任凭风吹掉
多余的水分

半个城：纪实或叙述

这座不显眼的小城在传说里
失去了另一半，剩下的半个城
依旧养育着庄稼、河流、大地
和人群——一半存在于生活，另一半人群
已沉睡于地层。阿訇说
有些好人会进天堂，另一部分坏人
将永堕地狱，总是这样：
我想勾勒另外半城河山的画卷
却没料到一下子就提到了人

为离去的夜色和寒冷铺下茅草
誓以黎明

青海湖:大地上的灯盏

山上的石头沉眠于水中,无边的森林四散奔逃
——它们丢弃的尸骨,开着白色的盐花

青海湖试图容纳一个完整的天空
甚至在水边安排了几朵流云的位置

或者停止流淌,保持十万吨水的深沉
或者明亮,在深夜里成为深埋大地的脉搏

正是水的血脉滋养着
青海湖安居北方的根根硬骨

矢车菊

我不能描述其他的颜色
除了紫——使我抑郁
你看我身上条状的叶瓣已大片丛生
我头状花序的发梢布满锯齿

我在簇拥的矢车菊中以紫呈现
我会把血一样的紫拿出来给你

像所有的矢车菊
不会折射阳光放弃的一节白
像一朵矢车菊放弃土地的火焰
在你手中轻轻垂下失血的头颅

我要在湾段头村建一个花园

我要在湾段头村建一个花园

即使背离了决绝的身影
即使陪着窗外的槐花微笑
我也会被亲人一样的风轻轻托着
落于幽暗黄土,沦为寸草根须

老龙潭:一小块干净的静

只有在风中四周的松树才是热烈的
只有在阳光下松树才试图用身影接近
一潭澄净碧水。老龙潭
不改初衷地挽留云朵、星空和飞鸟
聚为泥沙,散为游鱼

老龙潭:十亩迷离的水
浸泡着它绿色的美。在一个黄昏
湿透一场雨。在一个清晨
布置一地雪

八月,老龙潭安排好十条无家可归的鱼
为心事不宁的游人
撩起层层涟漪
荡开他们目光中尘世的浑浊
凸出一小块干净的静

三月三,河边,晨曦中的风

风在吹,飘飘然。在晨曦中
吹过去年的枯草。槐枝上一个泛白的苞
不动声色地勾销了冬天
去年的河床上,荒草深埋的绿
今年,在三月三又要醒来

天像熔铜,大地如黛
河湄被风铺上一层潮气
风在吹,飘飘然。在三月三

马占祥

晚风吹（九首）

不可说

看吧，清晨的雾霭藏好尾巴
清水河还在收藏卵石的掌故
它们不可说。看吧
黄鹂子迷失在麦地
西山还在揣摩云朵的走势
它们不可说

它们远离世俗，义无反顾

余生

去西宁在丹葛尔古城复习那些陈旧的青山
去兰州在黄河上豪饮一段新鲜的月光
去银川在西夏王陵躺着发芽
——为它补充一棵草的绿

而在这小城同心，我要在清真寺再听一次
宏大的宣礼词
拜访绕城而居的红柳
假若我意欲，我会使它们凋零于冬季

在余生，我还要学习星辰的密集
太阳的下落和月亮的上升
学习它们发光，发热，发背面的黑
像一棵槐树用新生的枝条完善自己

还没有把绿色的桅杆撑满
还没有等到喧哗的水声响起
我们就早早荡起心中的桨片

正是你秋雨中的六盘山
还没有把白色的云朵驱散
还没有等到金黄的日子来临
我们就早早地学会了深沉

在那些低矮灌木仰望的地方
我们早早地投下了黑色的背影

胭脂峡

这是龙骨发育的地方,母亲
当我们沿着你的腰肢行进
你就把五千年忍不住的悲怆
流进了我们的根
　　〔选自《朔方》2013 年 11 期〕

　　王自安(1973—),宁夏盐池人。毕业于宁夏大学化学系。2000 年开始创作,诗作发表于《朔方》《新消息报》等。宁夏诗歌学会会员。

王自安

泾源（四首）

老龙潭

我把这偶然的源头称为酒
当我醉了，就睡在你怀里
可是我用了四十年也分辨不出
你是哪个命运的源头

也许，云会知道
我喝惯了哪里的水
把根扎在哪里
而我的枝蔓还在异乡奔流

冶家村

我们爬上冶家村南面的山顶
把一行脚印留在我们驻足的地方
山顶高高地扛着这些脚印
俯视着山下

我们在山上向山下挥手
山下的友人向我们挥手作答
这座山不曾产生别的什么
它和周围的事物都不一样

六盘山国家森林公园

正是你林涛涌动的六盘山

张　毅

仰望一把锄头（外一首）

跟在母亲身后，仰望扛在她肩上的锄头
一把除尽干旱却挥汗如雨的锄头

古诗人白描的农夫，仰望着苍天白云
而如今，我仰望搁在房脊上的一把旧锄头
与土地、母亲、我的童年相依为命

大地啊，一把把旧锄头不约而同地放置天空
他曾锄去乌云、霹雳和闪电
中国的麦子，仍然需要母亲的看护

大锤落在钢钎上

荒原已无缘种植麻桑
我只好叩问大山的胸膛

钢钎之上，火星怦然溅落
坚韧的属性中，我看见您的脊梁

没有大锤，钢钎会失去知音
掘进的深层恍若等待父与子交替的时光

抡起的大锤啊，如风般地歌唱
沉重的生活就应该扛在肩上

[选自《回族文学》2002 年 6 期]

张毅（1973—），宁夏彭阳人。写诗，当阿訇，做公益。

山之外和明天一样
让不安分守己的人充满欲望
我的想象随着汽车
永远穿行在生活奔跑的路上

今夜　月亮的清辉
洒落下嫦娥的寂寞
我穿过世俗的目光
看到了与爱情无关的千古荒凉

走进海原

走进海原　须翻越南华山
同窗的饮料足够我们
旅途干渴的心灵饮用
放飞生活中很多的沉重
让我们结伴而行
看路边的小草和树木
由一棵变成一片
由渺小变成了辽阔
这时你会发现
有树的地方就会有希望
生活的阴凉就在树下
放弃行走　只需一棵树就足够了
［选自《绿风》2011年6期］

张家传（1973—），宁夏固原人。就职于原州区头营镇司法所。诗作发表于《朔方》《六盘山》等。

张家传

门之唇（外二首）

门的唇　被风吹红
门的女神　站立于风中
窥视世界的心灵
思念守着出进的门
隔着孤独的墙
在静静相望

门的唇被时间扭开
我再次找寻那失去的红
你张开我在高呼
为你　为他　为更多的人
我已站成一扇门
一扇命运之门
唇被残酷的岁月吞噬
　　[选自《六盘山》2010年1期]

车过月亮山

一个午后
汽车爬行在崎岖的山路上
月亮山　让人充满美好想象的地方
枯草与绿意同时生长
天然的牧场却看不到牛羊
一脚踏两县的豪迈
想看到更远的地方

山切断了眺望的目光

哪一个伞下是你美丽的容颜
哪一个车窗里流动着你快乐的笑声

那些在雨中飘零的落叶
那些丢失在风里的叹息
总让我辨不清雨来的方向
是谁的眼泪打湿了一街的繁华
是谁绝望的爱情
忧郁了这个城市的上空
遥问已不再年轻的你
是否像我在另一个城市的雨中
迷茫又彷徨

情人节

情人节的晚餐
玫瑰比往昔开得都要艳丽
罗浮宫西餐厅里
音乐多情而又缠绵
我喝不惯洋酒的习惯
吸引了一个轻描淡写
吃西饼的女人

她总是看着窗外
偶然也会很风情地看我
这总是让我想到
另一个城市以及那个城市里
很久没有谋面的女人

[选自《安放倒影的湖泊》,中国文联出版社,2010年]

马万俊(1973—),宁夏灵武人。曾就读于固原师专并任《北斗》校刊主编。1994年开始发表诗歌作品。著有诗集《不是风 是我》。

马万俊

爱情离开的那一天（外二首）

爱情离开的那一天是星期三
当我放下电话的瞬间
苦心经营了八年的爱情就像空气一样
从我的世界里静静地蒸发了
我知道我还不够坚强
不足以抵抗爱情所带来的创伤
只好吹着美丽的口哨
故作轻松地走过
那段漫长而又艰涩的走廊
对所有正面走来的人
致以最灿烂的微笑

室外已是阳光明媚
远山之外还是远山
我泪流满面的容颜
只有那棵枯枝上的麻雀看见
今天是星期三没有人知道
我的世界自今日之后阴雨绵绵也无人在意
为了忘却今天
我将花费一生的时间

雨天

风从另一个方向来
满街都是游动的雨伞
只有我郁郁寡欢
只有我没有打伞

仿佛雨停了，就会赶路
我的耳朵里慢慢长出一棵树
春去秋来，一些汗水和忧郁
留在远山的小溪旁
　　　[选自《朔方》2013 年 11 期]

风和幻想

我真的不想要什么
能割舍的都在身后
我走在回家的路上
只要风和幻想
想到风，我就长出无形的翅翼
而被风吹拂，我常会忘了自己

我想是一滴水
哪怕只渗进一株小草的根里
让我成为那株小草
让花成为我的梦。我面朝着东方
静静地站在大地之上
从日出到日落

如何寻觅万物之中的我
这并不重要
我已在要与不要之间轻轻穿过
就像风穿过十字路口
此刻，哪怕是大风天降
吹散我所有的幻想
　　　[选自《新消息报》2013 年 11 期]

　　常越（1973—），女，宁夏大武口人。近年来开始创作，诗歌、散文作品发表于《绿风》《朔方》等。宁夏作家协会会员，宁夏诗歌学会会员。

常 越

遥远的角落（四首）

蜿蜒

穿着高跟鞋进了山
我愿意跌跌撞撞
在胭脂峡的传说里
和画家一起冥想构图
走过水路，芦苇拨动心弦
一条迷路的小蛇钻进草丛
最初的梦想蜿蜒成黄昏
淡淡的霞光落在每一个草尖上

角落

月光里，秋千和风一起摇曳
我和你的影子缩短又被拉长
连同乡村的夜
看得见月光却看不见你
是那样的近又是那样的远
放飞了一只鸟儿，在遥远的角落
只有几片洁白的羽毛

我听见

天晴以前，呼唤自己的声音
和雨声一样辗转起伏
落叶纷纷离开树梢
我听见牵牛花和向日葵的告别

拥抱那片远去的红

其实　我从未走远
真的　我从未走出过那双目光
走出珍藏心底的白发
以及阳光下满园的翠绿与鲜红

岁月里　我丢失的
只是童年那个美丽的篮子
多少年了　只要一看到两个字　枸杞
我的深情与思念
就可瞬间抵达童谣声声的彼岸

蝴蝶兰

以一种最美的姿态
让心事张开成飞翔的翅膀
在月光如水的夜晚　欲乘风归去

月光滤出忧伤的影子
风轻轻地舞动罗裳　举头望月
却无法飞抵那心灵的故乡

如果有来生
一定做一只自由的蝴蝶
在花间翩翩飞舞
而不仅仅是一帧静止的风景
在别人的目光中含羞
然后悄悄枯萎

[选自《与花对语》，时代文艺出版社，2006年]

　　姚海燕（1973—），女，宁夏中宁人。毕业于长沙电力学院。散文、诗歌作品发表于多家报刊，著有诗集《与花对语》和长篇历史小说。中国电力作家协会会员，宁夏作家协会会员，宁夏诗歌学会会员，宁夏诗词学会理事。

一次相知相契
在心底互存一份默默的感激
就已经足够
哪怕　哪怕有一天
我白发苍苍　你零落成泥
我也会深深记得
你曾经怎样陪伴过我
曾经是多么多么的美丽
并让我深深感动过

往事

被我永远孤独地
留在了过去的岁月里
结满蛛网的目光
还在期待着什么

没有人告诉你
我已经走了多远
只有那种如梦的感觉
犹如清幽的笛音
总在空寂的夜晚
一遍遍地响起

童年那片红

在走过万水千山之后
在日渐消瘦的时光中
那已不仅仅是一种记忆
哦　童年的那片红

就像有一条小河
总也流不出我的生命
一个茨园中长大的孩子
我该以怎样的庄严和神圣

姚海燕

与花对语（五首）

秋韵

绿色的记忆　逝去了
当白杨树落下最后一片叶子
是谁　在月下
轻唱着古老的挽歌

青春的日子　沉默着
火红的玫瑰依然遥远
忧伤　轻轻地
叩响了寂寞的心灵

一种声音在依稀呼唤
隐隐拨响生命的琴弦
秋　悄悄地擦肩而去
从它飘零的落叶里
我嗅到了春的气息

与花对语

如果　你是为我而开
我怎能不珍惜你的深情
如果　你长长的等待
就为了我们短暂的相逢
我又怎能漠视你一颗纯洁的心

一生中能有这样的

或许到那时一切已成过往烟云
我把一生的虚荣写在纸上
没有人会记得
我只能用余生去回忆童年
从白发里寻找匆匆流逝的光阴

在记忆中思念

此刻，我能感觉窗外的寒冷
我想起了旷野中两棵树的相逢
还有夜莺的栖息地
我只能在记忆中思念

我在追寻你为我铸就的心灵
深夜的寂静可以用手触摸
路未曾走完，你已离我而去
白天的路在脚下，夜晚的路在心里

我的思念中有你，不知你是否和我一样
当我的记忆远去，我的忘却也远去了
如果有可以穿越时空的记忆
永不磨灭的是你的身影

［选自《朔方》2012年5-6期］

杨贵峰（1973—），回族，宁夏灵武人。就职于灵武市文联。诗作发表于《诗选刊》《朔方》《黄河文学》等，入选《新中国成立60周年少数民族文学作品选》等。著有作品集《走在乡愁的路上》，叙事诗《心恋如歌》，诗文集《诗意塞上》等。宁夏作家协会会员，宁夏诗词学会会员。

杨贵峰

初冬（外二首）

飞鸟的翅膀载着季节的末梢远去了
小雪未曾下雪，却是一场冬雨
目光掠过窗外一幕深邃的风景
秋天的落叶在冬雨中醉卧

落叶飘零，飘落在我孤寂的文字里
没有归宿，痛苦抑或歌唱
悲情的晚歌就如同我的叹息
这是大地的泪点因温暖而感动

我从来没有过对另一颗心的渴望
也无须做一个虚假的承诺
远去的飞鸟还会回来
没有谎言，用季节做证

没有水，绿草不会爱上沙漠
没有孤独，谁会爱上别人

思绪漫过夜晚

月光沉默了很久
思绪漫过夜晚的宁静
如一只夜莺成为这座城市孤独的歌者

我梦见自己渐渐老去
然后从梦境中惊悚而起
我从夜幕中打捞出星辉照亮前路

我握住一只温柔的手
离开喧嚣的人群
手的纹路
向我诉说孤独以外的事情

一个人，盯着红彤彤的炉火
坐在黄昏里下雪的冬天
炉火如爱人关怀
轻轻摩挲脸庞，温暖记忆

天空，银色的巨腹
驱散窗棂中的恐惧
雪花，一路细声低语
然后悄悄行走
多年前的夜晚
雪天、爱人、温暖的小屋
这样的日子令人感动
所有的语言泪流满面

学会和自己交谈
是一种幸福
送走每一份时光
感觉和阳光一样亲切

[选自《朔方》1995 年 12 期]

张九鹏（1973—），宁夏银川人。就职于宁夏作家协会。诗歌、小说作品发表于《十月》《朔方》《青年文学》等，入选《小说选刊》等。著有小说集《子宫中飞翔》，历史散文《印象银川》。曾参加第 8 届鲁迅文学院高研班。宁夏作家协会理事。

张九鹏

霁雨（外一首）

哭泣了一阵之后
你收住了泪水
像顿悟是非缘分突然沉默的人

祈求。我体味不到
如此简单的语言
竟能感动你酝酿已久的心事
你的面容静若止水
深沉得让我无法看透其中的真实

你习惯流泪的时候
有人悄悄睡去
一个长久的梦境
就是一次初霁的过程
回想，我预测到一次平静中的毁灭

此刻，你正站在路旁
和伞树映成坚定的守盼
回望天空
我嫉妒你的美丽
即使一次不小心的哭泣
彩虹也会挂在天边
　　　　　［选自《朔方》1995年5期］

单人世界

点亮夜的眼睛

夜风里太散乱的头发
像长在小西湖的青柳

水做的眼睛
犹如嫩色的黑葡萄
郁积在黑夜中

脆弱待嫁的影儿
惯于击碎黄昏的波光
　　[选自《六盘山》2006年5期]

雪地有感

雪，狂舞着不需说计算
唯有眼睛惊觉你的美

沉默的天庭，飞扬的雪花
被风吹得更远
一辆夜行的火车
在飘雪中，渐渐蠕动到车站

伸出手掌，我的一种习惯
捧起一盏灯
对着一辆有始有终的火车
把一切都安排妥当
　　[选自《朔方》2007年10期]

　　李俊杰（1973—），满族，宁夏固原人。就职于固原铁路段。诗作发表于《朔方》《六盘山》《中国铁路文学》等。

李俊杰

鹰的眼泪（外三首）

鹰的眼泪
曾在秋叶做梦的身上
被风冻结
只是空中的鹰
在久久盘旋
留下的却是呼吸

车前草

树冠染绿的岩石
会萌芽新的车前草

灌木，一滴露水
在那淡绿的枕巾上
轻轻地活着

悠闲的风
在石头以外的空间
埋葬那些秋天带不走的绿叶
　　［选自《朔方》2003年7期］

临风的少女

临风的少女
坐在一块黑色的岩石上
听一只鸟的鸣叫

普陀的雨

普陀的雨并不滂沱
普陀的雨里藏着悲悯
我的香那样纤细
在浓重的香火中静静燃烧
面对苍穹　谁能回避庄严
在那样一场黄昏的雨中
接受普陀的洗礼

许多虔诚的人们
脚步安详地走过
让我丢失了眼镜的眼睛
透过那些淋湿的背影
模糊了自己　清晰了自己

在普陀的夜里听雨
当钟磬想起　我忽然知道了
为什么普陀的雨
可以改变大海的颜色
为什么普陀的雨
一旦落进我的心里
就让我想起远方的母亲

　　［选自《朔方》2011年3期］

　　王江辉（1973—），女，宁夏银川人。就职于宁夏大学。1992年开始发表小说、诗歌、评论于《十月》《青年文学》《北京文学》等，诗作荣获宁夏第七次文艺评奖三等奖。宁夏作家协会会员。

折皱的心情
像一盘磨石碾碎来路
背负一个人的影子
就像背负一场使命
穿过时间的沼泽
即使春光不曾褪色
却再也看不见
曾经令人心疼的一树繁花

明亮的忧伤

有时我忘了
我是一个古典的女子
是你牵着我的手
伫立在霓虹闪烁的江边
听那相思滴水成冰的声音

我甚至忘了你的名字
我只知道你从那个古老的传说中来
为了穿透岁月
你省略了所有关于爱的语言

我只好把自己安置在落雨的冬天
只好想象在雨水的尽头
一丛村庄　一畦田野　一朵炊烟
就是唯一能召唤你灵魂闪烁的
心酸和温暖

但是你不知道
那些如影随形的忧伤
对我来说——始终如
倒影在湖水里的星座
忽明忽亮

[选自《红豆》2009年5期]

王江辉

黑色古船（外三首）

爱是沉浸在时光中的
一艘黑色古船
细长的一支身影
是吹箫人临岸迎风的等待

我是这只黑色古船的主人
一边在炙烤中艰难摆渡
一边面向蔚蓝打捞未来

可是为什么在许多年以后
当我谨慎地收起一张张网来
却只看到斑驳的记录
与空空的海

  [选自《朔方》2007年5-6期]

一树繁花

三月　潮湿开始蔓延
这是取暖的季节
一些和灿烂有关的词语结满枝头
回忆穿风而过
关于一座城堡的记忆
或者关于一段逝去的时光
也在三月的末尾开放

短暂的喧闹
遮不住寂寞的黑

梦境

这个霜浓如昼的冬夜
我梦到一面青铜神镜散射着蓝色的灵光
将我的心雕成花蕾的形状
那些层层盛开的艳丽羽瓣
让我的耳垂长满音乐
挂泪的睫毛上闪烁着金光

我展臂舞蹈　足下生云
像一个微醺的人　带着幸福的狂妄
让胸怀顿开　请出深居内心的人
连同那些封冻的往事
从此我面含微笑　心若止水

这一夜　我用一个梦过渡了自己
像虔诚的信徒谛听神的夜语
光的刀锋清洗我的旧伤
我能从容转身　不喊疼痛
我用一缕初白的发遮挡前尘

　　　　[选自《诗歌月刊》2013年10期]

　　胡琴（1973—），女，宁夏固原人。现为新知讯报社编辑。1995年开始发表诗作于《星星》《朔方》《雨花》等。著有诗集《开花的手指》。宁夏作家协会会员，宁夏诗歌学会委员。

已成为头顶之上的景致

落地之后　你可以被称作雨
像一次脱胎换骨的新生
春天从你的舞步里苏醒
那些怀着春梦的种子
舒展臂膀　等你入怀

自冬至春　你还是那么风情
你用自己的体温与风窃窃私语
但你爱上了春天
春天却不知道
　　　［选自《朔方》2010年5-6期］

立冬前夕

我把那个刚刚醒过来的梦
交给秋天　还有我没有说完的情话
秋天已经苍老了　她用黄金铺地的豁达
用落果入筐的内焰燃烧着自己
我只想坐在她的怀里　感受这一季的冷暖

这空旷的大地　游走着季节交替的神秘
前夜的风吹掉树叶悲凉的歌唱
后夜的雨给花草许诺了一个水晶的来世
初露的晨光泻在玻璃上　唯有临窗的绿箩知道
那静静躺下去的夜让寒露凝霜

我拆除了自己的门槛　让冷出入
那最后的离去和最初的到来
将我打湿　然后焙干
我可以从容地点燃自己内心的炉火
一边取暖一边等待来年的春天
　　　［选自《朔方》2012年5-6期］

丢失了一把潮湿的锁
将我临窗的影子
锁成一帖工艺窗花
听雨声淅淅沥沥开锁的声音

我忽然刻骨铭心地想念你
顶着一把黑色的伞
稳健地朝窗户走近
　　[选自《朔方》1998年8期]

玫瑰舞

我以泪的容颜与你共舞
风起云落及任何形式上的安慰
都不能阻止一场雪的缤纷
我舞动的姿态
是一条温柔的水路
逼近你无边的寒冷

冬天陷落于曲终的时刻
手的余温成了最后的握别
孤单的我忽然明白
温柔的杀伤力总是猝不及防
却无力拒绝

落在心中的种子
不分季节地发芽
我的伤口左方盛开着你的名字
和一朵覆着薄雪的玫瑰
　　[选自《朔方》2000年8期]

三月春雪飞

在三月独舞
你的忧伤淋湿了洁白的衣袂
以雪的名义完成的那场爱情

胡　琴

开花的指头（外五首）

寂寞的灯光
从静脉血管流出
暖在掌心
成了针的眼睛

美丽的左撇女子
将灯火阑珊缝至夜的尾声
那一夜　她梦见
各种花开出了音乐般的响声
纤纤玉指就在响声里
微微地胀　微微地痛

一个阳光明媚的早晨
她看到了露珠闪烁成泪
看到了一掌开满鲜花的指头
恰是她深深爱着的那个男子
牵过她的那只左手

清明雨

春雨迈出第一个舞蹈姿势
探醒了清明的眼睛
城里人　乡下人
用简朴的方式蹲在地上
观望爱情喜人的长势

哪位闲情女子袅娜地走过

雨来到了街上　雨在都市的街上
从空旷一下子变得拥挤
随着无数的车轮匆匆跑了起来
最后它被一些脚步踩得开裂了
噼噼啪啪　像是闹着情绪
在下水道那儿它哽咽着　恍恍惚惚
望远处去了　苍茫得再也看不见影子
不过好长一段时间后
我浅浅的眼窝里
还留着它小小的湿润
　　　［选自《朔方》2006年2期］

来了

我听见它们呼呼的脚步
从远方一点一点地临近
凌晨两点　它们拿走了剩余的灯火
丢下几颗暗淡的星星
那是风　带来了霜降的消息
背后这棵树　被它们撕扯得
弯向了我的头颅　稀疏的枝叶
乱发般翻卷着那些黑色的云朵

堵住了雨水的去路　天空越来越暗
像一床棉被从六楼的高度
掉了下来　捂住了你的睡眠
风过去了　我还在这儿
　　　［选自《黄河文学》2009年7期］

　　保剑君（1973—），回族，宁夏贺兰人。90年代开始创作，诗作发表于《民族文学》《星星》《新大陆》（美国）等，入选《世界华文诗选粹》《中国当代微型文学作品集·诗歌卷》《宁夏青年作家作品选·诗歌卷》等。著有诗集《季节的呼吸》。宁夏作家协会会员，宁夏诗歌学会理事。

这时候母亲手挽炊烟
一种淡蓝的色彩甩来甩去
香气扑面而来　隔壁的老牛
晃动脖子下的铜铃　清脆的忧伤
比一首诗还要动听

成群的鸟叫敲醒黎明　花儿都开了
父亲墩了墩锄头
他在院子里咳嗽
田野上　青草们抖落了身上的露珠

大地

秋风揪走了一部分
雨雪淹没了一部分
寒冷和泪水侵蚀着的
是剩下的一部分

被犁割开的一道道伤口
埋藏着种子　汗水　爱情
和更深层次的疼痛

即使铺天盖地的黑暗
也留不下一丁点痕迹
就那么尖锐地挺着
一颗思想的头颅

雨

雨从高空里下来
雨下来的时候天掏空了自己的身子
它落在楼上　又掉在地上
被枝叶轻轻弹着　碎成无数片
花草们低下头去　纤弱得不敢看她

西北的一群汉子
雷电抽不烂的那是胸膛

说走就走的光棍
西北的一群汉子
西山的晚霞是怀里的纱巾
老家的土炕上　一碗米酒
撂他个八百亩秋天

苹果

她们多像是二叔家的一群丫头
挤在九月的坡上
打草回来的路上
拿阳光偷偷地涂红双颊
那些哗哗作响的叶子
就是被风掀动的草绿色围巾

秋来了　天凉了
邻村的尕娃
用一筐汗水的代价
抬走了我心爱的小妹

清晨

清晨　一棵树裸出胸膛
风在麦地里东张西望
湿漉漉的雾气
吹开草叶肥大的裙裾

水窖边　最小的妹妹吃着桑葚
红红的唇印　抹得满手都是
木桶里灌满清水
弯弯的扁担是谁的小腰
从村东一直扭到村西

保剑君

伤水的叶子（七首）

五哥放羊

日头爬上树梢的时候你在唱
羊群白了山头的时候你在唱
放羊的后生上了坡　回头
瞅你的时候　你怎么
不　唱　了

谁看见雨水绿了满山的青草
谁看见青草遮住了荒凉的心事
手搭凉棚的妹子　你幽幽的眼神
把一坡青青的草望得葱郁而潮湿

拾一截弯曲的小路
把歌声送回村头
揽羊的鞭儿再长
也不能把一朵花
拴到妹妹的心上

　　　[选自《黄河文学》2003年2期]

高粱

打着赤膊　光着脚丫
西北的一群汉子
红头大脸的才叫兄弟

左手抓风　右手捏雨

清风为袍,以颓废的目光看江山沉落

我不愿有人打破此刻的宁静
我要替白昼,独自享受这场规模宏大的崩溃
我没有悲伤,我的内心
已被另一种灿烂占据:正如身后腾格里沙漠起伏的金黄
将无边的荒凉,投放在自己广阔的柔软之上

马在轻轻地跑

马在轻轻地跑,在遥远的大平原上
延伸着春水流动的声响

它已从世俗的胯下脱身而出
满足于随风的嘶鸣,是我
活脱脱的灵魂
在此刻,抛弃了与鞍蹬合谋的道路

此刻,我就坐在这首诗里
欣赏着它,于天地悠悠中轻轻地跑
轻轻地,在低垂的暮色里
摆动着雪白的鬃毛

[选自《绿风》2010年4期]

　　刘乐牛(1973—),宁夏固原人。就职于中宁县文旅广电局。1993年开始创作,作品发表于《诗刊》《绿风》《星星》等,著有诗集《苦涩的甜蜜》《当我再次比喻月亮》。宁夏作家协会会员,宁夏诗歌学会委员,中卫市作家协会副主席。

这黄昏赶集归来的驴车
装着怎样的幸福啊！竟使我确信
沟那边炊烟升起的柴门前
定然站着一个似曾相识的小男孩

他为一块水果糖，正以冰凉的鼻涕
遥遥应和着这铃儿的风清月白

落雪了

落雪了，我真想带你在天黑之前
回到爹娘守护的故乡

从此彻底放弃遥不可及的事情
和你一起远离城市
守住油灯，在炉火温暖的夜晚
听风把古老的传说，吹上一遍又一遍
直到完全丧失掉时间的概念

我们将不再疲惫，爱上简单
对一滴水的重复声响
也能做到不厌其烦。草色青青的
春天，我还会像在情书上
添加标点那样，在院子里种下花籽

落雪了，前路遥远而令我们伤感
我本想让你在黄昏中
将我跟紧，却怎么就胡言乱语了起来？
　　　[选自《诗刊》2010 年 1 期上半月刊]

在沙坡头

望着层层浪波把近推远，把水推入苍茫
背靠厚沙面对黄河的我
自封为末代国王，以落日加冕

楚楚动人的模样,我又怎能忘记
那一树微弱的粉艳,只是残忍的青春
从营养不良的身体,提取到皮肤上的全部血色

哦,我忘不了杏花传递出来的疼,我知道杏花
失眠的重量,几乎难以
让它清贫的芳香来承担,它那一片
接一片,随风飘下来的花瓣
总让我听到爱美的表姐,在单薄的衣衫里
发出的轻咳,就连我曾在夜半看见的
那片推开柴门而出的月光,也有着杏花流泪的模样

故乡的泉水

可以说,这唯一的泉就是村庄的心脏
散布在山坡上的窑洞
因它才有了炊烟,它的柔软
通过母亲的泪,对我成长的岁月作了绵绵不绝地承担

还可以说,它把最干净的水装进了我的身体
我的灵魂只是它生成的小小的一片
透明的江山,而我热衷诗歌
只是想凭借它的清澈
把苦难中长大的自己拨弄成一件流淌的乐器

而说穿了,它其实就是天底下最为闪光的爱
以点点滴滴贯穿着我的一生
　　　[选自《诗选刊》(下半月刊)2009年1期]

山间

沟畔的小路上,铃铛寂静的声音
被风由远及近逐渐点亮
经过我后,又渐渐微弱了下去
缓慢地隐入山间曲折而遥远的岁月

刘乐牛

当我再次比喻月亮（八首）

负担

一滴露珠，多像花朵用最后的力气
说出的爱情
它在叶上滚来滚去
我无奈地望着，不知如何安置

直到它的形体
完全消化在了自身的纯净里
我才长长地舒了一口气

黄昏

羔羊嘴角残留的乳香
延续着天边最后一线将要退去的浮光
已经升起的月牙，像刀子一样悬在村口

两朵柔软的白云
一前一后，一大一小，沿路把寒露添进了黄昏
　　［选自《诗刊》2006年1期上半月刊］

杏花

想起开在土墙边的杏花，想起那隐隐的清香
似有若无，片片白雪上
透出来的淡淡的红，想起它在梦幻般
迷离而清寒的细雨里

却不发一言，直到今天
我仍然不能在自己的梦里
沉睡，也不能在别人的梦中
醒来

现在，我仍然和之前你们看见时一样
鲜艳地活着，只是我不能把心底的幸福
告诉你们，我怕它们在被我说出来时
像消失的你们一样，消失得无影无踪
曾经怎样注视我的，请依然那样注视我
你们能获取的最大喜讯
是我的毫无音信

唵嘛呢叭咪吽

唵嘛呢叭咪吽
唵嘛呢叭咪吽

这个夜晚，我用虔诚的舌头
供出体内深藏的毒
把它交给屋子里仅有的一点空隙
那时的城市上空，正灯火辉煌
这个夜晚，我杀死了一只羊
把它献给另一个世界里
以慈悲著称的人
但我无法杀死那头盘踞在心底的大象
它仍用耻笑的目光看着我
不告诉我真相

这个夜晚，我的舌头僵硬
一片冰凉

[选自《北京路纪事》，阳光出版社，2012年]

　　谢瑞（1973—），宁夏西吉人。现为阳光出版社编辑部主任。2005年开始发表作品于《星星》《诗选刊》《诗歌月刊》等，入选《中国诗典（1978-2008）》《中国年度最佳诗歌》《21世纪中国最佳诗歌》等。著有诗集《在路上》《北京路纪事》。曾与张涛策划并成功举办了"2007中国银川诗歌节"等活动。

刀子从脖子倒退着出来，血回到了腔子里
最初的捆绑一圈圈散开
它挣扎站起倒着追赶手提刀子的人
像刚开始被追赶一样它跑不过他
那人退出了羊圈，它退回到母亲身边
绝望的表情重又恢复了安详
它们站在一起，呼吸平静
回头，那人没有拿刀子
站在羊圈外
微笑着看它们将一堆青草
越吃越丰盛
　　　[选自《诗选刊》（下半月刊）2008年11期]

做个饼子

我曾经有过一个理想
用十年时间
做一个大大的饼子
存进一间像银行那样的储藏间
让它繁衍出许多小饼子
给那些还没有解决温饱的人

十年就这么一晃而过
我不但没有做出这样的饼子
还差点把自己饿死
现在，我决定重复我的理想
在下一个十年里
做出一个这样的饼子
　　　[选自《朔方》2009年4期]

给黑暗中注视着我的眼睛

你们看着我的命运
被一次次地篡改
看着我被这世上的过往
折磨得越来越旧

忧伤的麦子

我们在交谈中提到了年成
提到了拢不到一起的麦子
我由此断定，在宁南山区的某一个地方
眼泪和雨水是不能相提并论的
浸透着汗水的土地还需要雨水的眷顾

是啊，什么都是干涸的
天空、河流、齑草、黄芨、牛羊
这些伟大的，从春天就孕育了太多的籽粒
从人们的心底把一年的希望给荒芜了
我的哥哥也荒芜了
在与一粒麦子的交错中，背井离乡
他甚至不相信土地和自己的女人
可以带来让自己安然入睡的庄稼与安宁

而煎熬的过程是漫长的
还必须延续曾经透骨的疼
在宁南的某一个地方
我的哥哥和其他人一起
还得做梦，梦见自己的女人
和她怀里的四个儿女
在金色的麦浪里奔跑、欢畅
她们是多么饱满而坚实的麦粒
她们把自己种在地里
像往年一样美丽而忧伤

　　　　［选自《朔方》2007年10期］

以倒叙的方式给一只羊生路

飘散的气又聚了回来
羔羊的呼吸渐渐粗重
它开始扑腾，喘息

谢 瑞

北京路纪事（七首）

在路上

整个旅程是宽容的
它接纳了我全部的孤独与忧伤
并且给了我一些等待收获的希望
这让我忘记了我是一个独行的人
也忘记了自己曾经是一个受过伤害的人
　　　［选自《黄河文学》2006年2期］

墓志铭

一块碑不可能挡住思念与唾弃

浑浑噩噩了一生，现在
请允许我离开
在你们没有到达之前
从最初的位置
独自醒来。你们看到的，
并不是我全部的悲凉与快乐

请不要哭泣
收起你们的尊敬、同情以及嘲笑和怜悯
给我一小块土地，让它从此安静
让我在那里为自己
打上最后的补丁

全村的风土人情都在这里
而我们在抽屉式的楼群里
制造着淡漠的眼泪
还因为盆花没有血液没有灰烬
没有贯穿泥土的根

四爷家很瘦
一张八仙桌一面有羊粪味的炕
四爷的几颗牙也夹在相框背后
这是三月,我看到的唯一绿色
就是他们的笑容

会打口哨的小伙子

听说一群小伙子从外地回来了
会打口哨但不是在放羊
他们之间编着一个名叫香月的故事
他们一打口哨就有许多故事发生
大多数是乡土气息加上都市的语言

于是,小伙子们用类比的手法
养了成群的鸽子,鸽子一飞起来
就张扬了一种情绪
最后那个叫香月的姑娘
在小伙子们打口哨的时候
她的脸上挂着春天的露珠
像鸽子一样飞翔

[选自《朔方》2003年9期]

方石（1972—），宁夏固原人。就职于固原博物馆。诗作发表于多家报刊。

方　石

三月里回家（外二首）

向远处望去
三种疼痛凝固在北风中
有丧失黏性的土地
有死亡了的小白杨
它的干枝不停呼啸
想说出些关于飞翔的话
我看清了城市与田野的爱情
一样需要水分

北风更紧了
像汽车的喇叭声
像地摊上的吆喝声
忽然，我的心情是皴裂的山体
向太阳沉落的方向扭曲
而此时，第三种疼痛陡现
那是母亲的挥手
仿佛石器时代的火种
我在其中融化的全是泪

想在四爷家走走

想在四爷家走走
那里有我遗失的童年
也是周口店、半坡
曾经奠定了我的传统

四爷家是大聚会的地方

朝夕相处中　又是谁指派飘飞的蝴蝶
——守护躬身在蚕豆花丛里的
一方朴素的纱巾

多像圣典　平原的太阳高高在上
稻与谷平起平坐　麦与豆促膝谈心
清清淡淡的河水变成了醇醇的美酒
间或晨风再吹　田野里响起的是掌声还是笑语
此起彼伏间　谁又曾留意
——村头的老牛鼓着腮帮瞅远远驶来的农机
一动不动

睁开平原的眼睛　一切只有敬仰

渔收季节

渔收季节
鱼既是我们的财富
又是我们的敌人

鱼让我们精心制造饵料
再精心制造渔网
网眼的大小自然由鱼决定
然后我们下水

望着满载渔收的汽车即将开走
望着鱼塘成了水塘
我们和往年一样
不约而同地叹了口气

[选自《安放倒影的湖泊》，中国文联出版社，2010年]

孙志强（1972—），宁夏灵武人。历任灵武市宁东镇镇长、灵武林业局局长、灵武市委常委等。1988年开始创作，诗作发表于《飞天》《星星》《诗选刊》等，入选《安放倒影的湖泊》《时光之轴》等。宁夏诗歌学会委员。

今生

那时候天空一定飞过什么鸟
只是鸟飞的时候你没看
那时候地上一定开过什么花
只是花开的时候你不在
那时候我和你一样
因为忘了凝视或错过花期
就用一辈子来打听
公开多年的秘密

在这些地方

一个叫甜水河的地方
周边的土地泛了点碱
一个叫红柳湾的地方
成堆的石料像经年的粮垛
一个叫清水营的地方
风沙捎了一朵打碗花漫上了墙头
一个叫五更山的地方
拉煤的卡车黑黑地长得一模一样

在这些地方
总是有一些人出现然后消失
他们行走得很匆忙
他们好像来不及打听
这些地方的　名字

睁开平原的眼睛

春风得意　平原的太阳挥金如土
白杨树成了大地的仪仗队
当绿绿的树叶镶上了金边　是谁
把露水妹妹托付给翠翠青草

孙志强

井（外五首）

井一辈子受人尊敬
井一辈子使人低下了头
铁皮桶伸下去　拽上来
枣木桶伸下去　拽上来
是一样清澈的水
一样的水吃出百样的人
井就是村庄的一面镜子
多少年了　多少人打水
不忘照一照
——自己的影子

[选自《诗选刊》（下半月刊）2009 年 4 期]

前世

可能是一柄剑
今生被好人配了把鞘
就有了些许的　锈

可能是一匹马
今生被好人放在了南山上
就有了一点点　慢

我一直在平静中感念好人
偶尔想想前世
就会自己对自己说：
我是自己把自己长丑的
我是自己把自己长老的

落就落了，就当前世已尽
如果要怨，就怨我吧
我不做任何侥幸
谁先落只是顺序问题

一棵树一样的等待

盛夏。在一棵绿荫笼罩的寂静里
包括我依树而立的等待
一棵树一样的等待
忽然，一小股风钻进树的内心
一树的绿叶热烈了起来
如同我荡漾的心
我在等待一个人的到来
那棵树，一直也没有安静下来

陶醉

一对红花在昨天夜里把苞全部打开
艳丽得像一对双胞胎姐妹
你很在乎这盆最先开放的花
不让任何人碰，除了从窗子进来的阳光
然后轻轻蹲了下来，闭上眼睛
把脸凑了过去，像只蜜蜂

[选自《朔方》2012年5-6期]

  杨春礼（1972—），回族，笔名春黎，宁夏灵武人。诗作发表于《朔方》《黄河文学》等。著有诗集《生命是棵树》《树的呓语》。宁夏作家协会会员，银川市诗歌学会会员。

贫贱而平凡
曾经被流放，曾经被移植
也曾遭遇砍伐

一行大雁牵动秋风，夕阳缓照
村庄以外的苹果园弥漫浓香
一株倔强的红柳，多像我
弯着腰，在风中奔跑
　　　[选自《朔方》2011年5—6期]

我没有直接喜欢春天

我没有直接喜欢春天
而是把那些温顺的羊，成天圈在栅栏
让它们相亲相爱、生儿育女
依偎在一起晒太阳，像一堆安详的白云
有时，我也看出它们对我的不满
为什么不放它们出去踏踏青、撒撒欢
尝尝鲜嫩的青草、嗅嗅细小金黄的花朵
其实，我只是不想让它们踩坏
春天故意铺在斜坡上的花裙子

我没有直接喜欢春天
我喜欢了，一幅已经上好色的图画
我没有直接喜欢桃花
我喜欢了两只迷恋花朵的白蝴蝶
我没有直接喜欢你
我喜欢了，你荡漾在春天的微笑

落果

落就落了，就当已经走完一生的路
不要怨秋天太短暂
我知道你已经尽力了

在盛夏，在河套平原
五彩斑斓的土地上，金色的草帽
浸汗的毛巾，一壶水
各种农机具的喧闹，这是田野最动人的
风景，只为迎接回家的麦子

回家的麦子，脱掉金色的麦芒
如同替父从军的花木兰脱掉了盔甲
凯旋，满面红光，身板硬朗
被父亲捧在手心，每一粒
都像是父亲要说的话

田野上

谷雨以后，憨厚的土地上
玉米，麦子，向日葵，个个都是
母亲精心抚育的孩子。它们肩并着肩
沿着最后的春光，谈笑着

野草湾，是我的村庄
五月，一朵饮露的苦菜花喊我
就是童年的那声叫
沙枣花的香，让我沉醉

这个季节融化不了爱情
多年以来我只用圣洁虚构初恋
半个月亮的浪漫和忧伤缠绕着我

我曾是多年前那个牧羊人
从黎明开始我的羊那么温顺
心中始终藏着家的方向

田野上，一片旺盛的白杨林
顶着烈日，迎着热浪
我们的命运是那么相似

杨春礼

访清水营古城（外六首）

清水营，在我们到来之前
一定知道了我们要来
沿一截土长城远远拦住我们
在荒原上摆好了沧桑

这是一座废弃已久的城池
残垣中，盛满冬日少有的静
地上的瓦砾和青花瓷的碎片
卧在荒芜的蒿草中
隐瞒了曾经的繁华和喧嚣

我轻轻蹲下的时候
城墙上飞起一只喜鹊
对于这座古城我了解甚少
只捡起几片图纹好看的青花瓷的碎片
做一些猜想

回家的麦子

杏子黄了，麦子熟了
麦子，多么亲切的名字
叫人越叫越亲，越叫越近
父亲老早清理出一间房子，准备
迎接回家的麦子，像是
要迎接自家回门的闺女
一年一次，如期而至

这是二〇〇九年的三月
青海湖　你是我的爱人
青草像湖水一样
充满欲望和火焰
她们疯狂着　在三月
在三月之上的青海湖

等待一场盛宴　这打马而来的骑手
眺望啊　一座村庄　另一座村庄
清真寺　美丽的月光
清澈而又忧伤
是啊　我就是那个丢掉盔甲的人
十万头牦牛　从黑夜疾驰
他们来了　就肯定是命运的敌人
而我一望无际
青海湖一泻千里

三月已至　青海湖就在眼前
这透明的太阳　鹰的羽翼
使你的嘴唇吐出死亡之火
"青海湖哦青海湖
你是我三月的情人
是我熄灭的飓风和闪电
当天空向上升腾
雪山彻底遮盖了大水和西宁"

　　　［选自《朔方》2012 年 5—6 期］

　　阿尔（1972—），原名张涛，河南唐河人。就职于宁夏日报社。1986年开始创作，诗作发表于《诗刊》《诗歌月刊》《朔方》等，入选《21世纪中国文学大系经典》《70后诗集》《中国好诗歌2012年选》等。著有诗集《里尔克的公园》《银川史记》，随笔集《秘境之旅》。主编和策划有诗选《中国先锋诗丛》《中国当代风景诗选》等。宁夏作家协会会员，宁夏诗歌学会秘书长，银川市作家协会秘书长，银川市诗歌学会会长。

相互燃烧

哦　这最初的震颤
绕过街区
能看见小巷　通往秘境
是的　吹过来
那些低垂的空气和幽澜

就像她们下坠的飞行
掠过教堂尖顶
不见一点踪影

我曾经历白昼

我曾经历白昼
山中杂草遍生
我见过她们濯衣洗足
掀起水花
翻起乌云的阴沉

我曾经历这些暗中逼近的人
阳光下的棉花特别的白
它们密集　混乱
伸出庞大的根系

哦　这些欲望的时间
使我遇见你
比白昼更持久的月光
打在水泥路面上
泛起冷冷的白光

[选自《银川史记》，阳光出版社，2012年]

青海湖

三月不远　青海湖近了

熟悉的却又完全陌生

群山

群山聚集　食草动物们
在秋天走动

机场　这庞大的呼啸
群山俱寂　她的声音发麻
你知道谁站在那儿

她在远处　在接近赤道的寒冷中
我最后看见的海水
终于接近晶莹

接近黄昏

接近了什么
这个城市的下午
她从楼群中闪现
缝隙　有水声

眼见什么逝去　草木枯荣
我行色匆匆
远处不见山影

我只听见雪水流淌
接近黄昏
一定会有什么慢下来

吹过来

哦　这琐碎的正午
就像一次陷入
这彼此的火啊

阿　尔

银川史记（七首）

暗中记

我发现这窗外的风
紧闭双唇　她走得很慢
恍如白云的眩晕
是在天际　湖心小岛
在日出后　她真的不远了？

爱伊河不远　在下午抵达
过一座桥　你在那儿
厌世者来到暗中
或许他　以及她　以及它
被陷得更深

厌倦记

或许已经很轻了
很轻　飘起来
在树下　当风吹起来
看冬天就来了
看我们缩着脖子
走在城市里
一个人和更多的
另一个人在酒馆
吃煮熟的土豆
剥掉皮　四周静下来
好像另一个世界

我的心与你较量着，锱铢必争
你进我进你退我退你冷我是冰
别说我斤斤计较别说我喜怒无常，只因为
我什么也不是什么都想是

今夜一个声音在忽明忽暗中幽幽飘来
你看杨柳承受风烟水接受一切容器
你看花在风中舞蹈火在春天燃烧
你看我宿命里就是把这灿烂忘掉

在宁夏孤独的一天

云团又迅速合拢，散去
山在那里隐隐展开
雨水洗脸，静默等待

倚在石头旁
读不幸女间谍的最后留言
"我是一个诚实、贞洁的波兰姑娘"
唏嘘了半天，忧郁写在心里

想一想，这个秋天，这个冬天
天也就很快地黑了

　　牛丽健（1972—），女，宁夏人。毕业于宁夏电视大学文学创作班，任教于宁夏第一职业学校。1998年到北京某私立学校任教。作品发表于《黄河文学》《贺兰山》等。

牛丽健

沉默的小羊（外二首）

我喜欢看你拍照的油葵花
多么招摇地开在阳光下
我喜欢与你边走边笑
看花开花落云卷云舒

我固执地向你要一个答案
要么黑要么白，要么相聚要么死亡
我可以锁住笔却锁不住忧伤
我可以不去想却无法停止一种渴望

现在我收回黯然的目光
去做你身边沉默的小羊
当我壮到无处躲藏
你拿去下酒，拌着青草和泥土的芳香

无题

是什么时候你设计好的陷阱
在夜与日的交界处埋伏，只等我失足
曾经珍惜护持的面具碎裂成泥
一切只因为，我遇见了你

是怎样挣扎的沉沦，在失眠的夜里
竟掘出了一丝光彩，我想要你给我
可你吝啬地收回，搪塞说那只是光的散射
说什么我不明白，小人儿

多么悠闲
我再也不可能让我的妈妈
听见我的一声叹息
 　　[选自《诗歌月刊》2009年2期]

需要

我在一个堡子上坐着
给你打了一个电话
我需要一些往事前来陪伴
我静静地坐着
我愿这样坐到天亮
直到把一些忘却的往事
重新想起
 　　[选自《朔方》2011年5-6期]

天黑了下来

我推着自行车
我们一起慢慢地走着
拐过一个路口
彼此看了一眼
便停住了

想想这些
天已经黑了下来

　　林混（1972—），宁夏固原人。就职于固原市原州区文联。诗作发表于《诗选刊》《诗歌月刊》《朔方》等。著有诗集《幸福生活》。宁夏作家协会会员。

如此几个来回
蚂蚁丢掉了食物
还在跑
我不由得有些黯然
好长时间
我都无法平静下来
 　　［选自《朔方》2005年8期］

论雨后

阳光爬出乌云
丈量田野的宽阔

小草是阳光的脚印
一路清新下去

我在山顶上
临摹古书里的绝句

我想我也是一束阳光
体会着现在的奔跑
 　　［选自《朔方》2006年5-6期］

空地

我走　我跑　我爬
终于攀上一座山头
歇一歇疲倦的身体
我突然产生了一个念头：
在这儿开辟一块空地
不植树　这里满山遍野
不种花　这里多得数不清
只需拉来水泥砖头
盖上一间房子
我睡在里面　多么安静

林 混

幸福生活（六首）

眷顾

前往一个小镇的路上
我看到几棵零星的树
一些杂乱无章的山草
很快就被行进的客车
撇远了
拐过一个弯
我已看不见
它们不知道
就在刚才
我把它们深深地望了一次

多么悲哀的蚂蚁

一个中午
无所事事的我
看一只奔跑的蚂蚁
它衔了火柴头大的
一点食物
多么快呀
几对爪子
似乎健步如飞
看它快要跑远时
我用手在前面挡了一下
蚂蚁返回来跑
我又挡了一下

低处

许多时候,我一直活在低处
留在暗处的伤,有时会隐隐作痛
当沉寂冷却,一些更小的日子
穿过身体,滑过生命中最深的部分

一种鸣响着的声音起自灵魂
许多时候,我在文字的丛林中默默行走
顶着黑夜和迷茫,我感到
一支乌鸦的军队,正在穿越
闪烁着微光的黎明

一直以来,我住在低处
天空和大地之间,有种隐秘的暗示
牵引着低垂的精神
我知道,黄叶会一片一片飘落
寂静而芬芳的想象之中
我独自领受低处的忧伤

[选自《朔方》2011年5—6期]

杨建虎(1972—),宁夏彭阳人。就职于固原日报社、《共产党人》杂志社等。90年代初开始创作,诗作发表于《人民文学》《诗刊》《十月》等,入选《诗选刊》《青年文摘》等。荣获宁夏第八届文艺评奖三等奖。著有诗集《闪电中的花园》,散文集《时光书》。中国作家协会会员,宁夏诗歌学会委员。

被时光照亮的事情

我常常想，有些事情是可以被照亮的
比如往日的河流，玻璃外面飘洒的雨
比如风中飞过的鸟群，河岸边叠拢的树
比如那些秋阳下的叶子
比如你的暗暗凝思
比如我们共同的青春期

而夜晚来临之时，渐渐暗下来的云天
也许会隐藏许多秘密的思想
其实我常常想
我们的心中多么需要光芒和火焰

就像苜蓿地上飞着的白蝴蝶黄蝴蝶
在深草之上，在蓝天之下
它们的飞翔
足以牵动天地间的光影

在土地的身边

在土地的身边，我还爱着
似最初的云，爱着深厚的天空

这些激动人心的日子
我在北方继续书写
前方的路，还在引领着我的村庄和河流

我知道我还长在土地的身边
像一棵树一样继续着四季
不要留恋我的青春和过去
当风雨过后
我的心中永远珍藏着风中奔跑的马匹
以及它们响亮的嘶鸣

[选自《诗刊》2010 年 12 期上半月刊]

杏花落,在春日的山坡
我默念着你们的名字——
这些洒向大地的花朵
带着满腔无奈和散失殆尽的温暖
深深落向阳光的背面

一头牛的孤独及其他

初秋,一百亩玉米笼罩村庄
一道道山梁,披满绿色

六盘山以西,那里有我持续的念想
我在这个星期天回家
看望老家牛圈里那头孤独的牛

我忽然感到忧伤——
当我来到牛圈,牛转身望我的眼神
如此无奈,像不认识我
那种深深的陌生感,似一道寒光
深深击中我

我知道,牛越来越孤独了
封山禁牧,已使牛失去了自由的天地
牛不再去山上吃草,只能固守自己的圈舍
而一步步占领过来的县城
已使牛失去许多耕作的机会
牛,守着自己的槽,即使在草木茂盛的季节
还在啃实干草

日渐苍老的牛啊
眼中盛满疲倦的灯火
炊烟,落日,田野,山坡,草地
这些与牛紧密相连的词语
渐渐消失在久久的反刍中

[选自《诗刊》2010 年 4 期下半月刊]

杨建虎

杏花落（六首）

一盏盏递过来的灯

铁路在黑夜延伸，遵循着自己的法则
而冷风吹着，在心的斜坡上
黑夜抽空了自己

我在站台上沉默着，感受着沉重的、巨大的夜晚
我在沉默中等待，像夜晚的病人一样
望着疲惫的光，以及厌倦的时间

谁给我路的权利，黑夜的光线
模糊不清，在不断流过的空气中
一盏盏递过来的灯，可否把我完全照亮
　　[选自《十月》2007年5期]

杏花落

四月，谁在照料故乡的山坡
那里有一片片的杏花
把真切的欲望和朴素的爱情燃烧在山坡上

这些春天的女子，容颜刚刚粉红
就在一个夜晚遭遇一场大雪的欺凌
雪花重重地覆盖了杏花，在清冷的上午
经风一吹，杏花落满了山坡
而残留在枝头的那些，显得多么凄惨

这是一个文本,高调、激情、充满信念
他们说:文化是盏航灯。
而我更期望它成为风,刮得剽悍、威猛,气质迷人

十二月

这一年,除了我的烟这样的朋友
还有我修到的天缘,为我获得来自人间的友谊
无论距离近或者是远,在我沉郁的表情下面
他们温软的话语暖着我,我被支撑的心
为此狂跳不止,不愿熄灭
我不能悲观的原由,我必须乐观的理由
又似全部来源于人间之外

我愿意把每天都变成感恩节,在心坎上
一支一支地点上香烛。在我不愿意
学会放手之前,在我不情愿
学会背弃之前,我写下这样的字迹:珍惜、永远。
且以难得的微笑和2005挥手道别

  张不狂(1972—),原名张彬,陕西横山人。就职于神华宁煤集团。1990年开始创作,诗作发表于《诗刊》《星星》等,入选《诗选刊》《宁夏文学作品精选集》《长安大歌》等。著有诗集《红磨坊》《城市与山水之间》《时间的划痕》。中国煤矿作家协会理事,宁夏作家协会会员,宁夏诗歌学会委员。

九月

大片的黄,在黑土地上涌了起来
勤劳的果实不能自己,地心的作用
牵引着秋天在风中飘飞、滚落
大地交出完美的答卷,我空空的两手陡然下垂

天凉了,雨水的晚情显得多余
一片枫叶从此闪过
九月来不及舔舐伤口,惆怅的绵绵雨意
摊开了十月的幕帘

十月

多么美好的月份,如我摊开的手指
齐整、白净,略显阴柔
我用十分的心境,敲打着略显忧郁的文字
请别担心:我只为命运感怀,决不为谎言费神。

我的人生也许在下陷,而我的心
依然高举着火焰,黑暗被我熟视无睹
我点亮它,也逼近它

十一月

风踏翻了云朵,扬起了黄尘
细沙顺着陡坡的漠野向上攀升,杂草
吹出哨音,树在摇撼当中沉默无言

高高的井架下面,我在空调房里
把玩着文字,为一个企业策划挖掘文化的精神
在此之前,我一度失落于文化将我锤炼成了文盲
这是我第二次被人欣赏,信任的动力让我伤感

七月

七月流火，七月也绿着地
我一再陷落的身体，多余的赘肉
先是看似牵拉着，后来就挥发得没了踪影
我单薄的夏天影子悠长，烦躁幽深

园子里的繁花、绿树、毡毯般的草
体现什么色泽，结出什么果实，埋伏了
多少虫的鸣叫蛙的啼哭，我已不在意
也了无诗情

唉！一声轻叹里就包含了半年的光阴
我不知道我得到了什么，但我知道
我在失去什么

八月

雾气上升，弥漫，在葫芦岛
在我洞开的阳台上的门帘以及窗户
雾从夜里起程，打早就近到我的跟前
柔软有时候是坚硬的，像雾一样
虚无的真实，看上去很美
却怎么也看不明白，如隔世的谎言
如梦，睡醒了就得不到回想的底片

萦绕着的雾，蒙睹我的视线
像是隔了肚皮的人心，过了夜的凉茶
我连眼前都看不清楚。明天是什么？
未来在哪里？我的心里像是扔进来了一团丝线

〔选自《朔方》2007 年 5—6 期〕

四月

飘摇在空中的风筝,被我一眼就望到了
被羁绊的自由,看上去多美的自由啊!
我忽略了一丝线的存在

我陡然惦念起一个人来,我没有了她的去向。
我心里牵挂她的丝线,陡然断开

五月

我抬起的脚步开始上路,从西北
到东北。从苦水到海水
从咸涩到涩咸,从黄土到黑土,命运不因为场景的变换
而有深刻的改变。葫芦岛的海水在喧哗
水鸟的翅膀上没有我梦想的姿势

我在谎言里行走,预知了一个并不精彩的
结局,而我必须对它保持精彩的微笑
并露出烟雾洗刷过的牙齿

六月

路的一端接连着城市,另外的一端
我不知道通向哪里。中间线上停着一个村子
名字叫做邴家。邴家把持着大海的一角

我居守在大海的一角,我不是船
只有停靠的份,连同我的梦想一起
安分守己

太阳一样的落下,月亮
一样的升起,星星眨巴着眼睛
我在努力忘记自己,忘记自己曾经是谁

张不狂

2005：时间的划痕（十二首）

一月

雪在飘，我要保持我的眼泪不流出来
我要我深裹着的泪水结成晶体，保证我的心床不被风干

即使我的思想是苍白的。但和雪相比
雪显然白得多余，也白得无谓

二月

最后一点残雪被风烧化，我伤了心的头发
又少了一缕。一月，抬起了龙头
我的头依然弯得低低

地面上的草开始苏醒
我想把自己插入大地的缝隙
接通地气

三月

小草准备着爱情，树木
酝酿着新芽。和风吹过的时间
正在变绿，鸟的嘴啄破阳光的气囊

一切美好的具有新意，我延续了旧年的卑微
在新年，我的命运
依然不在我这里

没有人在意浸水后的牛皮鞭子里，月光抵达山脚
是夜，众鸟齐唱，一只离群的羔羊走失

这壶决绝的烧酒穿越白昼
一心夯筑的城池黄土坚硬，不见缝隙
多年以前，或者多年以后
父亲抓起五色粮食砸向门外

大风来临，大风齐颂
谁将经历马匹受孕的过程
这是贺兰以西，牧人煮着去年的奶茶
而我在银川平原把一页古书翻破
就像给自己写下遗嘱：爱恨全无

朝那古城：湫水

瓦当破碎，敲出大风。湫，湫，水月流光
城门终将如一，神居于四野
那一夜，我娶走单于的女儿
都城举目为坚，你来便来，你去便去
弓弩安睡，一夜秦汉

站在风中，故乡如同一个西去的响马
只欠一鞭，你就是那个省亲的酒保
被行刺在酒窖门口没有痕迹
而胭脂和雪掩盖所有月光
十万西风醉倒
 [选自《文苑》（萌）2013年2期]

刘学军（1971—），宁夏平罗人。1993年开始发表诗作于《朔方》《绿风》《诗歌月刊》等。著有诗集《虚拟的九十九个夜晚》。宁夏作家协会会员，宁夏诗歌学会委员。

穿过街角，拐弯的街角挂着猫的皮子
没有颜色的皮子在夜晚有了颜色

哥哥，我躲闪不及，我眼睛里钻进无数只猫
白色的，黑色的，红色的，黄色的
我害怕这些动物撕碎桃花
我把四月紧紧包裹，露出马蹄和铁
　　　[选自《朔方》2010年5-6期]

西夏城：天堂之门

我必须欣赏这盛大的乐舞
极乐党项的背后，肩胛骨一如巨石
只有邻水的日子可以负重：
可以举起琵琶，可以放下羌笛
这世上最大的温暖存于盛宴

只一杯酒，你就远在天涯
而我，守着千年遗恨，不觉白发

灵武：碎瓷

我知道，春天的灵武装满了人类一生的忧郁
石器，陶片，良臣，都城正上演另一场战事
清水营早已是君王銮驾上的铜扣
河东或是河西，衣袖迎风
我的王，你看不到的水干净而温暖
碎瓷正刮擦陈年的玺印：
让我无颜面对的人或事
或并不遥远的唐

贺兰：大风

土尔扈特的王爷与和硕的王爷对酒
两个过时的妃子，在驼背上细数着家底

把大雪化成五月的雨水

传说中黑夜的送终人
让我来歌颂去年的爱情
乌鲁木齐的雪呀
唤醒黄昏的菊
　　　[选自《朔方》2009年4期]

九月九日下午的贺兰口

又是一场秋雨抵达大地
最初的地方，骏马洗净尘土
九月九日下午的贺兰口
十三只岩羊口渴，十三只岩羊下山
我把手印留下，开始怀念一束青草的旺盛
夜晚注定了无法回避，在落日之前我必须回家
带上一个突厥新娘或一个蒙古新娘

没有了帐篷，让灵魂挂在路上
走失了牛羊，大风吹过石头
五千年到三千年那些九月
陶罐里月色如昨，除了匈奴只有党项

比夜晚还凉呀，白马没有姓氏
一个粟特人酒后的遗言
在迷途中祭祀火焰和娱舞
太阳，太阳，你的衣裙满是桑麻和草场
这膘肥马壮的九月，剥开大风穿透所有夕阳
　　　[选自《绿风》2009年10期]

虚拟的九十九个夜晚之五十三

一匹马在春天驮着黑夜走进四月
这之前他是个孩子，他和桃花之间隔着水
他的手心写满了天堂，他的母亲比水善良

刘学军

宁夏书（八首）

大雪

想象大雪来到
雪花，我多年以前的心事如期来临
银川以北，大雪掩盖了一切
邻居家的羊群即将变卖
被运送到离我十米的地方
刮过村庄的西风在城市边缘溜走
这一切我无能为力

雪花没有落地就化了
我无法拒绝这种高贵和美丽
在老家，我看到麻雀寻找食物
而大雪无处不在
雪白得无遮无拦
大地善良如同银子

大雪奔跑

大雪奔跑在城市的大街小巷
风呼啸着要把骨头撕裂
是的，我们是多么温暖的羔羊
冬天的刀子藏在屠夫的袖筒里面

在银川想到固原，想到乌鲁木齐
看那些马蹄的路上事件正在上演
我真希望自己是殉葬的囚徒

我的心是否可以恢复如往初
在夏日对莲，想荷叶翩跹
在冬日踏雪，念寒石是否染霜

是不是，这样就可以
让曾经的美丽幻灭，让如潮的激情纷飞
是不是，这样就可以
酿就生命中一盅不可开启的甘甜
只是因为不能开启啊
所以愈发甘香浓烈
常驻心中如坚石

寂静深夜里我曾为你点过一盏灯
灯如我心，点亮时生命燃烧，情暖心房
灯灭时，梦在哭泣，心亦远离
　　[选自《朔方》2011年5-6期]

思念

昔日彩霞满天
将晚的云气中弥漫着清爽
我俩默默经过鸟语花香的绿树之径
自此便是远离，远离
可曾顾惜我，我如何能不哀婉
难道我是一枝带刺的蔷薇
因此就远而避之

而今天断肠人怅然地重游旧地
依然开放的馨香玫瑰刺伤我的心怀
林间的鸟儿不分季节
从春到秋鸣着歌喉，思念也不分季节
无论在清晨在黄昏，时刻缠绕着我

　　郭雅妍（1971—），女，网名水畔红莲，河北人秦皇岛人。作品发表《朔方》及网络。

郭雅妍

不愿你伤心（外二首）

认识了你这么久，却没想到有一天
会让你那么伤心，我的心也黯然
心潮起伏一幕幕往事让我难安
我得到了你的温暖
却把你的眼眶打湿

就让我像流星陨落于你的视线中
就让我羞愧地静静地走开
我的心弦曾为你动荡
你如清清的泉水
我忘不了你的甘甜

默默地把你放到我心上最忧伤的一个角落
再不去打扰你的安宁
即使我的泪也如雨下
发誓再不让你牵挂

问君

远离心中的梦，它让我在爱中迷惑
不停地带给我伤痛
虽然像美丽的彩虹却难在现实中生存
让我心一次又一次冰冻

我原不想要那么多关注
却在情乱时迷失了灵魂
若一切可以重来，伤痛可以成为过往

刘向忠

很想握住春天的手

多好的一个下午
春的气息清新扑面而来
四月的天空晴朗清淡
柔和的风轻轻地亲吻着面颊
摇动头发　掀起衣襟
这时候　你就微醉在
桃花初绽的树旁

看花的人不知道
花也在认真地看她
碧绿的小麦苗并不茁壮
向谁愉快地招手
随便的坐姿　推心置腹地交谈
两个美丽的青春背影
成为心中又一帧风景

静静的　桃花微笑着
很近的越来越远
很远的越来越近

[选自《六盘山》1997年4期]

　　刘向忠(1971—)，宁夏隆德人。诗文发表于《朔方》《延安文学》《佛山文艺》等，入选2003、2006年度《中国散文诗精选》《2007年中国精短美文100篇》《读者·乡土人文版》等。宁夏作家协会会员。

一朵盛开的花在梦中的水面上漂浮
它们的影子拉长为一朵紧闭的云蕾
在云台上　在聆听的双耳中　拽长了内心的慌张
祈祷的消息打开了酥油灯中潜藏的花朵
而我只在千万里的呼应中轻应一声
细微的光　跳动的芒　就撕毁了我的信念

安多

安多在唐古拉意愿之远　在传说之中传说
菩提树的叶子上居住着一些秘密　来自过去谈论未来
一些河流从天际流过　带来云际的消息
在风中　谁透露了风中隐藏的歌谣
那些缠绵的歌谣创造梦境　向东望去
一轮圆月从山脊升起　银色的杯盏盛满琥珀般的爱情
安多　一阵微风　传播雨洗世界的秘密

沱沱河

沱沱河奏响岑寂的夜色
夜色如铁　山是星光下的剪影
呼吸清澈的高原风　一匹困境中的马得以解脱
风马旗一般　在风中猎猎　在风中指引
想要到更远的地方　只有在夜色中洗净心灵
成为一只洁净的牦牛　缓踏高原的草尖
之后飘浮到风才能触及的地方　品尝夜的安眠
沱沱河　我的安眠谁来品味？

　　安奇（1971—），宁夏固原人。1986年开始诗歌创作，诗作发表于《星星》《朔方》《山海》（台湾）等，入选《诗选刊》《2010中国诗歌选》等。宁夏诗歌学会副秘书长。

不用倾听　星光在江河中化为黄金的手指
拨动的不仅仅是心里那根沉睡的琴弦
一声轻响　惊醒的是眺望千山万径的梦
在微光中颤抖不已

留下

留下一颗心在寂寞的山间
和云霞一起飘向山外
留下一只左耳　倾听林间的鸟鸣虫啾
宁静落在秋叶之上也有声响
留下一只右耳　倾听远处的滚滚红尘
烦恼的喧嚣来自内心的不安

这空旷之野　谁于风中茕茕孑立
一脚踩在大地上　另一只却要腾空
而一声呐喊撕破瞬间的意念
集中于我又弹向四方　一遍一遍
由重到轻　直至平静
平静得如同饮下美酒之后的空旷

青海湖

卓玛的歌声是湖边升起的一千个满月
当我打马而过　洁白的雪莲铺成海洋
在一粒沙中倾听涛声　祥鸟盘旋
在云端　有我一座辉煌宫殿
在鹰翼上　我看到深蓝色的眼眸
纯粹的雨纷纷而下　让我的身体
透出青海湖的蓝

酥油灯

三盏酥油灯　亮在灰黑的庙宇的深处
那么重的黑暗被轻轻弹出　熟悉的香味透入骨髓

最后

风中　河的对面　有一只灰鹤
对着我锐利的叫喊　像是要唤醒一个睡着的人
或者是从老远的地方向一个旧相识打着招呼
唉　现在我知道了
这个瘦俏而高蹈的舞者是不是要振翅飞去
只留下空空的河岸　草丛上的风

醉酒

昨夜　出了酒家　蹒跚而摇摆如风中的舞者
癫狂醉行　从我的眼睛里渗出满天星辰
在遥远的大漠上　留下醉卧而莫笑的一款无奈
独向那边行　呕出心怀
一重深如冬　一季花马配雕鞍

深夜

我很难入睡　星辰　记忆　一切都不清晰
草的尖梢　过了风痕　一涛接着一涛
远山的轮廓也渐入梦界　我在何处徜徉
一条河流　一堆乱石　一束芦花
漫天飞絮　月下有只野鸭惊拍双翅

夜伫

一颗星辰一直在注视着我
而我一直飞行在星辰之间
多少山川起伏　千年前来过的那个夜晚
无语之中触摸了什么　天空一线微明

伫看　小峰秀丽的腰身　渐瘦为蜻蜓
仿佛一展翅就可以掠过无边的寂寞

安　奇

野园集（十二首）

箫声

秋晚　我独坐贺兰山坡　大风淹没了乱石
淹没了胡杨和白草　大风掠去了星辰
掠去了我的歌谣　只剩下细碎的沙粒沉淀
我渐渐地半卧在山坡　渐渐地沉睡在草丛
只有遥远的箫声还在吹响
唤醒迷幻的雾岚和不可解脱的磐石
风吹荒野上　心透大漠凉
　　　[选自《诗选刊》（下半月刊）2009年2期]

寂静的野园

风沙沉寂　远山显现　我来到寂静的野园
古寺在清冷中安坐　既不低头也不仰起头　只是等着
等着一不小心就是百年也没有一声乌啼

你轻轻而来　跫音从青石板上弹起　掠过玛尼干戈
带响林涛奔涌　空空啊空空　我看见了寂静中的夕阳
在山峰的一侧盛开了巨大秋菊　细叶垂垂　直到云外
　　　[选自《中国诗歌》2010年6期]

微小

我眯上双眼：野园秋蝉起　暮霭微风
藏在古树之后的一只啄木鸟　哗啦了翅膀
就一下　林间空阔　水际无涯

我无时无刻都感觉到
她依然还在抚摩着
我消瘦的脸庞

我愿意把你想成一只小鸟

你的美丽　无话可说
尽管我只能听到窸窸窣窣的声响
比如我开始学会原谅冬天的后半夜
梦乡里听见你封好火炉
然后盖上炉盖的声音

在这层简易的小二层楼里
声音讲述着一个没有的传说

我坚强不了我的内心

突然从梦中惊醒
——我梦见了自己的母亲
我改变了一下睡姿
但　还是流泪了

深埋在眼眶里的冰

你已经躺了五天
也许能熬过七天

你死了　我把你埋在我的眼眶里
在这人世间　再也没有比这更安静的地方
让你安眠

[选自《安放倒影的湖泊》，中国文联出版社，2010年]

马中宇（1970—），甘肃静宁人。2005年来宁夏灵武打工至今。

马中宇

向日葵（外六首）

叶子已干枯　头颅被剃掉
你还在沉思什么
一动不动　站在暮秋里
难道你也有过后悔

夕光

黄昏　我站在杏树的叶子
转入暗红的时分
我看见夕阳的余晖
蛇一样爬上对面的绝壁

盐池

八月，我眠于盐池的长城根下
盐池太冷了
那堆积遍野的白酒瓶
没有一个肯把我容下

瘦

一团火可以瘦成灰烬
一双眸子可以瘦成飞鸟
一条河流可以瘦成饥肠
一对奶子可以瘦成旱地
一段记忆可以瘦成残雪
一双手可以瘦成季风

夜晚,又被某种磁性收回
他们生产、消费
为得失忙忙碌碌
并将此视为生活

有人问你这座城市的真相
你说,从彼岸眺望
草木葱茏,山河一片壮丽
但建筑的屋顶在阳光下有明有暗
参差不齐。它显示贫穷与富贵
更表明窗内景象皆然不同
你和你的祖先曾经目睹一切
这种情形由古至今,从未更改

给父亲

这台机器一生为土地所累
身体里的发动机每天轰隆隆作响
一年四季在大地上劳作
腰酸背痛,满面尘土
他可能厌倦了这种生活

每当心里有了一个崭新的设想
我自问
他,这台被时间损耗严重的机器
被辉煌的岁月抛弃
现在又被夕阳搁置在村口
和老树作伴,如果做件事
能表达心中的敬慕和取悦
我该做些什么

  瓦楞草(1970—),女,原名于洪琴,吉林柳河人。2008年开始文学创作,诗作发表于《中国诗人》《朔方》《扬子江》诗刊等,入选《中国当代风景诗选》《黄河诗金岸》《潮》等。同时创作诗评、散文、传记等。宁夏诗歌学会委员。

彼时我身子忽地向前倾,堕入迷雾
被它们包围随即变白
嗅到泥土与河水的气息
发出咩的一声,开始辨认

大漠、黄河、芨芨草、红柳
还有拿着鞭子的牧者
那时,我会明白
我低头在大地上寻找什么

信念

很久以前,我丢失了一匹马
至今我仍旧寻找它
我用很多笔墨描述它的体态
嘶鸣的声响,蹄印的形状
以及它对我多年的召唤
我曾遇到一些人
他们听到马的蹄音,看见它遁入云中
却同样没有追到。他们也急于寻找
像同我一样丢失过它

[选自《朔方》2012 年 4 期]

鹰

以神的姿态站在高处
你看到一扇扇窗
释放的能量无法测定
像是眼的深井,光的盲区
遮蔽它背后流动的四季

你偶尔借助羽翼飞向更高
一座城市的窗
于是成了眼中密集的蜂窝
天一亮,无数生灵从那里奔出

瓦楞草

流动或被阻止的流动（五首）

我和树

这棵树死了，我局促不安
意识全部集中到没有生机的木头上
它像根刺，钻进角膜拔不出
我无法拒绝
我费尽力气睁开眼
然而，眼睛真的睁开了吗？
也许，在片刻自我消灭后
我睁开眼睛死而复生
在复生前，我与树同亡
生死之间，我们有这样的过渡
现在，这棵枯树就在眼前
但它是个尸首，它的灵魂注入
我的脚，我的眉毛，我的眼睛，我的心
我能感觉它在摇动
我就是它，在体内，它已安顿
将巨石的重量压给我
我们合二为一
好吧，树
就这样活下去

一团白

我知道，我早晚要做黄河滩上一团白
那些白又绵又软进入脑海
很难描述。我竭力想看清它们

写在黄河源头

得允许那十万块经石齐声咏读吧
箴言被时间锯开,首先露出沉默

一地麦香覆盖湟水两岸
两个村庄隔河而眠
一对儿女是早晚两桌食粮
我把什么背到河边洗涤,然后晾晒
谁能发现,一个阴沉沉的下午过后
台阶变得干净,寺院走得更远
空荡荡的天空和大地,宽容着谎言

八百多年前的一段历史

那时,是有一批党项队伍出逃
行色仓皇,心怀恐惧

谁都没发觉,一袋袋小麦变成了青稞
越来越多的人,下落不明

领路者失明的夜晚,众神惊呼
喜马拉雅,你们来到了喜马拉雅

众人发觉时,已置身于雪山之腹
哀鸣四起,铠甲和记忆一起生锈

逃亡,是另一种方式的抵抗
最后达到这里的党项人,是我

[选自《朔方》2012 年 5-6 期]

唐荣尧(1970—),笔名水尘,甘肃靖远人。现为银川日报编辑。诗作发表于《星星》《诗歌报》《绿风》等。著有诗集《腾格里之南的幻象》、人文地理《王族的背景》《王朝的湮灭》《宁夏之书》等。曾参加第 3 届青海湖国际诗歌节。中国作家协会会员,宁夏诗歌学会理事。

一千年后的一个下午,博物馆的角落
我和那些刀,正互相走近

西夏战事

山河深处,一场大雨降落
一截城墙被浇软,就像一坛坛米酒
在一场场酒事后,浇软帝国的躯体

雨声疾处,蒙古人的探子穿越贺兰山
像一个个神秘的文字,悄然间布满稿纸
最紧张的章节,由七次攻伐组成

硝烟尽头,一个党项书生爬过废倾的宫院
抄手走在通往记录的路上,界桩日益模糊
谁能拨开烟尘仔细辨认:大白高国

那时,新鲜的酥油和年轻的女子缓缓出场
那时,年迈的工匠和经年的陈酿依次谢幕
角落中出走的野史,丰富着《西夏史》的版面

一个民间艺人的胡琴,染白鼓楼上空的月色
一场匆促的婚礼还没结束,黎明的新郎骑马出征
这些,足够丰富一个冬天的内容,一个季节的目录

一匹党项战马,哑声而行,
发黄的经卷走进寺院,消失在佛塔斜影里
夜雨中的僧人,黎明前更改籍贯

行色匆匆的书生,没地方说出身份
以记录和考证矫正被弯曲的战事
笑容背后的两行文字:桀骜和洁净

[选自《朔方》2011 年 5-6 期]

唐荣尧

战刀（外三首）

地图诞生前，比马跑得快的是战刀
隔着宁夏大地，中原皇宫不时听见刀的奔跑

汉家将军，收读着一条条暗淡的信息
扩张者的喘息，摧垮哪家王室内心的桥梁

月光下的出塞诗，被日益颓唐的青春撕碎
失色的，不仅是黄沙后的玫瑰

盔甲的悲鸣，贴成一道道诏书的苍白
后宫的妃子，被来自草原的傲慢夺走幻想

匈奴人的夜空下，弯刀尖上流淌着微笑
晨渡黄河的突厥人，将优美的咳嗽丢进战书

最优美的一声，拧碎了长安城中的自信
汉家皇朝的惊恐表白，被历史仓皇掩埋

纪念碑下，和亲女子的哀伤
埋葬了军书的踉跄，以及沿途驿站的慌张

湖面日益缩减，像黄金牧帐下逐渐干瘪的乳房
最后一滴清乳，是贺兰山下消失的一幅岩画

一把刀的温度，传递一千年游牧者的体温
关隘和堡寨间，送走征战者的青春

低下头

此刻,我低下头
让风吹着泪水里的虚无
我的头低于坟头的随意一根蒿草

我的眼睛被风迷住了
刀子一样的风啊,在春天的梦魇里
剔除不了内心潮湿的火焰

八年了,前世和今生都缩在脚下
疼痛和思念绵绵无期
你落霜的坟头依然白茫茫一片

我低下头,跪倒在苍茫的中央
父亲,我空有一双聆听的耳朵
　　　[选自《民族日报》2013 年 8 期]

　　郭静(1970—),宁夏隆德人。现为隆德县文联《六盘人家》编辑。90 年代初开始创作,诗作发表于《朔方》《诗潮》《星星》等,入选《2007 中国年度诗歌》《黄河诗金岸》等。宁夏诗歌学会理事。

用露水擦去眼睛的灰尘
用青草呼吸　用一片月光
抚摩疲惫而疼痛的骨头

我会站在路边看一看身前身后
那些东奔西走的人群
像一片片树叶被风吹远

曾经的情仇爱恨
在我翻晒过的土壤里
长出盛大的荒芜
曾经的不满变成一株孤独的罂粟

慢下来——
像河水在冰面下暗暗流动
不会发出过分的声响
我会因为自知而流下宽恕的泪水

空地

我尝过了生活的酸甜苦辣
除了亲情、爱情，良知和悲悯
心中还有一块空地
仅仅有那么
一小块

作为自留地种什么都行
但一定要远离
浮夸和污染。仇恨或者诅咒

否则，宁可任其荒芜
我会终其一生
一遍遍地剔除疯长的杂草
还原地，本来的面目

［选自《朔方》2012 年 5—6 期］

弯下腰　身子尽量地贴近大地
贴近土豆细微的心跳

坚硬的生活　那些把光阴
拾进篮子的人　该如何感谢
这帮土头土脑的弟兄
　　　［选自《绿风》2007年5期］

世上

在世上走一遭
我只带走了几滴露水　一缕清风
和一把隐忍的刀鞘

用露水擦亮被欲望锈蚀的眼睛
用清风吹散心灵的乌云
用刀鞘收紧饮满仇恨和伤害的刀锋

在世上走一遭
和你们当中的大多数一样
尊老爱幼　爱惜粮食和尊严
能追逐阳光也不遮蔽影子　这就值了

像一棵树一样倒下
听得见响声或者什么也听不见
倒在宽恕着的大地上　这就够了
　　　［选自《诗潮》2011年8期］

慢下来

我庆幸我能够慢下来
像一只旋转的螺丝停留在某一刻
与无欲的生活严丝合缝

慢下来——

郭　静

慢下来（六首）

河底的石子

河底的石子透过河水看外面时
让人觉得它更像是一枚石子

试想：一枚石子蹲在水底
洪水冲不走它
泥沙淤积不住它
它这么清清爽爽地蹲着时
就再也不是石子了
　　　　［选自《朔方》2001 年 5-6 期］

拾土豆的人

天凉了　深秋的土豆在土里
呐喊　梦与梦碰撞
一道道白光　从返潮的记忆中跃出

一阵风裹着一丝汗腥
掠过西海固臃肿的大地
虔诚的仪仗早已开始

拾土豆的人　紧盯着犁沟
他们追逐着新鲜的光
像是追逐着一场守候已久的幸福

篮子过于沉重　拾土豆的人

和树下　轻飘飘的我
有人扶起雷峰塔
还压着那
美丽了千年的传说

断桥边的梅　睡着了
梦见雪花的精灵
早春的惊雷　破空而来
时光开始倒流
花花绿绿的痴男怨女们
在雨中行色匆匆
每人打着一把红伞
来赴　前世的约会

从保和堂药铺出来
走在宋朝的河坊街上
人们都叫我许仙
可谁是白娘子

扑克

有好多玩法
但结果　大多和爱情一样
最精于算计的人
也往往最早
两手空空

　　伊农（1970—），原名陶世雄，宁夏银川人。毕业于南开大学国际商学院。诗作发表于《朔方》《新大陆》（美国）、《赤道风》（新加坡）等。著有诗集《鱼尾纹》。

静静的琴房

都有一腔柔情
或一段辛酸

或丰腴　或苗条
或典雅　或时尚
一群多情的小美人

在沉默中
等待那个　能拨动
自己心弦的人

三月的桃花树

被风风火火的春姑娘
吵醒　伸一伸
束了一冬的手脚
还要在溪边照个影
梳洗一番

怯生生地
将香嫩的小手探出竹篱
伸向农夫的窗前
或读书人的梦里

前世　真的有约吗
娇羞的粉脸
暴露了少女的心事

梦西湖

一声声南屏的晚钟
穿透树上的枯叶

伊 农

鱼尾纹（六首）

聊斋

山野的鬼魅
因一壶解渴的茶
走进书斋
被一个清朝的老秀才
用笔点化成仙

从此狐魂野孤有了人性
沿着文字的小径
满世界荡游
令虚伪的世人自惭形秽

[选自《朔方》1997年2期]

海螺

家里有只海螺
我放进鱼缸里
几天后　热带鱼全死了

儿子哭了
说鱼儿想家了

海螺是父亲从海南寄来的
他已经去世
好几年了

俞雪峰

马兰花

妹嫁远方
顶着奶罐的民谣
捎来一路飘香的叮咛

俯拾一朵朵花的乳名
民俗与情歌
为你纷纷倾倒

儿歌里的姑娘
一路欢笑　一路歌唱
多少物质的风吹过
多少精神的雨打过

勤劳一生的你
绽放美丽的馨香
蓝色的生命
感动缕缕春风
你装扮了岁月
岁月装饰了你的传奇

[选自《激情石嘴山》，内蒙古人民出版，2004 年]

俞雪峰（1969—），宁夏陶乐人。20 世纪 90 年代开始创作，以散文为主，诗作发表于《朔方》《绿风》等。宁夏作家协会会员，中卫作家协会常务副主席。

和多年前扎根心底的美丽梦想
就这样穿过人流，穿过车流
只向着太阳升起的地方
和伊甸园的方向
让笑弥漫成超越岁月的甜蜜
成为内心城堡中高贵的公主

孤独的孩子

走在如画卷般展开的春天
我的心却在秋霜里瑟缩
精神的宫殿被夜晚的风吹走了
清晨，我对着虚无的领地
迷茫着眼睛

看着依旧高升的太阳
我找不到曾经爱唱的那首轻快的歌曲
泪水像无辜的孩子一样跌落
却没有妈妈温柔的手来擦拭

原来，一切都是不堪一击
当风雨来临时
我只有自己挺直薄弱的身躯
只有自己的那只旧水杯
永远盛满孤独的清水
让我不渴的时候
也习惯地慢慢啜饮

〔选自《朔方》2010年5-6期〕

　　羽萱（1969—），女，原名唐君，曾用笔名唐珺，宁夏中宁人。1985年开始文学创作，诗作发表于多家报刊，荣获宁夏第五届文学艺术评奖二等奖。著有诗集《梦中的红嫁衣》《守望飞翔》，与古越合著长篇小说《金羊毛》《菊花醉》《大黄吟》。宁夏作家协会会员，宁夏诗歌学会理事。

我们都会倍加珍惜
慢慢走出那道门槛
尽管没有看见明媚的阳光
但那些暗夜已被关在门外
　　[选自《绿风》2009年2期]

月亮花

卸下了那一抹残红
那份惊艳,已被月的夜晚吞噬
只留下梦一样的影子
清清冷冷

不会再有一个夜晚
蓄意书写爱情的主题
不会再有一场约会
在星月灿烂中浪漫放歌

曾经爱流泪的眼
如今只有忧郁的云
看月亮花开,任月亮花谢
仍旧一个人
独行在白莲花般的影子上

花香

走过昨天雨巷湿漉的曲线
临摹出爱情最初的模样
站在翌日的晨光中抚摩心脏
还坚定地跳跃着爱你的波光

一路走,嗅一路花香
折一枝沙枣花儿别在心上
闻到了童年淳朴的芳香

羽 萱

眼泪（外四首）

泪水终于流了下来
当夜幕降临，灯光亮起
总有一些角落
可以将哀伤隐藏

清醒代替了迷茫
柔弱代替了愤怒
泪水是久旱的甘霖
将荒芜的心原冲刷洗涤

为那些无能为力的
夜不能寐的
默默独自承受的
知道而看不见的东西
魔鬼退缩在篱笆外
天使在轻轻歌唱

坚持

在一所乡村的柴扉前
上帝厌倦了压在我们身上的苦难
派遣一个神灵送来钥匙

我们长舒一口气
但没有得意忘形
经历了很久的黑暗
对于每寸亮光

自巴赫改编的一支古典吉他曲

我在听古典吉他
听了一遍，又听
夜晚有些短了
冬天有些短了，女人
仿佛一夜之间消失了
我分不清她们的头发
和夜色的黑有什么区别
水流到高处时
我把唱片重放了一遍
仿佛回到故乡
　　[选自《青春》2011年4期]

孤独，感

那些孤独的日子
是没有面孔的日子

球在马路上自己滚动
转瞬即是黄昏

没有人意识到
一只鸟飞着飞着就要去死

埋在镜子里的是
我披满长发的面孔
　　[选自《诗歌月刊》2013年10期]

　　何武东(1969—)，宁夏盐池人。与单晓春创办《北方向诗歌论坛》。诗作发表于《朔方》《青春》《诗歌月刊》等，入选《当代青年诗人20家》《中国新诗选》《体验网络》等。著有诗集《纸边界》。宁夏作家协会会员。

倾听

倾听，来自洞穴
有几个人向我走来
而我转身，感到心脏的沸腾
茶水在迅速变冷，手指敲打着桌面
声音藏匿了耳朵
玻璃城市逐渐变碎而飘起来
他们说要重建一个梦境
而我和朋友们的膝盖在山谷冻结
梦见有一场大风来自月球
有一只蝴蝶从广场飞起来
像一场遗忘的一小节独奏
有一个人如我
在桌子前面
小心记下了这些，用眼泪的花圈

北方

冷空气一节节向北退去
玻璃后的天空越来越高远
甚至有马队拖曳而行
却从不留痕迹
道路上沉甸甸的影子砸得尘土翻飞
树叶飞向世纪的深处
星星坐在谷仓里妄想变成蟋蟀
越来越琐碎了，这些话
把瓜子皮掷了一地
使得天空快速地长出指甲
他给我讲了几个
关于尼尔特人的故事
随后熊从通道蹒跚而来
我躺在盒子里什么都不知道

[选自《朔方》2010 年 5—6 期]

何武东

色儿滩的水（外五首）

在布满野香的草地
我割下鼻子
身体的其他部分生硬而冰冷
走在色儿滩的上游

快乐的水环绕大地的根
它们流向金色的圆盘
房舍就站在古老的水槽上
人们用缓慢的方式
透过最细的管子
将生命引向了自己的骨头
　　　　[选自《诗歌月刊》2003年3期]

想起

一个朋友，我想起他
想起一件事情，一个宗教，一把沙
和他的乐器
这些都把他单独留在屋子里
像一件衣裳
但我起身，穿上别的衣裳
有时这种色彩在天气里变换
有时瞌睡压在眼皮上
我就把他折叠，捡一个旧日子，放进樟脑
我的头脑里只浮现昨天一天
　　　　[选自《诗选刊》（下半月刊）2008年8期]

谁的旗帜猎猎作响
谁的彩练舞动痴狂
放飞的梦想,正在此徜徉
 [选自《黄河诗金岸》,阳光出版社,2012年]

宋朝离乱人

你是前朝遗落的泪
任凭时间随时随地破碎
你站立在风中
成为一株骄傲的玫瑰
今生今世把谁的梦陶醉
郎已远宋朝的江山沉睡
唯有你携一缕芬芳的气息如水

你是春天绽放的玫瑰
我是秋天落叶的点缀
你是谁?你我是时空最后的绝配
看你的玫瑰满天纷飞
我站立秋景任你春风吹

给心灵一条归路
把痛楚在春天里揉碎
一切如风终将无悔
以后的日子,心儿追随
固守千年的禁锢都随时光
缓缓地崩溃
 [选自《星星》2012年12期]

　　岳昌鸿(1969—),宁夏平罗人。现任平罗县文联主席。作品发表于《散文诗世界》《朔方》《星星》诗刊等。著有散文诗集《桃花一笑》,诗集《尘埃中触动的芬芳》。宁夏诗歌学会委员。

谁的大气让金岸插翅飞翔
我的亲爹娘，一万年的歌声嘹亮
谁在塞上，为这块土地挺起了脊梁

青铜峡

青铜峡的绝壁上
108 束目光
挽留不住唐朝的一袖歌舞
宋词的一阕清丽和婉约
母亲河的一缕体温在此回环
在一臂之湾的温情里
青铜大峡之水润泽长河以下的沃野
母亲河宽容至此
谁十指相合，万种祈祷
铸就了一个千年的腾飞
喂养从桑葚开始
这种源自恩情的行走
在阳光下积蓄了力量

黄河圣坛

圣坛，把粮食捧在手中
把土地的要义和精神举得很高
一个民族的灵魂之水
用一只硕大无边的碗盛着
端在了世人的面前
凝视一面墙上的那些容颜
那些斑驳的铜的光芒
用一页图画把目光收拢
浓缩了千百年的风生水起
强烈地磁吸着一颗又一颗的心灵
感恩从河水开始，从此一泻千里
大水又远远地逝了？向远方
河套沃野，大河金岸

岳昌鸿

河岸（五首）

阅海

七十二连湖，还有阅海
湖泊众多，逃不开天眼的凝望
一只鸟独立，展开了它的想象
而云朵此时投下了的云影
覆盖了一只鸟的脊梁
轻轻抚动的水纹
为云影剪一件衣裳
阅海而望，一片水色苍茫
银川就在这水中央

中卫

苍茫之上，大河的流行
卫宁平原，满目的绿色张扬
谁的行走，为大地奢侈地夸张
一缕一缕叉河奔涌远方
乳养大地的水，同样乳养着心灵

大漠高高在上，尘沙飞扬
当年的张狂是哪个帝王的渴望，
现如今，青纱绿帐为谁铺开得恣肆张扬
这是谁家的兴旺
潜伏于田野之上的粮
彻照我头顶六月的阳光
耕种和收获，我的梦想刚刚摆开战场

她把莲花的光和香洒在土上

我寻找的那个人
我梦中的那个人
在遥远的地方
在拉萨的一座宫殿里
在青藏高原高高的雪山上
在天竺或者更远的地方

靠近你
靠近你的山山水水里隐藏着九九八十一难
我短暂的今生
无法到达与你相会
我不灭的魂贯穿无限时空
在一朵真，一朵善，一朵美上

暮色渐浓

我看见你的影子又在暮色里
张着血盆大口

我把一张纸涂黑
把一张白纸涂涂涂涂
饥饿的墨汁波涛汹涌
吃光了满纸的月光

今生无法见证
渐浓的暮色吞噬了
我为你积攒的一堆银子

　　[选自《朔方》2006年11期]

　　李耀斌（1969—），宁夏西吉人，任教于西吉平峰中学。作品发表于《诗刊》《飞天》《朔方》等，入选《中国当代青年抒情短诗精粹》。著有诗集《河是水的衣裳》。宁夏作家协会会员。

李耀斌

所有的门都上了锁（外三首）

阳光，鲜花和微笑
还有匆匆行走的人
顾不上用袖子擦去额上的汗

玩水的人慵倦地躺在湖边
让阳光钻进每个角落
晒蔫的草，顶着可怜的露珠

这是一个久旱无雨
而又微雨初晴的上午
所有的门都上了锁
　　　[选自《朔方》2002年10期]

高原黄昏

一头牛被黄昏淹没
一座房子被黄昏压塌

缺血的夕阳舔过一个人的身躯
深入浅出的牛蹄子像一个人踏实的吻
它让我浑身的胎记
在黄昏背后长久地发炎
　　　[选自《绿风》2004年3期]

梦中的莲花

她坐在一朵莲花上

蒋文龄

西夏王陵

那些炽热的火山岩
再也抬不起骑士高昂的头颅
跌落成苍凉的遁世者
原野恬静　一如季节冬眠

漠然成为永恒的主题
倾诉几多风雨的剥蚀
瓦当和墓穴
而今填满旅人的相册
败落之断章却无人破译
王公贵胄化为一股历史的烽烟
只有梦境在延伸
于岁月凋零的古道
填补陈迹的空虚

往事如烟的时候
你正面对空旷的僻静
反刍那些
业已丢失的西夏文字

[选自《宁夏文学作品精选·诗歌卷》，宁夏人民出版社，1999年]

　　蒋文龄（1969—），宁夏海原人。毕业于宁夏大学中文系。历任宁夏党委宣传部理论处处长、银川市委副秘书长、宁夏政府办公厅正处级秘书、石嘴山市委常委等职。

我不想站在门边等待
我看不清它
我不知道孤独是不是静默
或是孤独在你进来之处

为黎明而作

从诗人之翼
一个嗓音穿过
光柱和深渊
在蛛网与墙之间
把一块光芒的地毯
放置在暗水中
带着丝绸的沙沙声
沙沙掠过我的骨头

写作

我们的身边在这倾洒的灰色中
喑哑与铜钟一同落在地上
如同夜和花在风中发出的声音
我似乎忘记了我想要听的那个声音
那声音没有消失我不是孤身一人
我相信复活的奇迹
这样复活的静谧仿佛比复活更轻
闪着淡的日光
空气漂浮在淡蓝色的冰块上
像一片片麦田
飞出视线在远方化作一道虹
　　［选自《朔方》2010 年 5-6 期］

　　单晓春（1969—），宁夏盐池人。与何武东创办《北方向诗歌论坛》。诗作发表于《朔方》《诗歌月刊》《诗选刊》等。宁夏作家协会会员。

单晓春

冬之书（外四首）

风穿过树林而来
我听不到树的声音
每天都有风
一切，像一块腌制的萝卜干
我想起徐悲鸿笔下的瘦马
坐在瘦马前，和另一个我
嚼着萝卜干
　　　[选自《诗歌月刊》2003年9期]

一个场景

雨水进入到我的身后
那时我想看这里的一切
我渐渐看不清　然后完全消失
除了我自己　我没有影子
我不曾丢失什么　我一无所知
喑哑之外正是秋天
　　　[选自《诗选刊》（下半月刊）2008年8期]

鸟在天空消失的日子

门在面前
我的手在门上　这是你进来之处
梯子仍然立在老地方
时而用一只手
时而用一只眼睛
侵入楼房的每一层

当一朵卑微的雪带着渴望与孤独
一眼思想的泉打开生活的度牒

你被一群藏文字母隔离。在成吉思汗的日记里
藏着牺牲的麝香和致命速度

我承受着你来临的重量。血崩的呼喊
在我粗糙的皮肤上渐行渐远

是的,当一群革命的艾蒿面黄肌瘦
当一个肥胖的飞天给地狱发出伊妹儿

我远离自己,犹如远离一捆寂寞的蔬菜
远离一次失恋的阅历

  [选自《朔方》2009 年 4 期]

  单永珍(1969—),回族,宁夏西吉人。现任《六盘山》副主编,固原市文联秘书长。诗作发表于《诗刊》《十月》《诗歌月刊》等,入选《诗选刊》《2001 年中国诗歌精选》《词语的盛宴》等。荣获宁夏第六、第七、第八届文艺评奖二等奖。著有诗集《词语奔跑》《大地行走》。曾参加诗刊社第 22 届"青春诗会",鲁迅文学院第 7 届高研班,全国第 6 届"青创会"。中国作家协会会员,中国诗歌学会理事,宁夏诗歌学会副会长。

一叶被偷走的风马旗
羞愧的星宿上锲进信仰

无论如何,那条雪水的疏勒河边
我咽下的只是活命的抒情

没有对天空伪造伤害。遥远的先知
你顽固的智慧藏在沙尘暴里

但对一只兔子的渴望,甚至麻雀
那只是走向一个异性的热炕

在20世纪的工业革命里,有一种嘶鸣
我只怀念四平八稳的早晨

雪落。一条愤怒的弧线伤痕累累
大地上肉铺繁荣,果香四溢

说出黑暗中的颂歌,或者赞美诗
你不小心的偷情会被狗仔队记录

回到心跳的夜晚,和一个小偷秘密约会
他遗忘了飞檐走壁,只有安慰

敦煌啊!我带着飞天的梦想拼死一跃
留下羽衣霓裳

天空啊!你的广大里落木萧萧
我只带走飞翔。敦煌———

雪落敦煌

无法沉默的热烈,卑微的雪穿过天空
鸣沙山下:一本信仰的书感觉寒冷

比沙石更白的是羊群
一声悠远的蒙古长调啊，黄昏的奶茶愈来愈浓
谁把一袭黑夜的愁肠慢慢咽下
谁把四月的羔羊抚养长大
而不远处，那一双闪烁的绿宝石
是一只求偶的孤狼的悲哀

宁夏以北。胡茄一曲源头来
旅人的忧郁穿过青草的手掌，打马而去
我远方的蒙古姐姐
今夜空旷的行囊里，唯有
思念的马头琴轻轻响起

黄羊滩：幻觉

黄羊滩，贺兰山遗忘的孤儿
坍塌的狩猎场
让一群黄羊惊慌失措

那盏西夏的马灯唤醒了磷火
那片摇晃的月光吹薄成霜
而我住在离西夏王陵不远的地方

一座戈壁的羊圈旁
我已驯化了
一只调皮的野羊

　　　[选自《诗刊》2006年11期上半月刊]

敦煌的鹰

鹰有神示，无限的荣光在于飞翔
寒冷的内心有超度念想

三危山绝命的海拔
大地上的光阴走如奔兔

油菜花儿开

油菜花儿开。这是青藏高原最美丽的衣裳
温暖着我们的肌肤和坚韧的信仰
天空澄明的瞬间，秋天诉说着内心的秘密
就像朝拜者匍匐在向西的路上，默诵真言

油菜花儿开。枯黄色的梦境里先知莅临
一群蜜蜂角逐着殊死的爱情
它咯血的舞蹈把现实装饰成遥远的梦幻
恍惚中我已感知了神示的洗礼

油菜花儿开。我被习惯宠坏的眼睛蓦然擦亮
我的卓玛走过青草地，她纯情的歌声
唤醒了沉睡的牛羊，也唤醒了沉睡的花朵
此刻，我已变成了花朵的奴隶

向西的路上我不想拥有什么，我只怀念爱情
她月亮的名字在我的诗里发光，像一朵雪莲
而在雪域高原，请留下我们肥壮的牛羊
留下最后的油菜花，留下不死的爱情

向西的路上，我空空的行囊盛满空茫的风
远离喧嚣的都市，走进大片的油菜地
童年的幻象被一一打开，一首首谣曲
守望今夜根一样的美丽

　　[选自《朔方》2000年12期]

宁夏以北

宁夏以北。沉睡的马蹄声荡起大漠孤烟
包兰铁路两侧，一边是青草，一边是沙石
仿佛额济纳牧民的一对儿女，相互拥抱
比青草更青的是蓝天

单永珍

向西的道路（六首）

在玛曲的孤独

让我们点燃篝火，照亮阿尼玛卿山上的雪
让我们敲打骨头，高举灵魂的碎片
让我把自己焚裂，为着众生的吉祥彻夜祈祷
让我把爱情埋葬，还你一个玫瑰的日子
只有黑色的长发如经幡，一任苍茫的大风恣意拂动

身陷玛曲，我不敢端望西去的黄河
我看见雪线上飞翔的鹰，如一簇黑色的火焰
它哀鸣，嘶叫，藏地的红花上洒满血迹
它受伤的病体使一朵雪莲灿然灼目
一个季节在奔跑中死去，大地一片枯黄

四千米的玛曲，我承受着岁月的重负
花季败落，我爱的女人杳无音讯
而雪线以下，羊群和牦牛繁殖着爱情
是谁在坚守着精神的堡垒，放牧理想
又是谁在暗夜里哭泣，仰望秋水般的苍穹

风吹玛曲，一半的太阳叫鹰
风吹玛曲，一半的月亮叫石头
箴言早已注定，我不想再诉说什么
让我的歌声喑哑，不再响起
让我金属般的手击碎高远的梦境，回到原初

沉默的石头，让我们约定
当我升入天堂的时候
我要把你的孤独带走
让上帝还给你笑颜和童贞
那时，我们可以恋爱，可以厮守
可以到上帝的后花园
倾听鲜花开放的声音

  [原载《青海湖》2005 年 11 期]

青草

站在苍天之下，大地之上
我不知道，青草站立起来
需要多大的力气
这些春天的组合方阵
这些在远古就被野火烧过的青草
精神里已经长出骨头，很硬
像钻石那样的质地
敲一敲，铮铮作响
每一棵草都是一首嘹亮的歌
唱响大地，绿色纵横
青草是视觉里的黎明
叶片的尖锐清冽
为我们渗出春天的肌肤

  [原载《飞天》2005 年 12 期]

赵晓宁（1968—），女，满族，宁夏大武口人。毕业于西北民族大学。石嘴山市无党派联谊会副秘书长。诗作发表于《青海湖》《飞天》《朔方》等。著有诗文集《风过岸边》。宁夏作家协会会员，石嘴山市作家协会理事。

赵晓宁

秋天（外二首）

从一棵草开始
一眨眼，秋天就整个老了
冰凉的河水之上，漂浮着一层
南归大雁落下的歌声
每一寸分别都带着终生的疼痛
翅膀可以飞走
扎根的乡情却寸步难行

把整个秋天带走吧
带不走的落叶的情愫
在故乡的风中徘徊
落叶的呐喊声叫着我们的名字
穿透今生和来世

沉默的石头

沉默的石头，不说话
你就是寂寞本身。看岁月
远去，看更替的春夏秋冬
你是一位老人，把时间静止

我把你看成花瓣缤纷
你的芳香只有我才能闻到
我和你并排躺在大地上
静静的，有野花和野草围拢我们

穿透老屋门前的篱笆墙
抵达临近沉睡的泥土

拾穗着的身影
在我们湿润的眼睛里
凝重而且生动

月夜

默默无语的是我
想念已久的是梅
这初恋的梅在白雪深处
直达枝头的顶端
成为我的新娘

流水的容颜
向爱人逼近
一如在纷纷熄灭的花朵边缘
感受一行落叶
正沿脚面腐烂的声音

不止一次
无言地对着远去的爱人
走不出嫣然一笑的尾声
皮肤下面是一生的失眠

[选自《朔方》2010年5-6期]

李永林（1968—），笔名塞风，甘肃兰州人。就职于宁夏民俗文化研究院。1983年开始发表作品于众多报刊。著有诗集《行走在天地之间》。宁夏作家协会会员。

李永林

白马穿过草地（外二首）

无须描述那个午后的阵痛
白马穿过草地
并不在乎我的惊诧
和一根马鞭腐烂后的尸体
穿过自己的命运和蹄声
穿过虚实之间的灵魂和肉体

我在白色之中模糊地看到
幸福和苦难原来竟是同一种颜色
一种在太阳和草地之外跳跃的光芒
白马穿过草地
如同我走过自己的影子
从此我不再渴望什么
就像钟声消失在爱情之后
响亮的民歌隐在一个民族的伤口里

秋歌

支撑这个季节的
不只是遗忘在地头的一秆红高粱
间或挂于屋檐下的那串红辣椒

一群手握镰刀的农人
从田地里越过很深的秋天
踏着薄暮匆匆归来

阳光发出瓷的光泽

通过漂泊告诉了河流
我把河流告诉我的
通过行走告诉了平原
我在 2006 年初广东飞往安徽的飞机上
首次和我精神上的故乡
保持了同样的高度

沙丁鱼

异乡的海风
无法吹去我由来已久的孤独
尘埃里总是结满忧伤的花
沙丁鱼不动声色
突然旋转成一股巨浪
在悬崖边摇摇欲坠
海鸥朝着落日扇动翅膀
和地球一起迁徙

大海也是一个社会
一粒沙子的命运
是在海底还是在岸边
完全取决于风的态度和意志

潮汐即将来临
我们都是沙丁鱼
需要集体深呼吸
我的车既是我的马
为了能够重返沙场
我必须赶在大雪封山之前
在远方抚摸我温暖的故乡

[选自《作品》2008 年 4 期]

刘鹏凯（1968—），回族，安徽人。曾在固原市原州区工作生活，现就职于珠海特区报社。在多家报刊发表诗作。

我们在此种植一种思想
让它根繁叶茂　绿郁葱葱

这里的人教我懂得存在的意义
正如鸟鸣在林中
所有的树都在风里歌唱
小溪水流在回家的路上
也不会迷失方向
而且响声叮咚
这是一个深刻的寓意
盘盘六盘路
一盘一个高度
一盘一个向往

车上六盘山
使我知道这座山
造就了我和你们
我们必须上山下山
等峰回路转

[选自《安徽文学》2007 年 1 期]

河流上的平原

所有的树都在奔跑
当目光高于树冠的时候
我看见了河流上一起一伏的平原
它们和我一样沉默
坚强抑或柔软

从春天到春天
河流慢慢堆积成平原
我一直都在外地忙活
年迈的父母站在香椿树下望眼欲穿
我不想让河流把我和老家分开
我把平原告诉我的

刘鹏凯

独居山城（外三首）

山是一座城　城是一座山
我独居之中想着山的心事

山中无林　城中无歌
却有一只鸟停在枯树枝头
与天对唱

夕阳渲染山城
某一段细节不用娓娓道来
你也欲哭无泪　其实山中无故事
那只鸟却落泪如雨

成群结队的马
在天上奔跑　向着那片草原
那只鸟始终找不到自己的巢

山仍是一座城　城仍是一座山
鸟儿独居之中无事可想
或者想入非非
　　　［选自《朔方》1993年11期］

车过六盘

糜谷正黄的时候　我从此路过
车上六盘山　那是万不得已
无论时光怎么流逝
六盘山还是我们的山

我知道自己的内心的安详
必是从天而降

大地睡去

"大地睡去，正是灵魂苏醒的时候。"
当我们抬头倾听
歌声飞过的地方已是繁星一片
谁还会独掌孤灯
劈开黑暗回到荒凉的家园
谁把家门打开
让流浪的心灵在语言的屋顶下安歇
当走远的时光在血液的声音里回流
谁为美好的事物掩面哭泣

桃

怎样积攒了体内的蜜
怎样一刀一刀
雕刻了核上的花纹

我只看见一场雨水
洗落了桃花的粉面
然后是青青的桃
她有满腹酸楚的果汁

桃啊！她已走下六月的枝头
我却仍在三月的桃林张望

[选自《安放倒影的湖泊》，中国文联出版社，2010年]

冰河（1968—），原名周少华，宁夏灵武人。毕业于西北政法学院并留校从事学报编辑工作。大学期间开始创作，诗作发表于《飞天》《星星》《诗刊》等。著有诗集《冥想的石头》。

大风之中
我不会倾倒也不会弯曲
逆风而行
我要去往大风诞生的地方

不知名的野鸟飞过湖面

一只野鸟飞过湖面
隐去的名字如同四周的静
留下抽象的美
让我无法说清

我能说清的只是它的影子
仰泳于湖中的姿态
比湖水更深
速度只好等于上面的飞翔

一种心灵的境界消解了语言
野鸟飞过的地方
空气和湖水被弹片洞穿
却深深地藏起了波纹

静物

在所有的静物之中
我想画下一朵白云
它并非不动
它是在漂泊中
比瓷盘里安睡的苹果
包含更大的静

它的形状和位置渐渐改变
但过了很多年
仍然泊在我的眼睛里
我什么也不想说

冰　河

火车（外五首）

以这样的方式穿过时间
多少事物早已名不副实
村庄，炊烟，河边的石头和水牛……
只有逗留在往事之中
才能重新看清它们的脸庞

但，我们已经生活在速度之中
关于道路，关于站台
不容思考和抉择
偶尔，在城市的郊区
可以看见一些斑驳的旧车厢
静止在生锈的铁轨上

那些荒凉的小站
已经不能让我们稍作停留
繁华之地，夕发朝至
哪里是回忆，哪里是向往
取决于我们奔跑的方向

大风

谁的手摇撼着天空
说出摇撼的不是星辰
是大地上树木的舞蹈
说出力量的
只能是折断

雪花

献给大地一束
纯洁的思念
向这个世界倾诉
该说的没有说
不该说的却说那么多
你也该对自己说一句
生命是有限的
你毕竟逃脱不了
天空的魔掌

那棵树

一种美是花期
一种情绪是叶上闪闪的阳光
一种感觉是熟悉的愿望
一种拥有是灵魂失去的翅膀
一种失落是秋天结束的故事

日子

许多有喜有乐的日子
让你的梦境变成真实
无法拒绝也无法退却
那缕永恒的微笑
重逢于回忆与想象之间

[选自《朔方》2011年5-6期]

张立（1968—），宁夏灵武人。历任灵武县房地产管理公司基建科科长、灵武市宁东镇党委副书记、灵武市房地产管理局局长等。1988年开始发表作品于《人民文学》《诗刊》《绿风》等，入选《中国新人诗集》《时光之轴》等。著有诗集《树的眼睛》《途中的花园》《把岸还给河流》。宁夏作家协会会员，宁夏诗歌学会委员。

远与近

在冬与春握手之际
默然地站在风景的位置上
一颗石子敲碎镜湖的平静
我将拂去因你而起的种种心情
看见目光的含蓄

月亮的脚步依旧切切隐痛
随你走到天涯的每一个角落
寻觅天国的风筝
路再远在你眼中依然很近

野蔷薇

野蔷薇在水瓶里
呼唤朦胧雾幔里的远山
呓语于幽谷间的一片枝叶
饱含你永世的想象

是陈年往事
也是一份孤寂
让我无限陷下去

雨

整个世界都在下雨
一朵野蔷薇
正被雨用力地抽打
雨苦雨涩　我也得用身体
为你遮挡
让你轻轻地抬起头
注视着我流泪的眼睛

[选自《朔方》2010 年 5-6 期]

张　立

把岸还给河流（九首）

雪地

有一滴泪在你脸上
在忧悒的心里再深藏一个忧悒
然后结一批果子

背后的苍凉溃退在无望中
真正的爱其实只开一次花

听箫

你让我想起了什么
一定跟某片风景有关
一定跟某个无法挽回的人有关
要不为什么掉过头
我的眼泪就奔涌而出
　　　[选自《朔方》2009年2期]

夜来香

也许不开花也不结果
也许想象就够了
一朵花能收集完今夜的星星吗
为什么一次开放便结束了一生
　　　[选自《诗选刊》（下半月刊）2009年3期]

狗吠可闻　远山站立千年
飘来的云朵也不愿停下脚步
如果静止　那一定是山顶老树的枝丫
挂住了她的衣袂
低头走路的人　在仲秋　看见黄的花
也不去摘　遇见从前　也不去问
寥落的村子　也就几户人家
守着清贫　简单和从容
当炊烟再次从旧屋顶蹿出
我就爬上屋顶　和她一起飘散
成画中那人

有一些想法在路上产生

走在路上
就有一些想法产生
这些想法
原先藏在什么地方
这时像鱼一样浮到水面上来
为的是让我看见它们
由此路程开始生动
我一步一步走下去
这些想法就伴随我
把前方的路延长
直到又有一些想法产生

[选自《放在能看见的地方》，青海人民出版社，2012年]

　　李壮萍（1968—），女，宁夏中卫人。中卫广播电视台编辑。1988年开始创作，诗作发表于《诗刊》《民族文学》《星星》等，入选《中国精品文艺作品期刊文献库》《中国年度优秀诗歌2011卷》《2012中国诗歌排行榜》等。荣获宁夏第八届文艺评奖三等奖。著有诗集《对面是一把空椅子》《放在能看见的地方》。宁夏作家协会会员，宁夏诗歌学会委员，中卫作家协会副主席。

低低掠过庄稼
或者高高穿过流岚
我惊讶那声音的魅力
竟能使我居高临下俯瞰一切
回声不绝　直达
最远处钢灰色的山峰

什么时候
我发出过这么大的声音
或者什么时候我忘记了
一个人可以发出这么大的声音
想想　就有点心里发虚
但整个田野空空荡荡
只有我一个人手舞足蹈
在回到拥挤的城市之前
我忍不住又大喊了几声
　　[选自《诗歌月刊》2011年9期]

一粒葵花籽

应该赞美那更微小的存在
一粒葵花籽也懂得热爱
大风吹灭它的灯盏
它又从土壤里钻出来
一眨眼　遍野的葵花会随风歌唱
哦　生活里处处隐藏了美
若有一颗向阳的心
那小小的黑也是一种光
秘密地指引着迷途的羔羊
而它更擅沉默　愿意成为夜晚的一部分
变得更小更黑　不为人所比喻

老村庄

村庄静默　黄昏就要隐去夕阳

你感到人和树之间
有某种相通之处
一棵树会有瑟瑟凋零的叶子
一个人会有汩汩流淌的眼泪

空白

生活中往往有一段充实的日子叫空白
空白时　时间会停在某棵树桩上
构思　有关枯树发芽的事情
这样　春天就在空白的间隙长了出来

当然　空白是不会选择季节的
我说的是感情的季节
这个季节　空白只为一个人
有生命力地活着

并不是所有的空白都能长到秋天
不过　即使空白结几枚酸涩的苦果
也使生活阳光般明媚
　　　[选自《对面是一把空椅子》，南方日报出版社，2007年]

在田野上

整个田野
只有我一个人在歌唱
天穹下四处都是回声
其实那算不上歌唱
只不过吼吼而已
而整个田野都因为我
发出了快乐的鸣叫
我看见时光像一枚枚金叶子
被我的气息吹动
声音的翅膀托着我
在田野之上飞翔

李壮萍

经常的事情（外六首）

路过曾经熟知的地方
同时感到陌生
相遇旧友
却喊不出他的名字

这是经常的事情　回忆
如一只打翻的水杯
你扶正杯子
而水早已流失

阳光和灰尘有序地降落
也是经常的事情

把头靠在树干上

把头靠在树干上
听风摇树动
听水分从树根滋滋流向叶脉
没有脚步声走近
你可以想很多事情
因为一切都无可挽回
你注定孤独
只能让自己的一只手
怜爱自己的另一只手
而家已遥远
你没有别的依靠
只能把头靠在树干上

在青海湖

青海的草正走在复活的路上
天空无遮拦的蓝
青海湖镶在一头牦牛的眼里
是知遇过后的挽留和咏叹
它被控制地蓝在两山之间
照看着雪峰、油菜地、牧民
让高原保留雨水和滋润
离开它的时候,我摸了摸
还冰凉的湖水

原谅

原谅室内这棵多年的茉莉
迟迟没有开出期待的花
原谅春风还没有唤醒山坡
原谅解冻的河水还带着枯草
和怀疑的步子
原谅一个无眠的人在春夜
不发一言

[选自《朔方》2013年11期]

雪舟(1968—),回族,宁夏泾源人。历任泾源县政府办公室主任、文旅广电局局长、水务局局长等。1988年发表诗作于《星星》《青年文学》《中国诗人》等,入选《诗选刊》《建国60年少数民族文学作品选》等。宁夏作家协会会员,宁夏诗歌学会秘书长。

晌午，一垄刚刚犁开的土豆
显眼地跳动在地皮
多像我头戴白帽的亲人
跪在穹宇下，给贫瘠的村庄
诵经

[选自《朔方》2010年5—6期]

回到亲人中间

前年的秋天，父亲离开
他独守了大半生的清真寺
一个老人，终于回到了家
在大半生的时光里
他记得最清的是每日礼拜的五个时辰
每个时辰里观星月看太阳
投向人世间的影子
梆子声代替了时钟
诵经声代替了语言
他，活在自己全美的世界里
现在，回到亲人中间
他，显得那么孤单

[选自《朔方》2011年5—6期]

愿望

一生中，用一部分时间
守住明亮的事物
努力让黑暗的事物
少占一些地方
而大部分时间
阴暗的事物，占据
日月无法到达的地方
——包括梦境、睡眠
包括植物的根部
一个人内心幼兽般的恐惧
和被时光遮蔽的愿望

[选自《青年文学》(中旬刊)2011年11期]

那儿离德令哈不远
德令哈，一个承受过巨大忧伤的
地方，海子的姐姐刚刚
挤尽一头牦牛硕大的奶子
在油污和藏袍上擦去
一天的活计

今夜，我想念姐姐
她远在芦草洼
　　　[选自《朔方》2009年4期]

雨夹雪

在园中植下榆叶梅、月季、木芙蓉
还有草莓、樱桃树、苹果树
种下日子里的色彩、香味，还有
在冬天光顾的灰雀，夏日的蝴蝶
还有你带到世间的两个女儿
种下飞翔、声音和爱
可今夜，雨夹雪
敲打着我的无眠，是倾诉
是谛听，是战栗，疼痛
我装着花苞的心啊，什么时候
才能如一枚春叶轻轻舒展
　　　[选自《青年文学》2009年8期]

诵经

在年复一年的秋风里
土豆，西海固大地上
最后挖出的粮食
它，把这干裂的土，抓得
那么紧，攥成拳头
拳头一般的心脏
挣扎，且顺从

雪 舟

泾河两岸（八首）

我常常在他们中间

在最亮的星和一片刚刚出生的浅月中间
在鲜花和花蕾中间
在旷野上两棵不远不近的树中间
在山谷和另一面缓坡中间
我常常想到时光、距离和界限
想到我与它们之间的秘密
我知道俯下身子
才能听到青草的交谈
我相信混迹人群
相信深入事物暗藏的内心

从青海到德令哈

阿娜自青海归来
她见到了一直绿到天边的
草原，分辨不清的石头
和羊群的戈壁滩
我不断向她打听
青海湖、日月山、塔尔寺
特别是草原上的落日
缓慢地用一个人影子
把草尖上的暮色
迅速提前

阿娜没有按计划去趟拉萨

短暂

潮湿的鸟声还沾在睫毛
黑夜的血腥已哽在喉咙
第一个脚印还未踩碎初春的早晨
第二个脚印已锈在深冬的黄昏
十年前掏出钥匙
打开的是十年后的铁门
想写一首不朽之作
笔尖下直接爬出蛆虫
初次见到的微笑款款走来
抱住却是老了的情人
跟他走进新盖的剧院
却看了一场下辈子的电影

[选自《诗刊》1994年6期]

　　莲子（1968—），女，原名焦雪莲，宁夏中卫人。做过老师，曾遍游中国边缘地区，现居北京。著有诗集《单人牢房》，作品集《西域的忧伤》，自传体散文集《活着走着爱着》，电影文学剧本《中国故事》等。

它真的来了
我却无动于衷
它已是不受欢迎的客人
我蛛网似的神情
什么颜色也涂不上去
我已朽得不经一碰

初吻

心跳画出弯曲的小路
花影围成两个人的国度
战栗是风中的草
迷乱是草上的露
星光从衣袖间轻轻飞出
变成眼里惊喜的泪珠

我小口小口吻你
又像鱼在月下的湖面
用五色的水泡说着
不，不，不

读信

一个字是一个固执的浪头
叩击我无歌的白天
一句话是一条骚动的小河
流进我迷乱的夜晚
所有的故事都储在心底的海洋
再加一滴就会漫上岸滩

可你偏偏来得不巧
我汹涌的热情你没能看见
你眼中的大海一平如镜
不是风暴以后
就是风暴以前

莲 子

单人牢房（五首）

夜

深知夜晚别有一种温情
我不愿走进摇曳的光明
路灯殷勤的窥视妨碍你我
畅饮对方斟满酒的眼睛

为找一株遮住灯光的梧桐
我们走遍迷宫般的小城
啊，我渴望长久的黑暗
因为我渴望长久的吻

[选自《朔方》1993年8期]

好消息

我是旱情严重的白纸
幸福总与我保持某种距离
好消息惜墨如金
还把荒芜的十年
说成是苦吟

直到我的喊声累死
微笑裂成石头的皱纹
才把头探进门缝
看我躺在画案上打盹
好消息有一张可疑的面孔
它诓我款待过太多的门铃

疯狂的雪片将我重重包围
我是一只掉队的大雁
妈妈　您就是我生命的希冀

[选自《花，年年会开》，宁夏人民出版社，2011年]

父亲

我总是想象，在最高的山峰之上
放眼眺望，云海在群山之间
汹涌飘荡，抑或有阳光
在每一片树叶上闪亮

寂寞是因为心灵失去了阳光
孤独是因为自己握紧了自己的双手
父亲，我依然记得
每一座山峰都有一个温暖的名字
每一种植物都有一段美好的故事
每一个路口都有一首动人的歌谣

黑夜也无法阻挡，父亲坚毅的目光
击落了一只又一只黑乌鸦盘旋的翅膀
我已经长大，即或独自行走
心中仍有一团温暖的火光

一只高翔的雄鹰，在我思想的前方
八千里路尘与土，父亲，我
佩戴着你送给我的李白的长剑
沐浴着野菊花上的露珠
我苍白的皮肤会有青铜的光芒

[选自《诗歌月刊》2013年10期]

　　唐晴（1968—），四川南部人。历任固原二中教师、宁夏人民出版社副总编辑。诗作发表于《十月》《诗刊》《星星》等。著有诗集《嘿！我还活着》《花，年年会开》。宁夏作家协会会员，宁夏诗歌学会委员。

依然是一个王

王站在塬上，遥望远方
雄性依旧的烽火墩重燃内心的烈焰
落难的王，逃亡
不是放弃自己的权利
一粒被抛弃于沙漠的种子
只要种子的心不枯
总会有生长的机遇

在只有武力和智力同时抵抗的日子
落难的王，必须一手拿矛一手拿笔
四面出击，喃喃自语
落难的王只需要两个结局
不是战死就是辉煌地杀回去

　　　［选自《朔方》2011 年 5-6 期］

母亲

温暖的雨丝唤醒了我的记忆
走在蒙蒙细雨里
我就是一片新长出的叶子
在您爱怜的目光里轻轻摇曳

炽烈的阳光照耀着我漂亮的裙子
长在灿烂的阳光下
我就是一朵即将绽放的花蕾
在您慈爱的绿荫下昂起骄傲的头颅

枯黄的落叶飘进了我的思绪
陷在凄凉的夜色之中
我就是一弯残缺的月
让您苦苦地期盼每天都是晴朗的中秋之夜

寒冷的北风刺痛了我的灵魂

还有倔强和勇敢的品质
一个男子汉　在他成长的过程中
没有几次英勇的壮举
是失败和怯弱的

囚徒

在城市的心脏　人来人往
像一条喧嚣的河流　而我是一条山涧
汇入了另一条大江随波逐流
迷失了方向

四周是冰冷的高墙
只有一扇小小的窗　我所有的思想
期待面对阳光　星辰　以及雨雪风霜
唤醒生命之树最初的根

在城市的心脏　点亮一盏灯
看吧　那么多善变的眼神
那么多富有智谋的声音
我日渐耳聪目明　却对自己起了疑心

四周是冰冷的高墙　一扇小小的窗
就是一只小鸟　在遥远的远方
尽管黑夜的黑笼罩了一切
我还是看清了我疑心重重的模样
　　[选自《朔方》2009年4期]

落难的王

一个落难的王
在荒凉偏远之地流离
而阴谋、追杀与较量
却让这蛮荒之地激烈无比
是的，一个落难的王

唐　晴

弹筝峡（外五首）

让岁月苍老成夕阳落下之后的荒漠
让一种思念化作雨雪风霜
年年岁岁，在被人遗忘的地方
在天与地之间
孤独地冰凉

风一直在吹，雪化了又下
谁走了？不再回来
谁在无人的风口
弹古旧的筝，将我刺伤
又将我温暖
　　　　　[选自《诗刊》2009 年 3 期]

第一次打架归来的儿子

第一次打架归来的儿子低着头
情绪低落地坐在书房里
任凭我如何地询问
他只是黯然神伤地
低着头　不发一语

已是翩翩少年的儿子
不知道我隐藏着巨大的欣喜
在我内心　一直期待着我的儿子
在他快乐的童年和洒满阳光的少年时期
有一天挂了彩回到家里
让我看到他温和善良的性格里

擦着布谷鸟叫声的边缘，不醉自芳

憨厚的黄土，笨拙的黑土
匍匐玉米的根部，把收成握在手中
把玉米细碎的香气，覆盖在青涩的苦难之上
犹如羞怯地闪向天空的光芒

勤劳的乡亲，年复一年地奔命于玉米中间
凝望田间的衣袂，以歌的形式飘动
让京漂的我，在一把镰刀下低头、屈膝
汗颜于担水的妹妹和锄草的母亲

伤雀

满园开花，各回各家
天空多么宽阔，鸟雀无路可飞
躲闪不及的命运，再不会重返
没有回家的鸟雀，还歌唱什么

没有铁锈的锃亮的枪管
挑破向晚的钟声，丝丝冒出的青烟
缭绕在鸟雀曾经落脚的树枝，掩盖了浮尘

伤雀，一瘸一拐，躲到月亮的背面
眼睛贴满花瓣，翅膀奏响风琴
　　[选自《朔方》2009年9期]

　　何伟（1968—），宁夏固原人。就职于固原二中等。1996年开始发表作品于《诗刊》《诗潮》《朔方》等。

慷慨激昂地旅行，丈量农业的悠远之道
大河的脉端，隐去了一个民族难言的悲伤
让疲惫的众生定居你的前胸和后背
接受甘露和恩宠，无限延长雪的光焰

沿着这条大河，先祖们站在黄土的肩头
在血与火的苦难里
举起一个个古朴而美丽的热望

草原

采集甘草和发菜的双手，尚未学会哭泣
逃命的兔子贴着草尖疾飞，寻找幸福的时日
纯洁的少女眸如泉。村庄和五谷静默不语
在灾难的胸腔里，怀念草原恩典的
还有被月光反复亲吻过的流水和山冈

是谁鹰一样撕开贴得很近的草和生命
将代代相传的民歌拼在风中，无法收回
使青草一样娇嫩的爱情远离流水和琴声
在孤寂中绝望，在岁月的背后哀歌
春天的雨水和村庄，秋天的血液和粮食

村庄放下农业，将铁器浸入青草的骨血
这用惊喜剜出的剧痛，让人想起大地腹部细密的伤痕
即使丢弃了草帽，却依旧沉重地抬不起头来
黎明时分，草籽躺在历史的掌心
我想知道，你准备在哪里开放

[选自《诗刊》2004 年 9 期下半月刊]

玉米

枝叶婆娑，喂养了塞外的羌笛
亭亭玉立，梦想着金黄的云彩
忘情的生长，总结仰望的目光

何　伟

朔方：疼痛的低语（五首）

朔风

从来就没有认真听过这种声音
这种声音把飞鸟旋向远方
这种声音忠实于血流的方向
让风沙，从远方逼近生灵的心脏
让悲怆，扶持万物的生长

这种声音过后，天空更空了
一些眼睛会睁开，闪动质问和迷茫
拖延已久的病句，会退出语言
找一个洁净的地方，回忆父亲的责备和慈祥

朔风，总是能吹尽众生心中的黄沙
使一些人放弃一些俗气的事情
不去出卖靠不住的荒凉，着手植树、浇水
并且学会享受这种铺天盖地的音乐
从天庭带来绷紧的幸福

黄河

这条大河经过群山和红尘，孤愤地流淌
经过很多灵魂栖息的地方，呜咽地流淌
这条大河漫过仰望的头顶和树木的梦想
把七月的睡莲和百年的痴情一起埋葬

七彩的流水源自冰雪女神的眼底

愤怒

愤怒的苹果砸准了牛顿
牛顿发现了万有引力
愤怒的跳楼者砸准了土地
土地之上又多出一个坟头
愤怒的鸟儿冲向天空
天空敞开她广阔的怀抱
让鸟儿懂得了飞翔
更懂得了胸怀

愤怒对鸟儿和苹果是天使
愤怒对天使却是魔鬼
愤怒对愤怒者不负责
愤怒只管愤怒
愤怒不问结果
结果要问牛顿与天空
结果要问土地之上
那座新添的坟头

[选自《灵魂的粮食》，人民文学出版社，2013年]

蔚然（1968—），满族，爱新觉罗氏，宁夏固原人。90年代开始创作，诗作发表于《民族文学》《绿风》《山西文学》等，入选《中国新派诗人档案·2012卷》等。纪实文学荣获第十届全国少数民族文学创作"骏马奖"。著有诗集《灵魂的粮食》，纪实文学集《粮民：中国农村会消失吗》《粮民：中国农民会消失吗》，散文集《另一个世界：不能忘却的苦难札记》等。中国作家作协会会员。

在乡村--隅锈蚀　化蝶
一道写不进历史的乡村风景

微笑的麦田在城市的栅栏里
与秋风一道怀念春雨

六盘山上牧羊

放羊的鞭杆别在腰带间
裹紧翻羊皮袄吼一嗓子乱团
壮个胆胆

六盘山上的西风常年叫唤
沙子土眯了眼
妹子你在哪个坎坎下
晒着暖暖

烧熟的洋芋蛋蛋
闻着把人那个馋
妹子你在哪个坎坎下
晒着暖暖

松树枝把翠油油添
惹得羊儿都窜进了老深的山
妹子你快来帮哥哥把羊儿拦
别忘了揣上烧好的洋芋蛋蛋

一盘二盘不算个山
三盘四盘让人气喘喘
五盘六盘才知道腰杆杆酸
妹子你撑不上就在原地站

羊儿都爬上了六盘山尖尖
不吃草儿个个却把诗念

老东西　可还是撇下我先走了
只有你还这么稀罕着我
还这么宝贝着我　多想你
也和那老东西一样抱抱我

委屈你了　这么不离不弃
日夜陪着就要和老东西去约会的秋叶
连同守着我一辈子的酸甜
在夜晚　多想你
紧紧抱着我
其实我很怕这孤孤寒寒
　　　[选自《山西文学》2012年12期]

微笑的麦田

城市　一台推土机身后的轰鸣
镰刀在小镇上最后一家铁匠铺子
接受非宗教洗礼
告别麦田时　以泪留言

身怀六甲的麦苗举起斧子
砍倒自己　献礼城市
斧子走进博物馆斧正历史
麦子在植物园里准时出席
一场又一场欢声笑语的观展
一片汪洋　似如深海的波涛
原是几粒麦子散落在水泥上的结晶

太阳收起渔网　砂砾光芒万丈
一株紫花苜蓿　算不算紫气东来
潮水退去，裸露的不是陆地
而是黑夜的沉沙

曾经锄头与野草是一对天敌
如今城市化的野草让天敌

蔚 然

微笑的麦田（四首）

留守老人

窑洞与一双小脚的私语
是那么的寂静遥远
像泪水对土地的倾诉　庄稼缄默
只有古老的风匣
在老人的手中抽泣

老人给灶台里添了一把柴
岁月的叶子随着燃烧飘零
没有语言的对话
燃烧着老人蹉跎的岁月
窑洞外的风挤满院落和山坡

有时　老人轻轻拍着窑洞
像在拍倚靠了一辈子的老伴的肩膀
如今　老人只有与古老的窑洞相依
把一天天的日子和做好的饭菜
与窑洞分享

心里的话儿对着窑洞叨唠：
你和那老东西呀　一样的憨
一辈子总把我当个宝儿当个心肝
在手心里那个攥哟
你和那老东西呀　一样的把我稀罕
一辈子没说过我一句重话
一辈子没有对我红过一次脸

天空只有岩石这般大
风雨霜雪　四季轮回
孕育成沉静的风景
鸟兽鱼虫
不知疲惫地活了几千年
如果有一天我成了岩画
就在这里幻化成一条鱼
灵巧地游走在枯焦的视线里
把对水的期盼雕刻成岩石的尊严
把海洋　森林的气息装满绿色的眼帘
岩画中的牧童仍旧挥着长鞭
草色齐腰呀
竟淹没不了牧童欢乐的笑颜
笑颜流成了一条河
鱼　岩画　我和二道沟
一直幸福地游走

[选自《诗刊》2008年4期]

周鸣（1968—），回族，原名周福琦，宁夏灵武人。历任灵武市宣传部副部长、银川市兴庆区常委常委、银川市广播电视台台长等。诗作发表于《人民文学》《诗刊》《星星》等。著有诗集《背后的村庄》。宁夏作家协会会员，宁夏诗歌学会副会长。

鸟鸣掩埋不了风的声音
树梢上藏不住我们的心颤
太阳就是灵武秋风点燃的时光火把
诱人的火焰依然是引领我们的劳作信号
嘘　请听我说
看见灵武秋风在空气中颤抖
你一定要流泪
感知秋风带来了
阳光雨露　山川河流

额济纳

我就要　那一片片叶子
飞舞的金黄
成为太阳底下
永恒的灿烂　在额济纳
比梦还远的地方
一汪清泉　一直向东
瘦骨伶仃的弱水河
依旧打捞不了土尔扈特人的梦想
黑水城　被风吹成了
一抹眼底的忧伤
我和你　都经不起它的一声轻叹
怪树林不怪　死云的神圣与庄严
一千年不倒　风和沙不知疲惫
陪它静思默想

我的眼睛被胡杨林烧伤了
眼里只有金黄

二道沟岩画

是山梁长出几朵花
散漫地怒放着
淡淡的滋味随风飘荡

无拘无束地开放着
我打开自己　像一个盛装的新娘
想象一次盛开的庄严

一只不知名的小动物
随草丛起伏
一只鸟儿飞过
风刚刚梳过草甸的长发
雨就为满山坡的花儿挂起梦幻
我在梦幻中找回自己
孤独的巩乃斯草原啊
竟如此来临
　　　　［选自《人民文学》　2007年增刊］

灵武秋风

灵武秋风漫过来
大地像披上嫁妆的新娘
盛满秋风的眼睛
溢出熟透了的风情
此刻　世界需要宁神静气
再次倾听

其实我们仍能看到
遗弃和存在都在黄河波谷上
闪闪发光　敬畏和割舍
在我们的心肺间一遍一遍地流淌
水的漩涡和风的哨声同样都是弯路
脚印全部走成了遗迹和典故
风吹着光阴走过多少年
四百年来的景致
无法找到与秋风
翩翩共舞的旋律

风的影子在哪里

周　鸣

苍茫高地（五首）

在那拉提

蓝天下面是雪线
雪线下面是冷杉
冷杉下面是毛茸茸的草甸
草甸下面是那拉提河

那拉提河后面是乌斯别克
乌斯别克后面是我
我后面是乌斯别克的马
马后面是那拉提空中大草原

空中大草原后面
是我祈盼和生命一样持久的梦
梦后面就是雪线　冷杉　草甸　那拉提河
那拉提河后面
就是那个生活在空中大草原上的
哈萨克小伙和他的马

巩乃斯草原

梦中醒来　才发现
车窗外的巩乃斯大草原
已经舒展到天边

一大片一大片红颜色的花
名叫野罂粟和湿润的夏风

夕阳渐落　北京天安门广场
人影攒动繁华喧嚷　没有安静的地方
蓦然回首　母亲的目光
变得如人民英雄纪念碑一样肃穆
我知道了母亲为什么爱看战争年代的电视剧
热爱和敬仰　拍打着母亲的心房
母亲热爱天安门的情愫
也在女儿的心里升腾

你的苦在我心里

我不止一次地在黑夜里望你
偌大的夜无边无际
看你的照片想你忍受的落寞
真想靠近你　窃来你的苦
因为这样的苦本不属于你
如密林里的一只鸟被扼住了脖子
你用破碎的方式在黑暗里舞蹈
以非凡的毅力顶住世俗的蔑视
一直在寻找出路

我的眼泪再也无法抑制
你的苦在我心里
成了一首无法结束的歌
在心底流淌着凄凉
还有懦弱　常在夜的角落低声哭泣
上帝呀　请掀开夜的一角
让星空燃起熊熊烈焰
让命运里的阴霾燃成灰烬
怀抱一支理想的乐曲
走在属于你的生活里

　　郝雪峰（1967—），女，网名雪儿飘飘，宁夏中卫人。宁夏诗歌学会会员。

郝雪峰

清明前后的春花（外二首）

春花　羞涩的一抹粉嫩
不见花瓣　只有撅起的小嘴
和春风亲吻　我想
它的内心一定很美
树叶还未抒情
风儿还不温顺
阳光还不够热烈
它还不能拿出琼浆
让早来的蜂儿痛饮
但它望醉了看花的人

陪母亲游览北京

万里长城在母亲的眼里蜿蜒
苍松翠柏的绿意在母亲的视野里渲染
年迈的喘息里蓄着温暖
双眼里写满快意的美感
原来母亲的眼里不光是忧虑还有幸福呀
惭愧便滋生出老茧　磨砺着我的心田

颐和园的水在游人的眼里流淌
历史一点点地在母亲的心里蠕动
翌日　母亲眼睛红肿　急问为什么
母亲说慈禧吃一顿饭要摆三桌子
吃一桌　看一桌　闻一桌　多么奢侈
心疼一宿没有睡意
历史也滴落在母亲的心里

有我们美丽的公主
日光渐逝，月光转亮
远处的山岭变暗

如今树叶大都飘零
在裸露的枝头
一只褐色的鸟在叶子里鸣叫
月亮，正走过天空的十字路口
我已看不见脚下的路
但我的脚能摸到
它沉重而无助的心

曾从这里走过
谁说生命泯灭时
记忆便会消逝？
揪心的眷念
每一分钟都在延长
夜复一夜变得更加强烈

母亲，我在你的面前
放上一捧松叶，形状像针
让你穿针引线
做自己喜欢的事情
这样我会感到快乐
但请你记住，我活着
正像三年前你曾活着一样

　　　　［选自《朔方》2004年3期］

　　王慧（1967—），女，回族，宁夏吴忠人。就职于吴忠市政协，《吴忠文史资料》主编。1987年开始创作，诗作发表于20余家报刊，入选多种选集，著有诗集《白光》。宁夏作家协会会员。

我用它们聆听并走向你们
孩子，只有永远的分离
才会成就珍贵的爱

相似

我相信就在我的屋子里
有一个人和你很相似
她生活中的一切
都和你零距离相对
她是你活着的那个人
有时候你来看她，在梦中
有时候她想和你交换一下位置
是在醒来的时刻

一张旧照片

今天，当我疲倦地
坐在书桌前的时候
看见你坐在一棵茂密的树下
向我微笑，好像树随风响
将我的深情轻旋进你的双眸
我可以听见，你走出幽深和静谧
迈着细碎的步子
黑暗中，碰到了空气
我可以看见，你身上复杂的病
如你未说出口的话
弯曲的痛苦，笔直的一生
和缓慢而快速的飞行

在放着松叶的小山上

狭长的山路，我陪着自己
走过次第枯萎的小草
走过山顶的树林

王 慧

在放着松叶的小山上（五首）

月光之后

一切的月光之后
一只孤独的猫头鹰在叫
已有好几个晚上，它在等谁
流星划过，河面一闪
映出白杨树黑色的影子
似一块漂浮的木板
你就坐在上面
风吹乱的头发簪着一串宝石
那河水有股药的气味
散至四面八方
让我辨不清你的方向
哦，母亲
你离我有多远
在地球对面，还是宁静的大海？

梦境

你手里拿着几片叶问我
这些是否红过？
我答道，这是秋天
你走的那天
叶子在我们身旁纷纷飘落
多得无法数清
你说，它们在我手心
从未滑向一边

看雪花走路
老家的槐树上
戴着斗笠
鸽群站满了眼睛

这是三月

回到春天　三月的马路上
梦想一匹马　梦想
清澈的水、草地
以及游人快递的消息

它们从冬天的深处走来
冰雪的回音映衬着冬的光辉
质朴的触觉抵达哪里
哪里就有劳动的手

一匹马　一路走过
默如波浪的黑夜
肤色粗粝的人　一路走过
劳动的手、稻草人和诗歌
在季节的风雪中走到一起
恍若多年

这是三月　三月的马背上
驮着妻子和桃花
爱情如歌的行板上
镌刻着她们的名字
这是三月　一匹马走过
一条消息走过春天的版面

[选自《朔方》2003 年 5-6 期]

王苇青（1967—），宁夏盐池人。先后就职于灵武石沟驿煤矿、宁鲁煤电公司等。诗作发表于《朔方》等，被《诗刊》转载。

王苇青

关于麦子（外三首）

这个春天　总有一场雪等着你
麦子　踏雪而行
北方便可一眼望去
季节站在麦子的肩头
手舞绿绸列队操练
头戴草帽的风景　展动翅膀
自麦尖一节一节流过来
明亮的绿意静得纯洁而透明

这是头戴草帽的春天
麦子生长的声音
撞击我们的躯体
　　［选自《朔方》2000年8期］

日子

一桨一叶
船　溯流而来
划过村头的是那些候鸟

看城市飘飘　烟雨三月
河　怆然而去　留下的是
千年一掬的深秋

雪景

冬天站在哨鸽的肩头

风儿仍在吹着
谁让我注目许多的呼喊
许多的面孔在时空里流动
许多飞速的影子
在雨后很远的一摊水面上
投下一个滑动的影子
我无声地微合着疲惫的眸光
不去想象你的飞驰
如一朵云儿投下了自己的影子
当雀儿的翅膀
又一次在一个清晨和你同速
同速在一个平行线上
那个人没有翅膀
只是一个思维的跳动
  [选自《诗歌月刊》2012年7期]

  张联(1967—),宁夏盐池人。作品发表于国内多家文学期刊,入选《中国新诗百年大典》《中国当代诗库》《中间代诗全集》等以及部分年度选本。荣获宁夏第七、第八届文艺评奖三等奖,个人荣获首届中国十大农民诗人。著有诗集《傍晚集》《清晨集》《张联诗精选》等。中国作家协会会员,宁夏作家协会理事,宁夏诗歌学会委员。

让那毵毵睫毛少些释放
回想你的窥视
你能认出我吗　我是谁
我内心里的情绪
已化成涌动着的水流
回想那爱的季节
内心里萌动着无奈

[选自《傍晚集》，香港天马图书出版有限公司，2007年]

我们的村庄

你看这里　我们的村庄
依然可以拉着骡儿在地埂上吃草
我们的村民在村街上打着招呼
那是关于场上的事
这是秋天的日子
一对夫妻赶着骡马向前走着
这里没有时间的流动
只有光阴和日子
豌豆还在地里让雨水阴着
山芋静静地让人们一袋袋拉了回去
他们的笑声里透出满意
哪怕场上的庄稼被雨水灌了
他们又各干各的事了
这样的好事情在村中经常发生
我内心感动着我们的村庄
今天还是能够保存下来
原有的人性

[选自《朔方》2010年5-6期]

第41首

让时光静静地流吧
我的乡村哟
你的温暖你的宁静

让人们买去吧　买去吧　那是钱的虚身
在那虚身里　那是你们生活的需要吗
让我在生命街能站多久　就站多久
看那西天里的霞色　暗得深沉
在赭黄赭红里　衬着极蓝的净空
鸦儿又从头顶飞过去
归去吧　带去小村的宁静
　　　　[选自《诗刊》2004年11期上半月刊]

我和父亲看着落日的橙色

那日傍晚
淡淡的一轮橙色的落日
在天边的入口处　逗留
在这几日的阴雨后
青紫紫的云系天空下
我和父亲看着落日的橙色
在村旁的草地上拉着骡儿回去
感叹落日偏南半里
感叹秋草枯短
感叹阴云东北退去
感叹湿漉漉的村子在坡下沉寂
感叹日月如梭　时光流短
青紫紫的天空下
落日终隐去

让那落日的滚动已很久远

暮色来临时
你看那西南梁上的云层
在天际里沉寂着青色
让那落日的滚动
已很久远
我默默里沉思
窥视你的眸光

张　联

傍晚（六首）

有一个名字叫簇拥

这样的傍晚
羊群簇拥着我山峦簇拥着我草地簇拥着我
我便认为有个名字叫簇拥
这样的傍晚
落日簇拥着我月儿簇拥着我蛾儿簇拥着我
一切簇拥的簇拥簇拥着我
我在窒息中吮吸着簇拥的馨香
我便认为有个名字叫簇拥
我看着窒息氛围外的天空
只见无数眨着眼睛的下来
这样的傍晚我逃进了我的斗室
顿觉一片空落落的声响
只因室内没有妻的簇拥
夜已坐在我的窗台上沐浴阳光
　　［选自《诗选刊》2004 年 8 期］

傍晚

取水在暮色中
窑中取水倒进厨房缸中
在这样的春日寂静里　我忙于经营
经营一种感情经营钱的变换让钱变成物
又让钱从物中变了回来
让我花言巧语　用尽心机
面对芸芸众生　经营我的感情

郭 宁

格桑花

高原上美丽的格桑花呀
你在雪域中
用生命点缀着夏天
你那火一般的脸庞
演绎着你灼热的心肠
你那孤傲的身姿
辐射着高原特有的芬芳
你似珠峰晚霞中的一片彩云
映红了高原的蓝天
你是纳木错湖边的圣水
沐浴着神山的肌肤
你在飞雪中歌唱
你在冰川上舞蹈
你把唐古拉牵引到夏日
你把一腔的热情
喷洒在无人区的阿里
让单调的土地
有了春的色彩

[选自《六盘山》2006年6期]

郭宁（1966—），宁夏西吉人。历任西吉县文联主席、固原市文联副主席等。20世纪80年代开始创作，以散文为主，著有随笔集《如梦西域》。宁夏作家协会会员。

始感母亲丝丝的华发
时时缝痛
儿女们的心
　　　［选自《朔方》1994年3期］

老农

田野上永恒的风景
把面颊点点晶莹的汗珠
兑换成掌心粒粒金黄的谷粒

用四季成熟的目光
描绘那段青青的日子
生命里没有什么比庄稼更高
比弯下的腰更低
　　　［选自《朔方》1994年12期］

　　陈晓东（1966—），宁夏固原人。就职于《宁夏教育》杂志社、宁夏教育厅等。诗作发表于《朔方》《飞天》等多家报刊，荣获宁夏第五届文艺评奖二等奖。

离殷实最近的地方

鸡鸣声早早地叫醒了山里女人
于是便有温柔的炊烟袅袅飘散
她们用香甜的碗筷声叫醒
自己的男人
男人们抹抹嘴香香地看看女人
甜甜地望望家再去叫醒耕牛

当男人们和耕牛一起把夕阳
挤下山的时候
女人们便背来了月亮
月亮就泡在女人臂弯上的陶罐里
里面盛满女人们叮叮咚咚的柔情
　　　[选自《朔方》1993年1期]

补衣的母亲

油灯如豆
红红地摇曳我们补衣的母亲
灯芯暗香的光泽
把母亲淡淡的轮廓
贴上瘦瘦的窗棂

阳光镀亮乡土的日子
我们的服饰也拭亮
山泉清澈的眼睛
而母亲仍依着记忆的窗口
用一颗银亮的心
扯缕缕柔长的母爱
缝合我们童年
每一处小小的伤痕

在远离风口的日子
我们一天天长大

陈晓东

黄土深处（四首）

乡村胡琴手

你来自泥土
你的琴声亦来自泥土
琴杆　散发着村头古槐的清芳
琴弦　映闪着村旁溪水的波圈

胡琴沐浴着滂沱的乡情
琴音调香故乡的风声雨声
村西村东　你琴杆似的身影

在道道目光的琴弦上
奏出泪水奏出笑纹
奏出一个阴晴圆缺
婚丧嫁娶的小村

而你的家始终是流浪的胡琴
那里花白的你
孑身一人

山里人

山里大习惯了弓着身子走路
男人们个个都是一张弓
把希望之弦绷得圆满
把妻子儿女搭在弓上
射到避风向阳的地方

已没有游子的庄稼

小院

米黄色的黄昏里
有一个小院
小院无人　只有两棵无名之树
背靠夕阳　睡着或醒着
比神话轻　比童话重
比风淡　比雪深

东边的小屋因为无言
已经不是屋子
西边的古道因为无人
已经不是古道
亮闪闪的黄土小院
宛若一段米黄绸子
是谁将它打扫得如此纤尘不染

恍惚间什么逃走如飞
顷刻间谁的心如一片片叶子落下
难道仅仅是因为这个小院
似曾相识

[选自《我被我的眼睛带坏》，宁夏人民出版社，2007年]

郭文斌（1966—），宁夏西吉人。现任银川市文联主席、《黄河文学》主编。创作以散文、小说为主，作品发表于《人民文学》《中国作家》《青年文学》等，被《小说选刊》《小说月报》《新华文摘》等转载。荣获冰心散文奖、人民文学奖、小说选刊奖、第四届鲁迅文学奖等。著有小说集《大年》，长篇《农历》，散文集《点灯时分》，诗集《我被我的眼睛带坏》等。中国作家协会会员，宁夏作家协会副主席。

郭文斌

家书（外二首）

下雨了　一个个久旱的孩子
在雨中翻飞如燕
故乡　是谁让你热泪盈眶
雨啊　此刻我什么都不做
只想坐在窗前听你赶路

大荒之年　打工的妹妹
成了老家唯一的庄稼
而我心里的露珠早已结成火苗
今天一个游子什么都不做
只用雨声书写家书

月亮

月华初照时
谁家的床背负着夜的孩子
潜入水下

谁的眼睛被对面的窗户灼伤
谁的枕头被相思压扁
谁在梦里盖着梦的房子
又是谁被梦里的炊烟驮着
飞向故乡

看昔日的恋人远嫁他乡
看逝去的爹娘深埋地下
故乡的田野上

在深秋

我有足够的理由停下来。在深秋
当穈谷回到仓廪,土豆储存在地窖里
草虫的喧闹已渐渐阒寂
我停下。看一片片枫叶由绿变红
燃烧回光反射的魅惑
——说好了,把所有的叶子都吹拂成蝴蝶
这一片片不甘寂寞的生命,在寻找自己的途中走失
现在,只好停泊于一池半明半暗的秋水
一簇簇野菊,繁华着金黄的盛年
它只为在秋风中绽放。过路的人视而不见
白露为霜啊!铺天的霜降笼盖四野
秋风已为大雁清扫出一条干净的道路
从银川平原到西海固高地
那天空的确是一张纸,云试擦过
巨大的空白。让大雁把最简单的象形文字
用哲学的笔锋书写在上面
我停下。与已逝的或即将发生的事物保持遥远的注视
而六盘山背后,一朵雪花正随风起舞
或许在一个月光清冽的夜晚,风如美酒
但我的每一次仰望
都将会是一次苍凉的祭奠

[选自《诗歌月刊》2011年11期]

王怀凌(1966—),宁夏泾源人。历任原州区清和镇镇长、政法委专职副书记、交通乡镇建设局局长等。1986年开始创作,诗作发表于《诗刊》《十月》《青年文学》等,入选《年度最佳诗歌》《新世纪十年诗选》《星星50年诗选》等。荣获宁夏第五、第六届文艺评奖三等奖,个人荣获《诗选刊》中国2008年度十佳诗人奖。著有诗集《大地清唱》《风吹西海固》。中国作家协会会员,宁夏作家协会理事,宁夏诗歌学会副会长,固原市作家协会主席。

在水洞沟，黄河与沙漠亲密接触的地方
一株生着剪尾的植物，有了飞翔的担当

我不知道你承载着谁的梦想
向北，是茫茫的腾格里沙漠
向南，深入黄土高原腹地
一棵低于身边芦苇的草
你的愿望能否抵达？一棵叫飞燕草的草
荒凉着、孤独着、担当着，像边塞诗的一个绝句
随风摇曳，在水洞沟

眺望

其实，已经没有什么可以眺望的了。我只是
在窗前静静地站一会儿。看一看
东岳山低矮的庙宇在晨雾中若隐若现的神秘
看黄峁山时而有汽车往返的蜿蜒
更远的地方，被开城梁挡住了
尽管我看不到，但丝毫不影响秋天的来临
不影响闯入黎明的牛铃声和撕裂黑夜的鸡鸣
开城梁以南，有我的老家，十指连心的疼痛
那里已经有了早到的霜降

如果没有人来造访，我还可以把目光拉近
看窗前的榆树，树叶上流动的河流
三五片叶子开始枯黄，步入它细微的黄昏
如果风再大一些，我担心他们会掉下来
这些叶子的命运，和人一样
始终行走在宿命的枯荣里，有着身不由己的悲哀
此刻，它们多么安静。它们的同类
以旺盛的浓密挡住了早晨的一缕温暖
也挡住了我向另一个方向眺望的目光
尽管这只是短暂的

[选自《诗刊》2011年11期下半月刊]

西海固用一场雪的欢乐填平祖国额头的皱纹
而更远的远方,风和日丽
油菜花已经开出一片吉祥的云彩

一个小女孩要到县城去

一个小女孩要到县城去。九岁的小女孩
乌黑的大眼睛忽闪着陌生和胆怯
她的身后是荒凉的程儿山
罗圈腿的爷爷和背部佝偻的奶奶

从程儿山到县城,是一条七公里的下坡路
和跨越清水河的大桥
小女孩的爸爸妈妈就在县城打工

她说把她送到金城花园的建筑工地上
她说她今年九岁,上小学四年级
一路上只说了这么两句话,然后
把鼓囊囊的包裹紧紧地抱在怀里,向窗外看

当我把她送到目的地时
我看见上千号人在工地上忙碌
小女孩在砖块与钢筋中穿来穿去
大声地喊着爸爸妈妈的名字
很快被嘈杂的机器声和金属的碰撞声淹没
连同她穿着红色校服的瘦小的身影

飞燕草

我不知道你还有这么诗意的名字
在西海固,你的名字叫狗缨子
是狗尾巴上的一撮多余
风中的杂乱和雨中的泥泞

今天,我知道你叫飞燕草

一朵昙花的青春是幸福
在9月2日夜晚
我陪她走过了一生

村庄的荒凉

此刻我异常沉静
黄昏中古老的村庄，让我体验到了荒凉
我只是每年都在草长莺飞的时节回来一次
陪母亲住上几天，看看天的洁净和草的青春
而这时节，我找不出一个陪我喝酒的人
已经长大的男人从农村转移到了城市
没有男人的村庄就显得特别荒凉
生活中也往往漏洞百出
这样的时候，我尽可能多在村子里走几个来回
给留守的老人和孩子们壮壮胆
也打发这段寂寞的时光
  [选自《朔方》2004年8期]

二月雪

这是一冬无雪的西海固。风像刀子
挑剔着坚硬时光中的柔软
这是农历二月初的一个夜晚，一场风携带深刻的云
从秦岭以南缓缓而来，停泊在六盘山巅
——是否需要重新打量皲裂的肌肤
贫瘠的黄。以及一大段焦灼不安的日子
需要洁白的温馨来包扎我们的冻伤
在地气日渐回升的时候——
我爱你，雪
那些在惊喜的眼神中跳动的音符
以一种飞翔的姿态亲近失墒的大地
给苏醒的春天营造一个潮湿的梦境
我听见种子吵闹着青春期的懵懂
惊蛰的雷声渐渐逼近

王怀凌

风吹西海固（八首）

在雪地里奔跑

清晨，送小女上学时才发现
所有的道路和房屋都盖着一层白
天使在夜晚悄悄地莅临这座小城
也没有让风给我带来一点消息
天亮时，只留下素洁的纱裙和童话

女儿在雪地里奔跑
女儿显然是被这少见的童话世界激动着
她一边奔跑，一边大喊着：雪
我跟在女儿身后，大声地喊：雪
晨练的人和送孩子上学的人
看着这一大一小乱蹦乱叫的怪物
先是惊愕，继而跟着我们奔跑

9月2日的夜晚

一切短暂的生命最容易被错过
也最容易被珍爱
在这个寂静的夜晚
昙花兀自地芳菲

在昙花的香气里
我想到烈焰逼人的女人
想到花的一生
想到缘

土里的抑或地上的　水里的抑或山上的
我举意吉祥　吉祥

朝觐

穿过云的国度
在山峰的头颅上行走
我的母亲心怀虔诚
悬空而飞　翅膀都是真实的梦境

万里风沙　化作清水一洗的洁净
祈祷　在地球的圆周上回荡
诵经的喉咙含满归顺的气
和平　多么美好的光芒啊

我闭上凡尘的眼睛　默默地祈愿
造物主啊　赐世间的明媚于一路
安康　平顺　心的忧烦撒向浩渺的苍穹
爱的双手沾满芳香
前往　行走　奔跑
归来　在家园的台阶上
亲吻母亲的吉庆　不仅仅在梦中

[选自《朔方》2011年3期]

　　陈晓燕（1966—），女，回族，笔名梦西、梦羽，宁夏银川人。诗作发表于《诗刊》《民族文学》《朔方》等，入选《女性爱情诗抄》《中国翰园碑林诗词集萃》等，曾荣获宁夏第五、第八届文艺评奖三等等奖。著有诗集《西部的太阳》《灵魂的岸》，儿童文学《宝宝睡前故事（冬之卷）》。中国作家协会会员，宁夏作家协会会员，宁夏诗歌学会理事。

野鸽子，停了下来，伸伸腿
扇扇翅膀，它是否又在学着我的模样
羡慕它拥有飞翔的力量，梳理羽毛
向我展示到达蓝天的骄傲

我静静地凝视着它的举动
它漫不经心，绕到河边，一口一口
仰着脖儿，咕噜咕噜饮着水，眨巴眨巴红色的喙
慢悠悠继续向前走去……

森林公园里
老人们，孩子，情侣，结伴的夫妻，
每一片阳光下，都绘制着一个小小的幸福
和安逸。包括那只温柔的野鸽子
　　[选自《民族文学》2009年8期]

斋月

封锁喉咙　拒绝轻飘的果实
诱惑水性的欲望　以新月为坐标
前进或者停止
其间的白与昼　朝霞与落日

指点炊烟　开启关闭
之后　隔绝冲击感官
心静止不动　行走的一直在走
安坐的一直安坐

我的举意源于心灵的泉
带着旷野清晨的明澈
我的祈祷在我心的一隅
父母姐妹兄弟　善良的人所有的人
——问候越过时空的墙壁

听见对话　轻声细语

黄沙古渡

在黄河东岸,一个叫黄沙古渡的地方
沙生植物——花棒,一丛连着一丛
石绿的叶子,看上去零碎
遮天蔽日的沙暴,是否会将它抹掉

此时,阳光暴热的火舌,舔舐花棒的枝条
风轻轻地吹着,花棒悠闲自得,无惧无畏
人们说,这是情人间最好的见证,种下它
和天长地久的誓言一起开花,结果

黄沙古渡是一处旅游景点
沙漠冲浪的刺激,大漠落日的瑰丽
每一个慕名而来的朋友,都可尽情带走
哪怕远在天涯,哪怕梦幻海市蜃楼

轻轻卸下都市的烦躁,在洁净的沙海中
来一次痛快的裸奔
绵延的沙丘,一首舒展的轻音乐
从你的四肢掠过你的心灵

森林公园里的野鸽子

从一座小桥拐弯后,我看见一只野鸽子
灰色的、温柔的样子。我下意识判断
那是一只母鸽子。它在水边的草地上觅食
轻盈,几乎没有一丝惊吓的慌乱

它从容的姿态感染了我
我在游人穿梭的林荫小道上
坐了下来,微闭着眼睛,让风从我的脸上吹过
这是一个多么惬意的时辰

陈晓燕

宁夏写意（五首）

爱伊河畔

我熟悉的红柳，住在爱伊河北岸
它的花，依然纯净，几乎没有离开过童年
北方的土地
山脉俊秀，河流宽广，花草编织五月的和风

一片一片，放牧吉祥的云朵
爱伊河，我家乡的梦
塞上的水精灵。夜晚，河面星光璀璨
湖城是月下美人

漫步河畔，水波搬动心情
徜徉憧憬的码头
脚下繁盛的涟漪——六月的麦地
是唱给爱人的歌谣，灌浆的颗粒充满甜蜜

孔桥舞起彩带，恍惚，凤凰归来
霓虹灯里醉人的蓝啊，与大海
一脉相连。我听见涛声，听见拍打礁岸豪迈的
呐喊声：回到大自然的怀抱来吧

塞上江南。你旖旎的风姿
属于水，属于湖，属于河，属于七十二莲湖的
传说和神话。我无法描述你的妩媚
那就让我用心，一点一点细细感受你的健美

即使没有风,没有雨,该光滑的还得光滑

千万年的存在,千万年的考验
拍打、洗刷、暴晒,还有负重
尘世里的一切,它都得承受
虽然它以冷漠示人,孤傲示人
可是它不是没有生命的温度
也绝不是没有燃烧的历程
开天辟地的事业,它曾经赢得壮烈

往事如烟。逝去的英雄有谁怀念
一堆石粉,就是命运的诅咒
我今天坐上去,光滑的感觉很舒坦
只是明天呢?生命随处可见消逝
即使是这样坚硬的东西,也将改变
包括天上的星星,包括尘世里的一切

下了山,我看到那些碎裂的石块
时光不会让它恢复原来的形象。破碎了
就算是上帝的手,我也绝难相信可以修补完整
就如我的爱情,重来一遍是多么虚假

[选自《安放倒影的湖泊》,中国文联出版社,2010年]

王凤国(1966—),回族,宁夏灵武人。毕业宁夏大学中文系,中学高级教师。诗作发表于《民族文学》《回族文学》《朔方》等,入选多部作品集。

一座三千米的山，我爬了一整天

在山顶，我站成了一块石头
虽然我没有那大山的沧桑
虽然我没有那大山的冷峻
一些山风，还是吹得我高处不胜寒

我望着远处，山连着山
我看看自己，像上帝遗弃的一颗棋子
在天地之间，我真正的位置在哪里
在这个山巅之上，我有石头的品格吗

宁静、沉稳、坚毅、恒久……
我没有这一切
我呼出的气息随山风一起飘散
我血肉的躯体会和落木一样迅速地腐烂
爬上来，走下去，这里不会留下任何痕迹

时间创造了一切，又抹去了一切
在这个世上，我来过了，仅仅是来过了
和山上的云雾一样
和枝头的叶子一样

山上的石头

这些堆砌的石头有多少，我无法猜想
此时，我就坐在一块石头上
微凉、坚实、光滑，被浓雾包围
只是挺出去的许多尖锐的角
可以想象接受了无数风雨的袭击

石头是大山的骨骼和肌肉
强健也好，不屈也好
一场风向它们袭来，一场雨向它们扑来
多么分明的棱角，也只能无奈地削平蚀去

王凤国

张家界：杜鹃花 (外二首)

这是多么艳丽逼人的花朵
我一再地回头瞧它
书上说，它是销魂色
戏中说，它是离人泪
我曾经疑问，是什么力量
让一种花承载了万年的幽怨

现在，它艳得大方，艳得热烈
就像一位摄人魂魄的姑娘
我伸过山角的目光
抽不回来，也不想抽回

它艳得明净，艳得深入
雨后的阳光里，完全袒露
又像剥去了肉体的姑娘的灵魂
我不能断然拒绝窥探

为了爱，我来到了这里
面对爱，我无法装作冷淡

爬山归来

那座山上，石头垒着石头
那座山上，高度望着高度
我是一名爬山者
比起那些石头来，我很渺小
比起那些山风来，我很懦弱

梁 锋

滩地情

不知是深夜的几时
一声老人早醒的咳嗽
一声女子眩晕的呻吟
在小村逗留于河湾那长长的呵气里
没有结冰的水面不再冲浪
游走着绵长的鱼腥味
沙滩上的林子,多像白草帽
照耀着泛青的天际
那无尽的雪影,透出隐隐约约的黎明

是一条稚嫩的风筝飘带
题着小村的手迹
是一页静默的知音心扉
题着小村的孩子
从小村的深处和岔口,脚印出现了
大的小的深的浅的弯的直的
长长地记着村南角的小学校
记着村西边的老槐树
记着走向城镇的那条土路
记着我对远方望眼欲穿的热爱

[选自《朔方》1987年9期]

梁锋(1965—),银川郊区人。20世纪80年代开始创作,以散文诗为主,著有散文诗集《伴你走河湾》。

等待一片草原的荒芜
春花秋月　笑傲人生
百年事　苦果深植地下
一条蛇盘着　一只小狗吉祥的眼睛
袒露一身心事的森森白骨
鸟的羽毛在火光中化为升天的枭

今天打开宗谱　祭天的日程
躁动为一面合上的线装书
我们领导参拜者挤满山巅
在火的温暖里由我为你们执幡
你们每个人为自己掘墓
泥土的芳香　刺目的阳光使我们心潮起伏
今天　你们将跳进火里感受火的力量
今天　神在头顶三尺处倾听我们的颂词
孩子　跪在身旁

[选自《西海固文学丛书·诗歌卷》，宁夏人民出版社，1999年]

王钟（1965—），宁夏西吉人。就职于供电部门。诗作发表于多家报刊。

你这纵横洪荒一洗千年之孤独的风
那么　刻骨蚀骨的蝇带着清香
于辉煌中蹀躞　谁为我们掘开坟墓
腐尸的香味飘荡
整个山间　香幡在风中嘶嘶作响
灵魂横跨鲜艳之城旷古之城
在我们的坟墓前重新书写墓志铭
那么　面对这样不朽的风
我们心中的琴弦为谁弹奏
那么　是谁在午夜吹灭长明灯
毁了我们美如莲花的一生

火

夏天的光　火的光映照刺天之剑
夺目红霞破海而出
一代枭雄泪洒疆场
石柱绕肠　圣洁之体被白云驮向远方
血液在火光前骤然加快
冰冷的双目在世纪末回顾左右
一场无声之战就这样开始
火光在山巅映红英雄之脸
去吧　敌人
眼前的敌人　心中的敌人

雕琢铜器　粉饰一种光芒
烈火中燃烧朝圣之路　跪拜的幽灵
无根之火苍白如纸　腐朽如纸
叶子在阳光中伸出巨手
远山的树木苍凉如一张老脸
布达拉宫的佛光照耀僧界
涅槃凤凰　通向地狱的路上
那只高歌的雄鸡带领我们
跨过奈何桥

王 钟

风（外一首）

风从天边刮来
含有金属的空气使我们语塞
接受你的邀请于千里之外
在完成对你的许愿前将倾听神的教诲
这是一节无声的戏剧

你携带雷霆之势
以健马英姿闯入我心之沧海
这里的天空已无人歌唱
太阳　星星　一位孤独的老者
守望粮食饱满的日子里
在河水中洗净满身的泥污

荒原血光闪闪　跨越世纪的铁门
我们逆风而立
断壁残垣成就古堡一线风流
佛在洞中讲述一个轮回的故事
匍匐于地　风的纤指抚摩我们的头顶
长发飘起　一道阳光越过高原
林中的枯草下那只蛇的精灵
张开柔弱的口吞掉一只麻雀
女人欢笑着在山巅放牧一群风筝
一只苍鹰瞪着血红的双目
注视着我们的女人
受惊的情人躲进小屋修剪指甲

啊　你这凌驾黑色的夜之精灵

我：西北的儿子

温柔的暴烈的马背
为我呼吸的节奏和血液的流速定型
心在温柔的暴烈的马背上结茧
任雨刷写象形文字
任风雕刻粗犷的身影

世界最深的黄土层支撑着我
我站在西北的额角
用躯体的滑轮起吊戈壁起吊草原
让所有的黑眼睛蓝眼睛黄眼睛
频频投射惊羡与渴望的目光
我是西北的儿子，我心的舒张
和跋涉的驼铃流动的山泉交响
尽管荒凉还在我的视野里起伏
风沙还在分割道路掩埋足迹
但希望的地平线上已摇晃着悬起了
西北的今天与未来希望与追求
因此，我活着，就要做托举西北的一只手掌
我死了，身躯也要长出青草长出羽毛
加阔绿洲，编织西北起飞的翅膀

[选自《民族文学》1988 年 9 期]

杨云才（1965—），回族，笔名阿里，宁夏灵武人。宁夏大学回族研究中心副研究员。主要从事回族现当代文学研究。诗作发表于《诗刊》《民族文学》《绿风》等，荣获第三届全国少数民族文学创作奖"骏马奖"新人新作奖。著有诗集《西部和她正年轻》，评论集《逃避或反叛》。宁夏作家协会会员，宁夏诗歌学会名誉副会长。

那小子很像自己年轻时的模样
老教授想该跟那小子握握手了
老教授知道女儿对那小子很好
市长的女儿当初对老授教也很好
老教授当初没有勇气把蓝宝石戒指
戴到市长女儿的手上
如今蓝宝石戒指都四十年了
四十年还闪闪发光
　　　　[选自《诗刊》1986年7期]

西北，给了我一块调色板

由块状肌和霓虹注释出我的青春
不需要项链在脖间留一串印记
将我的激情和充实分割
因为，西北给了我一块调色板
我尽情将充实的青春涂抹

我描绘属于青春的芬芳色彩
于是我成为西北胸前
一条飘动的彩带
我描绘母亲耕耘的疲劳
于是我成为夏日田野的微笑
我描绘父亲肌肉凸起的线条
于是我成为井架和钻塔的追求和创造
我把色彩献给土地
于是枯叶舒展出希望的色调

是的，西北给了我一块调色板
我必须充实它，用血液作颜料
把笔尖深深地插入青春的处女地
让土地、天空、热血这生命的三原色
耕耘出我胸膛里青春期的太阳
　　　　[选自《民族文学》1987年4期]

老教授

老教授住五楼
老教授不在乎一楼穷二楼富
老教授不在乎三楼四楼住干部
老教授不在乎五楼六楼搬迁户
老教授和他的女儿住五楼
老教授不在乎阳光怎么君临阳台
老教授不在乎风向怎么忽然转变

老教授用高脚杯品高雅酒
老教授靠在藤椅上闭一只眼
懒散地盯着小拇指
盯小拇指上的蓝宝石戒指
老教授不在乎六楼的青年教师跳什么舞
据说老教授的蓝宝石戒指
跟年轻时节市长女儿举办的一次舞会有关
可老教授的妻子不是市长的女儿

老教授的女儿总找不到工作
就待在五楼吃老教授
老教授有空就给她讲舶来的故事
老教授有很多出类拔萃的帅学生

那些学生坐在老教授的书房里
老教授不在乎有几个是来找他的
有几个是来找他女儿的
老教授不在乎是否给他们倒了茶
老教授独自咽咖啡

老教授偶尔从女儿的卧室里
见到那小子写给女儿的求爱诗
那小子是老教授最喜欢的学生
老教授忽然觉得

杨云才

西部和我正年轻（外三首）

西部很年轻啊
准噶尔的地平线充满希望地年轻
贺兰山的骏马四蹄飞扬而年轻
瀚海中的绿洲蓬蓬勃勃地年轻
西部人的血液炽热涌动而年轻
我站在西部这块神奇的土地上
我的呼吸我的眼睛我的双手都年轻

腾格里的晨昏用辉煌激动着我
祁连山的雪花用旋转挑逗着我
天山月用俯视的目光讥笑我
塔克拉玛干的驼铃用苍凉叮咛我
年轻的西部频频提示我的年轻
我和西部有着一样的性格

我的黑发能移植成一片茂密的森林
我的脉搏能和奔马的狂放旋律交响
大漠的春天会从我的脚印里一片片生长
开拓者的遗愿会碾过我的身躯一步步接近太阳
西部的古韵和新音在我身上找到共鸣的音箱
年轻的西部和站在沙漠风景线上的我
一起向远古的情感告别
我们都有着远征者的形象
什么样的风暴什么样的峭壁都来吧
年轻的西部和年轻的我必须走向成熟
必定会走向成熟

［选自《民族文学》1985 年 8 期］

小毛驴啃吃青草皮鞭下抖擞精神走路
小毛驴打个滚站起来依然是小毛驴
小毛驴和许多山有关许多人有关
和许多时代有关

小毛驴嘚嘚地走慢慢地走
小毛驴自卑地走忧郁地走
小毛驴走前走后都是跟着主人
小毛驴穿透命运只有靠生命
小毛驴慢慢地走嘚嘚地走
无论多么昂然的时代
都有小毛驴驮着沉重
或灾难或喘息或疲惫
这样赶路

小毛驴走路仅仅是为了走路
小毛驴沉默仅仅是因为沉默
小毛驴闯荡世界后成为老毛驴
某月某日在别无选择的路上死去
在这个世界上留下没走完的路
至多还有儿女

有个民族相信小毛驴
知道另一个世界的事情
因此它的沉默
便成了透彻世事的沉默
因此与此相似的沉默
贯穿了无数人生

[选自《安放倒影的湖泊》,中国文联出版社,2010 年]

　　丁学明（1965—），回族，宁夏灵武人。曾就职于《吴忠日报》社,后创办宁夏银南广告装饰工程公司,并任总经理。著有诗集《横撇竖捺》。宁夏诗歌学会名誉副会长。

见了后发现你
怎么能说会道话多了
我们是兄弟
提起爸爸妈妈　想起过去
但日子要过　儿子要生
人生就是回头只望一眼
而后就要一直向前
　　　［选自《新月》1986年2期］

牛肉拉面馆的姑娘

这条路从山上爬下了四十里
还是下山的卡车们迅速
但到了你这里
总不由自主地停下来

他们拉运冬天里冻得蹦蹦乱跳的石头
他们踩石头的步子走进你的小屋时
稍微温柔了些
他们总戴着手套接过你的拉面
他们瞧瞧你温柔的眼神
吃完之后便沉默了
大口大口地吐烟　笼罩红润的脸

你收到许多找不开的全国粮票
以及许多轰倒山炸死人的片段
有时你也走出小店
在马路上向山上远眺
实在想搭辆卡车到山上看看
这想法已经很久了
　　　［选自《朔方》1988年9期］

西部小毛驴

小毛驴走在春风里依然是小毛驴

丁学明

田埂上的老者（外三首）

生命走到这最后一站
孤独了　他要去转转
看看熟悉的稻田
拐杖插进泥里　身子仍要摇晃
目光落在稻尖上
心里便是一片拔节的脆响

每个年龄的记忆
都贴着这绿色的背景
曾经挥着镰刀驶进稻浪
像阵急风　举起稻捆
两只臂膀闪着铜光

他以老者的风度站在那里
眼睛微笑着　绿色在荡漾
夕阳下便有了一个挺拔的身影
无边的稻穗便有了
一个举目的中心

回到家乡

你六岁那年
爸爸沿西滩那条咸路
追着一只黄狗去了　留下妈妈
我在山上砍柴放羊

这次回来就是想见你

调情于浪漫的作古的女神
山鬼倏然不见了

酉：真气阻于任督

农事的滥觞　在草帽的檐下犁开
收获的渊薮　繁衍着人类不朽的生命
但　我们也许囿于田亩裹足不前
在某个深醉的夜晚　酒后的狂言
会使草帽的地位发生动摇
是人天生的反骨作祟

戌：殊途同归

巴拿马草帽　苏格兰斗笠
发展到简·爱女士的那顶更上等的货色
今天亦屡见不鲜
然而由麦秆和湘竹联结的草帽
悠久而深远

亥：去留有意

诗人浪迹天涯
一片屈原的羽毛
另一片荷马的羽毛
插在他们的笔端
精神的草帽，或我刻意赞颂的这顶草帽
都是纯洁的灵魂所系　草帽的知音
十步之内　必有芳草

[选自《宁夏文学作品精选·诗歌卷》，宁夏人民出版社，1999年]

　　刘中（1965—），宁夏银川人。毕业于宁夏大学中文系。就职于海原兴仁中学、《中国经营报》宁夏记者站、银川市人社局监察大队等。1982年开始发表作品于《朔方》《星星》《诗歌报》等。宁夏作家协会会员，宁夏诗歌学会名誉副会长。

草帽的圣洁
在于凌驾所有的利欲

午：袚禊

沙棘遮天盖地臣伏在草帽的膝下
蓝色的苜蓿花似曼妙的少女
端着殷红的枸杞侍奉道德之水
流经削发的尼姑庵
仙风道骨的庙观
蒸腾膜拜的大礼
草帽慈祥而威严的光芒四射

未：岩画与草帽之环

始初的狼毫写秃了
搁置在草帽的耳旁
想象力旺盛的子民
踞岩精雕细琢
许多人永远站在上面　任凭沉默
西夏文字栉风沐雨
将赫连勃勃的马缰勒住
西鸟盘旋　草帽入定

申：山鬼

世纪起伏　太阳的光线萦纡
羊群沿山脊沉浮
山洪泻过的缝隙钻出山鬼
询问他死去多少年
又会在多少年后再次复活
阴面的露珠渐灭
当代的山鬼伶仃寡居
配偶也难以追觅
可去希腊的奥林匹亚山

他眺望汲水的妇女　不无遗憾地说道
"她多么需要一顶草帽啊！"
而我们呢　山风倒落
黄昏淹没了一切

卯：转轮的石头

某块充满杀机的石头之上
布局着围棋
弈人的巧手翻覆世道
西西弗斯的石头　瞪起惊诧的眼睛
巡视东方大沙漠之缘
玄秘的石棺　沙克丝流浪的石头
没有停泊的家园　草帽沉重的声音
石头的声音落入山谷或跳出三界
火星的石头显得无动于衷

辰：呓语

子夜时分　一个黑衣人敲门问路
"我佛慈悲"
黑衣人空空的衣袖
翻动出无数合十的花朵
"我无所不知　只为了你知"
就像草帽随意飘拂的样子
其中竟蕴含着深刻的意图

巳：永恒的方式

富甲天下的商人轻念咒语
想草帽在他的手中
落入窠臼的圈套
他甚至被一只狼咬住
衔在尖锐的牙齿
穿过仇视的羊群临崖而弃

刘 中

草帽之歌（十二首）
——献给贺兰山。此诗，或称地支十二谣。

子：大序列或加冕

巨岩风化　天空弥漫混浊的尘雾
草帽大幅度倾斜
一如游侠纵马荡涤蹄烟
呛鼻的西伯利亚飓风的烟卷
在峡谷的手指间强烈地咳嗽
游侠纵马南北超凡脱俗
草帽的风采卓尔不群
被时间冠带

丑：顶部

草帽的极顶　白雪皑皑
宛如处女的肌肤
成片的松木编织着条纹
在清寂的前额悬挂
黄羊回首伫立
草场　装饰于四周
这是绝对的冷艳
黄河在东侧炫耀地挑逗

寅：起卦成象

我正陪着远古的牧人交谈
真正的牧人　许多情歌和史诗歌颂过的

峡口遇雾

我乘兴而来
两岸的山崖陡峭笔挺
只因你山中的轻风
只因你谷中的宁静
看你飘逸如云,看你柔情若水
看你青春的模样如醇酒般透明

那夜风轻月柔,你
注我以失魂的醉意
袭我以桂兰的郁香
扑向你,付出我满身的伤痕
付出我拼来的宁静
可你仍然飘如浮云
似水柔情却云遮雾掩

[选自《朔方》1988 年 12 期]

党学宏(1965—),宁夏灵武人。1985 年开始在《朔方》《宁夏群众文艺》《宁夏日报》等发表诗作。

党学宏

小城（外一首）

三月，分娩的季节
诞生痛苦孕育了很久的小城
小城是属虎的
它的心儿却像风筝
经不起三月的诱惑

从此，小城就没有了
睡到十点钟的早晨
和醉醺醺的黄昏
小城，穿牛仔裤和迷你衫了
真潇洒，去跳舞
茁壮的楼群摇摆着迪斯科
霓虹灯和多情的晚风偏爱华尔兹
踩脚了，流出满街喷香的鲜花
和扎蝴蝶结的彩裙

小城的三月哟
没有一处空闲的空气了
小城的三月哟
一条胖胖的七彩河

小城三月的风儿
也不再麻烦《阳关三叠》了
小城三月的雨儿
激动得痛哭流涕了

　　　［选自《朔方》1986年8期］

看孔乙己从教室走过

孔乙己还欠下十几个钱呢
教授领着我咀嚼这个问题时
就听见孔乙己问我先生
回字的四样写法你知道吗
我还未回答　教授告诉我
孔乙己的确死了
恍惚中　我沿着鲁镇的格局
望了又望　看孔乙己
西装革履满面春风从市场走来
走进教室取出他的长衫
便问教授　先生
我这专利卖多少钱
教授无法回答
但我知道　即使孔乙己
卖掉他的全部专利
也还不清欠在鲁镇的那十九个钱
后来的后来
我领着我的学生到鲁镇旅游
还未到酒店就听掌柜说
孔乙己确实还欠十九个钱呢

[选自《白军胜诗集》宁夏人民出版社，2008年]

白军胜（1965—），笔名阿白、甚甚，宁夏固原人，祖籍甘肃清水。先后毕业于固原师专中文系、宁夏教育学院中文系本科班、北京师范大学教育硕士班，结业于西南师范大学新诗文体学专业研究生班。80年代初期开始写诗，著有诗集《期待你的风景》《白军胜诗集》，评论集《现代诗美论》等。宁夏作家协会会员，宁夏诗歌学会名誉副会长。

农民起义在黑板上跑来跑去
我们的眼神跟过来跟过去
先人的故事很长很长
听伟人与伟人窃窃私语
看伟人与伟大动干戈
我们听教授的话
如学伟人的语言
有铃声响起　教授把先人们赶进书本
我们失去做伟人的机会了
阶梯教室空空如也

近代史

近代史被鸦片抽得满脸蜡黄
封面上缺血的耻辱二字
跪在华人与狗不得入内的木牌
给老佛爷请安
近代史是立在洋人嘴边的谈判桌
桌上有李鸿章的两个盘子
一个里面装着银圆
一个里面装着林则徐邓世昌
六君子的头
使惶恐的老佛爷稍作镇定后
洋人却砸碎了李鸿章的盘子
八方火焰把近代史烧得焦头烂额
从此中国的河全被污染
喝过水的人都大病一场
孙中山累倒在路途后
被一场运动隔开了近代史的蔓延
后人读近代史
都准备好一条手帕
一是为了擦泪
二是为了给古人包扎伤口

白军胜

红庄那盏灯 (外三首)

爷爷的爷爷那里就亮了很久
每一辈都虔诚地祈祷
能多开几朵灯芯花
到父亲这辈人了
油灯的影子还是那样消瘦
谁在夜里压得你抬不起头
而我总想另一种守望
又常怕身后的影子
等我出门返回后
油灯里的油已干
而那一点亮光
确实是爷爷临终时
合不上的眼睛

在阶梯教室听古代史

古代史排列在现代的阶梯教室
台阶上古人睁眼看着我们
第一排站着北京人
第二排站着夏启
第三排站着秦始皇
教授居高临下一页一页比画着
那些老人的面孔
我们看得很详细
昔日的皇帝在这儿威风扫地
我们对他们可以指手画脚
当教授指挥着

蝴蝶飞在桃花中没错，错的是
它把花瓣变成自己身体的一部分

桃花和我们在春天里相遇没错，错的是
一个人在桃花中背着我收养了一场春雨

桃花与爱情有关没有错，错的是
爱情绑架了桃花

我摸过桃花的手没错，错的是
我把摸过桃花的手放在了你的手上

我居住在桃花里面

四月，我居住在桃花里
你别想找到我
你也不是唯一的后退者
  [选自《安放倒影的湖泊》，中国文联出版社，2010年]

  李学智（1965—），宁夏灵武人。毕业于宁夏大学历史系。就职于灵武市科技局等。诗作发表于《诗刊》《诗刊选》《朔方》等。

春天

四月干净地落到你和我的身上
留在空中的
一些沾在鸟翅上，一些沾在风筝上
还有一些
被我用风筝的引线拽落大地

我的奔跑擦着云的飞翔
风筝是一架搭向春天的云梯
从天空抽出一条路
春天款款而下
集结成泛绿的地平线

回声

你离我而去
背影像睡在眼底的树冠
我内心的东西在挣扎
我张嘴呼喊
花朵啊
给我你开放时的回声

四月桃花

在我会晤桃花的时候，请侧侧身
让燕子过来，让蝴蝶过来，让蜜蜂过来
让这些精灵们一块儿分享
我的幸福

桃花

桃花开的没错，错的是
我看见桃花开了

李学智

猎人与鹰（外五首）

在冬天的某时某地　猎人
像遇到鹰一样遇到了雪
又像遇到雪一样遇到了鹰
雪飘得极有情韵
鹰飞得很像花朵
猎人的手伸出雪外
探测梅的呼吸

雪大片大片往下落
鹰叫大片大片往下落
猎人的体温大片大片往下落
雪白与血红的对峙
以毁灭的方式拯救生命

雪的清辉一瓣一瓣地闪进
鹰划出的弧光和猎人的年轮里

雪把鹰的鸣叫撕碎
雪把鹰的羽毛打白
雪把搏击的鹰压向猎人的头顶
雪把猎人和鹰叠成雪景
猎人别无选择
朝雪地扣响了扳机

鹰飞了猎人走了
雪野中　一支枪挺挺地立着
〔选自《朔方》2000年8期〕

刘俊江

很多事情

很多事情都在贺兰山之西
我们已经在这里待了许多年
几乎是一辈子
停留在一个名叫汝箕沟的地方
原来是矿工
后来是老矿工

难以想象在井下工作的年月
我们沉得有多深
回来的时候
久久地盯视着井口
通常这时的太阳最温暖最明亮

很多事情放在心里
不如说出来
想一想这许多年
很多事情仍在回忆里

[选自《激情石嘴山》，内蒙古人民出版社，2004年]

  刘俊江（1964—），宁夏石嘴山人。就职于三石嘴山百货大楼等。著有诗集《西部图案》。宁夏作家协会会员。

你的容颜开到了美丽的极限
转瞬凝固成千古的遗憾

不是说好等我吗
是谁的咒语将你摧残
把你驱向天国的深渊
让我空对一片荒芜
不是说好等我吗
你没能喝上一滴水
是如何挣开干渴的束缚

一定是你不愿让我
看到你凋零的悲伤
所以才推开我
而将生命辉煌的过程
用力缩短

雪莲

以云为梢　以朝红为底蕴
以草色为衬　以开放的阳光……

以缺氧的山脊为节　拔高
以洁亮的天空为心　倾入
以一见钟情……

所有到手的花朵都将枯萎
所有难及的风景新如梦境
放弃瞬息的美丽　万年空候

[选自《朔方》1995 年 11 期]

　　徐幼平（1964—1996?），宁夏永宁人。毕业于宁夏教育学院中文系，曾任教于永宁增岗中学、望远中学。诗作发表于《宁夏青年报》《朔方》等。

徐幼平

哀怨的歌（三首）

叶子在中秋离去

没有什么赠你　叶子
秋天的风声笛般吹响
你的舞蹈轻盈地让我难以收心
这轮秋月也随你走了
而面对你的诀别
走在归途黑夜的我如何梦过

什么也没留下　叶子
秋天扫过的屋子落满枯叶
揉碎其中的诗歌　吸烟
但是叶子　好多味道不比从前
尤其秋色　属于这个年龄的我
怎堪回味

叶子　你带走的月亮明年归来
但归来的也是你带走的月光啊
我无论在多深的往事里沉思
都浸罩在你氛围的阴影里
无论我走多远的路
都逃弃在你归去的尘雾里

昙花

你说渴　我没有想到
在我为你汲水而离开的片刻

三朵雪花

一朵雪花落在掌心
我感到骨头里的温暖

一朵雪花降临大地
我感到深处的震颤

一朵雪花来自天堂
我收到一张亡灵的请柬

三朵雪花
掩盖了我全部的苦难

[选自《人民文学》2002 年 9 期]

冯雄（1964—），宁夏海原人。任教于海原中学、六盘山高中等。1986 年开始发表作品于《人民文学》《十月》《诗刊》等，入选《2000 年度诗歌精选》等，荣获宁夏第五、第六届文艺评奖三等奖、二等奖。著有诗集《诗意大地》。宁夏作家协会会员，宁夏诗歌学会副会长。

铁匠铺

火在刀刃上唱歌　赤膊的人
让词语和词语说话
这是光明在光明中的慨然自焚
灵魂在水火中经历的一次敲打

大地上黄昏的谶语已挡在门外
是谁的心迹在铁匠铺前一丝不挂
就像在秋天雨后的原野上
那一株株低头不语的庄稼

　　　　[选自《诗刊》2002年3期下半月刊]

半个月亮

圆满的另一半　已经死去
我们存活的理由仅仅是
等待另一半大声痛哭
我们很难抓住转瞬即逝的一刻
就像山谷永远衔不住
一次辉煌的月出

谁是用半块银币出卖自己的赌徒？

泥坯

最底层的声音　源于忧伤
是谁将一把泥土　抛洒得
如此荡气回肠
集合起所有的微尘
把乡村歌唱

从摇篮到墓地
一滴雨水响彻天亮
我的双唇已沾满冰凉

　　　　[选自《诗刊》2002年12期上半月刊]

也许我将被朝霞迎面击伤
请保留我晨光中的滴血
像鸟一样
我会在不断的飞翔中
等待幸福的莅临

遍地歌谣

那些月光　那些水桶
那些映在水中的脸庞
秋风的吟唱将迷途的蚂蚁
招回　谁的踽踽独行
将马车上的粮仓一扫而光

村姑不想说出
隐藏多年的青梅竹马
异乡人　把似箭的归心
栓在嘚嘚的马蹄上
让我怎样歌唱　才能融化
落在我皮肤上的浓霜

遍地歌谣　遍地流光中
飞翔的石头　十月的飞雪
代表着生命的消失　用火
关闭冬天寒冷的门扉
独留深秋　锁住苍茫

从灰烬开始
我将一如既往地歌唱
内心的纸张　在每一个夜晚
唰唰作响
天亮之后　你会发现
昨晚的一地月色
是我滴泪的衣裳

[选自《十月》2001年2期]

不知又被谁捧在了手上

我远方的故乡不见了
石头已敲碎了马掌

我扶正倾斜大雨的神不见了
只留下风吹在水上

我冻裂的伤口不见了
只听见鹰在我体内叫嚷

青草　青草
你是我过冬的衣裳
　　　　[选自《诗刊》2000年7期]

早祷

谁都不会侧身而过　躲避
这个寒霜匆忙的早晨
是我把黎明交到你的手上
如何鼓掌
才能把隔夜的露珠叫醒

阳光的出现　还有七分钟
我不能绕过这段时间
在一场大雾中坚持
晨风已经蓄谋已久
心灵的高地　被谁占领？

这是早晨　我所知道的
秋天的秘密　被鸟说明
让八月的马车停下来
这奔跑的火焰如何燃烧
才能使我的歌喉楚楚动人

冯　雄

诗意大地（八首）

劈柴

细节早已敲定
我一伸手　便有一个动词
跟在斧子后面奔跑

在乡间围炉而坐
让炉火的微光照亮四壁
然后用牙齿咬住
雷声和疼痛

左面是风　右面是雨
中间是我词语的刀锋
唯一的愿望是
把头颅放在诗歌上
让闪电劈我为柴

[选自《朔方》1998年4期]

青草谣

我一生守候的青草不见了
在季节的根部逐渐枯黄

我大地嫩小的手掌不见了
也抵挡不了秋天的清凉

我草尖上露珠的歌谣不见了

憩息在鹊桥　万物静沐其中

没有篝火　只好把心点燃
看红尘中明明灭灭的离情别恨
在怎样的演绎中草草收兵
不需旁白　一袭白纱的七夕
正坐在时光的膝头

千年描眉　一朝舞袖
只为一曲恋歌　瘦了今宵
青丝霜冻　唤醒了谁的灵与肉
除了南国　赤脚的红豆
为何在此　一步三回头

　　聂秀霞（1964—），女，笔名雪儿，宁夏隆德人。1989年开始文学创作，诗作入选中国女子博客作品精选集《心灵的灯》。著有诗集《灵之鸽》《雪之魂》。曾参加中国社会科学院文学研究所举办的"首届中国文学现状与发展暨创作"研讨会。中国散文诗研究会会员。

悄然滴落　卸下盘根错节的红肥绿瘦
风停了　梦已远走

多年前　隐忍于一段流光的慵懒
最终在漫漫烟雨里 瓜熟蒂落
沦陷于一阕宋词的平平仄仄
倚栏　已不再相望

又逢雨季　我剩下什么

渐行渐远的日子
在时光的隧道里匍匐穿行
鱼贯而入的梦
是那小巷深处的霓虹　沐雨而吟

没有水晶鞋的魔力
没有红酥手的缠绵
不打伞的女孩站成一枚
莲藕　朗读湿漉漉的夜

红豆颗颗凝露
万籁浓烈似血
你是谁的红装玉女
谁又为你冰锁痴心

当长发染绿了满目的思念
遍地盛开了昨日离殇
把酒问天　挥霍了盛唐辉煌
又逢雨季　我剩下什么

七夕　正坐在时光的膝头

当夜黑着脸铺好了床
月牙儿和众星都熟睡了
只有摇篮里的梦　经过银河两岸

聂秀霞

试问（四首）

试问秋

在夜的深处　有一份
孤独　牵着虫鸣散步
走过夏周　走过春秋

秋风秋雨　淹没了眼眸
听唐诗宋词推盏交杯
字斟句酌　醉了方舟

矜持的月亮　裙纱裹身
碎步穿越历史的河流
婀娜于谁家窗口

纤手卷帘
翘首西风暗渡
试问秋　可否描出当初的温柔

风停了　梦已远走

初夏　像个喝醉酒的妇人
倚在门口　让滂沱的泪雨
洗白清亮的眸子　窗前
七月有些暧昧　抚摩着胸口

层层剥开飘散着花香的凝霜露雨
心事　在昼与夜的对话中

拉开春天的门扉
无数饱啜的感动倾入怀中
是草叶
千万个细腰的小女子款款舞蹈
很妩媚。像是我们
早已不再捧读的森林童话

到达纯洁需要多少路程
一生，或一瞬
这样的飞翔需要干净的翅膀

岩画

隔开那个年代已很久
一层岁月的幕帘
被一只手轻轻打开

一些羊群，牧人，还有待射的弓箭
崇拜许久的图腾，马匹
某日的一个下午
这些蓦然而至的故事
重重地撞入我的内心

虽然已经是寒冷的冬天
雪永远无法覆盖岩壁上
几根坚硬的骨头

也许这就是历史
让我们的眼睛平平淡淡
接受它沉重的真实

[选自《朔方》2002年5-6期]

　　阿康（1964—），原名陈小康，宁夏大武口人。就职于大武口洗煤厂。诗作发表于《朔方》《诗刊》等。

松因此有了高风亮节的骨气

贺兰山以西的大片峭岩
唯远涉者能望见松的踪迹
松在史书中没有文字
它横向天宇的虬枝
比古战场的遗址
更令人惊心动魄

我在太阳中穿行

巨大。巨大。巨大
仿佛无力的幼儿
身处白金的光芒
耀眼，灼心，疼痛
一地的火焰跟随我
一地的火焰
企图用我的骨头作柴
烧起西去的狼火

从脚下的尘土出发
我也燃起自己的烽火燧
怯懦何时死亡？
这本能的软弱漂过逝水
浮起的是一种前行的欲望

哦，大漠之上我看见身影
如大苍之下失群的鹰
扶摇九万里

[选自《朔方》2000年8期]

草叶

还有谁肯收藏干净的露水
在一些微不足道的清晨

阿　康

日落（外四首）

比苍茫更遥远
比黑夜更迅捷
来不及多看一眼
白昼的一袭白纱
已遍体浸血……

唯沙漠走马
才被无情的天光震慑
失去阳光
意味着失去一盏灯
每一步都踩疼一颗星

日落。仿佛一柄大锤
把广阔的视野
一下敲碎

岩松

岩石并非泥水
松在岩缝中扎根
松把泥水带到了天上

也许是零星的一点，很卑微
松看重的就是那不畏贫寒的品质
留住雄浑、悲壮和生命
留住阳光和雨水
青翠是泥土的一面绿旗

曰冰清为玉洁

面对清明

一把焚烧的纸钱
缕缕冉升的青烟
伴着浓浓的民风乡俗
祖坟前磕三个响头泼一盅酒
岁岁年年，断肠人在清明这一天
如期而遇

不知是雨还是泪
染湿返青的荒野
溪流潺潺的音韵里
几只蜜蜂将一些与农历有关的信息
布满渐次绽放的花瓣

面对清明，在这条很多人走过的小路上
身前是芬芳弥漫故事的春天
身后有我入土为安的亲人

[选自《鹿鸣》2009年8期]

潘春生（1964—），宁夏同心人。1988年开始创作，诗作发表于《朔方》《绿风》《星星》等。著有诗集《在农历的筋脉上穿行》。宁夏作家协会会员，宁夏诗歌学会理事，石嘴山市作家协会副主席。

让一天的好心情
为一生的夙愿兑现诺言

炊烟的召唤里
绿色湮没的地角上
走在最后的是我荷锄的母亲
她的背后,依然传来
汗水与土地促膝谈心的话题

面对暮色渐浓的家园
一些细碎的鸟鸣
与屋窗上的那些剪纸
正好遥相呼应
让明天的日子
率先被开花的声音缠绕

北风吹过初冬的肩头

北风吹过初冬的肩头
一场薄霜,提前将
遗落在乡野的诗句覆盖

乡村的背景里
往年的窗花依然灵气十足
将季节抒情的格调
鲜活在乡亲父老的话题里
隔窗凝望,尾随北风而到的雪花
羞羞答答地渐渐逼近年关的门楣
让吉祥的征兆布满农家富足的眼神

最最喜事盈门的还数邻家
过门刚满一年的新嫂子
不用咬文嚼字,便为和雪花
同时降至人间的一胎龙凤兄妹
捡了两个称心顺耳的乳名

潘春生

皇天后土（四首）

花开两朵

花开一朵
乡路被种植的声音唤醒
花开两朵
身后已是百鸟齐鸣的春天

像兑现一种约定成俗的诺言
某种思春的伤口
在地气升腾的气息中
找到愈合的良方
面对绿色簇拥的诱惑
抬脚间，整个身心
早已隐入节气的深处

推开关闭一冬的窗棂
桃花细雨幽会的场景
不觉将农事的眼睑羞红

面对家园

落日浑圆，花香铺陈的韵脚里
几只归巢的小鸟
迷途于五月裸露的情怀里

天，渐渐为进入梦乡的人们
拉下卸妆的帷幕

就让我把爱，写在你的背面

　　[选自《朔方》2013 年 11 期]

车过黄河

迎着九曲十八弯，黄河我来了
我像一粒沙涌入你的怀里
又像一尾鱼游进你的体内

车过黄河，阳光在水面上跳跃
金黄的岸边，安详的村庄
把一只羊皮筏子推向远方

我听见，水声在我的体内循环
那一河的固执，在拐弯处顾盼了片刻
然后头也不回地一直向东流去

贺兰山

一只山羊，走进了贺兰山岩画
一群山羊在低头吃草。天空蓝得让人战栗
树的骨头，鸟的骨头，人的骨头，太阳的骨头
在朔风中咯咯作响。八百年前的今夜
一匹战马踏破贺兰山阙，一边是银川平原
另一边是辽阔的牧场。草原的风
草原的雨，和黄河岸边的稻花融为一体
历史的意外，被贺兰山默默地接受

　　王武军（1964—），笔名悟君，宁夏固原人。2009 年开始诗歌创作，诗作发表于《朔方》《诗歌月刊》《绿风》等，入选《中国诗歌 21 世纪十年精品选编》《新乡土诗选》等。著有诗集《经年的时光》，评论集《疼痛与唤醒》。宁夏作家协会会员，宁夏诗歌学会会员，固原市作家协会副秘书长。

车轮，也已深埋草丛
唯有蒙古包，还站立在那里
接纳，一批又一批游人

我从没有像现在一样
在小南川，放纵一次自己
我坐在成吉思汗的战车上
向着青山吆喝，我躺在茵茵的草地上
看着白云从头顶飘过

当影子从我的眼前掠过
我多想，抓住你的手
在凉殿峡，制造一段传奇
放马小南川，我就是你的王
你就是我，蕙质兰心的阏氏

在冶家村看月

对面的山林把最后一抹霞光
收藏。一弯小小的月牙
挂在东边的屋檐上
像一位胭脂峡的姑娘

秋天的菜园里，玉米和油葵
说着悄悄话，丰满的豆荚
在月光垂下的线条上
荡着秋千，我在篱笆的后面
想着透亮的西红柿

夜晚安静下来，一阵风
迎面吹过，丰硕的菜园
献出成熟的柔情，月光中
飘着淡淡的农家香

此刻，你坐在菜园的石凳上
望着月亮，我站在不远的阳台上
看着菜园。秋天即将远去

王武军

相遇巧媳妇（外四首）

园子里，种满了蔬菜
也开满了花朵
萝卜露出嫩绿的腰身
蚕豆挺起饱满的胸膛

阳光有些懒散，屋檐下
一位回族妇女正在捡拾蚕豆
几只鸡在不远处觅食
我和风都无所事事

吃饭时，餐桌上摆满了玉米、洋芋
还有蒸面鸡、蚕豆汤和荞面饼
巧媳妇把菜园搬到了餐桌上

七天了，每天吃着可口的农家饭
却从没有见到过巧媳妇
就在即将离开的时候，我看见
她就站在菜园里，怀抱着
刚摘的西红柿和青辣椒，微笑着
像一幅秋天的油画

放马小南川

一群不明身份的人，正在
向小南川挺进

战马，早已放归南山

这个春天,我还看见苦行僧一样的草
沿着季节的道路磕着长头
在追寻远方的花蕾

银川

一代伟人成吉思汗活着时心上的钉子
一座让蒙古帝国深夜里从疼痛中惊醒的城市
一个在历史远处被伟人和帝国屠城的城市
今天,一只涅槃的凤凰站在城市的头顶
一只残缺的妙音鸟针扎着从西夏王陵废墟而出
你看,岁月刀光一闪
贺兰山的心又一次跳出胸膛

兵马俑

当火焰把你化土为陶,在黑暗埋葬的时间
你的铠甲,包括和你手中的长矛都被寂寞压碎
我不知你是怎样在岁月里经受煎熬,固守执着

与你同生的海,已化水为云
与你同生的石,已回归大地
而你依然忠诚地守护远方
你比海枯石烂的诺言还要恒久

在这个充满山寨版的爱的世界里
久久地看着你,我突然有了智慧的澄明
有了信念的支撑和信仰的光芒
这时,我真想融入这古老的部落
真想娶一位女兵做我的新娘
让她的永恒超度我心中不朽的爱情

  高强(1964—),网名心灵散步者,宁夏海原人。曾任教于宁夏水利学校。诗作发表于《星星》《朔方》《飞天》等。

高　强

一棵打坐的树（外三首）

怎能望穿秋水？三千里烟波浩渺
说不尽思念，写不尽眷恋
风起云涌，渐老的时光
已在木鱼的生命里安歇，听经，念佛

那秋水里的一叶小舟呢
还在谁的梦里萦绕
那一个雨天我也在流泪
不是失落，只因遥远
瀑布，成了眼角的风景
年华渐老，我是你一棵身后打坐的树
岁月无声，你是我一生读不完的经书

一个人的春天

银川的初春谁能说垂柳
不是一尊尊千手观音
——在普度荒芜和寂寞呢
连翘、迎春、梅花在它的呼唤中
渐次开放，风中一个激灵
掠过冬天雪花飞舞的梦境
给大地披上了叶子的袈裟

那条寂寞的河也开始苏醒
渐渐融化的是纠结的往事
纷争再度云涌，还不清楚谁是谁的经
日子却走到了岸上

致童年伙伴

总觉得那烧熟的洋芋分开吃才香
总爱把秘密悄悄地告诉你
总想把一个平淡的故事讲得离奇
总是互相原谅,只需勾着手咯咯一笑
总不顾一切地为一个游戏合作——

你偷来奶奶的头巾
我偷来妈妈的花梳子
然后认真地打扮
总那么有兴味地欣赏着一个发现:
"你在我眼睛里"
"我在你眼睛里"

总认为应该永远在一起
总喜欢比谁高,互相祝愿长大
可从没有注意到
渐渐离远的是我们的童年
　　[选自《朔方》1985年9期]

　　张强（1963—），宁夏固原人。毕业于宁夏大学中文系。历任固原日报社编辑部副主任、宁夏日报社总编室主任、宁夏日报报业集团总编辑助理、法治新报社总编辑。大学期间开始创作,诗作发表于多家报刊。主编《20年见证宁夏》《四十七岁才开始》等。宁夏诗歌学会名誉副会长。

张　强

三月，属于女性（外一首）

三月吻别了二月后从二月的阳台上跳下来大大方方在街上行走
告别滑雪衫的季节三月穿起牛仔裤穿起夹克衫三月真是帅极了
暖融融的阳光真大方慷慨抚摩着梧桐树它给三月带来温柔
百货大楼撩出立体声诱惑三月进去三月在抢购一种美人霜
《三月里的小雨》淋湿那位女大学生孤寂的心她爱上了吴国松
三月的微风荡起年轻女性的黑瀑布她们都是早熟的女人
站在十字街口的那位女学生是否谈恋爱了只有她自己知道
至于那些才开始知道爱情的徒工更喜欢在三月的人群中左顾右盼
穿西装的小伙子驾着雅马哈一溜烟驰过他们向情人发出了邀请
他们当然要去影剧院当然要去尽管在三月演出的全是女性角色
三月的舞场最喜欢快节奏即使降一场透雨她们也不肯丢开粗大的手
那些大龄姑娘常常孤独但在三月里她们开始了收获
有位二十八岁的姑娘在三月终于领到结婚证该兴奋时却偷偷哭了
那位嫌自己太矮太胖的服务员节食半年了在三月她觉得有了收效
那位临街寡妇名声不好但三月欣赏她的坦率欣赏她的勇敢
有位不爱说话的少女收到求爱信吓白了脸三月讥笑她有点那个
三月里多情的女性更多情她们大胆接受男人的目光她们什么也不顾忌
三月瞧不起扭扭捏捏三月渴望有一场旋风卷走一起虚伪嫉妒丑恶
三月更讨厌女性自卑的泪它对聪明能干的女人钟情
在三月一家医院诞生的婴儿全是女孩子啊
她们顶可爱她们长大了一定漂亮
她们会使将来的三月更有风采

　　［选自《六盘山》1985年3期］

在傍晚时安慰我

夕照河,水草在童年时有过
河边有水鸥
但已分不清那是不是后来的幻觉
鱼儿从来长不大
却在清水中
永远抖擞躲开过多少敏捷的捕捉

夕照河,我们挽着裤管过膝
打湿的臂膀告慰秋夏的凉爽
多少次,我们掉进河湾柔韧的怀抱
在曾经的急流浅滩
做逐水踩浪的游戏

中学以后,跨越夕照河的次数
愈减愈少,大学之后
直到现在,已没有多出一个
确切的记忆

夕照河,幽远的传承带走过我的瞬间
每当回忆的长河倒卷
总是能听到潺潺水声,沁润我的思翼
流向千里之外的源泉

  刘敬东(1963—),笔名杰地,宁夏固原人。毕业于固原二中、北京大学生物系。美国分子遗传学博士,现居美国。1983年开始诗歌创作,诗作发表于《星星》《诗潮》《新大陆》(美国)等。著有诗集《远夜遥唱》《西檐之歌》。

心立刻如火炉般灼热

消失的王朝，为历史书本增添了页码
让维基百科深度翩跹
让夜深人静的寻索者
在感叹中锻炼记忆力
在失眠时开拓想象空间
　　　[选自《北美作协》网刊 2014 年 1 期]

风光不再

让一阵发呆失神的阳光告诉我
此刻的风向，如果向西向南
我会不停地站立，直到白鹤终于亮翅
远峰的长剑出鞘后直指我还愿的咽喉
我以风洗面，和盘道出
那个王朝何以在大风中辉煌之后
千万个迷失在途的缘由

大量的风光随雁群远走
剩下的一片片假象
建立起光鲜的王国，按照历史的常规
先盛后衰，划一个正态分布的图线
横坐标跨度是百几十年的风声雨声
纵坐标代表繁华，形态消瘦而娇小
风来时，整个曲线摇摇晃晃，散于午后

夕照河
　　——怀念故乡夕阳照耀下的清水河

夕照河，有时
是冬天的薄冰
在夕阳里微笑我
有时，是夏日的粼光

而又有几回,令谷口的寒风匍匐足下
心中的马群扬蹄狂奔,也追不上
那匹名唤时光的野驹
漂亮的鬃发左右飞扬
让分离和诀别尽显壮美

还剩下什么定律
值得被踏碎后再被重建
我只在旷野上挥动时光之鞭
做一个合格的牧者
　　　　[选自《新大陆》2013年10期]

风向西北

风向西北,听到故乡的酒歌
云在北面鼓动,人踌躇不前
遥远的歌自心田唱响
地坎上,蛙鸣趋于低沉
月色在这一刻不再以粉饰辉煌

我当然可以再次道出那座山的名字
直到那条河的声音从歌中远走
就像我借助每一片月光
向他们投去的音韵回返
时常舒缓,偶尔飚急,却永不衰眠

大野

大野上放歌的年代,深刻而久远
许多童年在长风中疾行,成了燃烧的欲望
一层层夜幕被点燃,大片星域
被一个挨一个推翻,生老病死
依旧毫无悬念

天冷时,披一身厚厚的雪取暖

温柔地向我砸来

而我已消散
消散的感觉如同星点
与静谧的月色坐成一片
这月色,应是你余音的某种变迁
这一剂清凉的倾听,或许
可以将流浪的心绪
再遗忘若干年

  [选自《新语丝》网刊1994年3期]

想起荞麦

起风的时候,想起荞麦
一大片贴在半山腰的荞麦地
久违了的蜂蜜香味
包围了车马奔劳的大道
正是荞麦花开的时节
你的视野中美好的姑娘们
都穿着桃红色的衣裳
她们唱起了蜜蜂的歌
远方有风的河面
铺满了桃红色的蜜香
路边有几个养蜂人
戴着有些滑稽的面罩
一路狂奔而来

  [选自《诗潮》2006年2期]

太极之野马分鬃

谁是奔放的野马
你,我,还是万仞峡侧的野花
都曾狂傲,都曾践踏天涯
有时在梦中,有时在梦中人的梦中

刘敬东

太极之野（八首）

还乡

八月风静，炊烟升绕的一刻
我来自夕阳的方位
还是浓浓黑发
浸蘸着三年重逢的余晖
你灰土墙纵横的样儿
真只是少年一梦么

先我而至的新窗
逼视我疲累的喜归
编织在叹息不已的思忆之上
骤然向八月的下午凝聚
啊　让我呼吸
这一片即将陌生的静谧
沉积我的延续
　　　［选自《星星》1989年7期］

听歌

就这么一曲北风萧萧，我便飘然
凝聚的思绪随风荡起
沿清润的音律滑向遥远
那遥远，以前在梦中常常遇见
此刻却从你歌声中跃出
且骤然间飞速回转

没料想一滴水，惊动一泓清潭
美目传情的那一瞬

一滴水行走，这是何其壮阔的一次逡巡啊
高原，被一颗高傲的眼睛看得白白清清

没料想撩拨溪流
会惊动吃草的牛羊，惊动星辰

没料想天地相爱如初，亲密无间
没料想大河的童年如此纯真、大海的根须如此幽深

没料想草原辽阔，滴水从容
稚嫩的眼睛，聚在一起拨开了历史的风尘

看着一滴水
进入另一滴水，进入泥土

没料想重峦叠嶂
天空有绿草茵茵的人群，没料想听见波涛
会想起亲人

　　　[选自《诗刊》2010 年 9 期下半月刊]

　　牛红旗（1963—），原名牛宏岐，宁夏固原人。诗作发表于《青年文学》《十月》《诗刊》等，入选部分年度选本，荣获宁夏第八届文艺评奖三等奖。著有诗集《地面》。曾参加第 21 届鲁迅文学院高研班。中国作家协会会员，宁夏诗歌学会委员，固原市作家协会副主席、秘书长。

在这个没有午后的傍晚
我想念秋天

德令哈，我拥抱着
你的矿藏、尕海湖、芦苇
思念那条与人为侣的铁路
沙棘、野驴和小麦

德令哈，我会再来
德令哈，你的河里有鱼
德令哈，明天下雨
　　　[选自《绿风》2008 年 6 期]

没有别的

杂草相互牵挂，错综又复杂
我只爱其中那一根
随意，直接，短小

它很冷静
泥土和水分对它很细心

爱上一根小草
并不渺茫
我就这样爱着，爱得我富有
　　　[选自《朔方》2009 年 10 期]

卡日曲，我遇见一滴水

不要忽略冰川
忽略雪山，不要忽视冰凌下悬坠的一滴水

一滴水，一颗眼睛
没料想，望见大海，鹰会俯冲下去

这只瘦骨嶙峋的手
把那张带血的报纸连同我的名字
揉作一团
扔进废纸篓

这只瘦骨嶙峋的手，一生
不知剜过多少名字，剜了多少个伤口

最痛的，也许不是刀和我
不是石头
是那些自命不凡，讨价还价的人
  [选自《六盘山》2008年2期]

姐姐

姐姐嫁给了西边
嫁妆卷走我——
干净的衬衫，鬼脸
好吃的荞面搅团
方便的字词典

留下的东西很难看
写秃的笔尖，屋子黑暗
邻居对她的埋怨
大年三十饺子里的一分钱

后来，姐姐寄来包裹
寄来自己摘棉纺织的被单
寄来几颗咸鸡蛋
寄来她们全家福
  [选自《兰州文苑》2008年5期]

德令哈

垂柳向下，马兰花向上

牛红旗

遇见一滴水（五首）

一把小刀

西夏王陵入口处
一把刻刀，世间最小的利器
握在一只瘦骨嶙峋的手上

这只瘦骨嶙峋的手
把我的名字写在一块小小的贺兰石上
用这把刻刀使劲，剜

我赞美这只手
我赞美这削铁如泥的小刀

殊不知，赞美有多么危险
小刀突然从我的名字里冲出来
刺破了手的拇指

瘦骨嶙峋的手
开始战栗
后来，用一张旧报纸抹血，接着剜

直至，我名字四周，有了坚固的围墙
直至，我的名字沾上了血一样的印泥
显了形

这只瘦骨嶙峋的手
才伸过来接住我递了很久的钱

湿我衣裳

你就这样走掉
呼唤淹没了你纤细的足迹
春草般越远越绿
我却没法涂改你的方向

暗夜来临　闪烁的眼睛
是你需要的灯盏吗
美丽而可怕　请你相信
只有我的这首诗
才是你返回时的家园
　　［选自《都市生活》2010年3期］

戴凌云（1963—），甘肃人。毕业于上海师范大学美术系油画专业。1987至1993年在《六盘山》编辑部任编辑，后调兰州，任兰州晨报社主任编辑。中国书画学会副主席，甘肃省美术家协会理事，甘肃油画艺委会委员，甘肃当代画院副院长。

鸟离家太久了

鸟是鸟儿自己
是一封没人接收的家信
鸟是不会疲惫的歌手
　　　　[选自《朔方》1995 年 12 期]

冬天是不可告人的

总想用一种新的方式
表明自己对冬天的看法
用别人丢弃在书斋外的文字
把冬天的温暖写在纸上
让我感受冬天与冬天的不同

仅有寒冷不够
如同仅有热也是不够的一样
没有难耐的温热
那是夏天的特权了
我说的是我身边的冬天
空中飘着金属般的言辞
你仔细听才能分辨出它包含的意思

又如同灿烂笑容背后的艰难
而金属是温热的所有
在剑和花朵的身边
冬天成了我不忍绕开的路
这个冬天我有一个想法
但它不可告人

你的离去使我悲伤

你从我的笔端走掉
落霞般凄然而辉煌
归途漫长　头顶的浓云

戴凌云

马的颂词（外三首）

马在平原上奔跑
春天的平原喧闹又安静
马的声音从天边传来
春天预示了平原的方向
马能选择其中哪条道路

马体态矫健轻盈
美丽的足是四朵莲花
莲盛开的声音
是马的忧郁与不平
家园在马的奔跑中不断扩大

马由此而去
马是生活中最动人的希望

鸟的家园

鸟在这一天正午
纷纷返回家园
沉默的鸟儿
同一个方向返回家园

家园里小麦已黄
樱桃在风口处红着
空巢的树上
透明的虫子仍在酣睡
鸟不知道巢已被它们占领

云在风的手中魔幻般变化
突兀如山　翻腾如海
温柔似白衣少女
疯狂若黑面凶煞
但无论如何
也阻挡不了大鸟的翅膀

飞翔是大鸟一生的最高境界
它要把自己融入苍穹
神秘的蓝色才是它的归宿
死后葬在地上
不是大鸟的理想

一棵树和一个女子

一棵树开着娇艳的红花
一个美丽的女子
披着花一样颜色的轻纱
她从树下走过
树微微颤了一下

我看见了　两棵娇艳的花树
我看见了　两个美丽的女子
我的眼里开满了红花

女子走过了花树
西风乍起　花飘落了一地
回眸时节　那女子已白了她的秀发

　　张嵩（1963—），宁夏固原人。历任固原市委政研室副主任、宁夏政协民族宗教委员会办公室主任等。80年代开始文学创作，诗作发表于《诗刊》《中华诗词》《人民日报》等。著有诗集《散落的羽片》，散文诗集《遥远的岸》《渐行渐远集》等。中华诗词学会理事，宁夏作家协会会员，宁夏诗歌学会理事，宁夏诗词学会副会长兼秘书长。

飞翔的鸟

你柔软的羽翼
轻舒或者扇动
都以一种优美的姿态
呈弧线划过空中
欢快而原始的叫声
就会从天而降

从天而降　鸟瞰大地
树木正迅速地离去
它们的枝干筑有你的暖巢
你开始怀念归途
天空变得越来越小
稍不留意就会掉入高大的烟囱
你美丽的双翅
成了逃遁的工具
城市有许多可以落脚的地方
你却不能停留

从此你一生都将赶路
路很遥远
　　[选自《朔方》1997年9期]

大鸟

飞翔于云层之上
傲视更为辽远的天空
一种颜色
一种妙不可言的深湛的蓝色
充满着无限诱惑
向着这颜色不断地超越
才是大鸟飞翔的终极目标

张　嵩

梦蝶（外四首）

一只蝴蝶
自我梦中的某个情节
翩翩飞出

然后　舞一个现实主义的姿态
渐渐从历史中化入

我在梦中向外遥看
原来蝴蝶是我的枕边
一本《庄子》的书签

梦想

春天每一次轮回
都以岁月的烙痕为代价
一朵花开成了另一朵花
无限的忧伤
已深入到它的根下

时间每一次演进
都交织着生与死的步伐
一些人换成了另一些人
不朽的梦想
从未停止过发芽

[选自台湾《葡萄园》诗刊1997年夏季号]

而一朵高大的向日葵
面向西边

所有的阳光都越过一个背影
洒向十万朵向日葵
高举的笑脸

我在丝路上向西而去
恍惚之间　我转过身来
拍了一张逆光照片

干枝梅

生长在荒原上的干枝梅
青紫色的枝条聚在一起
没有叶子却举起一朵朵密集的小花
从紫色到粉红再到白色

从春到冬都在绽放的干枝梅
在大旱中盛开　冰雹击不落花瓣
在寒霜中盛开　狂风吹不尽花香
在冰缝中盛开　暴雪压不弯枝头

没有雨露依然灿烂的干枝梅
折断枝条而不枯萎的干枝梅
根茎干枯也不凋零的干枝梅
只要有阳光就会怒放

[选自《骊歌十二行》，宁夏人民出版社，2012年]

杨梓（1963—），宁夏固原人。历任《朔方》副主编、宁夏文学艺术院院长等，一级作家。1986年开始创作并发表诗作于众多报刊，入选众多选本，荣获宁夏第五、第六、第七届文艺评奖一等奖，个人入选国家百千万人才工程。著有《杨梓诗集》《西夏史诗》《骊歌十二行》。曾参加《诗刊》社第15届"青春诗会"。中国作家协会会员，中国诗歌学会理事，宁夏诗歌学会会长。

阳光下的雪都已融化
而阴面的雪珍藏着月光
在空中飘舞的雪
无法选择落下的地方

尤其是贺兰神山上的雪
还是一个月前的样子
一匹站着睡觉的骏马
在夜里闪着光芒

一匹红布

青草举过羊角的八月
如孕妇站在玛曲的黄河桥上
一片羊咩穿过大雨

阿尼玛卿山上雪团滚动
两位牧民拉着一匹红布
把羊群拦在坑内

十几丈长的门
关住漏雨的家
上千只羊儿汇成旋涡

没有一只羊滑下悬崖
却有一只羊透过红布
从祖辈那里看到自己的血

穿过黑山峡

蓝天白云之下
河西走廊以东
是一野无边的向日葵

所有的向日葵都迎向上午的太阳

被千万利斧剁成碎块
又在滚滚翻腾的油锅反复煎熬
更是一场落在大千世界的雪
让所有九死一生的人们
从飘舞的雪花里洞见清白
从满天的洁白里洞见慈善
从无边的慈善里洞见本性
在见识本性的霎时立地成佛

  [选自《西夏史诗》，文化艺术出版社，2006年]

羊皮筏子

十四只羊　驮着一筐青草
两只小羊和一串沙坡头的铃铛
从四月走向炊烟袅绕的村庄

风吹草长　十四只羊
像比翼鸟　如连理枝
出没于一浪高过一浪的水草上

共饮黄河水的十四只羊
反刍岸边草的十四只羊
只活在一口气里

牧归的老人漫起花儿
没有羊圈的十四只羊
卧在牧羊犬找不到的骨头上

阴面的雪

在墙角　在田埂　在枯草丛中
我又看见了雪　犹如神灵
蒙着一层淡淡的灰尘
依然透出婴儿的白

常住十方的诸位圣佛菩萨大发慈悲
在六道轮回的关口竭力拯救
飘向西夏的八月的雪
带来千万亡灵得到解脱的心音
请仔细聆听
从无声里听出撞击心灵的话语
那里有终于挣脱尘世喧嚣的一声长吁
有终于获得自由之身的一口真气

这场遍及寰宇的秋雪
是女神洒向人世的咒语
是圣佛菩萨奉劝众生止恶扬善的真言
来自空中而又源源不断的每个瞬间
正是人生苦短的绝妙诠释
在空中轻挥曼舞的千手
拂试着众人眼前层层笼罩的迷烟障雾
化身人世并且汇入大河的漫长历程
恰是回头是岸的现身说法
在地上潺潺流淌的水声
涤荡着众人心头不断涌出的邪思杂念
心中没有恶意
满目的万事万物尽是慈善
心中不分善恶
放眼望去　一切皆是佛陀

这是一场只白天空而不白大地的雪
似乎是一场落在天堂的雪
人们凝望着雪花轻盈曼妙的舞姿
倾听着雪花碰出的丝丝缕缕的圣乐
一群彩鸟围在撰写大夏史的斡道冲的身边
一匹披着提花毛毯的苍狼是他的坐骑
又仿佛是一场落在地狱的雪
使身处酷热之中的囚犯感到了清凉
夏兵和蒙军已不再互相厮杀
而在只有一盏油灯的黑暗里

杨　梓

西夏与骊歌（六首）

西夏史诗·一片澄明的雪

西夏故地的瘟疫与恐惧一起蔓延
大雪在超度亡灵的诵经声中飘飘而降
纷扬而密集的雪花充满了天地之空
每一朵雪花都是一个小小的精灵
无数朵雪花轻而又轻地飘向人间
飘向每一个在痛苦中煎熬的心灵
流血的心灵和洒满热血的大地
融化了所有扑进怀里的雪花
雪花化成了净水
流淌的水声里传来咚咚如鼓的心跳
一个部族不被征服的呐喊

这是来自另一个世界的雪
一种只在空中飘舞
触及人寰便立刻融化成水的雪
一种并非空无一物
显现出真性之空而一片澄明的雪
一种贯通天堂地狱和人间
闪耀着晶莹佛光而滋润万物的雪
雪在空中载歌载舞
水在地上涓涓流淌

当国师用神秘的祈祷唤醒女神
女神在中阴之界护佑四处游荡的亡灵
当佛寺僧侣供上无比虔诚的心

宁夏诗歌学会丛书

杨梓 主编

宁夏诗歌选

下册

黄河出版传媒集团
阳光出版社

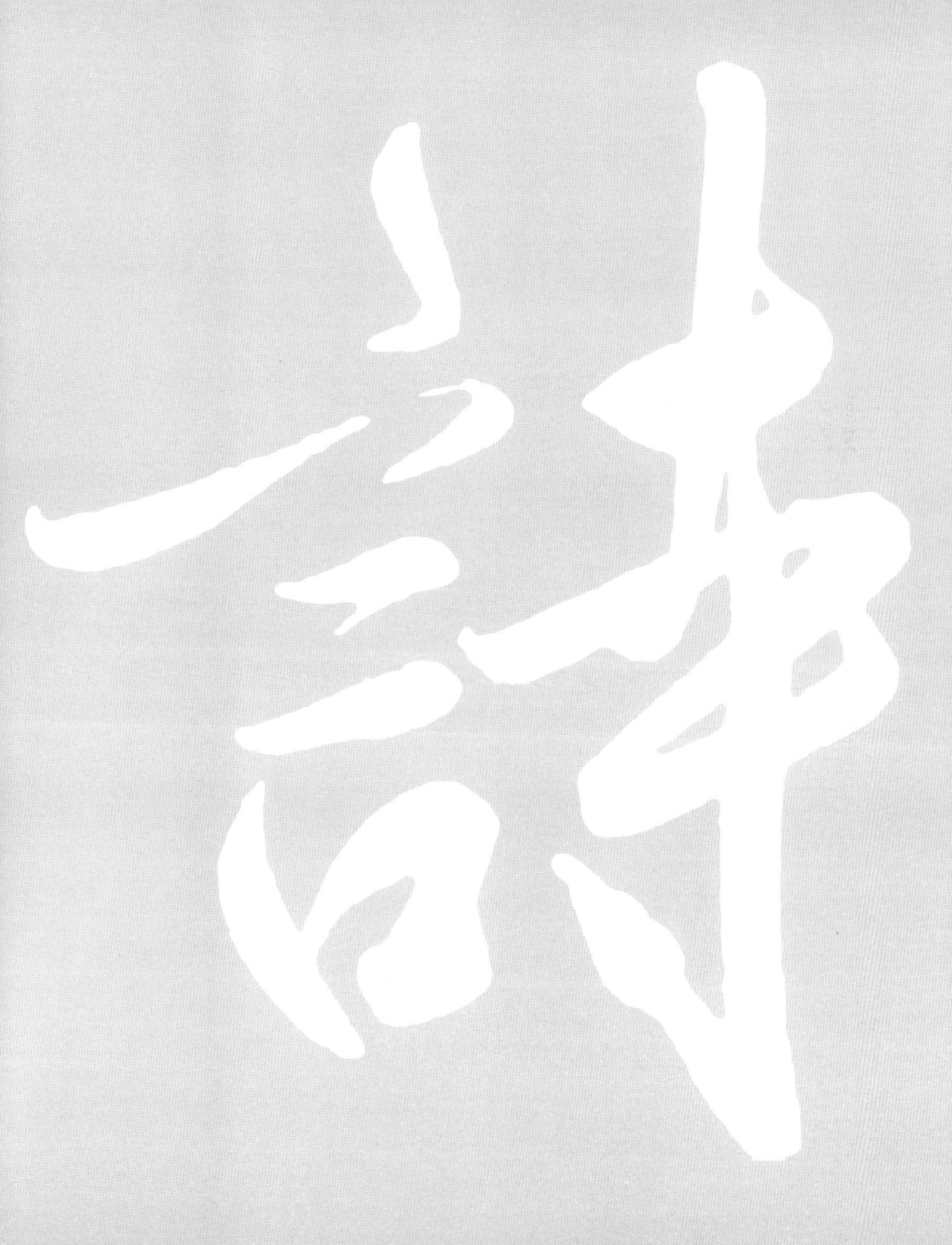